本书为2016年度教育部人文社会科学研究青年基金项目"巴蜀儒学与吴芳吉诗学思想研究"（项目批准号：16YJC751024）的最终成果

文 字 斋 丛 书

变动时代的理学与诗学

吴芳吉研究

王峰 著

中国社会科学出版社

图书在版编目（CIP）数据

变动时代的理学与诗学：吴芳吉研究/王峰著 . —北京：
中国社会科学出版社，2023.6
ISBN 978-7-5227-2036-4

Ⅰ.①变…　Ⅱ.①王…　Ⅲ.①吴芳吉（1896—1932）—
诗歌研究　Ⅳ.①I207.22

中国国家版本馆 CIP 数据核字（2023）第 106665 号

出 版 人	赵剑英
责任编辑	李庆红
责任校对	朱妍洁
责任印制	王　超

出　　　版	中国社会科学出版社
社　　　址	北京鼓楼西大街甲 158 号
邮　　　编	100720
网　　　址	http://www.csspw.cn
发 行 部	010-84083685
门 市 部	010-84029450
经　　　销	新华书店及其他书店

印　　　刷	北京君升印刷有限公司
装　　　订	廊坊市广阳区广增装订厂
版　　　次	2023 年 6 月第 1 版
印　　　次	2023 年 6 月第 1 次印刷

开　　　本	710×1000　1/16
印　　　张	15.75
字　　　数	236 千字
定　　　价	85.00 元

凡购买中国社会科学出版社图书，如有质量问题请与本社营销中心联系调换
电话：010-84083683

自　序

在历史的变动中，个人的踪迹与情思似乎微不足道，但历史的全部内涵却又来自无数人生细节的拼合。历史犹如"帝网珠"，在层层无尽的映照与融摄里，才有了千变万化的世间景象。

宏大史观之所以引人入胜，是因为理性渴望以确定的秩序解释一切，因此才出现了具有解释力的种种标准。然而，在剧烈变动的转型时代，文化形态与价值体系表现出混沌与驳杂的面貌，对于深处其中的人物，未必能用单一的标准去衡量或描述。

本书论说的对象吴芳吉（1896—1932）即是在变动时代与当时的主流价值形成某种张力的历史人物之一。除了短暂地受过外来思潮的影响，吴芳吉的思想基本可以在传统文化的谱系之中找到参照，换言之，他更多保留和体现了本土价值对个体生命的形塑与影响。在吴芳吉身上，我们能够看到传统文化与现代性的紧密关联和不可分割，而正是这种延续性为处于历史旋涡之中的人们提供了安身立命之地。

除以诗人、教育家名世之外，吴芳吉还有一个鲜为人知的文化身份——现代儒者。耐人寻味的是，在激烈反传统的时代环境里，吴芳吉对其儒者立场却有着自觉的体认与践行，并明确表示他所宗守的是传承千年之久的理学价值。这种看起来与现代性不甚协调的思想形态，为什么依然深具活力并能成为个体的终极信仰？这是本书所要着力解决的一大问题。

我们知道，历史的变动包含了结构与精神的双重变奏。在变动时代，历史结构与历史精神的演进并非完全同步，随结构而变的更多是形而下的层面，而历史精神却能以超迈时代的内在忄而继续葆有其价值、发挥其影响。甚至，历史精神会巧妙地变异表现形式，通过寻找崭新的载体延续自身的生命力。

这也是笔者关注吴芳吉理学思想的原因所在。作为变异的儒学，经过近千年的发展，理学思想已经形成了自身稳定的传统。五四新文化运动要破除的"旧思想"，首当其冲的便是笼罩一切的理学思想。明清以来，作为儒学的变异与整合，理学思想内部尽管有"阳明学"等异质因素的冲击，但其思想体系实际愈加牢固而形成了闭环式的框架。在此情形之下，理学容纳异质性的空间已经大为萎缩，这才引发了五四新文化运动冲决罗网的呐喊与破坏，非如此，某种定型的结构便难以走向开放而开展出文化新命。

已有论者指出，在近现代声名显赫的政治人物的思想结构之中，理学要素仍是不可忽视的重要组成部分。尽管只是作为"潜流"，理学这种前现代的思想仍然以文化游魂的形式参与着历史思想的建构。笔者曾对这一现象大惑不解，因此将研究的视角聚焦在以"儒者"自命的吴芳吉身上，原因之一，他没有受到太多外来思想的浸染，反倒更易看到固有思想如何继续对个体生命的运思、情感乃至行为模式发生影响。

对吴芳吉而言，理学不仅仅是作为思想资源存在，更重要的是作为一种抵御性的力量，抵御外部世界对传统文化的冲击，抵御快速变动的现实对人心的侵蚀。除了对理学"末流"的否定，吴芳吉完全承认理学作为中国文化主体的合法性，同时颇为乐观地预言具有整合能力的理学思想必将在世界思想的版图上占据重要的一席之地。对外部世界的焦虑愈深，吴芳吉对理学的信仰愈加强烈，乃至将其作为救世与疗治人心的最后屏障，并忧心忡忡地指出：失去与传统联系的世界终将走向蛮荒。

对于吴芳吉而言，理学代表着"道"本体，而诗学则是实现至善之"道"的德性力量，二者完全不存在冲突，而是"体"与"用"、"本"与"末"的关系。循此理路，吴芳吉的诗学之思更多地侧重以文学表现和保存中国文化的心灵世界，在其生命后期放弃风靡一时的"白屋诗"的创作而重回古典诗体，可以清晰看出他对故国文明传统的深沉眷恋与无限信任。

吴芳吉的诗学创造最终止步于"白屋诗"，主动退出新诗的语言实验，以今日眼光观之无疑是文学的退却，但如果深入其思想肌理，则会发现这乃是他自觉的文化选择。他意识到历史的变动需要文化力量的平衡，如果放任对"进化论"的泛滥解释而使传统成为被憎恶的对象，中国人的心灵世界也将进入冰冻的荒原。这也是"古今之变"最容易出现的尴尬：旧者已去，新者未立，历史因之陷入混乱与空白。

吴芳吉对理学与旧体诗的坚守，在文化意义上已经构成了与"新潮"的平衡。我们自然不能以今日的现代性标准苛责类似吴芳吉这一脉的文化保守主义者，因为没有"传统"作为锚点与支撑，文化革新也必将走向极端与失控，这正是《道德经》所告诫的"执古之道，以御今之有"的辩证逻辑。

当然，传统表现出的面相也是极为复杂的，我们所面对或理解的传统本身即是时代风气、现实问题、思想观念所共同振荡出的产物，因此，传统也是纷纭复杂的历史情境的一部分。本书所标出的"理学与诗学"虽然旨在探讨思想与文学的互动，但此一问题的解决却有赖于对历史情境与个体生命关系的思考。在对这一问题进行了粗浅的思考与分析之后，浮现于笔端的竟然还是那个老问题：我们到底能在多大程度上摆脱传统的影响？

对这一问题的回答，并非仅仅是学理意义上的思辨，它最终的指向在于我们如何省思自身与传统的关系，尤其是在这次至今未央的文化转型之中。历史有其变动的形式，或激变，或渐变，但无论何种形式，都面临着对传统如何认识与取舍的问题。无论是内在光明还是幽暗意识，传统都是创造的前置条件乃至历史宿命。以思想变革而言，宋代的理学和西方的文艺复兴共同之处是通过激活文化传统的某些因子而自成一体，但二者对历史的影响却截然不同。同样令人感慨的是，理学与西学在近代竟然不期而遇，从而激荡出中国文化的"古今之变"。

由于特殊的历史遭际，中国的"古今之变"在某种意义上是中西对撞之后的历史变动。在这一过程中，无论在政治领域还是在文学领域，理学思想都是绕不开的文化与历史现象。与原始儒家不同，理学体系的严整与细密足以形成自洽的文化逻辑，这也是它在相应的政治制度崩解之后仍能在精神结构中持续存在的重要原因。于是，我们在惊叹历史风景重复的时候竟有一种"似曾相识燕归来"的感觉。

历史的重复与文化的"返祖"同步发生，这里不仅有惯性的作用，更重要的是文化传统无形之间的制约力量。回到吴芳吉身上，我们可以看到一个拥有灿烂才华的诗人在传统与创造之间的挣扎，其戛然而止尚未充分表现的诗学实验提醒我们也要警惕传统对创造的压力，对传统刻意或过度的强调反倒会加重文化创造者的心理负担。

文化创造的自由之境是在"有我"与"无我"之间的自由出入，亦即在继承传统与超越传统之间游刃有余地转圜。我们看到，在新诗的发展史上，由于意识到自身创造与传统诗歌的巨大差距，新诗诗人对新诗的创造表现出极大的文化焦虑与美学焦虑，甚至少数诗人以停止新诗写作来表达对传统诗歌的崇敬与归仰。在很长的一段时间里，我们过度强调"新"与"旧"的对立与区别，殊不知新旧之间的"差异性"恰好证明了中国诗学的生命活力，此理也通于文化创造。在更为超脱的历史视野之中，传统与现代完全可以共享同一时空而并行不悖，我们当下的创造通过回溯传统以汲取力量，而传统则通过启发创造而重焕生机，这便是"古"与"今"互相为用、彼此守望的理想状态。

这几年已经成为国民节目的"中国诗词大会"再次从大众传播的层面证明了古典诗歌仍能借助审美传统彰显自身的存在。这种现象对新诗来说并不构成某种压力，相反，这是一个前所未有的机遇：通过传统的复活而使百年新诗置身于一个更为宽阔的天地。

任何创造都将成为传统。诞生近百年的"新诗"在引领"文学革命"的浪潮中曾发挥了重要的作用，但要形成与古典诗歌相对峙的"新传统"仍然道路漫漫。但我们也乐观地看到，新诗乃至新文化也有作为后来者独有的优势——在现代性的语境之下，它们都是完成范式转换的"革命者"。因此，无论步履多么蹒跚，新诗乃至新文化的创造都将不可遏止而继续奔涌着创造的生机活力。

2022 年 10 月 17 日

目　　录

绪　论……………………………………………………………… 1

   一　研究缘起 ………………………………………………… 1

   二　研究现状 ………………………………………………… 4

   三　研究思路与方法 ……………………………………… 17

   四　研究框架与内容 ……………………………………… 18

第一章　吴芳吉之生平与思想历程 …………………………… 21

   一　"悲剧中之乐观人" …………………………………… 21

   二　短暂的无政府主义信徒 ……………………………… 25

   三　"新人文主义"的启蒙与洗礼 ……………………… 31

第二章　理学信仰与道德实践 ………………………………… 37

   一　巴蜀儒学：从经学到理学 …………………………… 37

   二　理学的游魂与新命 …………………………………… 45

   三　吴芳吉的理学思想 …………………………………… 51

   四　道德实践与内在超越 ………………………………… 70

第三章　文化再造：更新与保守 ……………………………… 83

   一　蜀中政治与学术风气 ………………………………… 83

   二　吴芳吉与新文化运动 ………………………………… 87

   三　文化危机与文化重建 ………………………………… 97

第四章　文学之辨与诗学思想 ·· 105

　　一　"文学"之辨 ·· 106

　　二　诗学之思 ·· 112

　　三　新诗的语言问题与文化意味 ···································· 140

第五章　"白屋诗"：独铸新词的尝试 ································ 155

　　一　"白屋诗"之酝酿 ·· 155

　　二　"白屋诗"之特色 ·· 160

　　三　诗史与史诗的变奏 ·· 174

　　四　"白屋诗"的文学史意义 ······································ 182

第六章　回归古典传统 ·· 190

　　一　吴芳吉的早期诗歌 ·· 190

　　二　诗学转向的内在逻辑 ·· 197

　　三　吴芳吉后期的旧体诗 ·· 206

结　语 ·· 217

　　一　儒学与诗学的互动 ·· 217

　　二　传统与创造的矛盾 ·· 222

参考文献 ·· 227

后　记 ·· 244

绪　　论

一　研究缘起

在中国现代文学史上，吴芳吉（1896—1932）是一个颇具异质性的诗人，在"文学革命"的历史语境之中，他深感古典诗体的表现力已与时代脱节，但又肯定其高度的艺术价值，不遗余力地提倡"以旧文明种子，入新时代之园地"①，力图使中西、古今诗歌之长融合在一种新体诗里，乃创制了风行一时的"白屋诗"，有史家称其为中华民国的"开国诗人"②。在精神价值层面，吴芳吉宗守儒家立场，遵循严格的道德主义，修身淑世，发愿以一己行迹挽回世风浇漓，因此又有"伟大之道德家"③的评价。

吴芳吉的思想与行止，是民国早期文化风姿与时代风气的镜像。吴芳吉享寿不永，但他36岁的生涯却见证了中国历史上变动最为激烈的时代。在经历了近两千年的稳定发展之后，处于支配地位的儒家思想体系轰然崩塌，沿用数千年的文言文隐入历史的地平线，新文化、新文学横空出世，传统与现代、保守与革命成为激荡时代的核心命题，对这一命题的回答与选择，衍生出形态各异的政治立场、文化面貌与精神世界。

毫无疑问，在被动卷入"现代性"的现代中国，任何对传统的眷恋与赞美都有可能招致严厉的谴责，时代的风向和社会的心理都站在"前进"和"革命"一方。这背后的心理是痛感国族不振的中国人念

---

① 吴芳吉：《白屋诗选》，四川人民出版社1982年版，第288页。
② 吴相湘：《民国人物列传（上）》，东方出版社2015年版，第82页。
③ 吴宓著，吴学昭整理：《吴宓日记续编》（第4册1959—1960），生活·读书·新知三联书店2006年版，第258页。

兹在兹的"救亡图存""改造中国"与文明重建。这种思潮背后的文化逻辑则是，无论是在政治领域，还是在文化领域，借由彻底的革命，饱经列强蹂躏的"老大中国"即可进入一个"新天新地"。对"新天新地"的向往，不仅成为中国精英阶层矢志不渝顽强奋斗的动力，而且也大大解除了破旧立新的心理压力。

于是，一个颇为令人深思的奇观出现了：尽管政治立场上存在左派或右派的差异，五四以来的文化领军人物在否定中国传统文化方面达成了惊人的一致。无论是主张个体权利的自由主义者，还是呼唤社会平等的马克思主义者，他们都将改造传统文化视为中国文化更新的必由之路。虽然在 21 世纪初期的中国，在"民族复兴"的旗号下，传统文化以"国学"的面目重新受到肯定，但这并不意味着，五四新文化对传统文化的否定性扬弃就失去了价值。相反，正是因为五四新文化对传统文化的重估，切除了中国文化腐烂的肌体，让中国文化走出了迷信盛行、权威崇拜的历史惯性，从此走向不断更新与创造的"文化春天"。

文化创造有其吊诡之处：为了保存，必须打碎；为了肯定，必须否定。对于累积了数千年之久的中国文化而言，抖落历史的风尘，擦拭层层的污垢，乃是尤为必要的一步，非如此，我们就不能得见中国文化的本来面目和清澈源流。"真金不怕火炼"，中国文化的精华是反也反不掉，打也打不倒的，相反，它异化或腐朽的部分，是一切卫道士想保存也保存不了的。美好的或有价值的东西，在其内在是相通的，无论古今，无论中外，当它们相见的一刹那，唯有相见恨晚的欣喜，唯有默契于心的欢愉。正如尼采所说："在我们最崇高的艺术与哲学之间，在真正被我们所认识到的古代之间是不存在矛盾的，它们相互支持又相互容忍，我的希望皆在于此。"[1] 明了于此，文化的变动、革新乃至劫毁并非如卫道士们想象得那么可怕，因为在人类的历史上，文化的创造就是在一次次的变动下重组，革新中成长，劫毁里

---

① ［德］弗里德里希·尼采：《权力意志与永恒轮回》，虞龙发译，上海译文出版社2016 年版，第 31 页。

新生。

文化的变动、革新乃至劫毁之所以有意义，乃是因为在新与旧、今与古、外来与本土的激烈对撞之中，会产生一种奇特的张力，激发文化进入"新体新用"① 的创造状态。因此，我们礼赞文化革新的先驱和勇士，我们也不能忽视那些为保存传统文化而显得可笑或迂腐的文化保守者们。正是文化保守者的存在与坚守，文化创造才始终与传统保持藕断丝连的联系、产生新旧融合的效应，这就在革新与传统、破坏与保存之间构成了必要的平衡。

在这种文化理念的启示下，我们重新发现了吴芳吉：一个试图为中国文化延续命脉的儒者，一个试图消解新文学对传统的敌意和对立情绪的诗人，一个试图在文化的"普遍性"和"差异性"之间寻求某种平衡的折中者。在他的身上，体现了中国传统文化的余晖，体现了新文学与旧体诗的微妙联系，也体现了儒家信念与时代潮流的深刻矛盾。与那些引领风潮的先锋人物相比，吴芳吉的文化形象和文化人格显得过于混沌和模糊（也可以说是某种意义上的稳健），正因如此，他不为当时和后世的主流文化所注意，却在最大程度上保留了一个边缘人物最重要的文化秉性——冷静的观察、客观的体验、纯粹的坚守。

吴芳吉的身上交织着诸多的矛盾，革命与保守、传统与现代、道学与性情，诸种冲突与对撞如影相随、至死不休。对于这样难以"类型化"的非主流的人物，研究者能从更多的侧面窥见时代风气、社会背景、文化心理的表现与变迁，从而获得正统历史书写之外的真实感与现场感。如果我们把目光从"爱国诗人"这一最为瞩目的标签上稍稍移开，就会发现吴芳吉的文化身份其实相当丰富和复杂，他是辛亥革命的同路人、"新文化"的呼唤者、传统文化的守夜人、新诗的实践者、旧体诗的迷恋者、一心救世的志士、漂泊无依的流浪者、深情的家庭观念的维护者……解读吴芳吉，无法用某种干瘪的理论去描

① "新体新用"之说，参见陇菲《新体新用论》，载杨子彬主编《国学论衡》第 1 辑，敦煌文艺出版社 1998 年版。

述，也无法用某种定型的框架去分析，我们只有通过还原时代的现场、追踪人物的心路历程、细读遗存的文字和史料，犹如拼图一般，时代的印痕与心灵的全貌才会慢慢展现出来。"文学即人学"，这不仅是说人具有内在的本质性，也提醒我们回到个体本身，以此为起点才能厘清更大背景之下的种种因缘关系，同时在整体视野的观照之下，才能去除种种人为的因素——诸如历史偏见、意识形态、审美习惯所造成的误解与偏见，从而与真实的生命素面相见。

与此同时，由于还原了个体的真实性，我们才有可能还原时代的真实性。这是相辅相成的逻辑：人与时代同构。单面的"人"的棱镜，看到的是"单面的时代"；多面的"人"的棱镜，看到的是"多面的时代"。吴芳吉所经历的时代是一连串的剧烈变动，晚清维新变法的余音、民族革命的兴起，新文化运动的突进，乃至随后而起的军阀混战、国共相争，都在吴芳吉的生命历程中留下鲜明的印记。我们对吴芳吉的研究兴趣也来源于对已逝去的历史的好奇，即如何透过一个人，呈现历史、潮流的众声喧哗，映照现代思想、文学的丰富面貌，再现个体的日常生活与生命情思。

二 研究现状

目前，吴芳吉研究的深度和广度尚显不足，"吴芳吉的行情仍然冷清不改"，"近几十年来，国内外的中青年人大都不知道民初有这样一位长才短命的诗人，一般的文学史著作甚少给他一席应有的位置，害得某些研究者不无焦虑地大声疾呼'不能忘记吴芳吉'。坦白地说，现在真正重视吴芳吉的人和组织，数量稀少，而且大多数都是来自四川同乡"。① 这一冷淡而单薄的研究局面，固然与吴芳吉享寿不永有关，更重要的原因则在于吴芳吉的理学信仰和诗歌创作在相当长的一

---

① 黎汉基：《社会失范与道德实践：吴宓与吴芳吉》，巴蜀书社 2006 年版，第 4、11 页。目前，以"吴芳吉研究会"为名的研究组织分设三处，分别在吴芳吉的故乡江津、吴芳吉长期任教的成都、吴芳吉作为创始人之一的重庆大学。川内的研究者多将吴芳吉作为 20 世纪早期巴蜀文学的代表人物，这方面的文章有吕进的《重庆与 20 世纪中国新诗》、郝明工的《现代巴蜀作家与二十世纪的中国区域文学》、彭超的《中国现代文学发生期间的巴蜀诗人诗作》、程骧的《四川大学与中国当代文学》、徐志福的《标新立异，敢为人先——五四文学革命中的蜀籍作家团队评述》。

段历史时期内有异于主流的价值形态，因此难免被有意无意忽略乃至
湮没无闻的命运。现就掌握的文献资料，对吴芳吉的研究现状做一简
要述评。

（一）吴芳吉遗著的整理与出版

吴芳吉虽英年早逝，但著作颇丰，其生平文献以及各类作品的整
理、编校与出版在其逝世后一直没有停止过。

1929 年，作为"聚奎学校丛刊"之一种，吴芳吉所著的《白屋
吴生诗稿》由成都美利印刷公司印行 2000 册，这是吴芳吉诗文在其
生前唯一的一次结集出版。

1934 年，在吴芳吉逝世两年后，由吴宓编订、周光午参校的
《吴白屋先生遗书》由长沙段文益堂刊刻，共二十卷，计六册。这是
吴芳吉作品的第一次大规模结集。书中收有吴芳吉友人、门生所撰写
的纪念文章，如莫键立的《吴白屋先生传》、刘或炘的《吴碧柳别
传》、刘朴的《白屋先生墓表》、莫石夫的《题吴白屋先生遗书》、刘
鹏年的《玉漏迟》、卢冀野的《奉题白屋先生遗书》、周光午辑录的
挽诗、挽词、挽联、赠诗等。卷一至卷八为自订诗集，按照编年依次
编排，卷九至卷十二为诗歌续集，卷十三为歌剧《二妃》，卷十四至
卷十七为书札、卷十八为家书，卷十九、卷二十为杂稿，收录各类文
章。《吴白屋先生遗书》几乎囊括吴芳吉所有的著述，对于吴芳吉研
究具有不可替代的底本价值。

20 世纪 80 年代以来，尘封近半个世纪的吴芳吉再次进入研究者
的视野。吴芳吉遗著的整理和出版取得了较大进展，先后出版了《吴
芳吉集》（巴蜀书社，1994 年）、《吴芳吉全集》（华东师范大学出版
社，2014 年）、《吴芳吉全集笺注》（重庆出版社，2015 年），为吴芳
吉研究的开展奠定了良好的文献基础。

1994 年由巴蜀书社印行的《吴芳吉集》（贺远明、吴汉骧、李坤
栋选编）以《吴白屋先生遗书》为主要底本，辑轶编校，汇集吴芳
吉诗歌 600 首，文章 41 篇，书信 358 札，日记残简近 19 万字，为吴
芳吉研究提供了一部全面而可靠的文本，堪称新时期吴芳吉文献整理
中里程碑式的善本。

近年来，文史学者傅宏星陆续发现吴芳吉的部分遗稿，包括记录其三峡行程的《蜀道日记》、在西北大学讲授中国文学史的讲义《国立西北大学专修科文学史讲稿》①，以此为基础重新编校的《吴芳吉全集》将吴芳吉文献的整理工作向前推进了一大步。

2015 年出版的《吴芳吉全集笺注》（王忠德、刘国铭主编）是目前吴芳吉文献整理中收集文章最多最全的文本作品，分为诗歌卷、论文卷、书信卷、日记卷，新收录了周光午辑录的纪梦稿、莫泽明收集的逸诗、吴芳吉的读书札记等珍贵史料。

我国台湾地区也编纂、出版过吴芳吉的作品。1968 年，台湾成文出版社有限公司重刻了吴宓、周光午编辑的《吴白屋先生遗书》，出版了《吴白屋先生遗书补遗》；2008 年，文听阁图书有限公司又整理出版了《吴白屋文稿》。

（二）吴芳吉研究综述

吴芳吉逝世后，其故旧、门生、诗歌爱好者从生平、持身、立志、创作等方面撰文纪念、介绍、评述，这些文章堪称最早的吴芳吉研究之作。由吴芳吉挚友吴宓、刘朴分别撰写的《吴芳吉传》② 记述了传主的生平和行止，为时人和后人了解"白屋诗人"一生的事迹提供了可靠的信史与资料。卢前的《吴芳吉评传》③ 综述吴芳吉生平和诗学理念，并拣选出具有代表性的诗作，体现了保守主义诗坛对吴芳吉的认可与评价。任中敏所写的《白屋嘉言序》④ 从持身、立志方面褒扬吴芳吉为刻苦笃行的儒门志士，称其"人文一致""果行育德"，将吴芳吉视为发扬民族文学和民族精神的先驱与典范。

民国时期，以专文形式探讨吴芳吉诗艺的文章为数不多，其中较重要的有游鸿如的《白屋诗与新诗的创造》⑤，该文总结了吴芳吉诗

① 关于吴芳吉这两份遗稿的研究，目前所见的论文有彭敏的《写史即正学——吴芳吉的文学史路径》（载《中国图书评论》2012 年第 7 期）、侯永慧的《〈蜀道日记〉中的三峡体验》（载《中国图书评论》2012 年第 7 期）。

② 吴芳吉著，贺远明等编：《吴芳吉集》，巴蜀书社 1994 年版，第 1359—1378 页。

③ 卢前：《吴芳吉评传》，《民族诗坛》1939 年第 3 卷第 6 期。

④ 任中敏：《白屋诗人吴芳吉论：白屋嘉言序》，《理想与文化》1943 年第 2 期。

⑤ 吴芳吉著，贺远明等编：《吴芳吉集》，第 1393 页。

歌改良的技法和艺术，指出吴芳吉的新诗尝试是对旧诗的混合组织和重新改造，以此熔铸多种旧诗诗体，是诗界革命以来改良旧体的高峰。苏燦瑶的《吴芳吉白屋诗稿述评》① 是一篇从整体上探讨吴芳吉诗艺的力作，评析了吴芳吉诗歌创作的时代背景、所体现的诗学主张、不同时期的艺术特色，从内容、音韵、辞藻、结构的角度指出吴芳吉诗歌的特质是"热情的奔流""天籁的音节""排荡的字句""准则的创造"。周光午是吴芳吉最为倚重的门生，他所撰写的《吴芳吉〈婉容词〉笺证》② 结合吴芳吉的日记考证了"白屋诗"发轫之作——《婉容词》的产生过程、人物原型、文体特色、社会价值，披露了吴芳吉创作该诗前后种种不为人知的细节，对于了解"白屋诗"的创作背景具有较高的参考价值。宫廷璋的《吴芳吉新体诗评》③ 肯定了吴芳吉诗歌自词曲脱化而不拘其格律的新体诗的写法，指出他的诗歌发扬了乐府诗的传统而又表现了时代精神与作者个性。新文学阵营对吴芳吉的诗歌基本持否定态度，唯一的例外是朱自清的评论。朱自清在《论中国诗的出路》④ 一文中论及近体诗的生命力时，提到从黄遵宪到吴芳吉、顾随、徐声越的古典诗歌变革的谱系，认为他们的努力不无其功，属于"旧瓶里装进新酒"，这是目前所见新文学阵营对吴芳吉最高的评价。

抗战时期，旧体诗因其形式的简洁有力，在凝聚人心、激发斗志方面颇能发挥同仇敌忾的作用，一度出现了某种程度的复兴。由于"白屋诗"所表现的爱国情怀和形式上的通俗性，吴芳吉其人、其诗再度受到重视，如专门刊发旧体诗的《民族诗坛》就发表过他的多篇诗作和缅怀文章。这一时期，诗界和文化界侧重表彰吴芳吉的道德气节，比较重视挖掘吴芳吉诗歌的"爱国精神"对于提振抗战士气的作用，而较少关注到作者的思想和诗歌的艺术价值。

20 世纪 80 年代，中断近五十年的吴芳吉研究再度开启。1980

---

① 苏灿瑶：《吴芳吉白屋诗稿述评》，《国风》1935 年第 6 卷。
② 周光午编著：《吴芳吉〈婉容词〉笺证》，独立出版社 1940 年版。
③ 宫廷璋：《吴芳吉新本诗评》，《师大月刊》1935 年第 18 期。
④ 朱自清：《论中国诗的出路》，《清华中国文学会月刊》1931 年第 1 卷第 4 期。

年，姚雪垠致信茅盾，在谈论现代文学史的编写方法时提及吴芳吉对
于新文学的贡献："关于中国现代文学史，我常常考虑应该有两种编
写方法。一种是目前通行的编写方法，只论述'五四'新文学运动以
来的白话体文学作品，供广大读者阅读，也作为大学中文系的教材或
补充教材。另一种编写方法，打破这个流行的框框，论述的作品、作
家、流派要广阔得多，姑名之曰'大文学史'的编写方法，不是对一
般读者写的。我所说的'大文学史'中，第一，要包括'五四'新
文学运动以来的旧体诗、词。毛主席和许多党内老一代革命家写了不
少旧体诗、词，早已在社会上广泛传诵。新文学作家也有许多人擅长
写旧体诗、词，不管从内容看，从艺术技巧看，都达到较高造诣。因
为这些作家有新思想、新感情，往往是真正有感而发，偶一为之，故
能反映作家深沉的现实感触和时代精神。……还有一种类型，例如柳
亚子、苏曼殊等，人数不少，不写白话作品，却以旧体诗、词蜚声文
苑，受到重视，也应该在现代文学史中有适当地位。其中思想感情陈
腐，无真正特色者可作别论。在论述这一部分作品时，不仅须要打破
文言白话的框框，还要打破另外一些框框。例如学衡派有一位较有才
华的诗人吴芳吉，号白屋诗人，不到三十岁就死了，在当时很引人重
视。他死后，吴宓将他的诗编辑出版。既然在社会上发生过较大影
响，要研究一下原因何在。"① 姚雪垠的提议得到茅盾的赞同，经后者
建议，这封信以《中国现代文学史的另一种编写方法》为题发表于的
香港《文汇报》（1980 年 3 月 10 日），随后《新华月报·文摘版》进
行转载，在文学研究界产生了一定的影响，这也为吴芳吉研究的开展
创造了较好的舆论环境。

　　1982 年，江津师专中文科选注的《白屋诗选》由四川人民出版
社出版，姚雪垠为此书封面题字，这是新中国成立之后首次出版的吴
芳吉诗集，该书共选吴芳吉诗作 113 篇，包括了"白屋诗"的代表作
《婉容词》《两父女》《笼山曲》等。

① 上海图书馆中国文化名人手稿馆编：《尘封的记忆：茅盾友朋手札》，文汇出版社
2004 年版，第 96—97 页。

随着文化氛围的日渐宽松，吴芳吉也以"爱国诗人"的形象浮出历史水面，其思想和诗歌成就引起学者的兴趣和关注。施幼贻的《吴芳吉传》（重庆出版社，1988 年）是第一部研究吴芳吉的传记著作，此著将吴芳吉定位为五四时代以来"不可多得的爱国诗人"，详述了其受儒家思想熏陶的"爱国主义思想脉络"。吴芳吉后裔吴泰瑛所著的《白屋诗人吴芳吉》（巴蜀书社，2006 年）以纪传体的形式再现了吴芳吉传奇的一生，所披露的关于吴芳吉家族的史料和诸多手稿、照片对研究者具有一定的参考价值。刘国铭撰写的《吴碧柳评传》（光明日报出版社，2012 年）一书以马克思主义史观为指导，在中西文化交汇、碰撞的历史视野里书写了"吴芳吉爱国爱民的伟大人生"，勾勒出"作为诗人、教育家和学者集于一体"的吴芳吉的新形象。王峰的《吴芳吉年谱》（中国社会科学出版社，2016 年）综合吴芳吉的文章、书信、日记、诗歌，展现了其一生的思想轨迹、诗歌创作、教育活动及日常生活，考辨了其与郭沫若、吴宓、柳诒徵、刘咸炘等民国学人的交游状况和思想互动，再现了民国初年一位杰出诗人、中国文化坚守者的人生轨迹与内心世界。[①] 杨钊所著的《文化视野下的重庆聚奎书院研究》（四川大学出版社，2020 年）以个案研究的形式，从阅读、写作、教育三个维度研究吴芳吉的教育学术活动，重点研究了吴芳吉个人藏书的文献价值，尤其对吴芳吉的读书札记进行了全面细致的辑录与整理，由此可窥见吴芳吉的经典阅读与文学创作的紧密关系。以上五部作品的作者都来自或生活在四川、重庆两地，他们的写作重心在于表彰乡贤、追忆先人，兼有学术研究与文化纪念的双重意义。

毕业于香港中文大学、师从新儒家的研究者黎汉基著有《社会失范与道德实践：吴宓与吴芳吉》（巴蜀书社，2006 年）一书，该书以"合传"的形式，从思想文化史的角度落笔，以吴宓和吴芳吉的交游为主线，通过考证二人的交谊与道德实践，考察了中国文化保守主义

[①] 李庆红：《一部了解"白屋诗人"的信史》，《中国教育报》2017 年 4 月 17 日第 12 版。

者的思想困境和心路历程。台湾地区的吴芳吉研究零落不成体系，朱静如所著的《白屋诗稿评述》（文津出版社，1981 年）是研究吴芳吉生平、思想和诗歌创作的专书，认为"白屋诗"是在歌行体的基础上发展而来，肯定吴芳吉所写的"社会诗"是时代的一面镜子，透过史诗反映出全民的呐喊，为民国初年的历史留下了一份佐证和记录。

　　从公开发表的研究论文来看，20 世纪 80 年代早期的研究者将吴芳吉定位为关心民间疾苦、致力于民族中兴的爱国诗人，以张昕若《爱国诗人吴芳吉》①为例，该文热情赞颂了吴芳吉诗歌中所表现的对军阀、官僚的抨击，又指出他身上尚背负着沉重的因袭负担，如以"仁的文学"代替"无产阶级文学"，认为这是吴芳吉的历史局限性。邓少琴以吴芳吉至交的身份回忆了白屋诗人早年所受的诗学教育，在《五四运动中以"六言叠韵"争鸣之爱国诗人吴碧柳》②一文中追踪溯源，分析了吴芳吉诗歌创作与《诗经》传统的渊源，并对吴芳吉"白屋诗"的"六言叠韵"特征进行了深入解读。

　　进入 20 世纪 90 年代，研究者进一步阐明和确定了吴芳吉的诗歌创作在现代文学史上的地位。研究者普遍肯定吴芳吉是新旧诗转型期的重要诗人，其诗歌探索是"诗界革命"的延续和发展。程千帆在《丁芒诗词曲选·序》③一文中从新旧诗的互通、互补的角度评估了吴芳吉的诗歌价值，肯定了吴芳吉在继承、渗透、融合新旧诗方面所做的贡献，并将他视为自黄遵宪提倡"诗界革命"以来的重要诗人。丁芒《论吴芳吉诗观及其实践的当代价值》④从社会视角、艺术视角评价了吴芳吉的诗观，指出吴芳吉独创的"白屋诗"继承了古典诗歌的传统而又有符合时代精神的创新之处。黄述远《从黄遵宪到吴芳

---

　　① 张昕若：《爱国诗人吴芳吉》，《成都大学学报》（社会科学版）1984 年第 1 期。
　　② 邓少琴：《五四运动中以"六言叠韵"争鸣之爱国诗人吴芳吉》，载成都市文学艺术界联合会、成都吴芳吉研究会编《吴芳吉研究》，中国文联出版社 2010 年版，第 61—67 页。
　　③ 丁芒：《丁芒诗词曲选》，中州古籍出版社 1995 年版，第 7—9 页。
　　④ 丁芒：《论吴芳吉诗观及其实践的当代价值》，载成都市文学艺术界联合会、成都吴芳吉研究会编《吴芳吉研究》，中国文联出版社 2010 年版，第 120—128 页。

吉》① 回顾了"诗界革命"的历程，肯定了吴芳吉是诗歌新旧递呈的重要一环，在文学发展史上具有不可忽视的地位。贺远明《吴芳吉研究刍议》② 回顾了吴芳吉研究的历程，考证了吴芳吉与"学衡派"的关系，认为吴芳吉在现实文学史上具有承前启后的作用，其诗歌理论对当代诗歌的发展仍然具有积极的意义。

在新诗发生路径的视域中，研究者特别关注吴芳吉的诗歌理论对新诗发展的贡献与特殊意义。谢应光的《吴芳吉的诗学观与新诗发生路径再思考》③、彭超的《吴芳吉与中国现代新诗的发生》④、李坤栋的《中西融合、古今贯通——从吴芳吉的白屋体新诗理论与创作看中国新诗的发展途径》⑤ 李坤栋和刘国铭的《吴芳吉与中国现代文学》⑥ 集中讨论了吴芳吉的诗学观与诗歌创作对于中国现代新诗发生的特殊意义，指出其新诗实践是中国新诗现代化的可贵尝试，丰富了新诗类型的多样性。吴芳吉的诗论因其以传统诗学为基点而能兼容时代特色而受到研究者的注意，张放的《飘零的身世，奇崛的才情——吴芳吉先生的价值》⑦ 指出，吴芳吉的才情来自飘零的身世，以生命热血书写诗歌，自觉地承继屈原、杜甫、陆游、黄遵宪等传统诗人的悲剧意识，见证了悲剧的时代并为之写下了悲怆而沉重的史诗。李伟民的

---

① 黄述远：《从黄遵宪到吴芳吉》，载白屋诗人吴芳吉研究课题组选编《吴芳吉研究论文选》，三秦出版社 2010 年版，第 26—31 页。

② 贺远明：《吴芳吉研究刍议》，载谷生溁等编《吴芳吉研究论文集》，成都吴芳吉研究会，1999 年，第 101—111 页。

③ 谢应光：《吴芳吉的诗学观与新诗发生路径再思考》，载《蜀学》第四辑，巴蜀书社 2009 年版。

④ 彭超：《吴芳吉与中国现代新诗的发生》，《重庆师范大学学报》（哲学社会科学版）2011 年第 2 期。

⑤ 李坤栋：《中西融合、古今贯通——从吴芳吉的白屋体新诗理论与创作看中国新诗的发展途径》，载成都市文学艺术界联合会、成都吴芳吉研究会编《吴芳吉研究》，中国文联出版社 2010 年版，第 208—213 页。

⑥ 李坤栋、刘国铭：《吴芳吉与中国现代文学》，《四川大学学报》（哲学社会科学版）2007 年第 3 期。

⑦ 张放：《飘零的身世，奇崛的才情——吴芳吉先生的价值》，《西南民族大学学报》（人文社会科学版）2007 年第 4 期。

《论吴芳吉的文学观》①、杨钊的《吴芳吉文学发展观》②《吴芳吉的文学批评思想》③、张一璠的《吴芳吉文学观略论》④ 分别关注吴芳吉文学观的传统因素、价值取向和理论建构，指出了吴芳吉对新文学运动的独特贡献。

研究者对吴芳吉的诗歌尤其是"白屋诗体"也展开了颇有深度的专题研究。谷声漾《欧风美雨渐，白屋独殊姿》⑤ 将"白屋诗"置于"新诗运动"的大背景下，指出"白屋诗"的思想基础是儒道互补、中西参照，其诗体的特色是"接木论""同化论"，忧国忧民是"白屋诗"的总体基调。针对吴芳吉"白屋诗"独特的审美风格，学者提炼出"白屋诗风"这一概念并对其进行了描写和诠释。张建斌、黄政海的《试论"白屋诗风"的现代诗学意义》⑥ 从诗体、格律、语言结构等方面分析了"白屋诗"的审美风格，认为"白屋诗风"的多样性对当今的诗歌创作仍有启迪意义。张诚毅的《吴芳吉的诗歌改革足迹》⑦ 肯定了吴芳吉的"白屋诗"是打破旧体诗藩篱的新诗，其特色是最大限度地运用杂言体这一诗歌体裁，从而扩展了中国古典诗歌的形式空间。陈良运的《谈"文以情变"——从〈白屋吴生诗稿〉说起》⑧ 从文体之变的角度探析了吴芳吉对新诗诗体的贡献，肯定了他扩充旧体形式的努力，即在诗歌中融入了小说、散文乃至戏剧的艺术手法，使其诗歌呈现出摇曳多姿、层次繁复的面貌。单正平的《困

---

① 李伟民：《论吴芳吉的文学观》，《川北教育学院学报》1997 年第 4 期。

② 杨钊：《吴芳吉文学发展观》，《西南民族大学学报》（人文社会科学版）2007 年第 4 期。

③ 杨钊：《吴芳吉的文学批评思想》，《山东文学》2006 年第 11 期。

④ 张一璠：《吴芳吉文学观略论》，载白屋诗人吴芳吉研究课题组选编《吴芳吉研究论文选》，三秦出版社 2010 年版，第 147—154 页。

⑤ 谷声漾：《欧风美雨渐，白屋独殊姿》，载白屋诗人吴芳吉研究课题组选编《吴芳吉研究论文选》，三秦出版社 2010 年，第 12—25 页。

⑥ 张建斌、黄政海：《试论"白屋诗风"的现代诗学意义》，载成都市文学艺术界联合会、成都吴芳吉研究会编《吴芳吉研究》，中国文联出版社 2010 年版，第 224—228 页。

⑦ 张诚毅：《吴芳吉的诗歌改革足迹》，载成都市文学艺术界联合会、成都吴芳吉研究会编《吴芳吉研究》，中国文联出版社 2010 年版，第 193—195 页。

⑧ 陈良运：《谈"文以情变"——从〈白屋吴生诗稿〉说起》，《中华诗词》2005 年第 11 期。

败人生新旧诗——白屋诗人吴芳吉简论》① 重估了吴芳吉旧体诗的价
值，将吴芳吉定位为同情民众苦难的民本主义者、不随流俗的民族主
义者、被时代摧毁的道德君子、不容于新学体制的教育家、困败人生
造就的诗人。金国永的《白屋诗人的诗及其创作道路》② 论述了"白
屋诗"遭受冷遇的历史原因，集中分析了"白屋诗"的两首代表作
《婉容词》《两父女》的思想内涵和艺术成就，以比为基础概述了吴
芳吉的创作道路。李坤栋的《论吴芳吉的诗歌》③《论吴芳吉的现代
格律诗》④ 分析和概括了吴芳吉别具一格的"白屋体"：既有传统诗
歌丰富深刻的意境，又具备新诗诗体自由、不拘字数、行数、自由用
韵等特征，并对吴芳吉现代格律诗的音顿、字数、句数、段数及押韵
等方面进行了细致的分析。在具体的诗歌文本方面，研究者多关注
"白屋诗"三首代表作《婉容词》《两父女》《笼山曲》。石天河的
《〈婉容词〉新论》⑤ 是分析吴芳吉单篇作品的一篇专论，通过对《婉
容词》的重新解读，着重分析了中西文化冲突的悲剧意义，对中西文
化的冲突进行了阐玥和评价，认为婉容的悲剧是中西道德观念发生冲
突的不幸产物。朱对群的《〈两父女〉欣赏》⑥、李王孝的《从〈两父
女〉看吴芳吉作品的人民性》⑦ 分别从语言特色、思想内容对《两父
女》进行了细致的分析。吴芳吉的《笼山曲》是我国诗歌史上的第
一长诗，也是"白屋诗"的典范作品，张祥麟的《崇高的理想，有

① 单正平：《困败人生新旧诗——白屋诗人吴芳吉简论》，《文学与文化》2011 年第
1 期。
② 金国永：《白屋诗人的诗及其创作道路》，载成都市文学艺术界联合会、成都吴芳
吉研究会编《吴芳吉研究》，中国文联出版社 2010 年版，第 179—192 页。
③ 李坤栋：《论吴芳吉的诗歌》，《西南民族大学学报》（人文社会科学版）2007 年第
4 期。
④ 李坤栋：《论吴芳吉的现代格律诗》，《重庆工商大学学报》（社会科学版）2003 年
第 2 期。
⑤ 石天河：《〈婉容词〉新论》，载成都市文学艺术界联合会、成都吴芳吉研究会编
《吴芳吉研究》，中国文联出版社 2010 年版，第 394—399 页。
⑥ 朱树群：《〈两父女〉欣赏》，载成都市文学艺术界联合会、成都吴芳吉研究会编
《吴芳吉研究》，中国文联出版社 2010 年版，第 413—416 页。
⑦ 李正孝：《从〈两父女〉看吴芳吉作品的人民性》，载成都市文学艺术界联合会、
成都吴芳吉研究会编《吴芳吉研究》，中国文联出版社 2010 年版，第 417—418 页。

韵的〈史记〉——〈笼山曲〉浅论》① 认为该诗所用笔法酷似《史记》之风，以超脱和潇洒的笔墨勾画出众生相、浮世绘。吴泰瑛的《长诗〈笼山曲〉的形式美》② 主要从语言、结构方面分析了这首长诗跳跃多变、骈散结合的艺术特色。

吴芳吉在外国诗歌翻译方面的成就也有专文研究。张旭的《"天籁之音"：吴芳吉译诗的创格寻踪》③ 以现代西方翻译理论审视吴芳吉的译诗，追寻吴芳吉早年译诗方式嬗变的踪迹，分析译者在重写原诗的过程中发生的变异。此外，少数学人还涉足不为人所关注的吴芳吉研究的偏僻角落，李坤栋的《论吴芳吉的散文》④、杨钊的《论吴芳吉的戏剧创作》⑤ 分别探讨了吴芳吉的散文特色和戏剧创作，向世人展现出吴芳吉全面的文学才能与创作成就。

由于吴芳吉多重的文化身份，在关于四川学人交游、新旧诗嬗变、"学衡派"、地域文化的研究中对吴芳吉也有所着墨。吴芳吉在20世纪初期与四川的多位文学、文化人物如郭沫若、刘咸炘、蒙文通、张澜等均有过人生交集，研究者在对上述人物进行专题研究之际不时涉及吴芳吉。龚明德的《郭沫若〈题吴碧柳手稿〉墨迹》⑥ 根据新见的郭沫若手迹对郭、吴二人的交往进行了细致的考证，刘复生的《刘咸炘与学侣交往补述》⑦ 专节追踪了吴芳吉与一代天才学者、儒者刘咸炘的交游史迹，张祥干的《张澜致吴芳吉信件考：兼考吴芳吉1928年前后的动向》以张澜致吴芳吉的五通信件考证了吴芳吉1928

---

① 张祥麟：《崇高的理想，有韵的〈史记〉——〈笼山曲〉浅论》，载成都市文学艺术界联合会、成都吴芳吉研究会编《吴芳吉研究》，中国文联出版社 2010 年版，第 430—434 页。

② 吴泰瑛：《长诗〈笼山曲〉的形式美》，载成都市文学艺术界联合会、成都吴芳吉研究会编《吴芳吉研究》，中国文联出版社 2010 年版，第 435—438 页。

③ 张旭：《"天籁之音"：吴芳吉译诗的创格寻踪》，《外国语文》2009 年第 3 期。

④ 李坤栋：《论吴芳吉的散文》，《山东文学》2007 年第 1 期。

⑤ 杨钊：《论吴芳吉的戏剧创作》，《四川戏剧》2008 年第 5 期。

⑥ 龚明德：《郭沫若〈题吴碧柳手稿〉墨迹》，《郭沫若学刊》2012 年第 4 期。

⑦ 刘复生：《刘咸炘与学侣交往补述》，《蜀学》2011 年第 9 期。

年前后的行程动向以及为何继续留在成都大学任教的缘由。① 有些研究者注意到吴芳吉诗学理念所体现出的复古倾向，将其视为现代旧体诗的代表人物，如胡迎建的《论现代旧体诗坛上有建树的六位名家》② 称吴芳吉等六位诗人赋予旧体诗崭新的时代活力并使其焕发出别样的光彩，潘建伟《五四前后关于诗的用典之争及其诗学意义》③在新旧诗创作的维度下肯定了吴芳吉关于诗歌用典的论说较为理性平正，秦弓的《"五四"时期文坛上的新与旧》④ 则注意到吴芳吉的诗歌较之新诗更为鲜明地体现了古典诗词的"史诗"传统与讽喻传统。由于吴芳吉与吴宓的亲密关系，已有显学之势的"学衡派"研究在论述"学衡派"文学思想和文学人物时一般都将吴芳吉作为代表人物，这些研究对吴芳吉虽着墨不多，有的只是一般性笼统论述，却在很大程度上突破了仅将吴芳吉作为四川乡贤和四川文学代表进行研究的狭窄范围，扩大了吴芳吉研究的文化视野，提升了吴芳吉作为民国初年著名诗人的历史地位。张贺敏的《学衡派与吴宓研究 70 年》⑤ 将吴芳吉作为"学衡派"的重要成员，称其"诗歌创作在学衡派中成就最高，在当时影响很大"。杨钊的《吴芳吉与吴宓文学交游论》⑥ 以《学衡》《湘君》两本杂志作为媒介，再现了吴宓与吴芳吉联手矫正新文学之失、以诗文互相切磋的交游实况。李怡的《论"学衡派"与五四新文学运动》⑦ 从历史的层面检讨了"学衡派"与五四新文学运动的关系，认为吴芳吉的文学成就引人瞩目，但仍未从根本上走出

---

① 张祥干：《张澜致吴芳吉信件考：兼考吴芳吉 1928 年前后的动向》，《成都大学学报》（社会科学版）2018 年第 2 期。

② 胡迎建：《论现代旧体诗坛上有建树的六位名家》，《中国韵文学刊》2005 年第 4 期。

③ 潘建伟：《五四前后关于诗的用典之争及其诗学意义》，《浙江学刊》2011 年第 3 期。

④ 秦弓：《"五四"时期文坛上的新与旧》，《文艺争鸣》2007 年第 5 期。

⑤ 张贺敏：《学衡派与吴宓研究 70 年》，《西南师范大学学报》（人文社会科学版）2001 年第 3 期。

⑥ 杨钊：《吴芳吉与吴宓文学交游论》，《四川师范大学学报》（社会科学版）2008 年第 5 期。

⑦ 李怡：《论"学衡派"与五四新文学运动》，《中国社会科学》1998 年第 6 期。

传统文学的大格局，传统诗歌的辉煌大大降低了以吴芳吉为代表的学衡派诗人的创作贡献。郑大华的《论白璧德新人文主义对"学衡派"的影响》① 认为吴芳吉诗论所秉持的道德观念以及对胡适文学"进化论"的质疑和批判，彰显了白璧德"新人文主义"对"学衡派"文艺思想的重要影响。陈均的《早期新诗中的"自然"论与新旧诗之争》② 将吴芳吉提倡诗歌的"自然"作为新诗早期现场众声喧哗中另类的声音，并对吴芳吉关于诗歌"写"与"做"之关系的理解进行了探讨。赵黎明的《"诗辨"传统与学衡派"新诗"概念的形成》③ 以"学衡派"对中国"诗辨"传统的体认作为切入视角，在中外之辨和新旧之辨的讨论中提及吴芳吉等"学衡派"诗人汲取诗学资源时不忘对民族文化内涵的普遍认同，并具有强烈建构目的的汉语文化认同。"学衡派"不满白话文和白话文学对文言的轻蔑和废弃，主张语言的渐进并在新的历史条件下对文言进行现代化的改造，朱立民的《重评胡适与"学衡派"关于语言的论争》④ 重新审视胡适与"学衡派"在语言主张方面的歧异，注意到吴芳吉关于语言问题的理性思考与建设性意见。吴芳吉一生飘荡，漫游各地，这些经历丰富了他的人生阅历，也影响了他的文学创作，张弛的《民族气骨与传统诗教——论吴芳吉湖南时期的文学活动》考证了吴芳吉在湖南的文学活动，从中亦可得见吴芳吉对湖南政局的观察以及湖湘文化的体认，认为吴芳吉通过追溯屈子遗风，提倡近代以黄兴、蔡锷为代表的湘人气骨，尝试从湖湘文化传统和精神中寻找补救中国现实积弊的传统资源。⑤

---

① 郑大华：《论白璧德新人文主义对"学衡派"的影响》，《中国文化研究》2007 年第 2 期。

② 陈均：《早期新诗中的"自然"论与新旧诗之争》，《中山大学学报》（社会科学版）2008 年第 4 期。

③ 赵黎明：《"诗辨"传统与学衡派"新诗"概念的形成》，《浙江大学学报》（人文社会科学版）2012 年第 3 期。

④ 朱利民：《重评胡适与"学衡派"关于语言的论争》，《浙江社会科学》2010 年第 4 期。

⑤ 张弛：《民族气骨与传统诗教——论吴芳吉湖南时期的文学活动》，《云梦学刊》2020 年第 6 期。

对吴芳吉思想特别是儒学思想的研究目前较为薄弱。刘国铭的《论吴芳吉的个人无政府主义主张》① 力辨吴芳吉所秉持的"无政府主义"主要影响其个人创作，而非其个人思想之重心，其主要目的是以儒家道德匡正"无政府主义"的空想。罗昌一通过整理吴芳吉的读书笔记写有《白屋诗人的上下求索——谈吴芳吉的读书笔记》② 一文，可一窥吴芳吉对理学思想和诗学理论的片断思考，具有较高的史料价值。

上述论著所取得的丰硕成果，大大推进了吴芳吉研究的进展，但对吴芳吉儒学思想与其诗学思想、诗歌创作的关系尚有待进行深入的研究，特别是吴芳吉生命后期的诗学转向尤其需要进一步的研究。我们认为，研究吴芳吉的诗学观念和诗歌创作，不能限于具体的"就诗论诗"和简单化、模式化的类型解读，而应将其贯通为一体，多维度地研究吴芳吉诗学思想的特质与内容。以历史的眼光看，吴芳吉不仅是一位卓有成就的诗人，而且还是以身体力行而闻名于世的儒学人物，其儒学思想带有鲜明的地域性和时代特色，对其立身行事、诗学观念和诗体改革均产生了重要的影响。因此，进一步研究的空间在于：从儒学思想的角度对吴芳吉进行研究，深化对吴芳吉儒学思想（尤其是理学思想）和道德实践的认识，在儒学近代传承的谱系之中把握吴芳吉诗学思想的全貌和价值，以此审视"白屋诗"的民族性和时代性。基于此，本书在前人研究的基础上，将吴芳吉研究置于文化史和思想史的框架内，深入探讨其思想来源和复杂表现，系统地分析和总结吴芳吉诗学的历史价值和时代意义。

三　研究思路与方法

在激烈变动的时代氛围里，吴芳吉先后实现了两次"回转"：一是向理学的回转，在心性层面完成了对时代的超越；二是向古典诗歌的回转，在语言层面再次融入传统。本书以吴芳吉的两次回转为背

---

① 刘国铭：《论吴芳吉的个人无政府主义主张》，《重庆文理学院学报》（社会科学版）2012年第5期。

② 罗昌一：《白屋诗人的上下求索——谈吴芳吉的读书笔记》，载白屋诗人吴芳吉研究课题组选编《吴芳吉研究论文选》，三秦出版社2010年版，第232—239页。

景，探讨了儒学和旧体诗作为文化记忆对其精神主体建构的独特影响与作用，应以此审视和反思中国新诗与文化传统、古典诗学、外国诗歌的复杂关系。

在整体的写作思路上，本书以吴芳吉儒学思想与诗学思想的互动为研究中心，考察了儒学近代形态——"理学"的历史表现与时代遭遇，通过对"白屋诗"这一新诗体的系统分析，揭橥儒学观念对个体文学心理程序的建构以及儒学价值观对现代诗学思想的介入。同时，笔者也注重扩大研究的文化视野，在"新文化运动"的语境里探讨儒学影响下的诗歌创作的意义及其在新诗发展史中的价值和地位。具体到吴芳吉诗学的个案研究，则是聚焦于明辨吴芳吉诗学观念，对吴芳吉的诗歌实验和创作转向进行细致分析，彰显吴芳吉诗学观念和诗歌创作的历史价值与时代局限。

在研究方法上，本书运用多学科研究方法拓宽吴芳吉研究的历史视野，在近现代文化史、思想史、文学史的脉络中探寻文化保守主义者的心灵世界以及其对"现代性"冲击的反应。在具体的研究方法上，主要以文化学理论为框架分析儒学诗学的发生机制；运用文本细读、文献考证的研究方法多角度描写和呈现以吴芳吉诗歌为个案的儒家诗学的特质，以此为基础，探讨儒学与诗学、传统与现代的深层次内蕴。

四　研究框架与内容

本书正文共分六章。

第一章交代了吴芳吉生平所历以及重要的思想资源。吴芳吉的人生充满诸多悖论，其生涯狼狈困穷却又洒然超脱，文化立场保守但又不拒绝吸纳外邦思想。吴芳吉的复杂性在于他身处启蒙时代而眷恋执守儒家信念，通过对其生平与思想的解读，我们可以看到一位文化保守主义者在变动时代的困惑与执着。

第二章集中讨论了吴芳吉的理学信仰与道德实践，分析了吴芳吉的"性命之学"与"以礼为归"的道德抱负。在这一部分中，首先梳理了巴蜀儒学由经学到理学的发展脉络，以厘清吴芳吉儒学资源的渊源所在与地域影响。儒学发展到理学的阶段之后，一跃成为宋明以来中国社会主要的意识形态，即便"五四运动"对其进行了激烈的否定而呈崩解之势，但理学并未完全丧失生命力，而是以特殊的"游魂"方式影响着中国人现代精神的重建。吴芳吉相信理学能够对抗与化解功利主义的影响，甚至可以为人类终极性的存在意义提供指引，为此，他所标举的"性命"哲学与"以礼为归"的人生信条从内在修养和外在秩序两方面重新阐释了儒学思想的现代价值和独有内涵，建立起独树一帜的哲学观和文化观，并影响到他的诗学理念与文学创作。

第三章主要论述吴芳吉如何以儒家价值观的视角看待和评价"新文化运动"。新文化运动的共识是用现代西方文化改造甚至取代中国传统文化，但由于对西方文化和中国现实理解的不同，这场以探索深层文化变革为目标的群体运动最终按照各种政治意识形态和思想文化主张进行了不同的分化与裂变。本章首先勾勒出蜀中政治与学术之变，力图建构晚清民国以来历史语境，以此为起点讨论吴芳吉与新文化运动的暧昧关系，即如何在革新与保守之间保持恰当的平衡。这种矛盾来源于整体性的社会变革与个体性的文化情怀之间的碰撞，借助这一个案，思考中国文化在"现代性"的冲击之下的更新与重建之路。

第四章探讨了儒家话语对吴芳吉诗学思想的建构和塑造，以此为起点省思新诗的语言问题和文化意味。与"文学革命"中盛行的新锐主张不同，吴芳吉以"大文学观"的宏观视角处理"道"与"情"的关系，试图以文学上的"个人无政府主义"打破新文学的主导地位。吴芳吉的诗学思想一方面继承了《诗大序》《文心雕龙》的儒学传统，另一方面又汲取了《沧浪诗话》、王阳明心学的某些理念，将文学视为对生命本体至善状态的表达，认为诗歌的意义在于肯定人性本善的光明属性以及完成对卑俗人生的超越。在以吴芳吉为代表的"学衡派"诗人和新文学人士关于新诗的对垒中，可以发现文白之争、中西之争的背后别有潜思和寄托。吴芳吉的诗论站在文化民族主义的价值立场上看待语言和文体的转换与更新，其初衷乃是为了保持中国诗歌殊异的文化价值和审美形态。为此，吴芳吉在保持和进入传统的前提下进行了"化欧化古"的诗学实践，以儒家诗学的视角对新诗的可能路径进行了探索和创新。吴芳吉的诗学求索代表了文化保守主义者诗体变革的努力，也是中国现代诗学史上值得重视和研究的一环。

第五章在诗界革命的谱系之中重审吴芳吉创制的"白屋诗体"的特质所在。"白屋诗"是对古典诗体的改良，借鉴了乐府诗歌的民间性、口语性和体裁的现实性，从而使诗歌的口语性具有复杂的张力和独特的面貌。本章从"白屋诗"的酝酿、特色以及时代影响等角度对吴芳吉诗歌改良的历程进行了文化描述和诗学分析。

第六章分析了吴芳吉生命后期诗歌转向的原因，并以"白屋诗"为参照讨论了旧体诗变革的极限和可能性。吴芳吉诗学变革的理念是在不改变旧体诗基本体制的前提下扩大中国诗歌的表现空间，"白屋诗"的诗学实践部分完成了吴芳吉的这一构想，但在整体上"白屋诗"并未解除古典形式牢固的限制而创造出一种具有现代意味的新诗体。吴芳吉尽管意识到了其诗体变革的局限所在，但又无法突破"白屋诗"这一"旧瓶装新醴"的诗学模型，于是转而拥抱古典诗熟悉而自得的审美之境，以对古典诗的赤诚之心反衬了诗体改革的徒劳与挫败之感。吴芳吉重回古典之途，并不意味着"白屋诗"作为一种新诗体丧失了意义，它的存在指出了另外一种可能：在白话诗的语言空间里完全可以容纳古典诗的文化意味与形式结构。

第一章　吴芳吉之生平与思想历程

在有限的传记作品和纪念文章里，吴芳吉似乎化身为理念般的存在，他的内心世界和生命体验在宏大的历史叙事中尽付阙如，唯余粗线条标签式的定性与评价，如"孝义任侠"的道德完人、"非新非旧"的诗人、关心民瘼的爱国主义者，倾尽所能苦力办学的教育家……实际上，如果不能潜入个体精神的幽微之处，冰冷的理论手术刀将对鲜活的生命无能为力，精密的考证功夫也难以进入真实可感的历史情境。尤其对于吴芳吉这样感性的诗人，他一生的穷愁与玄思、道德与深情、矛盾与超越，都值得我们细细寻索与参悟。

一　"悲剧中之乐观人"

吴芳吉自称"悲剧中之乐观人"，以不入主流的边缘人物自居，"不入政党，不奉宗教，耻言军阀，讳为名士。是以城市山林，两无去路；宿儒时髦，难契同心"。在大时代的狂潮之中，"漂流震荡，艰危孤苦"，难免悲剧的宿命，"自断此生之必无幸也"。他回顾一生作为，"与冻馁战、与金钱战，与世俗战，与积习战，与兵燹戎马战，与风尘劳顿战，与名缰利锁战，与生死关头战，与一切虚伪、蛮横、冷酷、圆滑战，无战不败，无败不极"。然而，乱世所遭，不足改其心志，亦未没入堕落之途，端赖"古籍几篇、良朋数辈，熏染扶持"，才未染世人功利、浪漫、豪奢、奔竞、虚荣、残杀、偷窃卑污、凶淫放纵之病，"自信此世之终有为也"。秉此人生态度，他"明知无幸，故敢自牺牲。既足有为，故无须尤怨"，自此之后，仍执持礼义甲胄、忠信干橹，"永与斯世战争"。[①] 与"新月派"的浪漫诗人不同，吴芳

---

① 吴芳吉著，贺远明等编：《吴芳吉集》，第553—559页。

吉是一个近似杜甫的落魄而坚毅的诗人，他的诗始终散发着穷愁和忧患的气息，正如他颠簸飘零而困厄艰难的一生。与此同时，吴芳吉又以超拔的力量和乐观的心境面对一切艰难险绝，甚至安之若怡，不以境遇之乖怨天尤人，不以己身之蹇颓废沉沦，诗文因之愈加华灿，德行因之日益淳美。

吴芳吉字碧柳，号白屋吴生，1896 年 7 月 1 日（清光绪二十二年阴历五月二十一日）生于重庆杨柳街碧柳院。其父吴传姜（1857—1927）字定安，为一小商贩，读书自修，能写短文。其母刘素贤（1875—1949）为继室，较具文化修养，担任过小学教员。吴芳吉六岁时，其父经商失败，旋又涉讼入狱，家计长久陷于困境。八岁时，因生活艰困，吴芳吉随母亲从重庆迁回故乡江津德感坝，依伯父生活。由于寄人篱下，吴芳吉母子因贫见疑，收稻时，伯父即遣人看护，以防其母子偷稻。这段艰辛酸楚的生活，吴芳吉有诗回忆道："我父在外，忤官下狱。我母劳瘁，抚我夜哭。恨我无知，冤不能赎。衣裳典尽，菜根果腹。长夜如年，不具火烛。两眼光光，殆为六畜。每逢佳节，常苦羞肉。"①

1910 年，吴芳吉从偏僻的川东小镇考入北京清华学堂，命运似乎开始眷顾这位勤奋而慧颖的乡村少年。但出人意料的是，两年后，吴芳吉因积极参与清华学潮，后又不肯写悔过书，竟遭校方除名，他的亢直、仗义、激越、决不妥协在此事件中表现得淋漓尽致。离开清华园的吴芳吉顿时陷入了狼狈、尴尬的境地。他寄居在族人家中，族人见其已成无用之人，待之冷若冰霜，任意呵斥驱使。吴芳吉看人眼色，干粗活、睡台阶，以报纸为被衾，受尽冻寒，最后还是被下了逐客令。此一时期，吴芳吉的心境跌入冰谷，其压抑愤懑的情绪不足为外人道。在清华挚友刘绍昆的追悼会上，吴芳吉在灵前伏地大哭，泪如泉涌，且哭且诵其所撰的长篇祭文。吴芳吉此时初尝人生的苦味，为亡友流下的眼泪，也是对自己飘零身世的戚戚之感。他一时没有出路，离开北京，寄居在为川籍流落青年免费提供食宿的天津四川会

① 吴芳吉著，贺远明等编：《吴芳吉集》，第 30 页。

馆。极度的贫困和忧愤的心境让吴芳吉卧床连月，幸有同乡予以照料，得以不死。

1913年5月，吴芳吉自北京归蜀，行至宜昌，川资告罄，加之生病，只得困居旅馆。他向一同乡告借，反遭辱骂，深感耻辱，愤而投河，幸获救免。不得已，行乞，所得钱恰能购买川江拖轮船票。时值"二次革命"，南方各省讨袁军兴，兵乱匪兴，川江航道阻塞，拖轮虽至，然而不敢前行。吴芳吉囊箧萧然，踟蹰孤身，凄清逆旅，触景伤怀，作《忧患词》[①]十首（现存九首），其中两首诗抒发其愤郁无助之情，其一云："同窗个个好友朋，相爱相亲好弟兄。一朝遇得小利害，反眼相窥不认侬。人生何处不忧患，寻乐还在忧患中。"其二云："平时把臂知心友，一旦复手语不恭。如今朋友千金买，贫贱相轻无友朋。人生何处不忧患，寻乐还在忧患中。"

吴芳吉于战乱、兵匪之中，历时五月，自宜昌绕行三千余里返回故乡。归家后，受尽乡邻奚落，以之为笑柄，遇有子弟犯错，皆以他作为反面例子："杂种，汝欲如吴芳吉无用耶?"[②] 同乡之人朱芾皇见宠于袁世凯，一时声势煊赫，乡人作歌："读书当学朱芾皇，莫学白屋吴家郎。"在剧烈的人生角色转换中，吴芳吉深味了一种难言的落寞与深深的挫败之感。

其后七年（1914—1920），吴芳吉辗转谋食，漂流各地，先后做过中学教员、杂志社校对编辑。其间，一度困于上海斗室，日中而食，食粥度日。自1917年1月至1919年6月，已结婚生子的吴芳吉赋闲在家，杜门简出，逾19个月之久。因家居不事生产，母亲对之嗔怒，吴芳吉感叹："人生世上，势位富贵，真不可忽哉!"[③] 家计日窘，室人交责，债主盈门，川黔军阀交战不息，乡中又遭水患，吴芳吉的境遇可谓狼狈至极，无地可逃。

---

① 吴芳吉所写《忧患词》是中国文学史上第一首格律体新诗，见周仲器、周渡等编著《中国新格律诗探索史略》，江苏大学出版社2013年版，第37—38页。

② 吴芳吉著，贺远明等编：《吴芳吉集》，第1363页。

③ 吴芳吉著，贺远明等编：《吴芳吉集》，第1143页。

在湖南长沙明德学校度过了相对安稳的五年教书生活后①，经挚友吴宓推荐，吴芳吉前往创办不久的位于西安的西北大学任教。半年后，直系军阀刘镇华进犯西安，陕西军务善后督办李虎臣、国民军第三军第三师师长杨虎城集结不足万人兵力守城抗御，自是历二百三十日，无时不在战火之中。西北大学遭围城之困，师生杀马煮草，掘鼠捕雀而食。吴芳吉冒险出城，为乱兵劫掠，衣冠、裤带、眼镜、手表被剥夺一空，露宿荒野，身染痢疾，无处求医问药，几近于死，长叹："嗟乎，自予少罹家难，转乎江湖，逮此围城灾兵之残，奚啻地狱。戒慎恐惧，良哉难之。"因反复吟咏但丁《神曲》、歌德《浮士德》，"深悟天堂、净土、地狱，证即在躬"。②

经历西安围城和丧父之痛，吴芳吉决意不再外出，在人生的最后五年，先后任教于成都大学、重庆大学，又返乡梓办学，主持江津中学校政，积劳成疾，于 1932 年 5 月 9 日病逝任上，年仅三十六岁。身后别无余财，母老妻病子幼，可谓落寞苍凉！

吴芳吉一生艰困流离，备尝人情世事之冷暖，而其生命的底蕴又有一种超脱和洒然。这种超脱和洒然，固然有性格乐观的因素，但更根本的是吴芳吉对生命存在的反省与超越。他对生命多有玄思性的思考，虽有时近于玄虚和缥缈，却给了他对抗人生困境的勇气与底气，也使他日后的文学书写呈现出追求心性解脱的一面。

吴芳吉认为，人之存在不过是物种进化和文明演进的偶然，拥有生命本身即是幸事，因此人应该振作精神，不负此生："有父母妻子以作吾家，有天地河山以供吾游，玉帛米粟以为吾用，舟车宫室以安吾身，圣贤豪俊以为吾师友，学术艺林以启吾之心志，与风雨晦明之奇，衣冠文物之秀，战伐戈矛之壮也哉！吾安得而不喜也，又何惧为？且吾之有食，非吾所耕也。吾之有衣，非吾所织也。吾之有居处用具，非吾所造也。吾自呱呱坠地，盖裸体而来，未有一丝一粒，为吾所出也。今乃遇我也至厚，天地之大德，孰有过于是欤？彼牛马鸡

---

① 1920 年 8 月，吴芳吉前往明德学校任教，1925 年 5 月辞职，转赴西北大学。

② 吴芳吉著，贺远明等编：《吴芳吉集》，第 1368 页。

豚之生也，其养也至贱，其处也至卑。为人用，供人食，夫同为生物而与人相等者也，甘苦之异若是。吾幸而得有今日，尤幸不入于牛马鸡豚之列，其孰致之？非祖若父之深恩，天地之大德哉！不知报之，何以为人？而今而后，惟抖擞精力，以图报之，而后可也。勿使少年虚度，虽欲报之而不得，则吾罪之重尚可赎欤？"①

吴芳吉的底层经历与困顿生涯使其在志趣上迥异于一般的文士，就其诗文而言，形式上不事雕琢而多质朴之风，内容上少写风月而多关心民瘼。他对生命的超脱态度，又能从一更高的层面俯察一己的悲欢，没有因为自身的苦痛而对社会充满恚恨，相反，他极力模仿杜甫的诗风，广泛描写了民国初年的战乱和苦难，将笔触伸向更为广阔的世景和现实中来。在吴芳吉看来，真正的诗人不能沉浸在自己的幻梦之中，应该跳出周遭的局限，扩充生命，走向更大的自我，探求生命之源，滋长生命之树："先圣先贤之苦言仁义，汲汲弥缝者，无往而不在扩充人类生命。所谓栽者培之，倾者复之，是也。本此以言政教，使人类生命，始于至大至刚，终于至真至善。是乃政教之所归宗，其庶几不致失之。"② 这是吴芳吉为人的自道，也是他的诗文始终洋溢着达观精神、昂扬斗志、青春之气的原因所在。

二　短暂的无政府主义信徒

近世以降，中西文化的交融与会通成为中国文化发展的主要动力。尤其是新文化运动勃兴以来，欧洲启蒙运动以来的西方思想大行于中国，举凡"进化论""个人主义""自由主义""社会主义""无政府主义"等思想先后流行于中国思想界。这些欧陆思想被引介到中国之后，各有追随者和传播者，成为改造中国文化的重要资源与外力。

在上海期间（1915—1920），由于个人遭际和友人的影响，吴芳吉对强调个人自由、反对国家权力的无政府主义发生了强烈的兴趣，且试图以传统的儒道资源加以会通融合。无政府主义是青年吴芳吉思

---

① 吴芳吉著，贺远明等编：《吴芳吉集》，第 1096—1097 页。
② 吴芳吉著，贺远明等编：《吴芳吉集》，第 577 页。

想中重要的组成部分，对其政治观、社会观乃至文学观都产生了至为深刻的影响。吴芳吉拥抱无政府主义，除了个人的遭际之外，还与中西文化交流的不平衡有关。作为中国传统文化的信奉者和维护者，吴芳吉失望地发现，当与澎湃汹涌的新思潮和新文学对垒之时，传统文化和古典文学竟然全无还手之力。时值白话文学蓬勃不息，古典文学摇摇欲坠，出于对传统文化和古典文学的眷恋，吴芳吉转而提倡文学上的"个人无政府主义""精神无政府主义"，试图在以新文学为主流的写作环境中为异质性的书写（以文言为主体的创作）争取更大的空间与话语权。

无政府主义发源于19世纪下半叶的欧洲，抨击资本主义的各种弊病，认为人只应受自己意志的支配，不应受一切权力和权威的压迫，而政府是一种强制力量，败坏人类的心灵和智慧，是产生一切邪恶的根源。无政府主义者主张，必须立即废除一切国家，建立一个以个人自由联合为基础的、不设国家政府的绝对自由社会。20世纪初叶，无政府主义被当作一种社会主义学说，被一些旅欧、留日的知识分子和同盟会会员介绍到中国。辛亥革命后，中国的无政府主义者在国内正式成立政治组织并创办刊物，进行了一系列的政治活动，在当时的知识界产生了较大的影响。到五四运动前后，无政府主义在中国的传播达到鼎盛时期，各大城市都有其组织，他们发宣言、办刊物，进行各种各样的活动。吴芳吉正是在此一时期，接触到无政府主义并受到它的影响，其与中国无政府主义的代表人物吴稚辉、华林等人都有过近距离的接触。

吴芳吉在《梁乔山先生传》一文中详阐了对"个人无政府主义"的理解，主张在儒家的思想框架里赋予个体之自由。首先，"个人无政府主义"不是"以暴易暴的过激主张"，不是"'俄国过激派'之缩影"，而是"做人的问题"，"要清清白白、正正直直的做一个人"，既可以是极端的自由、极端的平等、极端的博爱，也可以是极端的孤僻、极端的破坏。其次，"个人无政府主义"是精神之追求，而政府是最大的障碍。吴芳吉认为，人的本性是"去苦求乐"，真正之乐是精神上的，"离形迹而独立，随理解而常在，俯观仰察，在在可得，不以贫富、尊卑、生死、存亡而稍有阻隔，这样便是真乐"。真乐之实现，须去除虚伪的排场，"政府为最大的虚伪排场，有了他后，便不免生出偶像，生出迷信，生出阶级，生出私产，生出战争，生出强权，便足以使人不乐，而为人的大苦"，要想达到真乐，必须废除"代表万恶的政府"；最后，"个人无政府主义"有深厚的本土渊源，儒家所提倡的学说即是"精神上的个人无政府主义"。孔孟哲学的精神实质亦同于"个人无政府主义"，"天下大同"即是无政府主义的最高境界："现在被无意识的笑骂，使人不敢为他叫冤的孔孟，也是无政府主义的同志先生。不过他的手续较为平易浅近，就在平易浅近的现象内，去求大同世界。他认定个人为世界的起点：假如各个个人，能够身修，自然能使家齐；各家的个人能使家齐，自然能使国治；各国的个人能使国治，自然天下是太平了。他又认定人性都是善的，更是无政府主义立论的根据。要解决无政府主义一切问题，只有归根于性善。惟其性善，所以不要政府；惟其个人的性都善，所以任凭人类如何繁杂，终有一个共同的心理。这共同的心理，便为大同世界建设之基址。再看他养成个人精神上的条件：'富贵不能淫，贫贱不能移，威武不能屈'，'遁世不见知而不悔'，这种精神，非无政府主义的人，怎样配得上说！"在吴芳吉看来，"个人无政府主义"既符合儒家中庸之义，又与世界发展趋势吻合，易知易行，将来必定大行于天下而成为"天下大同"的根基。

吴芳吉特别强调，他所提倡的"无政府主义"是个人意识的觉醒和转变，而非付诸群体性的运动。他将革命定义为"个人意识的觉悟"，认为"个人无政府主义"才是真正的革命。他认为，凡事应出于主动，出于被动则弊病丛生。革命也应如此，"人人觉悟，才是根本上的革命，若是多数的人，没有觉悟，仅由少数的人，操纵他去觉悟，那就靠不住了"，同盟会发动的辛亥革命即有此缺陷。最深刻的革命，乃个人意识的觉醒，真正觉悟的人，才是真正的革命家。"凡真正觉悟的人，对于社会的事，只认为个人分内之事"，革命事业作为社会事业之一种，应"正其谊不谋其利，明其道不计其功"，如果"因个人之功利而言革命，是以革命为投机的买卖，因革命而言个人

功利，是以革命为禳鬼的祈祷"。故此，革命的本质是意识的革新，
"无论何事，只有自己管得自己。靠人来管，不会成功；去管人家，
不会长久。也就是菩萨不能超度众生，惟群生自家超度之意"。要做
到这一点，须从教育的普及做起，予人觉悟自新的动机，如此才能和
平地解决社会问题，有此基础，即使不幸经过暴力革命，也不至于糜
烂，而社会上的痛苦，便可慢慢减少，趋近大同世界。①

在文学上，吴芳吉也曾高举"个人无政府主义"，并以之为文学
立论的根基和创作的一般规律。在文学创作领域，吴芳吉不甚重视无
政府主义的政治属性，而取其主张个人自由的精神，并将其注入他独
创的文学观之中。他极力倡言文学不同于政治，政治乃群体之事，可
有革命，而文学述作自由，属一己之事，不应用"革命"手段强制干
预："文学善与不善，则惟在于己。己所为文不善，己之罪也，非文
学之罪也。革己之命可也，革文学之命不可也。"②

在吴芳吉看来，要真正实现文学上的"个人无政府主义"，应该
反对团体、道德学问等对文学的干涉，为此吴芳吉坚称："文学的根
本在个人，而不在团体。团体的弊病，足以拘束个人的天才，与堕落
个人的人格。所以团体活动，对于别种事业为有效用，对于文学是用
不着的。大凡中外诗人之成为一个诗人，全靠自己用功去做。……我
不但反对文学上的团体，且一面对于所谓学问道德，我也根本不相信
他。我以为：人在大宇宙间，只有直截了当的生活，绝无稀奇古怪的
学问；只有天真烂漫的良心，绝无装腔作势的道德。"诗人立身之处
在永远保存一副本来面目，其余如"学者态度""养气工夫"尽在摒
弃之列。也就是说，文学自有其个性，从事文学的人只需要表现出自
己的个性、情感、灵魂即可，而不应该接受任何团体、主张、思潮的
干涉与控制。③ 吴芳吉所提倡的文学上的"个人无政府主义"其目的
在于倡导文学的个性和性灵，他认为这与"文以载道"的主张并不冲
突，因为"道"是至大无边的，从事文学者由于生活经历、精神修养

---

① 吴芳吉著，贺远明等编：《吴芳吉集》，第387—404页。
② 吴芳吉著，贺远明等编：《吴芳吉集》，第451页。
③ 吴芳吉著，贺远明等编：《吴芳吉集》，第406—408页。

和精神境界的不同而可以用多姿多彩的笔触来表现"道"的不同
侧面。

此外，吴芳吉又倡导"自然的文学"，这是对文学"个人无政府
主义"的进一步发挥。按照吴芳吉的理解，"自然的文学"是发乎天
真性情的自然创造，是文学家表达自我的自然行为，是历史演变的自
然生成。既然如此，"自然的文学"应有不受政治等其他因素干涉的
自由，"是不相信要靠政治的"。文学的途径多种多样，不能只有人为
指定的某种途径。所以，诗人们应分道而行，各自开辟诗的世界：
"所以自然的文学，是任人自家去做的，是承认人类有绝对之自由的。
是不装腔作势，定要立个门面的。是以个人为文学上单位的，是打破
那些蔑视别人的人格，只顾其私党之声势的。"①

显然，吴芳吉倡导"自然的文学"的意图是为了在新文学的浪潮
里获得独立表达或为了保存古典文学资源以免其被连根拔倒。新文学
在确定自身地位后隐然成为具有某种独占意味的存在，以至保守主义
者阵营要为自身的文化选择寻找适当的空间。新文化和新文化的推进
伴随着古今、中外、新旧的争竞，不可避免地带有二元对立的思维和
心态，这种学风与明清之际思想变动的士风颇为相似，它们共同的特
点是缺少宽容、豁达之气，而多了偏执、躁竞和意气之争，舆论常有
杀气，辩论暗含攻讦。这与儒家所追求的中和气象、含弘广大之境是
背道而驰的。② 学衡派的创始人之一梅光迪曾激烈地批评新文化派养
成了新式的学术专制。其排斥异己的学术作风让人联想到秦始皇的焚
书坑儒和中世纪残杀异教徒的惨祸，"他们所宣扬的所谓理性的宽容
只是相对于那些与他们观点相同或服从他们的统治的人而言的"③。梅
光迪还详细描述了新文化派不宽容的作风："彼等不容纳他人，故有
上下古今、惟我独尊之概。其论学也，未尝平心静气，使反对者毕其
词，又不问反对者所持之理由，即肆行谩骂，令人难堪。凡与彼等反
对者，则加以'旧''死''贵族''不合世界潮流'等头衔，欲不待

① 吴芳吉著，贺远明等编：《吴芳吉集》，第382页。
② 赵园：《明清之际士大夫研究》，北京大学出版社2014年版，第21页。
③ 中华梅氏文化研究会编：《梅光迪文存》，华中师范大学出版社2011年版，第195页。

解析辩驳，而使反对者立于失败地位。今年以来，此等名词，已成普通陷人之利器，如帝王时代之'大不敬''谋为不轨'，可任用以入人于罪也。"①

梅光迪所痛陈的文化界的"精神专制"也是吴芳吉提倡"自然的文学"的苦衷所在。"自然的文学"主张创作自由和多元探索，反对文学霸权、文学专制。吴芳吉又从文学生态的多样性出发，论证"自然的文学"的合理性。他提醒说，文学作为灵性的天地极为广阔，没有必要定于一尊，也无须拘囿于某一派别，"充满宇宙的东西，都是文学上的材料，一人之力，岂能尽其材而取之？故必各从其环境去采取，各贡采取所得以同享受，这才是文学上的互助。所以互助之意，是由各方面言，不是单言一面"。单就诗歌而言，"人类生活，是无穷的，所以诗的前程也是无穷。人类生活是参差的，所以诗的表示也是参差"，诗歌表现的是诗人所受社会和时代不同的影响，不同的诗人，境遇有别，风格有异，"所以诗的世界，不是一人造得出的，必赖古今诗人，为群众的运动得来"。基于此，"自然文学"势在必行："我希望中国数万万人，有数万万起不同之文学。使其无情不达，无理不顺，则文学之进化将不可量。中国文学所以进化迟钝之故，正由个人无个人之文学，而只有千篇一律之偶像文学。此所谓个人之文学，即自然文学之意。自然文学的界说，就是：我不强迫人，人不强迫我。所以，他肯从新文学的，这即是一种自然，别人不当强迫；他肯从旧文学的，这即是一种自然，别人不当强迫；他肯从新旧文学都调和的，仍旧是一种自然，别人不当强迫；他肯从新旧文学都超然的，亦还是一种自然，别人不当强迫。"故此，诗人应"各就各的生活，各为各的表示"，"我不必学人，人不必学我；人只学人，我只学我"，如此分工而行，再来互相借鉴，这样诗的世界才会不断进化。②

吴芳吉的文学"个人无政府主义"肯定创作的自由和自主性，它既是新文化运动和新文学思潮的产物，也是对新文化和新文化霸权地

---

① 中华梅氏文化研究会编：《梅光迪文存》，第139页。
② 吴芳吉著，贺远明等编：《吴芳吉集》，第377—385页。

位的反叛与挑战，这体现了吴芳吉对新文化运动和"文学革命"的复杂心态。针对"文学革命"初起之时对文学传统的极端否定，吴芳吉出于贯通古今的考虑而主张在传统的基础上进行创新，但这种主张在狂飙激进的变革时代无疑代表了折中主义的调和倾向。可以说，吴芳吉所提出的"个人无政府主义"和"自然的文学"的主张隐含着某种深沉的忧虑，即是担心古典文化和古典文学失去安身立命之所，也折射出保守主义阵营的知识分子对于自身日渐边缘化和不断失去话语权的双重焦虑。

当然，我们也应看到，在信奉"无政府主义"的这段时期，吴芳吉在一定程度上摆脱了传统思维与学衡派的约束力，而能以相对超脱、自由、无畏的心态面对文化和文学问题，这也是吴芳吉文化信念与新文化思潮冲突最剧烈的一段时间。在这种矛盾和挣扎的心态之下，吴芳吉反而有了某种心灵的松动感，开启了疏狂放浪的诗酒生涯，并创制了"白屋诗"这一新的诗体，一度写出极为接近白话诗的作品，这也是吴芳吉作为短暂的无政府主义信徒的意外收获。

三 "新人文主义"的启蒙与洗礼

不少研究者称吴芳吉为"学衡派诗人"，在"诗人"之前冠诸"学衡派"的称呼，足以证明吴芳吉与"学衡派"这一饱受争议的思想流派的关系之深。检视吴芳吉生平，他与学衡派核心人物吴宓的交往之深、受其影响之大，足以塑造吴芳吉精神世界的基本底色。通过吴宓长期的影响，吴芳吉接受了美国"新人文主义"领袖白璧德的思想启蒙与文化洗礼。

作为后起的思想流派，白璧德的"新人文主义"直至 20 世纪初期才为美国学界所侧目，但却引起了当时在美国留学的梅光迪、吴宓、汤用彤等中国学人的热烈关注。20 世纪 20 年代，白璧德思想的中国传人梅光迪、吴宓以文化保守主义者的姿态在中国传播"新人文主义"思潮，以他们为中心和主导的学衡派同样反对卢梭式的浪漫主义，并在学理上对新文化运动激烈反传统的做法提出了严厉的批评。为了从学理上宣传自己的主张，打破五四新文化派的话语霸权，在五四新文化运动的后期（1922 年 1 月），梅光迪、吴宓等人联合创办了

《学衡》杂志，借此平台，中国的文化保守主义者开始集结，以白璧德的"新人文主义"为理论资源，以"昌明国粹，融化新知"为文化号召，在欧化与国粹之间斟酌损益，形成了与五四新文化派的思想主张相抗衡的一大阵营。这本刊物的宗旨是：阐释中国文化的精神，系统组织中国文化的素材；介绍并吸收西方哲学和文学的优秀作品和思想；以合理、明智、批判的态度讨论当今中国生活中的各种问题和思潮以及教育现状；创造一种现代中国文风以表达新的思想和情感，同时又保持中文的传统用法和它固有的风采。①

与留学美国、亲炙白璧德的吴宓、梅光迪等人不同，吴芳吉接受白璧德的思想更多是通过间接的方式，具体地说，是通过吴宓以及《学衡》杂志这一中间渠道完成了对"新人文主义"的吸收和借鉴。吴芳吉接受"新人文主义"思想的过程，也是他与学衡派成员尤其是吴宓交往频密的过程。

根据吴芳吉的生平史料，我们发现，他与学衡派的重要成员（如吴宓、刘永济、汤用彤、林损、景昌极）都存在交集，他们的关系甚至可以追溯到《学衡》杂志创立之前。在学衡派诞生之前，吴宓、汤用彤等清华学校毕业的学生组织过一个小型的类似校友会的互助团体"天人学会"。作为精英团体的"天人学会"对成员的挑选颇为严格，前后不过三十多人，且基本上以留美学生为主，吴芳吉是"天人学会"仅有的非留学生的成员。吴宓等人回国后，"天人学会"自动解散，原有成员有些转变为《学衡》杂志的撰稿人和支持者。无论是"天人学会"，还是"学衡派"，吴宓都是组织者、领导者和灵魂人物。谈论学衡派对吴芳吉的影响，首先要梳理吴宓对吴芳吉长期的精神影响。

作为吴芳吉长期的赞助者和支持者，吴宓扮演了吴芳吉"精神教父"的角色。由于吴宓，吴芳吉才有机会接触到白璧德的人文思想。吴宓结识白璧德之初，就迫不及待地写信给吴芳吉介绍白璧德的新人文主义思潮："哈佛大学有教师某某（指白璧德）极有实才，所见迥

---

① 中华梅氏文化研究会编：《梅光迪文存》，第 193 页。

别，乃十年来美国新文学派之首领。此等主义，专与十九世纪之浪漫派 Romanticism 角竞，推陈出新，去粗返真，以脱离无政府之个人主义，而归本于伦理美术之至理，以造就至善之文学，取各国文明之精华熔铸之。此其在世界地位，亦与我等在中国将来之攻斥《新青年》杂志一流同也。"① 吴宓的这段话透露出"新人文主义"的三个特质：第一，"新人文主义"是欧美精神文化最新的成果，较之 19 世纪方才耸动世人耳目的浪漫主义是一个大大的飞跃；第二，"新人文主义"侧重道德—伦理取向，与中国儒家所言的性善哲学乃是殊途同归；第三，"新人文主义"是一开放的体系，撷取了世界诸文明的精华，能够平等地对待包括中国文化在内的所谓"落后民族"的文化。正是由于"新人文主义"与儒家哲学有异曲同工之妙以及其对弱势文化的包容和欣赏，它才吸引了吴宓、吴芳吉这些中国知识人士的推崇和敬重。对吴芳吉而言，"新人文主义"与他所信奉的理学思想不存在隔阂之处，而是共同指向了道德之途和心性之域。

受吴宓的影响，儒学功底深厚的吴芳吉对中国文化有了更为深刻的理解和体认，同时，"新人文主义"对东方文化的推崇又增强了吴芳吉对中国文化的信念。《学衡》杂志刊出的大量介绍白璧德思想的文章让吴芳吉再次确信：保持传统和接受新知可以并行不悖地进行。作为"新人文主义"的提倡者，远在美国的白璧德成为吴芳吉文化信念形成过程中不可忽视的隐秘导师。这种影响可以从吴芳吉为《学衡》杂志所撰写的论述中国语言、文学、文化的文章中清晰地看出来。

实际上，白璧德的思想在欧美也属异类和小众，他所提倡的"新人文主义"思想影响力不大，持续的时间也不长（主要存在于1910—1930 年的美国）。"新人文主义"很大程度上是对培根功利主义、卢梭浪漫主义的某种反拨。白璧德强调"人的法则"，主张恢复"人文主义教育"，"在极度的同情与极度的纪律和选择之间游移"，

---

① 吴芳吉著，贺远明等编：《吴芳吉集》，第 577—578 页。

通过调节两种极端的情况而使人变得更加文明。① 他认为人身上既有理性因素，也有非理性因素，应该依靠外在的权威和内在的理性来克服非理性，发扬人性中"高贵的理性"、平衡、节制、温和等美德。与推崇现代性的学者不同，白璧德主张从古希腊和罗马文化中寻找智慧，并推崇佛陀、孔子的思想和教诲，认为东西方文化一直遵循的最高法则是包含了中庸、节制、纪律等内涵的适度法则，"因为它限制并包含了所有其他法则"②。"适度法则"的实现有赖于"内在制约"或"内在的限制原则"，通过"高尚自我"对"卑下自我"的限制与制约达到"一"与"多"的平衡。③ "一"是指一种意志品质，能超越种种的"普通自我"（"多"），这种来自东方的观念是伴随着基督教进入西方文化传统中的，"只有在千姿百态、变动不居的生活中发现一种持久的统一性，以衡量那些纷繁的现象，我们才有可能沿着批判的路线获得标准"④。白璧德认为，现代的西方社会已经陷入了宗教的教条主义和狂乱的启蒙主义的双重蛊惑之中，因此有必要通过与东方思想的联系来恢复和促进其对某些真理的意识。⑤ 也正因如此，白璧德盛赞孔子对中华文化精神的继承和传扬，称他将千百年来累积的经验传递给当世与后世，是值得敬重、效仿和追慕的伟大典范。白璧德将孔子视为"中道"精神的化身，认为孔子塑造了中国人特有的民族精神和人文精神，他对"人之何以成为人"这个问题深刻、真切的洞察通过"礼仪"的教化形式表现出来。白璧德从"新人文主义"的角度预言，虽然中国的文明存在诸多严重的外围的失误，但只要中国人不自暴自弃，在面对西方压力之时仍能坚持儒家传统中最好的东

---

① ［美］欧文·白璧德：《文学与美国的大学》，张沛等译，北京大学出版社 2004 年版，第 15—16 页。

② ［美］欧文·白璧德：《什么是人文主义》，王琛译，载《人文主义：全盘反思》，生活·读书·新知三联书店 2003 年版，第 16 页。

③ 张源：《从"人文主义"到"保守主义"：〈学衡〉中的白璧德》，生活·读书·新知三联书店 2009 年版，第 56 页。

④ ［美］欧文·白璧德：《民主与领袖》，张源等译，北京大学出版社 2011 年版，第 10 页。

⑤ ［美］欧文·白璧德：《性格与文化：论东方与西方》，孙宜学译，上海三联书店 2010 年版，第 101 页。

西，就会获得内在的重生的力量。①

受白璧德和吴宓的双重影响，吴芳吉所关注的西学资源主要是柏拉图至康德的人文主义传统，而狂放不羁的浪漫主义作家如卢梭等人都受到了他的痛斥和抨击。吴芳吉对吴宓的人格和学养推崇备至，对后者的文化眼光（包括吴宓对白璧德的推崇）也深信不疑。在激烈反传统的时代背景之下，吴芳吉接受了学衡派的文化主张，提倡人文道德的价值，竭力寻找东方与西方文化精神的会通之处。为此，他熟读并诵习柏拉图的著作，涵咏玩味，深感东西方圣人的教诲实乃大道同归。

吴芳吉对康德的《人心能力论》尤为推崇，并因之顿悟孔孟、老庄的心性之法，中外思想、精神贯通的跨文化体验让他"豁然开朗，有海阔天空之气象"，劳愁焦感在义理明澈之后而荡然无存，中西文化在他的身上实现了同生共融。吴芳吉欣喜地发现，西方圣贤也讲"养心""养气""形神合一"，与中国圣贤同旨。在人生观的关键之处，中西方的哲人都主张形为神役，道德足以养生，"彼谓人之一生，无不在心意中，无论种种疾病困苦，皆心意所致之。心意既能致之，亦能愈之，使其不致有疾病困苦"。从康德的论述中，吴芳吉看到了道德力量对纯净心体的重要性，在这一点上，西方哲人与中国圣贤的主张完全一致：克服疾病困苦之道在于"严于克己，勿使人欲以役于心意，顺其心意之自然，或以坚毅强干之精神赴之，则疾病困苦自不能召，而人生斯寿也"。② 显然，吴芳吉对"新人文主义"的接受在某种程度上是其儒学思想对西学的附会和本土化解读，但也正是由于"新人文主义"的理论支撑让吴芳吉对中国文化的价值充满了自信。有了"新人文主义"以及这种思想所拣选的古典作品作为参照，吴芳吉愈发感到中国文化之可贵和西方近代以来"误入歧途"的遗憾。

受白璧德"新人文主义"的影响，吴芳吉的思想为之一变，他后来将来自欧陆的浪漫主义思潮、无政府主义思潮视为历史的一大倒

---

① ［美］欧文·白璧德：《民主与领袖》，张源等译，第 25—27 页。
② 吴芳吉著，傅宏星编校：《吴芳吉全集》，华东师范大学出版社 2014 年版，第 1048 页。

退，认为西方的真正文化仍在柏拉图、苏格拉底、康德一脉。他进而断定，那些所谓符合进化论的卢梭等人的理论只会导致社会的混乱，其毒害所及必将引起欧洲大战和各国思想的扰乱不宁。由于白璧德思想持续的影响，吴芳吉迥异于一般的文化复古主义者，也不同于一般的中国文化优越论者，正是由于域外文化的映照，吴芳吉更加清楚地认识到中国文化与文学的特质所在。单一的文化镜像令人偏狭盲目，多元敞开的文化格局则有利于人们看清自身文化的优劣所在，进而截长补短，通过不断的吸纳完善和充实自己，这也是吴芳吉接受新人文主义思想所带来的启示。

第二章 理学信仰与道德实践

吴芳吉以"儒者"自命，将理学视为支撑其文化生命的神圣价值，一再表达他对理学的肯定和崇仰之情，并在人伦日用之间践履理学为主的道德哲学。本章将结合巴蜀儒学的发展历程与古今之变，辨析地域文化对吴芳吉早年思想的潜在影响，从中也可以观察作为传统文化主干的儒家思想在变动时代如何以潜流的形式继续发挥作用。

一 巴蜀儒学：从经学到理学

1913 年，被清华学堂除名的吴芳吉孤身返蜀，过瞿塘峡时，饱览峡中风光，或草舍篱垣，或深隐山谷，或高出云表，旁有石桥，或前倚雕栏，风景秀逸，不同流俗。感慨蜀中之景不亚于欧美胜景风光，思及若能规划得当，必能开出一新局面：

> 苟得一二有为之人出而提倡，仿瑞士办法，到处敷设，何处可建一楼，何处可立一亭。若者宜筑桥梁，若者宜辟花圃，或于深山中修避暑胜地，或于近水处兴游泳场，更进于何处建博物馆、美术馆以及学校、摄影馆、旅馆、饮食店等等，各度其宜而置之。补山移水，使天然景物各得穷其胜。则成都之青城，嘉定之峨眉，夔州之巫山，剑州之剑阁，新都之桂湖，重庆之花岩，与夫蜿蜒之岷沱，秀丽之涪陵，嵯峨之陵云，浩瀚之瞿塘，皆足以俯仰流连雅人心志者。若托孤之白帝，二部之草堂，薛涛之井，桓侯之庙，更足以资凭吊，感沧桑，聚诗流，集词客，令人憾慨歔歗，或歌或泣。安知罗马之戏园，米兰之大寺，巴黎之铁塔，庞贝之古城，恒河之佛寺，埃及之石像，不现于吾川乎！举此千里河山，

成一极大公园，彼瑞士之风光，黄石之雅趣，不足语也。更
筑铁路，西达藏卫，北出陇秦，南接黔滇，东亘湘楚。又于
金沙嘉陵诸名川，兴航政，办空运，则西欧东亚之文化，必
因此丕变，而启世界和平之曙光，岂直老生常谈也哉！①

　　这是落魄无极中的吴芳吉对故乡风物的咏叹与赞美，他颇具前瞻
性的旅游规划凸显巴蜀一隅风景的优美秀丽，也暗示了巴蜀地理、历
史、文化的独特性与特殊魅力。吴芳吉是巴山蜀水所孕育的才子诗
人，追溯巴蜀文化尤其是巴蜀儒学的历史积蕴与发展潜变，将有助于
我们了解吴芳吉儒学思想的成因和表现。
　　巴蜀文化是一个开放的系统，儒释道文化在此兼容并蓄、彼此激
荡，在中华文化史上发挥过重要的作用。先秦时代，巴蜀文化自成一
体，发展至汉代，始与中原文化交汇，随之出现了一大批树立思想学
问规模的文化人物。在一般人的印象里，巴蜀地区佛道流行，道教之
青城山、佛教之峨眉山、大足石刻，都是二教在四川传播的显证。但
就文化主流而言，两汉之后的巴蜀地区，占据主导地位的却是儒学的
传播和发展。
　　汉代的巴蜀文化出现了历史上的第一个高峰，其开端是"文翁化
蜀"。《汉书·循吏传》记载文翁的政绩："见蜀地辟陋有蛮夷风，文
翁欲诱进之，乃选郡县小吏开敏有材者张叔等十余人亲自饬厉，遣诣
京师，受业博士，或学律令。减省少府用度，买刀布蜀物，赍计吏以
遗博士。数岁，蜀生皆成就还归，文翁以为右职，用次察举，官有至
郡守刺史者。又修起学官于成都市中，招下县子弟以为学官弟子，为
除更徭，高者以补郡县吏，次为孝弟力田。常选学官僮子，使在便坐
受事。每出行县，益从学官诸生明经饬行者与俱，使传教令，出入闺
阁。县邑吏民见而荣之，数年，争欲为学官弟子，富人至出钱以求
之。由是大化，蜀地学于京师者比齐鲁焉。至武帝时，乃令天下郡国
皆立学校官，自文翁为之始云。文翁终于蜀，吏民为立祠堂，岁时祭

————————

① 王峰：《吴芳吉年谱》，中国社会科学出版社 2016 年版，第 39 页。

祀不绝。至今巴蜀好文雅，文翁之化也。"作为精通《春秋》的儒家
人物，文翁大兴教育、提倡儒学，促进了儒家文化在巴蜀地区的传
播，加强了四川与中原文化的交流，奠定了四川地区以儒为主、兼容
佛道的文化格局。此后，巴蜀地区陆续出现了哲学家严君平、扬雄、
文学家司马相如等文化巨子，他们或儒或道，在全国的文化舞台上开
始崭露头角并有了光彩夺目的优异表现。

三国至隋唐五代，巴蜀儒学继续平稳发展，今文经学和古文经学
并存，出现了一大批专精儒学经典研究的学者，尤以对《易经》的研
究最为突出。至宋代，巴蜀儒学的发展臻至顶峰，理学大兴，学者辈
出，周敦颐、程颐、朱熹等理学巨擘都与四川地区发生过紧密的学术
联系，他们或在蜀著书立说、传道授业，或通过门人弟子光大其学，
直接促进和间接推动了宋代巴蜀理学的兴起与发展。

在理学兴起的过程中，川中学者兼道人陈抟①发挥了独特的作用。
巴蜀儒学一向重视《易经》，陈抟接续此一传统，精研《易经》术
数，其所著《河图》《洛书》《先天图》等三种古易被称为"三宝"，
开一代学术新风。陈抟之学是整个宋代理学宇宙观的基础，作为理学
宗师的周敦颐、程颐、程颢、邵雍等，无一不受到陈抟学术的影响。
《宋史·朱震传》谓："陈抟以先天图传种放，放传穆修，穆修传李
之才，之才传邵雍。改以河图、洛书传李溉，溉传许坚，许坚传范谔
昌，谔昌传刘牧。穆修以太极图传周敦颐，敦颐传程颢、程颐。"周
敦颐又将陈抟的《无极图》的顺序进行颠倒，改造为《太极图》，成
为两宋理学的哲学基础。二程之学上承周敦颐的学说，对陈抟的哲学
思想也多有发挥和继承。

周敦颐（1017—1073）是"宋学初祖"和理学开山者，他根据
陈抟的《无极图》作《太极图说》，以"图"与"说"的形式论证宇

---

① 陈抟（？—989），字图南，自号扶摇子，普州崇龛（今四川省安岳县）人，五代
末北宋初道士、道教学者。早年举进士不第，遂隐居武当山，后移居华山，与麻衣道者、
谭峭、吕洞宾相师友。后周世宗封其为谏议大夫，固辞不受，赐号"白云先生"。宋太平兴
国年间两次应诏入朝，太宗赐号"希夷先生"。在思想上，融儒、释、道三教学说于易学之
中，创立了"先天易学"。著作有《易龙图序》《贯空篇》《阴真君还丹歌注》《正易心法·
注》等。

宙本原及天、地、人、物的生成发展。认为有象有形的二气、五行和万物都出于作为混沌未分之气的原始统一体"太极"，而"太极"则又出于无象无形的"无极"。认为人得二气、五行之秀，故为万物中最灵者，但因人之心、性受外物影响，遂有情欲善恶发生。故主张通过"无欲""主静"而达到人类最高道德标准"人极"。"人极"即"纯粹至善"的"诚"，为"五常之本，百行之源"（《通书·诚下》）。他的学说以孔、孟儒学为核心，糅合儒、佛、道思想，初步构建了理学的哲学体系。周敦颐与巴蜀地区渊源甚深，其外祖郑灿是五代十国后蜀皇帝孟昶朝中的左侍禁，他本人以太子中舍金署合州判官在合州（今重庆合川）任职五年。在蜀期间，周敦颐与一批蜀地学者建立了学术联系，切磋砥磨、讲论学问，蜀中弟子纷往来学，如"少有俊才"的傅耆、"有行有文"的张宗范，周氏或通过面授，或通过书信往来对其多有劝勉启发，其学术思想开始在四川零星传播，为南宋四川理学的崛起奠定了基础。①

程颐（1033—1107）是理学史上的"二程"之一，与其兄程颢同为北宋理学的奠基人。在哲学上，他以"理"为最高范畴，以"理"为世界本原。认为"理"是创造万事万物的根源，它在事物之中，又在事物之上，因此他认为道即"理"。又认为，人的本性即是人所禀受的理，于是提出了"性即理"的命题。他所提出的"饿死事极小，失节事极大"的命题，在中国思想史上产生了极大的影响。宋哲宗绍圣四年（1097），程颐因反对王安石新政，被贬于四川涪州（今重庆涪陵）。年过六旬的程颐在涪州北岩研习经典，聚徒讲学，慕名求学者络绎不绝，黄庭坚于元符元年来涪，至次年离去，共居八月，常往北岩与程颐相会，探讨学问，并为其讲学地题名为"钩深堂"，赞其讲学之精深独到。在此期间，程颐积平生学《易》所得，完成《伊川易传》，成为理学学术发展史上的一大盛事。程颐之学，

---

① 粟品孝：《周敦颐与北宋蜀地学者的交往——附周敦颐佚诗三首》，《西华大学学报》（哲学社会科学版）2013 年第 5 期。

流布川东，在其身后，门人尹焞①避金兵入侵之乱，辗转奔至涪陵，继承师业、讲授理学。涪陵人谯定②作为程颐入门弟子，是南宋理学传承史上的重要人物，对宋代川东地区学术的发展有着举足轻重的作用。③他大力传播"二程"之学，刘勉之、胡宪、冯时行、张浚为其亲炙弟子，朱熹为其再传弟子，为蜀学、湖湘学派、闽学的发展和融会做出了重要贡献。

理学的集大成者朱熹虽未入蜀，但朱子学在南宋巴蜀地区却大大地流传开来，一跃成为巴蜀儒学的主流。朱子学在南宋巴蜀地区的传承和开展，主要有三种渠道：朱熹友人张栻、赵汝愚、刘光祖在巴蜀开展的学术活动；朱熹弟子度正、晏渊等在巴蜀大力传播朱子学；南宋中后期著名理学家魏了翁在蜀地大力传扬朱熹思想。朱子学在巴蜀的流传，逐步使巴蜀地区的学术由经学转向理学，蜀地学术的发展融入整个时代思潮——理学发展演进的脉络之中。④

自宋代以来，理学在巴蜀地区一直占据着学术和思想中心的地位，无论官方还是民间，都将其奉为精神生活的圭臬与指南。直至同治十三年（1874），张之洞奉朝廷之命任四川学政，他发现川地影响最大的锦江书院仍以教授理学为主，盛行一时的乾嘉汉学在四川几无影响。巴蜀地区理学一统的局面原因有二：四川地处偏僻，自成一体，文化交流不畅，外来学术思想不易发挥影响；理学体系的自足性，妨碍了其进一步的更新与发展；巴蜀内部的其他思想资源，如佛、道，自身也处在衰颓之中，无法撼动理学的正统地位。

自理学入川之后，气势如虹，传播迅速，这与巴蜀文化本身的特

---

① 尹焞（1070—1142），字彦明，一字德充，号和靖。河南洛阳人。程颐弟子。金破河南，自商州奔蜀。官至直徽阁待制，因反秦桧而辞官。著有《论语解》《孟子解》《门人问答》《和靖集》等。

② 谯定，生卒年不详，涪州涪陵（今重庆涪陵）人，字天授，自号涪陵先生。少喜学佛。后从程颐学《易》。得闻精义，造诣甚深。靖康初，召为崇政殿说书，辞不就。高宗即位，又命召至。适金兵至，失其所在。后归隐青城山中，蜀人称为"谯夫子"，不知所终。

③ 吴洪成：《北宋理学家程颐在重庆的讲学活动》，《涪陵师范学院学报》2005年第1期。

④ 蔡方鹿：《朱子学在南宋巴蜀地区的流传》，载《人文与价值——朱子学国际学术研讨会暨朱子诞辰880周年纪念会论文集》，华东师范大学出版社2010年版，第294—309页。

质大有关联。我们知道，理学是儒家融合道家、佛教的哲学思辨而发展出的一套精密的理论体系，其本身带有较大的包容性，这与四川地区儒释道和谐共处的文化格局不谋而合。这也是理学能够在四川长期立足并得以持久发展的原因所在。理学一旦在巴蜀文化的体系里扎根落地，便一直发挥着统摄、引领、主导的作用，以其学理的杂糅与内容的博大熏陶着生活在这片土地上的士子庶民。

在浓郁的理学环境的熏陶下，四川诞生了具有全国性影响的理学大家——张栻①。张栻的哲学思想与朱熹接近，推崇周敦颐《太极图》，以太极为宇宙本体，认为太极动而阴阳形，阴阳形而万物生。他认为"理"是最高的哲学范畴，天、性、心都是"理"的表现形式，有意将程朱理学与陆九渊的心学进行调和。他肯定孟子的"性善论"，认为人之初心即所谓赤子之心纯真善良，圣人是不失其赤子之人，一般人则由于情欲而丧失赤子之心，因此去情欲之私（人欲），即可存天理。人可以通过变化气质，恢复自然之性，故人人皆可成尧舜。他认为"礼"即天理，不可逾越。父子之亲、长幼之序、夫妇之别、君臣之义、朋友之信，此"五常"乃天理的体现，为此极力提倡"克己复礼"。张栻以天理贯通人欲义利，发先儒之所未发，强调"心"的作用，成为理学向心学转向的发端者，其思想学说对宋代理学的发展产生了重大影响。

张栻之后，魏了翁②成为蜀中理学的集大成者和最有力的推动者。魏了翁博极群书，推崇理学，反对佛老。他师承朱熹，后又受陆九渊、叶适影响，调和折中，融会诸家，建立起以心学为主的独特的哲学体系。在宇宙本体论上，他认为"心即天，心即理"，心是宇宙万物的主宰，主张"尽心以求诸理"，借此端正人心，革除时弊。在认

---

① 张栻（1133—1180），南宋理学家，字敬夫，一字乐斋，号南轩。广汉（今四川广汉）人。张浚子。力主抗金。官至侍讲、直宝文阁、秘阁修撰。师事胡宏。曾主岳麓书院。与朱熹交往密切，往返辩论过理学问题。和朱熹、吕祖谦齐名，时称"东南三贤"。

② 魏了翁（1178—1237），南宋理学家。字华父，号鹤山，学者称鹤山先生。邛州蒲江（今四川邛崃浦江县）人。庆元五年进士。历任签书剑南西川节度判官、知嘉定府、兵部郎中、权工部侍郎、权礼部尚书、端明殿学士同签枢密院事。私淑朱熹，与朱熹弟子辅广、李燔交往密切。学术上和真德秀齐名。

识论上，主张"三才一本，道器一致"，强调道器不离、体用不分。认为儒家道德性命之学以"体用"之说最为精密高明，反对有体而无用的玄虚之论，主张知行合一、经世致用。魏了翁长期在四川为官，在家乡浦江建鹤山书院，招生授徒，积极宣扬朱熹哲学，由是蜀人尽知义理之学。此外，他还利用任职地方的机会，大力表彰周敦颐、二程、张载之学，呈请朝廷为四人议定谥号，以此昭示士大夫为学趋向，风厉四方，崇善化俗。

经历了宋元之际的丧乱，作为人文渊薮之一的巴蜀文化遭到毁灭性的打击和破坏，川中文士顺江而下，流寓东南，四川本土的文化创造陷入低潮，颇显凋零。进入明清，理学在相对保守的巴蜀地区继续平缓发展，宗奉程朱思想，尤重"四书"研究，阳明心学的影响较为微弱。明清时期，四川出现过杨慎、费密、来知德、唐甄等有全国影响的学者，但除来知德之外，其他三人所取得的成就和影响主要在四川之外。

有明一代，四川文化学术的代表人物为来知德①，其为学思虑精微，立论新奇，一时矜为绝学，从学者盈门。来氏学术专长为易经研究，但对理学也颇有造诣。他肯定物质世界具有统一性，指出阴阳之气是物质世界的本源，"阴阳变合"是物质世界的总规律，万物都是统一于阴阳之气。与此同时，在统一的物质世界中，又具有各种差异和多样性，认为"阴阳不齐"是一切事物存在矛盾差异和变化的内在原因，因而事物总是处于矛盾对立之中。来知德还重新解释了"格物"之义，并把格物与遏人欲、存天理联系起来，认为"格物"之物，并非宋儒所言的物理之物，亦非后世儒者所说的事物之物，而是物欲之"物"，因此格物就是克遏人欲，而遏人欲即是存天理。又将《大学》所言"明德"解释为五达道（君臣、父子、兄弟、夫妇、朋友之关系），修之于身谓之"德"，推广于天下谓之"达"，昭明于

① 来知德（1525—1604），字矣鲜，别号瞿唐，明夔州府梁山县（今重庆市梁平区）人。理学家、易学家。早年屡试不第，乃杜门谢客，穷研经史，隐居求志，著述为乐。主要精力用于研究《周易》，著有《易经集注》一书。来氏研究易经，别开生面，卓然成家，独树一帜。来知德精研《易经》之余，亦旁涉理学，其理学思想主要见于《来瞿唐先生日录》。

天下谓之"明"，并非玄虚而不可捉摸。来知德的理想思想颇具入世、应世色彩，体现了理学世俗性、伦理性、应用性的一面。

清代的一大学术特点是乾嘉之学兴盛，但由于四川地处西南一隅，恪守宋代以来的蜀学传统，以理学为宗的学术格局并未受到冲击。清代巴蜀理学的代表人物是刘沅①。刘沅宗奉理学，旁涉佛道，博学多方，体系庞杂，是有清一代巴蜀地区影响最大的学者之一。他精研儒学元典，融道入儒，会通禅佛，创立了名震川中的"槐轩学派"，门人弟子广众，其学超出巴蜀，远至闽浙及海外，时人称为"川西夫子""塾师之雄"。刘沅志在发扬儒家精神，诠解儒家经典，或辨先儒谬误，或阐独得之见，融道入儒，援儒说道，力避空疏，屏除私见，形成了独具蜀中理学特色的思想体系，成为四川儒学史上博通多闻、影响深远的殿军人物。他的学术成就主要体现为《十三经恒解》，此书以宋学的方法对《大学》《中庸》《论语》《孟子》《诗经》《书经》《周易》《礼记》《春秋》《周官》《仪礼》十一部进行"恒解"。② 此外，还著有《槐轩约言》《子问》《又问》《正讹》《拾馀四种》《俗言》等专门性的理学著作。为起到教化广行的作用，刘沅还将毕生学术精华通俗化，对所作"四子六经"《恒解》进行加工改造，其著作的精编通俗本《恒言》《俗言》《下学梯航》都带有教化劝善的性质，在四川民间影响极大。在学术传承上，刘沅以"师儒"自任，绍述孔孟，扬弃程朱，追求切入儒家圣贤之心，而与之心心相印，进而把握儒家经典和义理之学的奥义所在。他尤为强调在人伦日用之中践履儒家义理，认为圣人之教，人人可受，人人可学，至高至玄之理也要落实于至实至平的生活之中，由实践而证义理，由力行而得真知，如此经典与生活方可打成一片，学者方能亲证圣贤之言透肤入髓的真实感。刘氏槐轩之学传至裔孙刘咸炘而有推陈出新之变，辨

---

① 刘沅（1767—1855），字止唐，双流县人。乾隆举人。清道光六年（1826）授湖北天门县知县。不愿外出仕途，改授国子监典簿，此后归家潜心研究儒家典籍，讲学授徒。后移居成都，宅有老槐树，称寓所为"槐轩"，收门人讲学传道 50 余年。著作宏富，门人详加整理考订，总辑为《槐轩全书》，计 23 种，付梓刊行，广为流传，其学术思想影响于海内外。

② 刘沅还有《孝经直解》《大学古本质言》二种，故有"十三经恒解"之说。

章学术，考镜源流，粹然一代大家，为当时及后世学者所推重。刘沅的学术思想大体未出宋明理学的体系，但他颇能融会道家、佛法之说，对儒家的某些概念进行别具匠心的解释，成为巴蜀理学最后阶段的集大成的一代儒宗。

刘沅思想的混杂性和包容性，固然有巴蜀三教合一传统的影响，但同时证明了理学的生命力走向衰微，已不足以收拢人心，而不得不借助于佛道资源甚至民间的"教门"思想。在刘沅的著作中，常见以儒家义理解释《阴骘文》《感应篇》《金刚经》，这在纯正的理学学者看来是不可思议的，但为了更好地达到"化民成俗"效果，这种杂糅附会就势在必行了。

通过以上所述，我们粗略勾勒出吴芳吉成长的地域文化背景中的儒学脉络尤其是理学观念的演变状况。在下一章中，笔者将专就理学在转型时代的变迁与表现作一学理上的钩沉与梳理，希望借此呈现出影响吴芳吉理学观念形成的文化背景与思想情境。

二　理学的游魂与新命

提及理学，人们往往将之与义正词严的"卫道士"或刻板无趣的"道学家"联系起来。新文化运动以来，在质疑儒学价值的声浪里，不少人将理学等同于"封建礼教"，乃有"饿死事小，失节事大""以理杀人"之说，将其视为中国文化不振、戕害无数生命的万恶之源。针对宋明理学家"存天理，灭人欲"的主张，有"四川只手打倒孔家店的老英雄"之称的吴虞在《吃人与礼教》一文中将"以理杀人"置换为"以礼杀人"，集中攻击理学假借礼教造成的种种罪孽，发出了"吃人的就是讲礼教的，讲礼教的就是吃人的"[1] 的呐喊。更为激进的人士则认为，包括理学在内的传统文化应该送进"封建博物院"，"剥夺它的尊严，然后旧思想不能在新时代里延续下去"。[2]

对理学的误解和攻讦与文化的层层累积有关。一种文化初诞之时，无一不具有鲜活的生命力，对应现实，抚慰人心，影响世道人

---

① 吴虞著，赵清、郑城编：《吴虞集》，四川人民出版社 1985 年版，第 171 页。

② 顾颉刚：《古史辨》，上海古籍出版社 1982 年版，第 28 页。

心，传续精神血脉。然而为时日久，此种文化便不知不觉发生变异，先是被视为神圣的教条，后又成为维持特定集团利益的礼法制度，于是积重难返，遂失去了本来的面目而沦为死板的教条与严酷的戒律，从而失去了诞生之初鲜活而动人的感染力，异化为观念的"木乃伊"和精神的"活化石"。理学的诞生、发展和变异也遵循这样的路径，其引起后世激烈的批判也符合文化发展的一般逻辑。

理学的出现是儒家人文思想遭遇危机的产物。我们知道，人文思想一直是中国文化的特色和主流，这一点儒家学说体现得最为明显。人文思想追求人生的真理，探讨安身立命的所在，以解决人生问题为使命，这种传统自孔孟以至宋明理学无不如此。汉武帝"罢黜百家、独尊儒术"之后，儒家在国家意识形态上占据了道统的制高点，但也日趋形式化和功利化，将儒家经典视为万世不易的圣典，儒生也以习经、解经作为谋取功名利禄的手段。正因如此，儒学不可避免地走向琐碎和僵化，玄学和佛学的兴起表明儒学失去和现实的关联而不得不进行文化的革新与创造。

至宋之时，儒释道合流之势日趋明显，但儒学也面临着失去自身身份的危险和尴尬，理学的出现在某种意义上表明了本土文化传统的觉醒。为了回到儒家，抵制佛教的扩张和影响，宋人不得不创造一种基于儒家观念和用语的新哲学（徐梵澄先生称之为"精神哲学"，统摄理性而又超于理性①）。这种哲学便是理学，它"包含宇宙论、伦理学和知识论的体系，以宇宙论解释宇宙的创生，以伦理学讨论整个人类问题以及确立人生行事的价值，以知识论确定实然和应然知识的基础"②。理学家们宣称，道统在孟子之后就中断了，"道"需要重新被发现、阐释，以周敦颐、二程、朱熹为代表的理学家通过对上古文献的重新诠释完成了对儒学的更新和重构。

为了对抗体系完备的佛学，理学开始谈论孔子所不言或罕言的"天道"，并将"道"或"理"作为其哲学思想的最高价值，探寻宇

---

① 徐梵澄：《陆王学述》，上海远东出版社 1994 年版，第 13 页。
② 张君劢：《新儒家思想史》，中国人民大学出版社 2006 年版，第 11 页．

宙的根本原理和至高法则。可以说，理学的出现是儒学某种程度的自救行为，它极力发展出一套形而上的体系来解释宇宙和人生的"第一义"问题，进而能在哲学思辨的高度上保持儒学的特性与地位。为了体察窈窈冥冥的"道"之本体，理学家极为重视心性的纯化和锻炼，发展出一套修身养性的实证工夫，这一趋势一直延续到明末清初。同时，理学又极为重视"学"，将之视为"发现自己与生俱来的特质，然后去实现'道德'的过程"①。理学家认为，人性本善，只是这至善的本性由于习气和社会的熏染而渐渐隐藏起来，因此需要通过"学"来恢复本性的光明的至善。也就是说，"学"是一种内化的过程，将经典中的道德行为内化为个体的生命行为，让自我与内在的道德力量合二为一。正是由于对"道"的自信和对"学"的强调，理学家肯定了人生自我完善的可能，确信"自己就是道的具体承载者，是道所蕴含的诸原则在人间展开、实现的主体"②，通过这种精心的建构，理学于是具有了类似宗教信念所带来的确定感与神圣感。

按照哲学主张的不同，理学一般分为程朱理学和陆王心学，前者认为现实包含两个世界，一个是抽象的，一个是具体的，而后者认为现实只包含心的世界。③ 程朱理学和陆王心学的影响是不同的，前者更多地成为官方的意识形态乃至发展为严密的礼法教条，后人对理学的厌恶也多源于程朱理学，而陆王心学往往成为思想解放的先导（《牡丹亭》等作品都受到阳明心学的影响）。

清帝国开国之初，清廷采用程朱理学作为统治的意识形态，但因以蛮族身份入主中原，对汉族士人多有猜忌苛酷之心，自明代兴起的阳明心学和自由讲学的风气自此隐匿于民间而日渐消沉。与此同时，清初黄宗羲、顾炎武等人总结明亡教训，提倡客观实证的学风，原意是为了矫正空谈心性的弊病，未想在清廷严密的思想钳制下，演变为只讲究训诂考据的"汉学""乾嘉之学"。早在道光年间，以方东树

---

① ［美］包弼德：《历史上的理学》（修订版），王昌伟译，浙江大学出版社 2012 年版，第 137 页。

② 姚中秋：《儒家宪政主义传统》，中国政法大学出版社 2013 年版，第 148 页。

③ 冯友兰：《中国哲学简史》，赵复三译，新星出版社 2018 年版，第 366 页。

为代表的一批士人即已不满汉学"弃本贵末"的学风，出现了反思汉学、复兴理学的思想动向，推动学术与道德、学术与社会的结合。①

晚清以迄民国，西风鼓荡，世局翻新，崇新尊西、改造文化的理念狂飙突进，并以摧枯拉朽之势冲击、瓦解着占据中国人头脑数千年之久的文化观念。尤其自五四运动以来，新文化理念日益深入人心，反传统的思潮一直贯穿于中国"现代化"的进程中，首当其冲的是支配中国人思想长达两千年之久的儒学思想。随着中国传统制度走向瓦解，全面安排人间秩序的儒学思想失去了在现实社会中的立足之地，"儒学已整体上退出了政治、教育领域，儒学典籍不再是意识形态和国家制度的基础，不复为知识人必读的经典，中国人的精神生活和政治生活两千年来第一次置身于没有'经典'的时代"②。作为制度建构的儒学遭遇到空前的挫败并逐渐走向崩溃，但作为文化意识的儒学却仍然具有顽强的生命力，并以伦理精神的"内圣"（道德的自我完善）力量徘徊于 20 世纪多元文化的历史语境之中。

吴芳吉身处的民初时代，作为儒学代表的理学已被剥落了金漆，成了不合时宜和应在打倒之列的古董和腐朽之物。在反孔非儒的时代声浪里，理学的面目丑陋扭曲，以致"道学先生"成为新文学作品里不断嘲讽和鞭挞的对象。虽然遭遇到空前的危机，自成一体的理学思想并未从中国现代思想的图谱里消除殆尽，而是以"游魂"的变异方式继续影响着中国人的文化选择。在宏观层面，西方的政治、经济、社会思想取代了儒家治国平天下的学问，但在身心修为方面，由于外来资源的匮乏和固有价值观的稳定性，理学仍然发挥着重要的作用。③甚至可以说，新文化运动里破除的理学仅仅是与礼法制度密切相连的"制度理学"，而作为思想形态的理学（包括程朱理学与陆王心学）仍具有吐故纳新的生命力，甚至进而融会西学以适应时代，在保持文

---

① 王汎森：《中国近代思想与学术的系谱》，吉林出版集团有限责任公司 2010 年版，第 5 页。

② 陈来：《传统与现代：人文主义的视界》，生活·读书·新知三联书店 2009 年版，第 99 页。

③ 王汎森：《中国近代思想与学术的系谱》，第 146 页。

化内核的前提下完成蜕变和转身，以难以察觉的文化形态继续塑造着现代中国人的人格与心态。

五四前后的思想家以反理学的姿态自居，但其思想仍与理学思想有着千丝万缕的联系，甚至以理学作为资源吸纳来自异域的新思想、新观念。理学对现代中国人思想的影响颇为微妙：一方面，作为整体性思想的理学已然坍塌，不复具有唯我独尊的权威地位；另一方面，理学又死而不灭，虽然蜕下了礼法制度的外壳，但作为理念性的存在仍有着顽强的生命力，在新时代仍发挥着不可忽视的影响力。也就是说，理学原来的有机联络已经破裂，成为散落的文化分子，以化合作用般的方式重新组织到新的文化结构，关于此种文化现象，王汎森先生以蔡元培、胡适、周作人为例加以剖解：“大体而言，理学思维与近代思想与政治的关系可以分成三个部分。第一，理学中主张自然人性论的部分与新文化运动前后道德思想的转变大有关系。第二，理学中自我转化的部分成为新一代行动者自我人格塑造运动的凭借。它可能在思想与道德混乱的时代，维持个体的道德；也可以培养出打破一切礼法之人，更可能锻造爱国志士。第三，理学对‘心’的强调，成了一部分人无限扩大自我主观能动性的凭借，造成心的神化、人的神化，以达成革命或解放的目标。”①

作为一种思想体系崩塌了，理学反倒呈现出原初的精神面貌。体系越严密和庞大，越容易被改造成整饬人心的神学系统或意识形态。理学一旦与政治、礼法脱钩，它马上袒露出本初的思想形态。这种思想形态绝非限于“罢黜百家、独尊儒术”的王权思维，而是融合了儒、释、道诸家精华的统一体。理学本身是开放的形态，它固然以儒学为宗，但糅杂进伪、道的思想元素，从而使其具备了一种开放、包容的特质。后世所要打倒的理学，不过是礼法制度层面的种种陋习、规约乃至无意识的自我束缚，真正的作为思想的理学却意在扩大心灵的视野，使之成为与宇宙万物相周旋而并生的不朽之物。这是颇为吊诡的现象，思想恰如流水，因其盛放的容器而显现出不同的形态。理

---

① 王汎森：《中国近代思想与学术的系谱》，第 133 页。

学之所以能够成为接纳、吸收、改造外来思想的载体，正是因为它本身乃是三教合一后的产物，天然地带有某种兼容和开放的气质。

文化是一个民族的自我意识。自我意识包括显意识和潜意识。礼乐衣冠、风俗习惯乃属显意识，有其时代性、易变性，而思想、观念乃至精神信仰则属潜意识，历千百年而变化甚微，除非承载它的肉体彻底消失，否则它将一直跟随作为肉身集合体的民族。理学即是此种文化形态的存在，它作为中国文化自宋明以来的传承体，其内核不是一时一代的独创，而是在中国元典文化的基点和基础之上的完善与发展，它的生命力不是来源于宋明两代思想家的个体精神的强健，而是中国文化整体力量的再次爆发与创造。上文已述，理学进入清代逐渐式微，后被讲求训诂的汉学所取代，其因即是清廷并不需要汉民族精神的强健，他们需要的是作为顺民和奴才的子民。清代的绝大部分汉学著作虽然标榜释读经典，实则陷入琐碎的、僵死的考证泥淖，毫无思想的光芒可言，学者的人格及创造力在对经典的密密麻麻的注疏中耗费殆尽。

近代以来的文化革命首要面对的是政治、礼法意义上的理学，也就是革命者所痛斥的"封建礼教"，这套制度压抑人性、阻碍革新，自然在革新、打倒之列。与此同时，脱离了制度的理学余泽仍在滋润着中国人的心灵，并成为他们观察和思考外来文化的镜鉴于参照。就文化内核而言，理学含有道德（程朱理学）和心灵（陆王心学）两个层面的内容，既有节制人性的道德要求，又有打破桎梏的心灵诉求。理学的此一格局，亦非新鲜之事，溯之于古，则有儒家与道家、法家、诸子百家之对立与补充。佛学传入之后，在已有的文化格局的基础上，儒道吸纳了佛学的精华，乃有理学之诞生。

可以说，理学自宋明以降已包含了中国文化的主干部分，即使帝制时代结束了，它仍可以"形散而神不散"，继续以修身的形式影响着中国人的头脑和心灵。从晚清以曾国藩事功为标志的理学复兴，到整个民国时代蒋介石、毛泽东对理学不同面向的改造利用，理学作为中国人的心理结构和民族文化精神一直顽强坚守着它的阵地。

文化的革新不是线性的推进，而是反向的迂回。欧洲的近代文明全赖文艺复兴之力，而文艺复兴的动力则是返回古希腊、罗马的理性文明，驱逐封闭和保守的神学，进而促进了人文、科学的发展而实现了文化的革新。中国文化如欲对应时代和人心，重起炉灶已被证明并不可行，因为从来没有脱离民族文化本源的"文化革命"，任何的文化创造都有其广阔而悠远的传统作为制约。近代以来，无论多么激进的启蒙思想家如何激烈地反对传统，他也必定置身于传统的脉络与影响之中。反传统是一种姿态和诉求，它以否定的形式继承，清理数千年来文化精神的污垢和尘埃，为返归民族文化本源预备了道路。这是文化革新的奇特之路，也是最为激进的"文化革命者"所预料不到的诡异逻辑。隔着长久的时空来看，反传统的"文化革命者"乃不自觉地成为历史文化精神复归的工具，他们的存在，也使背负沉重包袱的中华文明再次焕发出青春与活力。这是一个古老文明实现自我超越和复归的现代新命。

三　吴芳吉的理学思想

以"科学"和"民主"为尚的新文化运动开启了中国思想启蒙的新纪元，在强调批判和改造中国文化的历史语境中对传统文化尤其是儒家文化进行了激烈的否定，以致"儒学承载了所有的历史负担和旧秩序不计其数的罪名"①。在中国文化面临震荡的时代，吴芳吉以理学作为修身与淑世的信仰，坚信以理学为代表的华夏文明固有的不朽价值，乐观而自信地预言理学的复兴之势不可阻挡并能昌明光大而蔚成世界多元文化之一种。吴芳吉的内心深处跃动着五四之后日渐游移的文化精魂，且主动接续消散之中的理学余脉，对性善哲学与礼教思想进行了具有时代色彩的阐发与扬弃。

（一）吴芳吉理学思想之渊源

晚清以来，新文化和新思想作为主流文化所向披靡，以强势的姿态建构着主流的文化，但这并不意味着固有文化自动退隐和消失。在新文化势如破竹之际，吴芳吉所生长的巴蜀地区仍能感受到颇为浓郁的传统氛围。得益于特殊的时空因缘，在儒学已渐"污名化"的民国

---

① ［美］狄百瑞：《儒家的困境》，黄水婴译，北京大学出版社 2009 年版，第 104 页。

初年，吴芳吉却因其宗守理学的姿态和强烈的士人情怀而备受瞩目，时人有"其置身力行处，直当厕诸宋儒之列。一种毅然以天下为己任之精神，虽宋儒不及也"① 的评价。

上文所述，川东是宋代大儒周敦颐、程颐曾经驻足的地方，也是明代易学家、理学家来知德的诞生地，理学文化积淀深厚，影响深远。吴芳吉自幼受理学熏陶，以"孝义、仁侠"闻名乡里。每见亡者出丧，辄免冠肃立，不问死者生前如何，"既属人类，又先离世，不觉悲而尊之"②。其父吴传姜受冤下狱，年仅十岁的吴芳吉徒步自江津赴重庆为父诉冤，长跪上书有司，父亲因之获释。在儒家的观念里，吴芳吉上书救父，让人联想到历史上的缇萦救父，堪称孝道精神在民国时代的接续与佳话。上书救父是吴芳吉人生中重要的精神事件，让他体会到精诚之心和恪尽孝道所带来的道德勇气与人格感召。他由此体验到了文化救人、救世的源泉所在，在日后的一生中，我们多次看到类似的情形，尽管吴芳吉身在困境之中，屡有义助他人之行（如资助学生、围城分粮），这说明他从一开始就从知行合一的角度践行了儒学的教导与训诲。

在吴芳吉理学信仰形成的过程中，聚奎学堂的精神空间所带来的影响也不容忽视。1906—1911 年，吴芳吉在聚奎学堂度过了五年的时光。聚奎学堂位于江津的工商重镇白沙，前身为聚奎书院，改建为学堂之后，仍然保留着浓郁的传统书院的教育精神，尊崇实学，敦品励行，学风沉潜淳厚，尚有东林书院关怀国事的遗风。其时，新学初开，旧学犹盛，课无定程，人有朝气，除了时务、算术、几何、代数、物理、化学、日本与英文等新式课程之外，《诗经》《左传》《孝经》《方舆纪要》《文献通考》等古典课程仍是教授的重要内容，聚奎学子因此保持了与传统文化的紧密联系。相对于开风气之先的东南沿海新式学堂，聚奎学堂新学已开，旧学未去，祭孔礼仪始终保留③，

---

① 王先献：《咏琴轩随笔》，《国专月刊》1935 年第 2 卷第 2 期。

② 刘朴：《祭吴碧柳文》，《明德旬刊》1935 年第 12 卷第 1 期。

③ 迟至 1928 年吴芳吉受邀返校修史，聚奎礼堂依然保存孔子神位，见王峰《吴芳吉年谱》，中国社会科学出版社 2016 年版，第 235 页。

所延聘的教师亦多深具儒学造诣，古风犹存，其中就有吴芳吉深为服膺的两位老师——萧湘[①]与唐定章[②]。在聚奎校内，萧湘与唐定章齐名，吴芳吉称二人性情、气度大异："唐先生生性谨严，而萧先生生性旷达。唐先生之学在克己复礼，近于荀况；萧先生之学在养吾浩然，极似孟轲。"吴芳吉持身、立志深受二人影响，谓萧湘"启人大节"，严于义利之辨，令人振聩发蒙，唐定章"着眼细行"，强调"慎独"之义。[③]

在少年吴芳吉的心目之中，萧湘、唐定章是聚奎学堂精神星空的"双子星座"，共同照亮了他的心灵世界。多年后，他重回聚奎学校修订校史，犹念师恩，精心撰写了两位恩师的传记，笔墨之间，饱含感情。在《校长唐定章先生事略》中，吴芳吉如是追忆唐定章："先生大节，不在事功而在学养。平居俨然，而临众雄谈倾坐。清季膺本校史学教席，至宋明之亡，及崖山思陵殉难之士，辄使满堂泣下，先生亦复挥泪，且讲至哽咽不能成声。然先生谨慎过人，未尝鼓吹革命以招时忌，所谓为而不有者欤？……从先生学者，未尝不惮先生之严。然近十余年来，纲纪荡尽，人欲横流，聚奎士风犹敦厚朴质不亚曩昔，岂非先生之教所扶维而未衰耶？"[④] 相较唐定章的谨严有度、严肃不苟，慷慨豪迈、磊落光明的萧湘对于少年们的吸引力显然更大。萧湘性情倜傥，嗜酒能文，颇受学生爱戴，被称为聚奎的"李广"，谓其广能得众。萧湘任教时，不顾非议，剪去发髻，引得诸生纷纷效仿，一时剪发覆额，蔚然成风，惊噪乡里。辛亥革命爆发后，萧湘多

---

① 萧湘（1875—1918）：字绮笙，别号"二痴"。四川荣县人。1904年，入成都蒙养师范学堂，师从赵熙。后赴日留学，入东京弘文师范，与邓鹤丹相善。接受排满革命思想，加入同盟会。归国后，任荣县中学教员，从事反清活动，往来川湘间，遭通缉。1909年，应邓鹤丹之邀，来聚奎教授国文及时务课程。辛亥革命爆发后，多方联络，积极响应，撰写《辛亥革命聚奎学校为白沙首义布告全川父老文》，影响颇大。入民国后，任嘉定中学校长。邓鹤丹长江津中学时，招来任教，病故任内。

② 唐定章（1871—1919），字宪斌，永川松溉人。先后任聚奎小学第二任校长、江津烟酒公卖局局长。在聚奎任教时，讲授史学，极重兴亡意识，具有感染力。平时讲学，好言李二曲之学，对学生多加道德教诲。

③ 吴芳吉著，贺远明等编：《吴芳吉集》，第776页。

④ 吴芳吉著，贺远明等编：《吴芳吉集》，第608—610页。

方联络，积极响应，撰写《辛亥革命聚奎学校为白沙首义布告全川父老文》，以雄健笔力鼓动群众风潮。对于作为诗人、浪子、革命家的萧湘，吴芳吉崇仰甚深，二人关系在亦师亦友之间。吴芳吉钦慕萧湘的性情与才华，在他短暂的一生之中，对恩师的追念之情，未曾稍减，与日俱增："盖先生之学也博，而识也远，知也明，而术也正。惟然，故能因才溥施，以各立其志。而持志之端，尤在使人严于义利之辨。何谓义？志在天下国家者是也。何谓利？志在富贵功名者是也。志在天下国家则公，志在功名富贵则私。公则明，私则暗。一明一暗，而身之贤愚系焉，而世之盛衰系焉。"① 对于吴芳吉这位卓尔不凡的后生，萧湘也寄予厚望，有诗赠之，其一："尘襟砢落莫嗟怜，从古英雄出少年。留得元龙湖海气，何须冒顿万千田。沙蓬莽莽纡长啸，夜气昏昏忍独眠。旧感未沉新感集，纵横老泪落灯前。"其二："黑石山中风雨晦，东坡楼下江水流。送君北上青云路，累我年来望眼愁。宝剑千磨秋水后，青琴一曲山之头。蹉跎莫误宣尼愿，大厦还须仗栋桴。"（《感怀（和吴芳吉原韵）》）在去世前一年，萧湘深感国难日深，劫火迫近，写信赠诗勉励吴芳吉："劫火横烧已上眉，笔花舌剑尚纷驰。狂波万派无南北，朽骨千年有是非。名士望尘先膜拜，老夫余泪向谁挥？每当感慨悲歌日，一念英才一解怀。"（《与人慨论时事，有怀碧柳。碧柳尝决言：中国不亡。叩其故，则以海内外尚有诚笃英年在。碧柳言时，亦颇自负，故每思之》）萧湘的爱国赤诚与社会关怀，热烈而蓬勃，一直感染着吴芳吉，从此他不再是个只为一己之身谋划的自利之人，而是把胸怀扩大到天下国家，救国救世的宏大志向在聚奎求学时已经悄然萌动。这是中国书院教育非功利化的超越的一面，它教导学生立志向上，关心社会，培养出一代代以天下为己任的志士仁人。

若从宋明理学对孔孟原始儒学的承接和发展来看，萧湘所表现的孟轲气质使得吴芳吉对横渠之学情有独钟，盖因张载对孟子的心性论多有继承和发展。对于具体的道德实践，唐定章所标举的荀子之学、

---

① 吴芳吉著，贺远明等编：《吴芳吉集》，第 590 页。

二曲之学对吴芳吉的影响也不容忽视，其精义在"以礼为归，而以敬持礼。行必顾言，至于慎独之功"①，对人伦秩序、道德纲纪的要求极为严格。受唐定章的影响，吴芳吉一生恪守礼教精神，在道德层面不断臻于他所追求的"至善之境"，以期熔铸出儒家君子的人格风范和淑世力量。

在儒风浓郁的聚奎学堂，吴芳吉以仁义、勇武闻名，"对人行事，言必信，行必果。与人期约，必按时早到，事非所能则当面婉言谢绝，既不求恕于人，亦不使人失望，以此踏踏实实成为一定常规"②，同学呼为"吴圣贤"，初显少年儒者的风范与气质。

除了巴蜀本土理学氛围的熏陶，吴芳吉还通过广泛的阅读，接触了大量宋明理学家的著作。历史学家陶元珍赅要地指抉出影响吴芳吉理学思想的主线："先生为学，宗横渠、二曲、船山、罗山。"考诸吴芳吉一生形迹及诗文创作，陶元珍的看法大抵可以成立。约略言之，张载、李颙之影响萌芽于吴芳吉早年求学时期并终身奉行，王夫之、罗泽南之影响则要晚至他客居湖南长沙执教于明德学校之时。相对而言，王、罗的思想充满了经世致用的入世色彩，但因吴芳吉缺乏事功实践的机会而不得不追求心性超越，因此较少流露出对王、罗思想的渴慕与尊崇。

检索吴芳吉现存的诗文、日记、书信，不时可以窥见李颙③理学思想的影子。李颙号二曲，学者称"二曲先生"，是明末清初的理学大家，与孙奇逢、黄宗羲并称清初三大儒。李颙家世寒微，毕生坎坷，时时困厄而绝不屈服，操志高洁超迈，梁启超赞扬他有"倔强艰苦的人格"④。明亡之后，李颙不仕清廷，立志昌明学术，提出"明

①　吴芳吉著，贺远明等编：《吴芳吉集》，第 608 页。
②　邓少琴：《五四运动中以"六言叠韵"争鸣之爱国诗人吴芳吉》，载成都市文学艺术界联合会、成都吴芳吉研究会编《吴芳吉研究》，中国文联出版社 2010 年版，第 61 页。
③　李颙（1627—1705），明清之际哲学家。字中孚，号二曲。陕西盩厔（今陕西周至）人。少时家贫，无师授，遍读经史诸子以及释、道之书。曾讲学江南，门徒甚众，后主讲关中书院。清廷屡以博学鸿词征召，绝食坚拒得免。为学兼采朱陆两派，重视实学，反对空谈，力主自由讲学。有《四书反身录》《二曲全集》等。
④　梁启超：《中国近三百年学术史》，崇文书局 2015 年版，第 38 页。

体适用之学""全体大用之学"，以此提撕天下人心。对于二曲之学的奥义，骆钟麟如此简述："其学以慎独为宗，以养静为要，以明体适用为经世实义，以悔过自新为作圣入门。"① 李颙服膺李延平的默坐澄心之法，以此体认超越而内在的生命实体，在人伦日用的践履上则标举"悔过自新"之说："悔而后悔，以至于无过之可悔；新而又新，以极于日新之不已。庶几仰不愧天，俯不怍人，昼不愧影，夜不愧衾。在乾坤为肖子，在宇宙为完人。今日在名教为圣贤，将来在冥漠为神明，岂不快哉！"② "悔过自新"之说是李颙接引和开示学者最常用的方法，"浅人见之以为浅，深人见之以为深，上下根人，俱堪下手"③。人之所以能够"自新"，乃因人人有良知，"此性之量，本与天地同其大；此性之灵，本与日月合其明。本至善无恶，至粹无瑕"，之所以需要"悔过"，乃因良知如明镜蔽于尘垢，"为气质所蔽，情欲所牵，习俗所囿，时势所移"，良知不显，则沦为小人、禽兽之域。④ 李颙认为，"悔过自新"的修持工夫要旨在于"转念"与"慎独"，在一念之间切己自反，时时以畏敬之心收摄心性，"苟有一念未纯于理，即是过，即当悔而去之；苟有一念稍涉于懈，即非新，即当振而起之……先检身过，次检心过，悔其前非，断其后续，亦期至于无一念之不纯，无一息之稍懈而后已"⑤。作为道德自省的方法，"悔过自新"的修持方法渊源有自，在儒家经典中早有揭示，如孔子所言的"内省不疚"，曾子所修的"吾日三省吾身"，这种检点身心的做法实际也是宋明理学家的家传。"悔过自新"是方法，也是目的，通过自策自励、自作主宰的"悔过""慎独"的工夫，身心之过不断消融，光明之体渐次呈露，个体的人生便可日新不已，不断向理想的人生转进。⑥ 传统儒学只笼统点出"性善"之义，而对如何臻至"性善"境界则甚少详细指示，李颙以"性善论"为根基，着眼于人性

① （清）李颙：《二曲集》，陈俊民校，中华书局 1996 年版，第 564 页。
② （清）李颙：《二曲集》，第 6 页。
③ （清）李颙：《二曲集》，第 564 页。
④ （清）李颙：《二曲集》，第 2—3 页。
⑤ （清）李颙：《二曲集》，第 5 页。
⑥ 房秀丽：《追寻生命的全体大用》，齐鲁书社 2010 年版，第 127 页。

中的负面因素"过",提醒学人时时对"过"保持警醒,"久之德充于内,光辉发于外,自有不可得而掩者矣"①。李颙的儒家修持理论不骛高奇,以平实本分示人,这是他有意回归原始儒家的用心之处。明末以来,学界流于空谈,凌空蹈虚,言胜于行,甚至流于狂禅,终于招致亡国之祸。李颙痛定思痛,只在一己身上扎实用功,欲以此扭转空疏学风,收拾自明亡以来散乱放逸萎靡不堪的人心。

经由业师唐定章的指引,吴芳吉对"二曲之学"产生了浓厚的兴趣,但真正领悟其奥义要迟至被清华学堂斥退之后。吴芳吉在"清华学潮"中所表现的孤胆之勇自不待言,但更多的是少年意气和血气之勇。他这一时期的诗作《戊午元旦试笔》(第四首)即表达了早年对"二曲之学"领悟不力的憾意:"悔教幼年胆气粗,新从圣贤致工夫。平生不为兴亡感,奇怅儿时不读书。"诗后自注:"第四首一二句,由李二曲悔过自新说得来。其略曰:悔而又悔,至于无过之可悔;新而又新,至于日新之不已。某少时修养,得此之益不浅,故念念弗能忘之。"吴芳吉将"悔过自新"之说引为至理,以之为"入德之门、立己之基"。②吴芳吉一旦深悟二曲之学的精髓所在,从此一心笃行,着力践履,且透过个人的日常体验对"悔过自新"之旨进行了切近而精炼的阐释:"悔而不新,终是枉悔;新而不悔,亦是枉新。惟时时知悔,时时向新,悔以追补既往,新以策励将来,是乃可称完德,是乃可为完人也。"③其中"完人"之说是对宋明理学所言圣人境界的浅易解释,李颙以之命名对灵明本体有所证悟的理想人格,吴芳吉提纲挈领地概括了"悔过"与"自新"在修养功夫层面的彼此关联,足见他对二曲之学的要义有了较为全面的把握和理解。

儒学的地域分野以周敦颐为其发端④,当理学产生之后,儒学在传承过程中表现出鲜明的地域特征。前文所述,孕育吴芳吉的巴蜀之

①（清）李颙:《二曲集》,第5页。
② 吴芳吉著,贺远明等编:《吴芳吉集》,第566页。
③ 吴芳吉著,贺远明等编:《吴芳吉集》,第1260页。
④ 杨念群:《儒学地域化的近代形态》,生活·读书·新知三联书店1997年版,第169页。

地与理学的创始人周敦颐、程颐、朱熹有着深厚而密切的渊源，形成了独具特色的儒学学派——蜀学。从宋学学统的传承来看，横渠之学、二曲之学皆属关学一脉，吴芳吉对之浸润颇深亦非偶然，在历史上关学和蜀学由于地域相近而时有交流汇融，如明末清初的川中大儒杨甲仁学宗陆王，折中程朱，曾与李颙论学，深得后者的赞许和称扬，成就了蜀学、关学学术交流的一段佳话。① 自是，二曲之学借由杨甲仁门人傅良辰而传播至重庆，在川东大开讲学之风。若以儒学地域化互动为观察的视角，吴芳吉与吴宓的密切交往在某种程度上可以看作蜀学和关学彼此激荡在现代的延续。从传承渊源上看，吴宓姑丈陈伯澜受学于关中大儒刘古愚，陈氏对吴宓、吴芳吉为学与作诗多有指点，隐然之间为吴芳吉亲近和理解关学缔造了冥冥的因缘。

　　吴芳吉早年向学之志与关学接近，其真正领略蜀学的精微奥义并与关学融会贯通则是在任教成都大学时期。1927 年，吴芳吉受聘担任成都大学教授，得以结识刘咸炘②、唐迪风③等川中儒者，互相砥砺，彼此问难，对蜀学有了更为深切的体认。吴芳吉、刘咸炘、唐迪风同为成都大学教授，后又同在私立敬业书院任职，唐迪风为院长，刘咸炘为哲学系主任，吴芳吉为文学系主任。刘咸炘读吴芳吉《成都纪行》诗至"衣食灭情性，追念以日稀"，惊叹"天性一醇至此"，二人由此缔交。④ 刘咸炘是"槐轩学派"创始人刘沅之孙，深得乃祖性理学说真传，大力阐扬"成己成人"之说，认为个人的自我完善与他人的自我完善可以通过个人与他人之间伦理实践的完成而共同实现。⑤ 儒学固然强调格物致知的自性修养和完善，但其真谛却体现在日用人伦中的真实践履与切己之行。在与刘咸炘的交往中，吴芳吉得以将儒

　　① 林继平：《李二曲研究》，陕西师范大学出版社 2006 年版，第 56—60 页。
　　② 刘咸炘（1896—1932）：字鉴泉，号宥斋。四川双流人。父桂文为光绪进士。少从父、兄读。1916 年学成，先任教于尚友书塾，继而任成都敬业学院哲学系主任，成都大学、四川大学教授。成书 235 部，总名《推十书》。
　　③ 唐迪风（1886—1931）：名烺，又名偶风，字铁风。哲学家唐君毅之父。师从欧阳竟无学习儒学。先后执教于成都大学、四川大学等校。与彭云生共创敬业学院，被推为院长。有《孟子大义》传世。
　　④ 吴芳吉著，贺远明等编：《吴芳吉集》，第 1371 页。
　　⑤ 蒙文通等：《推十书导读》，上海科学技术文献出版社 2010 版，第 178 页。

学的内在价值外化为生活形态，"连连发现不能尽性之处"，以顿悟的方式探得了儒家"成己成人"的精蕴："处伦常艰困，无过自责"，"日日太息痛恨于世道人心，惟怨外境之不合我，而于我之无以感召外境，似少顾及"。① 与刘咸炘的交往，让吴芳吉更加深切地体会到儒家"反求诸己"是一切义理的归宿，世间之事看似纷纭复杂，但肯綮之处，仍不出反躬自求。他深有感触地回顾以往处理夫妻关系的不当之处："吉昔日疑虑，以为室人之对我不住，吾无不可容；对母不住，吾绝不能容。遂以此旨处之，往往横生龃龉。今知室人之不能善处吾母，要皆我之不能善处之也。感召由己，何暇责人？"② 在这里，儒家思想本具的自我观照和自我反省的精神在吴芳吉生命晚期的思想中圆满地体现出来，回归到孟子"反求诸己"的原初儒学的宗旨上来，并与二曲学的"改过自新"之说交融为一体，从而打通了关学与蜀学在儒学修身应世层面的内在关联。

以儒门狂者形象示人的川中儒者唐迪风则从破除"我见"的角度启发吴芳吉："儒家之善善之心，充量发达，恶恶之心，务求减少。否则一身以外，皆可杀也。"③ 儒学思想应世的基点在于恰当处理自我与他人、社会的关系而达到人我和谐之境，而成见、"我见"遮蔽了对人生真相的认知，扩大了自我的私欲而无法进入更为宽阔弘美的人生境界之中，为此，儒学思想特别强调存省"毋我"之心，如此方能跳出狭隘的自我观念的限制而与他人、人群保持和谐的关系，正如《春秋公羊传》所言："君子之善善也长，恶恶也短，恶恶止其身，善善及子孙。"④ 吴芳吉对唐迪风所阐释的"善善之心"义理大为叹服，转而研习经学大义，"以窥先民所为政教之纲"⑤。受蜀中浓郁儒学气氛的熏陶，吴芳吉得以贯通早年儒学义理不甚契己之处，以践履人伦的日用工夫实践儒学观照人生的入世理念，转而以一己之体验弥

---

① 吴芳吉著，贺远明等编：《吴芳吉集》，第 1046—1056 页。
② 吴芳吉著，贺远明等编：《吴芳吉集》，第 1047 页。
③ 吴芳吉著，贺远明等编：《吴芳吉集》，第 993 页。
④ 顾馨、徐明校点：《春秋公羊传》，辽宁教育出版社 2000 年版，第 123 页。
⑤ 吴芳吉著，贺远明等编：《吴芳吉集》，第 960 页。

合儒学系统中理学与经学、修身与应世的隔阂与疏离。

吴芳吉严格遵循宋明理学的指引，对其怀有一种深挚的宗教感并由此获得了某种程度的内在超越，"这种宗教感又进一步激发出对信仰的热忱与献身精神"①，吴芳吉所表现的"守死善道"的精神充分证明了理学对现代人格建构的感召力。吴芳吉坚定地认为，理学并未因时代变迁而掩去光辉，目前虽遭劫毁颠隮，但其精义自有其价值，必成世界多元文化之一："默察世运所系，风会所趋，理学复兴，殆成必至之势。吾于此研习最浅，体行之工亦粗；然实知之最真，信之弥笃。微中国文化，不能救济人类，微宋明诸子理学，不足代表中国文化。今之乡愿，尽教糟蹋孔子，然儒学之昌明广大，蔚成世界文化之一，固可预卜，而即自今日开始者也。"在他看来，理学可拯救人类于功利主义、浪漫主义之桎梏，使其免于物质世界对人心的戕害："今之现象，非中国兴衰问题，乃全体人类之生死问题。吾人之言理学，非只阐扬孔道，裨益中国，盖使功利主义、浪漫主义之深入人心，无异驱人之向绝路。为救济人类计，实惟此为一坦途。"②

（二）性命之学与救亡图存

在清末民初激烈的社会变革中，乃至在新文化运动的激进时代里，宋明理学一直发挥着不可忽视的隐形作用，它的思想成分以诸多方式展现在信奉它或反对它的行动者身上，特别是理学中修身的成分逐步从理学原本宏大的思想体系中抽离出来，"成为近代思想及行动者人格塑造运动的资源，并与救国的各种主义结合起来"③。

理学如何应对激变的时代，一直是萦绕于吴芳吉心中的大问题。长期浸淫于理学思想之中，吴芳吉对理学的本体论——性命之学尤为关注，在其著作中屡屡提及并加以重新阐释，希望从中整合对应时代的崭新力量，以此挽救国族，再造华夏。

性命之学的伦理性体现在人性论上，即人性的善恶问题。吴芳吉辨析了儒家观念史上的性善、性恶之说，主张"性命一体"，在天为

---

① 许纪霖主编：《何谓现代，谁之中国？》，上海人民出版社 2014 年版，第 209 页。

② 吴芳吉著，贺远明等注：《吴芳吉集》，第 992—993 页。

③ 王汎森：《中国近代思想与学术的系谱》，第 159 页。

命，在人为性，天命超乎善恶，性亦超乎善恶。吴芳吉所理解的
"天"不是人格意义上的神，而是体现为公正无私的自然秩序："天
者，大公无私之谓也。观其寒来暑往，春生秋获，四序循环，无一丝
一毫偏袒之心以及众生，其一秉大公，可知也。"① 据此，吴芳吉认为
离开"天"与"性""命"的关系，谈论性善、性恶、性无善无恶、
性混善混恶是没有意义的。性命是上天所赋予，具有"人天之原"
"太极之始"的本体论意义，超出善恶之外，非是言语所能形容。以
此言之，"性"与"命"非关善恶之事，如果以善恶的标准去衡量则
是对性灵永恒遍载的束缚与局限。善恶的标准体现了有形的、有始有
终、有得有失的相对性，而性命则是绝对的、无始无终的，具有超越
时间、空间的无限性，他由此得出结论："善恶者，后物也；性命，
先物也。性命在物之先，善恶定物之后。善恶、性命漠不相及也。"
吴芳吉进而援引《中庸》"天命之谓性，率性之谓道，修道之谓教"
之说，指出人之有善恶，乃是后天认知的结果，是建立在人我分别之
上的道德标准，而"性""命"即太极，与宇宙生成的本原具有同构
性，就宇宙本原言之，善恶、美丑、穷愁不过是认知过程中的二元对
立罢了。最后，他再次从"性命一体"的角度强调"性"与"天命"
的超越性："太极即天命。性具太极，故性犹天命。天命在物之先，
性犹天命，故性亦在物之先。物有善恶，天命不囿于物，故天命超于
善恶。性犹天命，故性超乎善恶。"②

"性命"的超越性赋予生命以永恒与不朽，这是对生命价值意义
最大的肯定。吴芳吉将"性命"看作宇宙本真的存在，也是人与宇宙
的联系通道，借由性命之途，人才能克服孤独无依的生命处境，于是
宇宙万化不出我之一心，生命本体也由此不生不灭无增无减。如果能
体认到这一点，人就不是孤零零的存在了，而是"同声相应，同气相
求"，循环往复，常存不失，小我不再如朝露般短暂，而是消融于宇
宙的海洋之中，部分融入了整体，短暂化作永恒。性命之学的义理，

---

① 吴芳吉著，傅宏星编校：《吴芳吉全集》，第 1000 页。
② 吴芳吉著，贺远明等编：《吴芳吉集》，第 1188—1190 页。

最终形成了吴芳吉"世界遍我"的思想："吾自信中国白屋有一吴芳吉在，即日本美国欧洲亦各有一吴芳吉在，推而致于万方，入于冥粤，咸有吴芳吉在。此一吴芳吉死，彼一吴芳吉生。此一吴芳吉失，彼一吴芳吉得。此诸吴芳吉者，皆是中国白屋吴芳吉之一知己，中国白屋之吴芳吉是此诸吴芳吉者之一知己，吾复何恨？吴芳吉盈满天下，天下之事，便是吴芳吉之事，吾复何愁？吴芳吉囤洽人心，人心之理，便是吴芳吉之理。吾虽有美文章、大事业，未见芳吉之长；吾虽受饥寒，历困苦，亦不能暴芳吉一短。吾虽与仇雠接，终可胶漆相亲；吾虽在枕衾间，终使为天下共见。因此，知吾人立身，不当仅为人负责任，更当为神负责任。……休叹世无知心，实则知心满世尔。即不求人谅，自有人谅尔心，屈子贾生之伦，未免多事矣。"①

吴芳吉此一"世界遍我"的思想，萌芽于早岁对理学的系统接受之时，他长期的追随者周光午对此也有记述："他一团活活泼泼的气象，竟致有一天忽然想到：'有偌大一个地球，供你一脚踢着，任你放手整顿，芳吉，芳吉，谁能及你之富有呢？'举首长啸，不觉快活得直跳起来，盖其抱负又如此。"② 对于这一生命理念，吴芳吉颇有心得，反复申说，甚至还用诗歌的形式进行表述，在其长诗《吴碧柳歌》中有云："吴碧柳，吴碧柳，碧柳无奇常有偶。或在东洋与西洋，或在南斗与北斗。天地来时相与来，尝向羲皇一携手。天地闭时相与归，讵随日月共衰朽""造化而无我应无，造化而有我终有。呜呼惟德邻不孤，碧柳之外有碧柳""一个碧柳身千万，盈天之涯海之畔""海水作云云作水，我生幻化无停暑。安得阴阳一熔炉，万方碧柳驱同毁"。③ 在《君山濯足歌》一诗中，吴芳吉又阐扬"天地与我一体"之义，盈虚不变，古今一如，皆在我身："一波虽逝一波兴，天地无情却有情。昨日何曾死，今日何曾生？生命正如此湖水，终古不消也不盈。公莫过去哭，我莫未来欣。过去未来总是今，而我何为笑古人。"诗后的自注进一步解释此诗之旨："以湖水之未尝盈虚，比生命

---

① 吴芳吉著，贺远明等编：《吴芳吉集》，第 630—632 页。
② 周光午：《教育家的白屋诗人》，《重庆清华》1947 年第 5 期。
③ 吴芳吉著，贺远明等编：《吴芳吉集》，第 1—2 页。

之终不磨灭，视古今为一朝，融人我为一体也。"① 这种文学化的表述，除了理学的影响之外，也带有苏轼道家哲学的意味，《前赤壁赋》中有类似的说法："客亦知夫水与月乎？逝者如斯，而未尝往也；盈虚者如彼，而卒莫消长也。盖将自其变者而观之，则天地曾不能以一瞬；自其不变者而观之，则物与我皆无尽也，而又何羡乎？"

性命之学所本具的超越性和永恒性，吴芳吉将之视为人生意义的终极归宿，也是修身、齐家、治国、平天下的起点。在吴芳吉看来，性命关乎生死，切知性命之义是最为紧迫的事情："有人之生死、国家之生死。学德事功，莫大于立生死；立生死，莫大于知性命。"性命者，"存乎我之一心"，性命衍生一切，凡天下、国家均为此而设，性命在，则心在，国在，"性命不亡，则人伦世道，无久不在"。故此，善养性命，心必有安，国不会亡，归结到底，"救国当先救己，救己惟在性命。盖惟性命属我，性命是我，性命知我，性命佑我"。②

吴芳吉在终极意义上肯定了性命的超越价值，这也是理学思想所一直关注的宇宙人生问题。环顾国族，内忧外患，打量一身，穷愁艰困，对于吴芳吉来说，最为迫切的问题是：如何超越外境的束缚而直达内心的解脱与自由？为了解决这一人生困境，吴芳吉对性命与己身之关系思之甚详。在他看来，"性命"乃人之真我，"此身"不过为性命所用的工具，二者的关系切不可颠倒。如果为此身而有此生，那么境遇艰难就是真实的忧患；如果为性命而有此生，那么境遇艰难不过是微不足道的游戏而已。吴芳吉进而提醒说，如果悟不透这一层，人就会沉溺于痛苦、无聊、艰困之中而无法自拔，这是因为忽视性命而为此身所困所拘，此关不破，个人志业、国家大计皆不可为。他还举例说，不顾此身的英雄豪杰，未必深悟性命之义，但他们以懵懂粗狂之心应世反而偶得生命真义，排除大难，干成大事，原因就是放胆直前，无多犹豫，败不加悔，成则惊动世人。相反，明察渊博之士，遇事则"审利害详，作进退缓，畏首畏尾，一无担当"，虽有多才多

① 吴芳吉著，贺远明等编：《吴芳吉集》，第 33 页。
② 吴芳吉著，贺远明等编：《吴芳吉集》，第 633—634 页。

艺而束手无策。

吴芳吉认为，尽力于性命功夫即是践行中庸之道，"参天地赞化育之事"，并"信性命为万能，为神圣、为天下大冢宰，固入水不濡，入火不热，治国平世，特其余绪而已"。若能坚守性命之道，"遣愁之道以此，养气之道以此，为生民立命以此，为天地立心胥以此"，舍此，"华胥之国，亦是穷途，羲皇之世，莫非苦海"。尤其是功利主义大盛的时代，更须"摒去耳目见闻之识，直向性命头上痛下功夫"，这样才能达到"披性命为甲胄、以图力战卫国"的救世目的。更为重要的是，从"性命"层面下手，中国人才能获得反观自我的清明之心，远离群体性的狂热，以个人理性护持国族，而不被群氓乌合纷起所裹挟，这样才能"各有把握，各行其道，勿以为人之叫嚣激切者众，我不可不附和之也"①。

那么，如何"致性命"呢？吴芳吉认为，最重要的是超越身外之物的奴役与诱惑，美衣美食、美名美誉、肉欲情缘、未明心见性的文章慧识皆非性命之事，若有志于性命之道，"则请淡泊衣食、忘却名誉、斩绝肉欲情缘，光大文章慧识，如胎儿赤体条条，一丝不挂，庶几可以救世之溺"。②

吴芳吉的"性命"之说是从正心、修身的角度出发，将宋明理学中较为玄虚、超越的天人理论实用化，作为淑世救国的手段与工具。当然，由于这种"性命"之说的精英取向与玄学色彩，作为救世理论之一种其实很难被大众所认同和接受。这也是原教旨宋明理学之所以在现代社会遭遇困境的原因所在，毕竟在经历了新文化洗礼的 20 世纪初期的中国，这些看起来带有复古、玄虚的说法已经不合时宜了，以至密友吴宓在信中批评吴芳吉的"性命"之说空泛至极。③ 这是理学本体论在"科学"语境之下的尴尬与无奈，也预示着吴芳吉的"性命"之说只能局限在自我修身的范围之内而无法普遍性地安顿中国人的心灵秩序。

---

① 吴芳吉著，贺远明等编：《吴芳吉集》，第 633—634 页。
② 吴芳吉著，贺远明等编：《吴芳吉集》，第 633—634 页。
③ 吴芳吉著，贺远明等编：《吴芳吉集》，第 1279 页。

（三）礼教真义与道德秩序

贺麟先生认为，儒家思想包含格物致知、寻求智慧的理学、陶冶性灵、美化生活的诗教和磨炼意志、规范行为的礼教。① 儒家思想中最具社会功效、最招非议的也是其礼教思想，盖因礼教已从儒家的道德观念逐渐演化为政治和伦理制度的建构形式，约束着人们的言行举止乃至社会生活的诸多方面，且以国家权力为后盾，形塑社会秩序和道德规范。

礼教的本意是倡导人伦秩序和群体纲纪，但一旦外化为具有强迫性力量的礼法习俗之后便不可避免地走向绝对化的道德教条主义，从而引发了五四时期对礼教"以礼杀人""礼教吃人"的抨击和控诉。在 20 世纪初期反对传统的文化语境里，吴芳吉对礼教的态度经过了审慎的考量和自觉的反省，他一方面反思礼教末流所带来的弊端，另一方面肯定礼教对于维持道德秩序和合理习俗仍然具有不可替代的作用。

在拟著的《天人之书》的构想中，吴芳吉专以《家庭论》一章讨论家庭伦理问题，涉及对礼教名分观念、人伦关系的重新思考，意在打破父母万能、亲子尚私的家庭传统。他以自身的经历认识到，近世所褒扬的"孝子"必有以下二端："1、能取高官厚禄、锦衣玉食者，否则不得为孝子。故以廉洁耿介之行，皆逆子之事也。2、能随世俗，信鬼神，尊父母为万是、而自处为万恶者，否则不得为孝子。"按照如上功利而蒙昧的伦理标准，孝道已被扭曲和异化为维持父母权威的道德枷锁，处理亲子关系"不以义而以势，不以理而以私"，遂造就了父母对子女的霸权、专制局面。维系此一不合理伦理关系的天然合法逻辑在于，父母和子女乃是债权关系，子女为父母所出，为欠债者，父母则为债权人，"故亲之望子，不望其行道德有学问也，惟望能偿债者足也。子之事亲，但以能偿债者可以为孝也，道德学问亦非所望也"。吴芳吉认定，此种亲子关系只考虑基于生物本能的生存回报，而背离了儒家礼教以道义敦促人伦的本意与原旨，必然落于自

---

① 贺麟：《文化与人生》，商务印书馆 2005 年版，第 8 页。

私自利的索求之中，这也是造成国族不振、道德颓败的重要原因。①

在读清代诗人金和诗歌的批注中，吴芳吉如是写道："礼教末流压迫妇女如此，诚哉其当打倒矣。"在另一处又说："今之妇女过于放荡不羁，亦数千年压迫之反感，人自召之，宁足责乎？"② 吴芳吉深知历经数千年文化累积的礼教在现代转型中已显露出诸多不宜，这一点他和新文化运动人士的看法别无二致，对清理传统积弊的主张和做法也表示了同情。与此同时，吴芳吉所秉持的"中庸之道"使其无法赞同彻底打倒礼教的做法，认为礼教是由历史演变而自然形成的价值体系和道德规范，其合理内核仍有积极意义，对于新旧转换所带来的道德失范和道德真空具有不可缺少的补救作用："礼教，吾国之大经也，君子重礼教而辨名位，所以立纲纪也。"③ 吴芳吉肯定的是礼教对于维持道德人心的作用，反对骤然废弃礼教思想中的合理部分，这对于矫枉过正的极端反传统思潮来说无疑是一种必要的补充和提醒。

吴芳吉推重礼教的社会功能，其原因是礼教的目的在于节制欲望，使人趋于合理的生活而不为外物所役，并以内省和自制方式获得平静和谐的生命境界。吴芳吉激赏康德的道德哲学，发现康德《人心能力论》所主张的学说与孔孟、老庄同旨，皆主张形为神役，道德可以养生，以克己之道严防人心为欲望所役使从而避免沉湎于物欲之中："眼前切近之道，须为简单生活。凡酬应、虚华、饮食、游戏，皆宜渐除，以养心于淡泊。人苟安于淡泊，自然善念日多，恶念日减，相习成风，亦足以振末俗。国之多变，未始不由于此，此亦救国之一端。"④ 吴芳吉还自觉地将文学的归宿落脚到"礼"的精神上来，在《还黑石山》组诗中以论诗的形式阐释了礼教和诗教的平衡关系："诗也志所寄，志以礼为持。诗人即志士，志有义利诗淳漓。足言足容德之藻，折衷微礼何所期？君看《礼经》三千例，孰非温柔敦厚诗

---

① 吴芳吉著，贺远明等编：《吴芳吉集》，第 1148—1150 页。
② 杨钊：《文化视野下的重庆聚奎书院研究》，四川大学出版社 2020 年版，第 241 页。
③ 吴芳吉著，贺远明等编：《吴芳吉集》，第 637—641 页。
④ 吴芳吉著，贺远明等编：《吴芳吉集》，第 1210 页。

教之释词?"① 在儒学精神日常生活的践履上,吴芳吉笃行"礼"的内在精神并将之外化为生命本体的存在形态,他在西北大学任教期间遭遇围城之困,慨然置生死于度外,表示:"吾已立定主意,果到绝境,则吾正其衣冠,尊其瞻视,端坐本校礼堂之中,悠然而逝。"② 生死之际,尚且瞻顾礼仪,这是生命的尊严,也是人格的修养,生之时,绝不苟且,死之日,亦须从容。吴芳吉所表现出的强烈的精神姿态使我们很容易联想到《论语》所载的孔门弟子子路战死之际不免冠的礼仪坚守,正是这种视"礼"为生命价值所在的君子之风体现了儒家严格的道德操守对士人人格和行为的浸濡力量。

吴芳吉"以礼为归"的道德哲学最为集中地体现在他对现代婚姻的看法上。男女缔结婚姻是礼教思想的起点,也最需要以道德来约束人性的欲望以保证族群的繁衍和文化的传承。吴芳吉早年以《婉容词》一诗为世人所知,此诗主旨即在谴责信奉婚姻自由思想的留洋博士对婚姻的不负责任与薄情寡义。吴芳吉十分看重礼教对于维护婚姻、家庭的重要作用,将其视为中国文化的根基:"古之观人也于君臣,今之观人也于夫妇。大抵笃于夫妇者,必笃于友。其不苟于夫妇间者,亦必不苟于社会,不苟于国家。"③ 在吴芳吉看来,基于人性需要的婚姻、家庭等人伦秩序具有普遍的意义,是人兽之别、华夷之辨的标准,起着支撑道德价值的重要作用。在社会学的意义上,家庭是社会的基石,社会是否健全和稳固有赖于作为组成部分的家庭的存续与发展,而对家庭健全和稳定一直具有调节作用的正是儒家的礼教思想,这也是吴芳吉汲汲于为礼教声辩的最重要的原因。

面对新文化思潮对儒学的冲击,吴芳吉在执守礼教思想的同时,注意到礼教作为道德规范容易沦为名不副实的教条的危险,为此特别强调道德的"名实一致":"世间万事,惟名实两字尽之。名即理也,实即事也。名实合一则理事方成一体。然往往有名无实,或有实无

---

① 吴芳吉著,贺远昕等编:《吴芳吉集》,第 303 页。
② 吴芳吉著,贺远明等编:《吴芳吉集》,第 889—890 页。
③ 吴芳吉著,贺远明等编:《吴芳吉集》,第 1049—1050 页。

名，或名实皆非，或名实两丧。夫政治教育，文章事功，所以殊途而同归者，无非求名实之相符也。"有鉴于此，吴芳吉所着意探求的是"礼"的精神如何真正落实于日常生活之中，这仍须在儒学义理中寻找解决道德困境的方法，他为此将礼教的齐家功能与心性的修养工夫联系在一起，为此反复申明"诚敬""忠恕"的微言大义："名实之合，端在于诚。践诚之功，端在忠恕。"① 正是基于对儒家道德的体认，吴芳吉对挚友吴宓离婚一事多加劝诫，致使二人的关系因之到了决裂的地步。在吴芳吉看来，儒学是人伦日用之学，不是谈玄论妙的高头讲章和玩弄概念游戏的思想理论，其真正意义在于对所持信念践履的工夫和躬行的程度。吴芳吉身处新旧时代交替的夹缝之中，看到新旧道德的转变不可能一蹴而就，当务之急在于保留传统道德的合理因素而剔除其不合时宜的地方，但无论如何不能不加辨别地推倒传统而任由道德领域走向无序和真空。他曾向吴宓表示，为了恪守传统道德，决意忍受家庭生活的痛苦而绝不愿离婚，以使所提倡的道德与一己所行相契合："我辈一言一行，效之者众，宁自羁羁，无以误他人也。"② 可见，吴芳吉孜孜不倦阐扬礼教的出发点在于保持道德秩序的完整性，其道德要求不是向外而是向内，迥然有别于某些为了一己私利而反对新道德的礼教卫道士，也有别于某些借助自由思想的招牌而大开恣行妄为方便之门的新文化人士。

在生命的最后一年，吴芳吉出任江津中学校长，在任期间极为重视培养学生的道德意识。他特别重视刘宗周的《人谱》并加以改编为适合学生阅读、理解的教材，定期集合全校学生讲授。《人谱》是明末思想家刘宗周的重要伦理学著作，论述了关于人的本性和道德修养方法的理论。刘宗周受阳明心学影响，追求至善的道德价值，并提出了体独、知几、定命、凝道、考旋、作圣等道德修养的六种方法和步骤。儒家的"改过"之学在《人谱》中达到了顶峰，以往理学家的省过改过只是在念起念灭上做工夫，刘宗周则主张从根源处着手，保

---

① 吴芳吉著，贺远明等编：《吴芳吉集》，第 1049—1050 页。
② 吴芳吉著，贺远明等编：《吴芳吉集》，第 994 页。

持"意"的主动性，在"念"尚未萌动时做改过的努力。① 吴芳吉之所以重视《人谱》，除了该著的通俗易懂之外，还与该著高度重视"悔过""改过"的主张有关。《人谱》的修学方法是儒家"克己复礼"的时代表现，它与吴芳吉所信仰的"改过自新"之说也是颇为吻合的。《人谱》十分重视道德修养中改过自新的方法，在《记过格》中，按产生的根源分类，详细列举了人类道德生活中所存在的数百种过失，同时还设计了静坐的"讼过法"，要求学者净心思过，痛加针砭。吴芳吉为中学生讲授《人谱》这部极重道德践履的儒家伦理之书，正是看到了他所处的时代儒家所提倡的道德处于礼崩乐坏的状态，因此需要恢复儒家"克己复礼"的道德修养传统，借以培养一批具有道德感和爱国心的少年。他本身也是"礼教"精神的表率和榜样，在从重庆演讲完毕返回江津中学时，在烈日当空、身负重物的情形下，依然坚持行不由径，宁愿多走二三里，也不肯从学校偏门进入。这一富有象征意义的细节表明，吴芳吉所追求的"以礼为归"不是落在字面的空话而是起而行之的践履。

吴芳吉所宗守的儒学主要是宋明以来的理学，通过其身体力行的体践，内外交修，求其实证，期于理学能够转化人心、改造社会，以此重建中国文化。在新文化运动的冲击之下，理学被视为保守、腐朽、没落的文化资源而遭到猛烈的口诛笔伐。自诞生以来，理学尽管被专制皇权所利用和改造，但毕竟不能改变它是自由讲学的产物，更无法改变其潜在的开放性和包容性，它一直在不断地吸收、容纳、更新和创造。就文化的连续性和持久性而言，理学含蕴了近千年以来中国人的心理因素、思维模式和价值系统，虽有不合时宜和迂愚保守之处，但作为中国文化的重要构成部分，仍具有重要的文化价值和时代功用。不同于激进的新文化人士，吴芳吉因其独特的个人因缘和时代际遇而对理学传统充满了同情和理解，视理学为中国文化复兴的基石，以理学价值熔铸人格、创作诗文，在狂飙突进的文化革新运动中

---

① 王汎森：《权力的毛细管作用：清代的思想、学术与心态》，北京大学出版社 2015年版，第 235 页。

重新阐发理学新义，为其注入时代气息。

就文化革新的力度而言，吴芳吉无疑是保守的，他对理学的阐发虽有批判，但大体以肯定和继承为主，表现出相当强烈的文化情怀和"求道"精神。在新文化占据道义制高点的 20 世纪初期，吴芳吉对理学的钟爱和阐发也有守旧、落伍之嫌，但在"百家争鸣"的意义上构成了新文化多元发展的一极。吴芳吉以诗人名世，他念兹在兹用力甚深的心性之学掩盖在这种盛名之下。进入民国以后，理学传统在公共领域逐渐丧失了话语权和影响力，只能以私人传授和个体修为的方式延其"道统"于一脉。吴芳吉的理学思想散布在诗、文、日记之中，零碎不成系统，但却是考察其诗学、文学乃至文化观点来源不可忽视的思想地图。在后续的诸章，我们将陆续分析吴芳吉理学思想对其心理建设和文学审美的塑造与影响。

四　道德实践与内在超越

研究吴芳吉的学者一般都将吴芳吉视为道德保守主义人物，甚至将其视为充满宗教热情的救世者，有研究者在评价吴宓、吴芳吉的交往史实时就曾别具慧眼地指出："基本上，这两人都没有把自己的道德实践视为纯粹的个人行为，他们念兹在兹，是要在浩浩荡荡的反中国文化的新潮之中，通过自己的'身教'来捍卫道德和旧礼教，以此救世、救中国、救中国文化。这不是象牙塔内的思辨玄学，而是以全幅生命投入其中的道德事业。他们的思想形态，不同于西方的哲学家和思想家，反而像各大宗教的传道人。"① 这一番评论可谓确论，不过当我们纵观吴芳吉整体的思想脉络之后会发现，其浩然笃诚的道德面孔的背后另有一番深情，这种深情来自对中国文化的眷恋和珍惜，以及对其即将走向没落的无奈与忧伤。

（一）知行合一的道德践履

吴芳吉持守强烈的道德原则是对新旧交接之际道德风气颓废的反拨，也与他幼时耳闻目睹的家风家教有关。清末民初的蜀地，纲纪松

---

① 黎汉基：《吴芳吉的儒学实践》，载《人文论丛》2006 年卷，武汉大学出版社 2007 年版，第 788 页。

弛，民风萎靡，吴芳吉故里江津白沙镇售毒聚赌、男女淫乱之风不绝，吴芳吉自述："院户十二家，为娼者三、为伶者二，皆比邻而居，时闻秽声。余有木工、漆工、裁缝四家，富人二家，约男妇五十人，儿童二十六人。此七十人者，习于盗者十之三，习于淫者十之四，习于斗者又十三焉。故偷盗斗殴之声，无日不习闻之，虽儿童不免焉。"吴芳吉之父对此种不良风气颇为担忧，乃用石灰将房屋粉刷一新，并在木牌书写"白屋吴老"四字挂于门墙，以严正家风，以示清白。严正的家风塑造了吴芳吉的道德观，此后凡居家之地，皆名"白屋"，并以"白屋吴生"自号，隐然表达了在污浊之世洁身自好的价值追求。①

吴芳吉的道德感最为明显的表现是他对"齐家之道"的执守。五四时代，婚姻自由之风大行，男女的结合被视为自然合法的行为，而一切阻碍婚姻自由的教条统统被视为"封建礼教"的残泽而加以抛弃。吴芳吉与其夫人何树坤属于旧式婚姻，在时人看来，自然算不上佳配。吴芳吉多年在外，姑媳久居，难免失和，吴"顺从母意，不能抑母而扬其妻"②，夫妻生隙，龃龉不断，家庭生活一度异常痛苦。何树坤对吴芳吉猜疑甚重，在其吸食鸦片之后，情感病态，敏感多疑，无端生事，吴芳吉对此苦不堪言，为此吴宓劝其离婚再娶。吴芳吉却表示："吉终与永好，不敢携贰，或逢迎其意，竟离弃者。在此过渡时代，自有无数男女牺牲其中，他人有然，我宁独异？又成大学生千五百人，兼课各校，数又倍之。吾人随事以身作则，倘有差失，贻害何穷！我若为此，则望风步尘之人，纵以十一计之，亦四五百家，或者人家妇女不如树坤之甚，而其夫亦效我之为。吉忍以部分之痛，更使全体俱与痛乎？"③他从道德影响的角度看待自己的婚姻，宁愿牺牲个人的安乐，也不愿有道德上的瑕疵和师道上的亏损。他曾对重庆大学学生杨德光说："旧式妇女思想纯净，一片真诚，有她可爱之处，反较新式女性更为可亲。"在吴芳吉的感召下，重庆大学有数位学生

---

① 吴芳吉著，贺远明等编：《吴芳吉集》，第 1134 页。
② 吴宓：《吴宓诗话》，商务印书馆 2005 年版，第 155 页。
③ 吴芳吉著，贺远明等编：《吴芳吉集》，第 990 页。

选择维持旧式婚姻，而不再与乡间发妻或未婚妻离婚。①

　　夫妻之道是"齐家"的应有之义。"齐家"是个人修养的重要一环，也是儒家重要的文化设计。吴芳吉认为，家庭价值是中国文化的核心要义，对一切破坏家庭关系的思潮充满警惕："中国之家庭不亡，中国之民族之文化亦永不亡。苏俄专以推翻家庭亡中国，他不足道。今国中贤者，所行乃多为敌长势，此则吾人之深忧也。"② 在吴芳吉看来，激进的社会革命将导致家庭的解体和离散，从而危及以家庭为根基的儒家文化的生存空间。

　　故此，常年飘零在外的吴芳吉严守男女之大防，不敢稍逾分寸，自觉收束诗人浪漫的情感，更无男女绯闻或艳事。尤其是在妻子因吸食鸦片而容颜消陨之时，吴芳吉表现更多的是宽容、谅解以及绵绵不尽的慰藉。婚姻之于吴芳吉，不仅有现实道德的意义，还有文化追求的考量。他所面对的是一个价值惶惑的时代，或走向崩解的末路，或走向更为自由美好的未来。吴芳吉肯定的是自周公制礼作乐以来的人文精神和人文理念，他所坚守的也是以周公、孔子为代表的儒家人物的"大道"，并确信"大道"所开出的中国文化有恒久的价值。正因如此，一向温柔敦厚的吴芳吉以强硬而严厉的口吻反对吴宓与原配离婚："离婚，今世之常，岂足为怪。惟嫂氏非有失德不道，而竟遭此。《学衡》数十期中所提倡者何事？吾兄昔以至诚之德，大声疾呼，犹患其不易动人，今有其言而无其行，以己证之，言行相失，安望人之见信我哉？吉所遭，视兄为苦，而终甘受无所怨者，我辈一言一行，效之者众，宁自羁羁，无以误他人也。"③ 可见，吴芳吉一直是以"救世"的态度面对婚姻问题。他一向主张言行合一，所提倡的理论应该身体力行，不容苟且，既然以保存圣贤文教的身份自居，就应使所提倡的道德与一己所行相契合，而不为人所讥议并以之作为攻击的借口。吴芳吉的坚贞之节与操守之洁，让曾以导师自居的吴宓也钦佩

　　① 杨德光：《怀念白屋诗人吴芳吉》，载江津文史资料委员会编《江津文史资料选辑》第 3 辑，第 71—77 页。
　　② 吴芳吉著，贺远明等编：《吴芳吉集》，第 1008 页。
　　③ 吴芳吉著，贺远明等编：《吴芳吉集》，第 994 页。

不已，特为吴芳吉一封倾诉家庭生活苦楚与夫妻矛盾的信件写下如此按语："窃谓若论其人之天真赤诚、深情至意，不知利害、不计苦乐，依德行志、自克自强，一往而不悔，则未有如吾友碧柳者。陈铨君评碧柳之诗曰：'中国近代诗人，无论新旧，吾未见有能比拟吴君者也。中国近代文人，吾亦未见有忠于艺术，历万苦千辛而不悔，如吴君者也。'呜呼，碧柳于诗之成就如此，希望无穷。生平所历艰苦，又非常人所能想像。而家庭配偶，乃有若此函所描叙者，可悲孰甚。顾碧柳犹坚贞自守，对其妻不存贰心，此尤为人所难能者矣。此虽叙说私情之函，吾今公布之，望天下知者共为诗人洒一掬同情之泪也。函中所叙数日中情形如此，半生可知。但就此函观察，则树坤乃一庸俗之妇人。凡旧式女子所有之恶劣习惯癖性，彼无一不备。碧柳只知以仁心向之，弥见碧柳之贤。虽然，以富于天才苦志之人，而常日如此折磨抑损，虽于道德小有保全，而于艺术文学之成就，则所失甚大。权衡轻重，高瞻远计，碧柳之所决行者，恐亦未尽当也。夫诗人多情多感，境遇又少丰舒，在在需人解慰，调护煦沫，如艺名花，如藏宝器，此正为妻者之责。是故诗人之妻，职任独重。而古今诗人婚姻配偶失意者多，如莎士比亚，如弥儿顿，如辜律己，如摆伦，如雪莱，皆有仳离之事，或幽郁之思。然浪漫人物，纵情尚气，家室乖忤，咎或由其自取。若碧柳凤励行道德，又笃情爱，而遭遇如此，不诚可悲之尤者耶？"[①] 吴宓虽然提倡固有道德和"新人文主义"，但生性浪漫，未能知行合一，他对吴芳吉的劝谏和忠告从侧面显示了作为诗人的吴芳吉和作为儒家道德信徒的吴芳吉居然能并行不悖、和谐一致。

研究者注意到，儒家知识分子分为"王者之儒"和"教化之儒"，"王者之儒"关注的方向由文化系统转向政治系统，将儒学变为王权统治核心不可或缺的意识形态资源，"教化之儒"寻求内在的超越、注重儒学伦理原则的传承，并沉潜于社会生活之中，负担起教化民众的重任。[②] 对于吴芳吉而言，儒家的义理不仅止于说理，还须

① 吴宓：《吴宓诗话》，第157—158页。
② 杨念群：《儒学地域化的近代形态：三大知识群体互动的比较研究》，第117—126页。

外化为个人行动并表现于日常生活、待人接物之中。1913 年，他因参与学潮被清华学堂除名，黯然返乡，过三峡前，困居宜昌一小旅馆两月。待核算伙食费时，茶房所算比吴芳吉账底多出一元六角。他明知茶房作弊，却不予深究，如数付之，希望以此点醒其良知："彼既用此诡心以待我，彼已不幸至极。吾故作未见，即依此数付之，以为或可警惕之欤？然彼之视余，固痴如子产之于校人也。今不必与作计较，而惟自责，与相处两月，不能以身作则，化之以诚，而竟以诡诈转欺矣。"① 一个 17 岁的少年能有如此处世之道并时刻惕厉反省，可见理学修养绝非仅是空言大义，而是可以落实于生活细节，于生活日用之际磨炼心性完善道德。还是在这次旅途中，船过归州（今称归归州镇）时，吴芳吉上岸购物，行于市中，妇孺数十人，见其戴眼镜，大感惊异，皆来围观。问何故尾随、围观，众人皆笑，不知所对。吴芳吉遂买饼数十，分给诸儿，又教诸儿时刻保持清洁，不可学污言秽语，不可学骂人，彼此要团结，"长者慈其幼，幼者敬其长，互相敬爱，乃不失小孩人格"。又顾谓诸妇，对于子弟，不可溺爱，亦不可刻薄，要送入学校，"使其学礼节，明事理"。诸人欣然唯唯，相携散去。② 此一场景若置于后来的启蒙时代和革命时代，吴芳吉这种以"士"自居、教化民众之举，定然要饱受质疑和责难了，但无可否认的是，他的一言一行正是儒家理想人格熏陶的结果，也是他践行儒家教化的自觉行动。

（二）内在的超越与圆融

1932 年 5 月 10 日，亦即吴芳吉猝然离世的次日，身在重庆的诗人、作家邓均吾在当日日记中如是写道："碧柳，在我过去的生涯中，你给我的不是思想的感化，是你那统一的、纯真的人格照临，它支持着我，使我不至坠落成为一个富贵荣华的逐臭者，而拜倒于一切权威之下！今后呢，如果我能从陷溺我的大泽中振拔出来，向着我认为应走的道路走去，虽然与你所怀想的可能背道而驰，在我也便觉无愧于

---

① 吴芳吉著，傅宏星编校：《吴芳吉全集》，第 990 页。
② 吴芳吉著，傅宏星编校：《吴芳吉全集》，第 1000 页。

作你的一个朋友了！我们总有'相识而笑，莫逆于心'的一个时辰罢？"① 时隔 27 年之久，已沦落为西南师范学院边缘人物、与时代格格不入的吴宓于深夜静思生平行事，忆及吴芳吉，在日记中对这位已逝的老友做一总评："总之，通观静思，知人论世，碧柳确是一伟大之道德家与伟大诗人，其伟大处在其一生全体之完整与坚实。"②

邓均吾与吴宓皆是吴芳吉生前密友，对其所做的评价难免有溢美之词，但以二人对吴芳吉了解之深之广，又有其公允客观之处。二人不约而同地指出，吴芳吉人格的特质乃在于"统一""完整"。何为"完整""统一"？对此问题的回答，也是了解吴芳吉理学信仰的通关密码，也有助于理解吴芳吉立身处世乃至诗文写作的旨归。

吴芳吉一生以"士"自命自许，其所思所为要从此点进行观察。观其平生，吴芳吉可谓"士志于道""忧道不忧贫"，他所在意的不是一己之荣枯穷达，而是在一个人心陷溺的时代，如何担负起士人的使命。在他萧索落寞的命运背后，似乎一直涌动着一种热烈的力量，试图与剧变的时代、人心搏斗，而支撑他不向主流屈服的是他获得了某种先验而又神秘的人生体验。

与袖手空谈的理学家不同，吴芳吉一向看重儒家实修的工夫。儒家是入世的学问，而入世之前提则有赖于对心性的体认。从孔子的"仁"到孟子的"气"直至王阳明的"致良知"，其终极追求一直未变，即寻找心性本源，继而进入本源，获得永不枯竭的人生力量。道家、佛家有专门修持的次第与方法而演化为宗教，儒家示人的形象则是世俗的，汲汲于人事，但这不代表儒家没有修持的工夫，只是早期儒家的典籍未有详细的记载，以至后世儒家人士对此反生隔膜而无从下手。

儒家的重心在于人伦与经世，此为"外王"，这也成为儒家学派最为显著的特点。与此同时，儒家对"内圣"的重视也毫不轻忽。在孔门之中，毫无事功的颜回，其地位竟仅次于孔子，远超"存鲁乱齐

---

① 邓颖编：《邓均吾寺文选》，重庆出版社 2010 年版，第 306 页。
② 吴宓著，吴学昭整理：《吴宓日记续编》（第 4 册 1959—1960），第 258 页。

破吴"的大外交家子贡，也远超身为季孙家宰善于理财的冉求，这从侧面证明了在儒家的评价体系里，对心性的追求——"内圣"排在优先位置。"内圣外王"的概念出自《庄子·天下篇》："判天地之美，析万物之理，察古人之全，寡能备于天地之美，称神明之容。内圣外王之道，暗而不明，郁而不发。天下之人各为其所欲焉以自为方。"内圣，内存圣人道德，视生死为一，与天地并存，顺任自然，与造化同往而不傲视万物，不遗是非与世俗处；外王，外有王者名位，施行王者之政。庄子认为，理想人格应既具有道家的所谓圣人之德，又兼施王政，畜养天下。在庄子的时代，"内圣外王"的道术已经荡然无存，内圣者不能外王，外王者不能内圣，天下学术分裂，社会祸乱不止。庄子自认为已具备圣人之德，但不能外施王者之政，因而不愿出仕，甘愿隐于山林之中。"内圣外王"的命题后来为儒家所吸收和发挥，成为儒家人物的最高理想和毕生追求，也成为中国伦理政治化的重要特征。荀子在《荀子·解蔽》中指出："圣人者，尽伦者也；王也者，尽制者也。两尽者，足以为天下极矣，故学者以圣王为师。""尽伦"为内圣，"尽制"为外王，两者统一为最高的理想人格。

由于"外王"受到时代条件和个人遭际的影响，具有极大的偶然性和不确定性，"内圣"就成了儒家修养最为强调的一环。在儒家的体系里，内圣主要指主体的内在涵养和操守，主要是对"善"的把握及对仁义礼智"四端"的领悟，并最终练就如孟子所说的至大至刚的"浩然之气"。[①]"内圣"的达成，早期的儒家注重的是道德修养与道德践履之外，宋明理学兴起后，受佛道影响，又发展出一整套的工夫体系。柳诒徵先生对此一转向论之甚详："洛学之近于禅。朱子虽辨之，而谓其就身上做工夫与六祖相同，此可以见唐以降，佛学惟禅宗最盛，及儒学惟理学家最盛之消息矣。就身上做工夫一语最妙，文、周、孔、孟皆是在身上做工夫者。自汉以来，惟解释其文学，考订其制度，转忽略其根本，其高者亦不过谨于言行，自勉为善，于原理无大发明。至宋儒始相率从身上做工夫，实证出一种道理。不知者则以

---

① 甄隐：《儒家内圣修持辑要》，中国发展出版社 2015 年版，第 21 页。

是为虚诞空疏之学，反以考据训诂为实学。不知胸中虽贮书万卷，而不能实行一句，仍是虚而不实也。"①

　　至宋，理学家极为重视"工夫"，主要的方式是静坐，并以此作为得见心性本体的必要手段，"若遇事，宁缺读书，勿缺静坐"②。对于静坐，朱熹如此体认："明道教人静坐，李先生亦教人静坐，盖精神不定，则道理无凑泊处。又云：须是静坐，方能收敛。……静坐无闲思杂虑，则养得来便条畅。……始学工夫，须是静坐。静坐则本原定，虽不免逐物，及收归来，也有个安顿处。"又说："盖静坐时，便涵养得本原稍定，虽是不免逐物，及自觉而收归来，也有个着落。譬如人出外去，才归家时，便自有个着身处。若是不曾涵养个本原，茫茫然逐物在外，便要收敛归来，也无个着落处也。"③ 柳诒徵对宋儒不事空谈、躬行实践的修养之法评价甚高："自宋以前，儒者之学，仅注重于人伦日用之闲，而不甚讲求玄远高深之原理。道、释二氏，则又外于伦纪，而为绝人出世之想。惟宋之诸儒，言心言性，务极其精微；而于人事，复各求其至当，所谓明体达用，本末兼赅，此尤宋儒之特色也。虽其中亦有偏于虚寂，颇近禅学者，而程、朱诸儒，则皆一天人，合内外，而无所不备。……其心量之广远，迥非区区囿于一个人、一家族、一社会、一国家、一时代者所可及。盖宋儒真知灼见人之心性，与天地同流。故所言所行，多彻上彻下，不以事功为止境，亦不以禅寂为指归。此其所以独成为中国唐、五代以后勃兴之学术也。"④

　　宋儒所推崇的静坐一法，要点在于收视反听，凝神贯注，身心合一，以净化身心扩充生命之境。逮至民国，理学影响仍未消退，对静坐感兴趣者大有人在。如开新文学风气之先的郭沫若一度也是静坐的热衷者。1914 年年初，郭沫若东渡日本求学，由于过于躐等躁进，患上了严重的神经衰弱症，心悸胸痛，步行徐缓，睡眠不安，头脑昏瞆

---

① 柳诒徵：《中国文化史》，商务印书馆 2018 年版，第 570—571 页。
② （清）李塨：《李塨文集（上）》，河北人民出版社 2011 年版，第 605 页。
③ 甄隐：《儒家内圣修持辑要》，第 125 页。
④ 柳诒徵：《中国文化史》，第 577—579 页。

不堪，记忆力几乎全失，为此异常苦恼悲观。1915 年 9 月中旬，郭沫若偶在东京旧书店购得一部《王文成公全集》，开始效仿王阳明以"静坐"之法疗病，每天清晨、临睡坚持静坐半小时。不及两周，郭沫若身体竟康健如初，自述："不及两个礼拜工夫，我的睡眠时间延长了，梦也减少了，心悸也渐渐平复了。这是在我身体上显著的功效。而在我的精神上更使我彻悟了一个奇异的世界……静坐于修养上是真有功效，我很赞成朋友们静坐。我们以静坐为手段，不以静坐为目的，是与进取主义不相违背的。"① 静坐不仅对郭沫若的身心大有裨益，对其后来的诗歌创作也产生了至深的影响，他后来所持的"多神论"即与此大有关联。

吴芳吉则是受明清之际儒者李颙等人的影响，坚持静坐不辍，颇有所得。鉴于二曲之学对吴氏的影响，此处可谈谈李颙的儒家修证工夫。林继平教授指出，二曲是研究宋明理学的桥梁，他所追求的"明体之学"，即亲证无声无臭的灵明本体，全凭个人的工夫验证而来。本体乃一绝对而内存的世界，不是感官所能观察，亦非思维所能辨识，全凭直觉的智慧方能彻底了知。② 二曲自述此一修证的体验："瞑目静坐，反觉思虑纷挐，此亦初入手之常，惟有随思随觉，随觉随敛而已。然绪出多端，皆因中无所主，主人中苟惺惺，则闲思杂虑，何自而起？静时心无所寄，总繇未见本地风光，见则心常洒洒。无事时，湛寂凝定，廓然大公；有事时，物来顺应，弗逐境驰。倘以始焉未遽如斯，不妨涵咏圣贤格言，使义理津津悦心，天机自尔流畅。以此寄心，胜于空持硬守，久则内外澄澈，打成一片。所存于己者得力，则及于人者自宏。自尔在在处处，转移人心，纵居恒所应之事、所接之人有限，而中心生生之机，原自无穷。此立人达人，位育参赞之本也。"又从动静关系谈"静坐"妙用："学固该动静，而动则必本于静。动之无妄，由于静之能纯；静而不纯，安保动而不妄。……新建论'动静合一'，此盖就已成言。方学之时，便欲动静合一，犹

---

① 郭沫若：《沫若文集》（第 10 册），人民文学出版社 1959 年版，第 37—47 页。
② 林继平：《李二曲研究》，第 345 页。

未驯之鹰，辄欲其去来如意，鲜不飏矣。即新建制盛德大业，亦得力于龙场之三载静坐，静何可忽也。"①

从李颙上面的自述来看，他的内修方法走的是静坐一途，其路径与佛道基本类似，静坐目的在于内圣而外王，"见道"而起用，他以王阳明为例，认为其事功得力于贬谪龙场的三年静坐之功。退一步讲，纵不能成就功业，也能够修己安人。李颙的修持方法代表了宋明理学家的一般做法，这种儒家内证的工夫一直延续到民国初年，吴芳吉受此影响自在情理之中。

检视吴氏日记，颇多关于静坐的记载，除了祛病健身之外，吴芳吉更多地将静坐视为明心见性的方法与路径。在吴芳吉自拟的修身养性六条，其中有一条即是关于静坐：每日黎明五时起床，六时至七时静坐，八时以后问事，晚九时静坐，十时就寝。可见，他早晚有两小时的静坐时间，并作为日课坚持。在他计划发起的布衣会（后因故未成立）会规中也将"静坐"列为入会要求，由此可看出他对静坐工夫的看重与执守。

与郭沫若同时，吴芳吉练习静坐也始于1915年，其时他在上海一书局担任校对。初习静坐，自言"入手时，心绪紊离，渐次纯一"②，虽为人事羁连中辍，仍发愿"以后无论如何要事，必平心静气赴之为当"③，后逐渐进入静境，不知身在人世，自觉"心理分外纯洁，能入化境，为自行静坐后第一佳境"④。此后，坚持静坐工夫，节制思欲，纯正心理，以防心思流荡。两年之后，静坐初见成效，"颇得真如之境，较昨年诚有深造，呼吸能穿隔膜至小腹以下矣"⑤"渐能冥冥，近于鬼神，此实第一可喜者也"⑥。这种神秘主义的体验使得吴芳吉抵达了另外一个不同于日常的、凡俗的世界，使其"渐几中和，喜怒哀乐，皆淡忘之"。为此，他甚至拟作《鬼经》一篇，谈

① （清）李颙：《二曲集》，第20、127页。
② 吴芳吉著，贺远明等编：《吴芳吉集》，第1082页。
③ 吴芳吉著，贺远明等编：《吴芳吉集》，第1085页。
④ 吴芳吉著，贺远明等编：《吴芳吉集》，第1104页。
⑤ 吴芳吉著，贺远明等编：《吴芳吉集》，第1147页。
⑥ 吴芳吉著，贺远明等编：《吴芳吉集》，第1185页。

人鬼关系，其要义如下："太古茫茫，人与鬼将，宇宙既行，人鬼爻作。秉天地之质者曰人，秉天地之性者曰鬼。鬼者人之归，人者鬼之生，无人无鬼，斯有人有鬼矣。……人有善，鬼之明；鬼之怂，人之气，循循环环，奚止三世……国破非破，人亡非亡，物不可以加物矣。……故曰：君子慎独也，莫显乎微也。……达鬼之机曰静坐。"①对于这种带有神秘主义意味的描述，外人自然难知究竟，但可以判断的是，吴芳吉静坐工夫最得力的一个时期，正是赋闲在家、债主盈门、家计窘迫之时，静坐工夫让他远离了世俗的艰困与尴尬，也让其在心性层面有了更深入的探索与实验。吴芳吉在心性上的追求和境界，大体不出中国传统文化"天人合一"的范畴。在理学的修学路径之中，"天人合一"即是"见道"，"意谓当虚明洞彻的本体呈露时，凡是意识心、攀援心、主观的情感、意欲，与乎客观的限制、刺激等等，此时皆消解于无形……人、我、物我的对待，主观客观的界限，皆全部泯除，或则说消释于此本体或理（根本义）之中"②。

静坐工夫的得力让吴芳吉对宋明理学的心性之说有了切身的体会，而不是"如人说食，终不得饱"。反映在为人为学为文上，吴芳吉追求人与世界的融合无间、人与学问的不生隔膜，人与诗文的内在一致。他认为，一己之内在是衡量客观外物的唯一标尺，纷驰之心反转向内，才能实现对外物的统摄与兼容。"道"的价值在于对现实的回应，中国传统的士人念兹在兹的是，如何在庸常的生活和苦痛的困境之中安顿身心。吴芳吉对空谈心性而不能躬行的道学家不以为然，也对汲汲于改造社会疗治人性的新文化人士颇有微词。民国乱世，国势陵夷，危局频现，爱国与救国的声浪冲击着有志者的心灵，他们走出书斋，奔走呼号，以青春和热血与旧秩序搏击、与旧势力作战。吴芳吉也在此列之中，不过他要冷静得多，较为警惕个人在群体的喧嚣中失去理智，担心以"爱国"为名的运动演变为"暴民专制"，甚或参与者忘却初心，沦为求名求利的无耻政客、闻人。除了年少之时凭

---

① 吴芳吉著，贺远明等编：《吴芳吉集》，第 1187—1188 页。
② 林继平：《李二曲研究》，第 120 页。

着一腔热血在清华学潮中掀风鼓浪之外，吴芳吉身历了中国现代史上诸多的重大事件，他看到了群众被组织起来之后的伟力，也看到了时代风潮对原有秩序的摇撼。他一直与群体性的社会风潮保持距离，以"反求诸己"的修身之道应对政治的鼓动和时代的喧嚣："欲救世之溺，先求一己脚跟站稳。虽举世黑暗，而吾心中目中自有光明。"① 他赞同友人童季龄的观点，于国事所能做者，在于各尽所能，各力所事，殆荒之罪甚于杀人，勤奋之功等于捐躯。省一分精力，惜一分时光，练一分本事，国家即已前行一步。正如德国人所言："战不必列阵持枪也。吾德与世界宣战久矣，而世界未之觉也。"② 他作书答复留日诸友，痛斥将"爱国"作为由头而行营私、出风头之事："彼之好叫嚣者，岂真爱国者耶？别有图耳！名虽爱国，实则营私。一切附和之者，无非替人泄恨，替人操刀而已。救国亦多术矣。非叫嚣之可了也。今之言救国者，不于平时救国，而于急时救国；不于实际救国，而于凭空救国。但事聚众演说，打电报，出风头，便谓救国之道。如是如是。……要之，忧国宜忧在心头，爱国宜爱得长久。"③ 吴芳吉所担忧的是，"爱国"作为一种观念，易被播弄为一种操纵民粹的意识形态，反而不利于中国稳步的改良与变革。他信奉儒家个体修为的次第，所谓由"修身"以至"治国""平天下"，而非相反的顺序——先对社会进行革命和改造，再来由此求得个体的幸福与自由。他相信，只有个体生命的充分成长，才能臻于社会群体的自洽自治。这也是儒家心性之学"反求诸己"义理的内在要求，吴芳吉将之视为入世的起点："今国中任何事业，暂时如政治军事，理财安民之术，永久如风俗人心，学道文艺之端，欲其解决有成，舍反求诸己，更无二法。"④

在论及诗歌之时，吴芳吉往往强调诗人自身应何为。对于诗人与诗歌的关系，吴芳吉认为，先有诗人，后有诗歌，诗歌之产生首先源

---

① 吴芳吉著，贺远明等编：《吴芳吉集》，第 1227 页。
② 吴芳吉著，贺远明等编：《吴芳吉集》，第 1230 页。
③ 吴芳吉著，贺远明等编：《吴芳吉集》，第 573 页。
④ 吴芳吉著，贺远明等编：《吴芳吉集》，第 776 页。

于诗人之"内美"，诗人"必其学道既深，识超于众，行笃于内，真知灼见，以泽于后世"，而今日诗歌之失，在于诗人无行，"学不足以明心，行不足以风世，袭人唾余，嚣嚣自得；或步前人之滥习，颠倒无伦；或俯视一切，而不自反；或沉酣于雕虫之技，忝不知耻"。① 这种认为先有人而后有文、有诗的观点，固然是"文以载道"思想的残余，但其论述的重心在于指出诗文是独出胸臆的创造，是对一个人内心修养和个体生命的真诚考验。吴芳吉极力强调"个体性"，认为诗人没有独迈古今、独铸新词的气魄，只是宗守前人或时人，就无法进行真正的诗文创作，即使有作，不是落于陈腐就是陷入僵滞。对此，吴芳吉坚信，诗人应有独立的人格，反对任何桎梏与挟制，不取媚于时代风潮，也不被时髦的思潮理论所迷惑和裹挟。

吴芳吉内在生命的超越，使其以个体生命为基点，从浮喧的社会浪潮和亢奋的政治运动中抽离，寂然独对生命本体，在时代的缝隙里找到了生命的出口，以自己的方式与时代相周旋，"转忧为喜，破涕为笑，特立独行，以游乎物外"②。

---

① 吴芳吉著，贺远明等编：《吴芳吉集》，第 619—620 页。
② 吴芳吉著，贺远明等编：《吴芳吉集》，第 809 页。

第三章　文化再造：更新与保守

　　作为中国历史上晚近的思想解放和革新运动，新文化运动的重要意义表现在如何在西学占据绝对优势的情形下重新建设中国人的新文化。作为学衡派同路人的吴芳吉是新文化运动热切而积极的参与者和观察者。由于吴芳吉特殊的经历与思想背景，他对新文化运动的观察有其独特的角度，也可由此看出当时的文化保守主义者对新文化运动的复杂态度。为了更好地理解吴芳吉文化立场的复杂性，我们有必要先回顾一下近代四川思想文化的更替情形，以便在历史结构中把握个体思想形成与发展的脉络。

一　蜀中政治与学术风气

　　晚清以降，中国经历了两次鸦片战争、太平天国运动，内忧外患日炽，士人痛感国家命运危在旦夕，救亡图存的浪潮不曾稍歇。先有洋务运动的开展，继之以康有为、梁启超发起的维新变法，收之以孙中山领导的辛亥革命，一举推翻了统治中国数千年的君主专制制度，建立起崭新的共和政体，开启了历史的新纪元。在这些剧烈的政治变动之中，四川尽管偏处一隅，但仍发挥了独特的作用，甚或时有引领风潮之举。

　　1895 年 5 月初，清政府与日本签订丧权辱国的《马关条约》消息传来，康有为发动在京参加科举考试的一千三百多名应试举人联名上书都察院，要求"拒约、迁都、变法"，史称"公车上书"。列名公车上书的士子共有 603 人，其中四川举人 71 人，为变法死难的"戊戌六君子"有两位来自四川，他们是绵竹人杨锐、富顺人刘光第。在川内，宋育仁在成都成立"蜀学会"，与刘光第等遥相呼应，在近半年的时间内共出十三期，扩大了维新变法思想在四川的影响。在维新思潮的鼓舞下，川内开明之士改革教育体制、购买时务书籍，延揽优秀师资，大力设置史学、天文、地理、算学等新式课程，冲击了保守的教育风气，促进了四川近代文教事业的发展。维新变法失败后，四川的革新运动也没有停止，不少州县仍致力于新式学堂的开办事宜，沉浸在维新风气的吹拂之中，形成了与保守派思想迥然有别的趋新官绅群体。①

　　在四川爆发的"保路运动"是辛亥革命的前奏。1911 年 5 月 9 日，清政府为了向四国银行团借款用来镇压革命，宣布"铁路国有"政策，将已归商办的川汉、粤汉铁路收归国有。清政府颁布"铁路国有"政策以后，收回了路权，但没有退还补偿先前民间资本的投入，招致了四川各阶层的激烈反对，为此掀起了"保路运动"，成为清王朝走向覆灭的一大关键转折。清政府为镇压"保路运动"，调集湖北新军日夜兼程入川，造成武昌空虚，给武昌革命党人发动起义提供了绝好的机会。四川声势浩大、规模壮阔的保路运动，沉重打击了清廷的统治，为辛亥革命的总爆发做好了准备。

　　随着社会的变动和发展，四川思想界也在低落中复起，其中，以尊经书院的成立影响最大，为近现代四川培养了大量的人才，并成为巴蜀地区思想的策源地。尊经书院成立于 1875 年，由洋务派领袖、四川学政张之洞联合四川士绅共同筹划发起，倡导经世致用的思想，摒弃八股制艺，除了教授经学，还大力传播西方科学知识。张之洞所作《创建尊经书院记》提出了书院的办学方向，即培养"通博之士，致用之才"，克服"埋头时文，株守讲章"的弊病与危害。② 他还为尊经书院制订了具体的章程，对办学方针、师生关系、学生奖惩、课程设置、教学方法等都进行了与时俱进的调整与革新。张之洞为尊经书院师生所撰写的《书目答问》《𬨂轩语》两书，成为清末新式书院和学堂的必读之书。在张之洞之后，具有名士作风的王闿运执掌尊敬

　　① 刘熠：《地方的维新：戊戌前后四川省的办学运作》，《社会科学研究》2016 年第 3 期。

　　② 张亮：《张之洞"创办尊经书院"遗文考释》，《西华师范大学学报》（哲学社会科学版）2017 年第 4 期。

书院数年，主张今文经学，讲究经世致用，于微言大义之中阐发求变求新之理，将治学和现实问题紧密联系起来。

尊经书院摆脱时文樊篱，大力改革学制，调整教学内容，引发蜀中学术风气丕变，由闭塞而开通，学风日盛，人才日出。从尊经书院走出的学生，有为变法图强献身的戊戌六君子之一的杨锐；离经叛道、托古改制的今文经学大师廖平；力主新学的四川维新变法的核心人物宋育仁；为推翻清朝，舍身炸死满洲权贵良弼，被孙中山先生封为大将军的彭家珍；领袖群伦、叱咤风云的辛亥革命时期的风云人物吴玉章、张澜、罗伦、蒲殿俊；清代四川唯一的一个状元，曾任京师大学堂首席提调和四川高等学校校长的骆成骧等。

值得指出的是，四川士人的思想对维新变法和辛亥革命也产生了较大的影响，前者以廖平①为代表，讲论经学，微言大义中暗含革新思想；后者以邹容②为代表，作狮子吼，惊破国人百年迷梦。他们两位以学问和言论影响当世，体现出巴蜀文化的生命力与革新精神，在中国历史转型中发挥了独特的作用。

廖平一生研治经学，独发己见，融合古今，会通中西，创建了一套富有时代特色的经学体系，也成为中国近代最有影响的经学大师。廖平早年热衷理学，进入尊经书院学习后，受张之洞影响，对文字训诂之学发生兴趣，转向博览考据。张之洞离川后，王闿运主讲尊经书院，提倡公羊学，一反考据之琐碎，寻求经典中的微言大义与时代精神。廖平渐受王闿运熏陶，又从博览考据转向经学大义，自此奠定一

---

① 廖平（1852—1932），晚清经学家。初名登廷，字旭陔，后改名平，字季平。四川井研人。早年入成都尊经书院深造，中进士，先后任龙安府学教授、射洪训导、绥定府学教授、尊经书院襄校及嘉定九峰书院、资州艺风书院、安岳凤山书院山长等职。参加创办《蜀学报》，宣传变法维新。清宣统三年（1911）任《铁路月刊》主笔，鼓吹"破约保路"。四川军政府成立，任枢密院院长。1914 年任四川国学学校校长，后又兼任成都高等师范学校、华西协合大学教授。著作宏富，现整理为《廖平全集》。

② 邹容（1885—1905），原名绍陶，又名桂文，字蔚丹。四川巴县（今重庆市）人。出身于富商之家。1902 年留学日本，次年夏回国，在上海参加蔡元培等组织的"爱国学社"，自称"革命军中马前卒"。写成《革命军》一文，宣传革命，号召建立"中华共和国"，言词慷慨，感人至深。清政府制造《苏报》案，邹容被捕，病死狱中，年仅 20 岁，葬上海华泾。

生学术方向。廖平一生，学有七变，尤以经学第二变的影响最大。廖平经学第二变的基本观点是"尊今"与"抑古"，即尊崇今文经学，贬抑古文经学。尊今的代表作是《知圣篇》，认为今文经学是孔学之真，"素王改制"说统宗六经，乃圣贤心法之所在。他继承汉代公羊学的观点，认为孔子是受命于天的素王，六经是孔子改制所作，以此为中国万世立法，是中国历史上伟大的知时而变的改革者。抑古的代表作是《辟刘篇》考证古文经学是刘歆作伪的产物，西汉哀平之前并无古文今学之说，《史记》《汉书》里面的古文经学的材料都是刘歆及弟子添窜，不足为据。廖平据此得出，古文、今文之别在于对制度的看法不同，古文经学宗守《周官》，今文经学推重《王制》，保守与革新之别于此历历分明。

廖平关于"今古文"之别的论述一出，受到康有为、皮锡瑞、章太炎、刘师培等学者的认同，尤其是康有为，他对廖平的经学思想加以改造，写出《新学伪经考》《孔子改制考》两部维新著作，成为维新变法的理论支撑，推动了晚清的改良变法运动。廖平的经学吸收古今中外的各种学说，划清了今文经学与古文经学的界限，恢复了汉代经学两个基本派别的历史面貌，为整个经学史的正本清源奠定了坚实基础。就晚清的学术发展史来说，廖平的思想上承龚自珍、魏源，下启康有为，为戊戌变法提供了历史依据和思想资源。① 正如刘小枫所言，"革命"是一个古老词汇而非现代语汇，廖平的经学突围是帝制向共和转型的先声，从而将经学议题转换为政治议题。②

廖平是在经学内部寻找拯世的真文，年轻锐气的邹容（1885—1905）则走得更远，他直截了当否定了当时晚清政府以及君主制度存在的合法性，主张用革命的手段打破旧世界建立一个自由民主的新中国。邹容所撰的《革命军》鼓动风潮，震撼人心，章士钊主笔的

---

① 黄开国、邓星盈：《巴山蜀水圣哲魂——巴蜀哲学史稿》，巴蜀书社 2001 年版，第506页。

② 傅正：《古今之变：蜀学今文学与近代革命》，华东师范大学出版社 2018 年版，序言页。

《苏报》誉之为"国民教育之第一教科书"①，孙中山对之也赞赏不已，认为"此书感动皆捷，其功效真不可胜量"②。《革命军》皇皇两万言，共分为绪论、革命之原因、革命之教育、革命必剖清人种、革命必先去奴隶之根性、革命独立之大义和结论七章。在书中，邹容以激烈的姿态，通俗的语言，生动的笔调，无情揭露了清政府专制卖国的种种罪恶，论证了革命的正义性、革命的必要性、革命的方法和前途，热情歌颂革命事业是符合天演公例、世界公理，救亡图存的伟大行动。他指出中国内受满洲压制，外受列国驱迫，已到了"不可不革命"的地步，号召人们起来"扫除数千年种种之专制政体，脱去数千年种种之奴隶性质"。他还提出了二十五条政纲，以"进化论"和"天赋人权论"为依据，阐明"有生之初，无人不自由，无人不平等"的民主思想。③《革命军》是中国近代史上第一部系统宣传资产阶级民主主义和共和国思想的著作，思想尖锐，感情奔放，平易畅达，犀利泼辣，具有强烈的战斗性、鼓动性和抒情色彩，刊行后深深打动了爱国者的心弦，成为激发中国人走向革命的"教科书"。

二 吴芳吉与新文化运动

紧随维新变法与辛亥革命而来的新文化运动开创了现代中国的"轴心时代"，无论自由主义者、社会主义者、保守主义者都可以在此找到思想的源头。新文化运动的意义在于，它冲破了中国原有的儒学为尊的思想格局，各种思想彼此争竞、较量，使抱持各种思想的人都有了发声的场域。

吴芳吉是受维新变法与辛亥革命影响的一代，亲身经历了时代风气的转换，颇有革新与革命的锐气。在四川革命风潮的影响下，吴芳吉所就读的聚奎学校充满了革新的气息，教员以留日学生居多，又购进西洋乐器，修建运动场，设立实验室，组建学生军乐队，一跃而为川东声名颇盛的新式学堂。学校受日本思想家福泽谕吉影响，以养成

---

① 丁仕原编校：《章士钊辑》，民主与建设出版社 2014 年版，第 9 页。

② 广东省社会科学院历史研究所等合编：《孙中山全集》，中华书局 1985 年版，第 227、236 页。

③ 周勇主编：《邹容集》，重庆出版社 2011 年版，第 197 页。

"独立自尊"之学风为办学宗旨，教师多有留日经历①，学生普遍反对专制、向往共和。毕业于该校的革命志士卞小吾于 1904 年创办四川第一家日报《重庆日报》，抨击政治腐败，鼓吹社会变革，以鲜明的反清色彩引起世人的注目。1909 年，同盟会员萧湘前来聚奎任教，对《诗经》韵语讲解深透，又牵涉时局互相引喻，言及国是日非、清廷腐朽，常为之涕泪交流，感慨万端。此外，他还在国文课中进行命题作文，如《公理与强权》《平民生活之苦况》《论公德公益》等，激发学生的国民意识与救国情怀。包括吴芳吉在内的一大批学子受其感染，排满之志沛然于胸，广阅《民报》《新民丛报》《益丛报》《重庆日报》《法兰西革命史》《拿破仑传》等宣传排满革命和西方思想的书报，使得聚奎学堂成为辛亥革命后江津起义的据点。在反清思潮的影响下，聚奎学堂还教授学生兵式体操，操弄枪械，教授水银药及炸药制作方法，为以后举事做好准备。

为培养学生的民主意识，聚奎学校倡导学生自治，模拟"共和国"，"自定宪法，举总统，设议会，练国民军，一仿美利坚、法兰西之所为制。举今人所言社会主义、文艺复兴、革命潮流、大同郅治之说。聚奎初小诸生，固无不知之，无不好之，无不习闻而饱见之矣"。② 吴芳吉品学兼优，口才绝佳，被推选为"大总统"，佩戴绣带，上缀宝星金箔，"归视父母，诸生戎装旗鼓送于数里，及还，戎装旗鼓，迎于数里"③。

在萧湘等教师影响下，吴芳吉阅读《法兰西革命史》《拿破仑传》等书，以革命手段排满救亡之心日炽，以期日月重光，山川再秀。13 岁时，吴芳吉作《读外交失败史书后》一文，表现出对时局的极度焦灼以及对现状的强烈不满。在文中，吴芳吉分析中国危亡的现状：中西交通之前，中国只有边患，北方蛮族屡有侵扰，不过"劫

---

① 其中，唐定章 1904 年留学日本，曾随张烈武等奔走革命，1906 年回国任教于聚奎；萧湘，1904 年夏天自费留学日本，入东京弘文师范学院；程芝轩 1905 年留学日本；邓鹤丹 1904 年留学日本，1906 年回国在聚奎任教。

② 吴芳吉著，贺远明等编：《吴芳吉集》，第 590—591 页。

③ 周光午：《介绍白屋诗人吴芳吉先生》，《明德旬刊》1932 年第 7 卷第 4—5 期。

玉帛，夺子女，未有亡国灭种之说，亦未有国际外交之法"，鸦片战争后，外人纷至沓来，国门大开，始遭外侮，而主事者，不通外情，不图自强，应对失策，导致赔款割地等有形外交之失败。至于无形外交之失败，更甚于前者，铁路、用人、关税、操练、商矿悉握于外人之手，"无远略大志，少振武精神"，爱国之士又遭摒弃，亡国灭种之兆毕集，在文末疾呼"审外情，图自强"，避免豆剖瓜分的亡国惨祸。①

1911年8月，四川"保路同志会"起义后，全省响应。聚奎学堂堂长邓鹤翔被推为汇津保路同志会支会会长，与萧湘等人谋划反清行动。武昌起义后，"消息传至校中，继得民军捷报，全堂师生闻之大为欣动"。邓鹤翔、萧湘组织白沙民众响应起义，发布讨清檄文及令告。1911年11月18日，聚奎学生手执白旗，高呼口号，参与反清游行。邓鹤翔说服盐防驻军，率众赴江津，县令吴良桐解印反正。②辛亥首义之后，聚奎师生率先响应，掀起了全川革命风潮。在此时代的剧变之中，少年吴芳吉与辛亥革命志士密切接触，革命之念自此种入心田而不曾退转。

吴芳吉是在"辛亥革命"前后追求变革和革命的社会风气中成长起来的，这使得他在天生豪侠的性格之上又有了对权力和秩序的不屈服。这种反叛和挑战秩序的性格让吴芳吉在"清华学潮"中付出了沉重的代价，当时只要写一纸悔过书就能继续求学、留学美国，但吴芳吉坚称"替人代致不平，无过可悔""我本无过，不填悔书"③，不肯低头悔过，与校方公开决裂，自绝留学之途。虽然人生受此大挫，吴芳吉批判的锐气依然未改，在日记与诗文中，猛烈抨击独夫民贼敲骨吸髓、苛虐百姓："嗟乎，民不聊生，于斯极矣！野心之徒，复耽耽焉日事剥削，近又酿南北之祸，徒顾其权利之私，罔及兆民，其奈蚩蚩者之苦何！谚曰：'饥寒起盗心。'使吾民果能乐其生者，岂复有此盗贼行为，以勒索人财为哉！读刘基卖柑者言，不觉痛绝快绝，可为

---

① 吴芳吉著，贺远明等编：《吴芳吉集》，第361—367页。
② 吴芳吉著，贺远明等编：《吴芳吉集》，第576—577页。
③ 吴芳吉著，傅宏星编校：《吴芳吉全集》，第226、1363页。

今世针砭。"① 又抨击专制强权之大害，憧憬民主社会之光明："皇帝者，残酷无人理之大贼也。总统者，皇帝之转称，亦一大贼也。强横者居之，何谓真命乎？今世人道昌明，知一切君主官吏兵卒宗教法律，皆有强权无公理之物。是以有识者无不嘶声竭气，以图反对之，摧灭之。吾敢断言百年以后，将永不见皇帝总统诸物于此光明之世界也。"② 他对历史上的革命者抱有敬意，在三峡道中读到太平天国石达开的遗诗，不禁感叹："慷慨淋漓，不可一世……当世号称民国伟人及革命健儿者多矣，苟读石公诗，能无愧煞否？"③ 吴芳吉的革命情怀，让他乐见新文化运动的发生和发展，且以理解和同情的态度评价这场发生在思想文化领域的变革运动，并跃跃欲试投入文化变革的潮流之中。

1918 年 4 月，乡居川东一隅的吴芳吉从友人信中得知了"文学革命"的发生和进展的状况。一月之后，恩师萧湘来访，吴芳吉以所作诗文见呈。萧湘看完吴芳吉的作品，大为激赏："子诚文学革命之健将也，文学革命不在道理之能揭出，而在笔下之能做出。笔下果做得来，不革而自革之。譬如行兵，不仅宣布羽檄，昭示敌人之罪，必真能战得杀得，则不怒而威也。"④ 我们从萧湘的这段话中捕捉到如下信息：（1）吴芳吉对文学革命保持了密切的关注；（2）吴芳吉响应"文学革命"并创作了相关的诗文。从现存的吴芳吉留存的诗歌来看，作于 1918 年春的《秧歌乐》极为符合萧湘所激赏的"文学革命"之作。这首诗诗风通俗，多用时语如"争取"和口语"哥哥""嫂嫂"，写出了农家生产、生活场景，分为四章，多用三字，颇有民歌色彩。众所周知，白话诗初兴之时，更多的是借用了民歌的形式，吴芳吉的这首诗也不例外。由此可以看出吴芳吉对"文学革命"的真实态度：不仅肯定"文学革命"发生的必要，而且身体力行地响应，当然，这种响应里也带有几分与时流争竞的味道。

---

① 吴芳吉著，傅宏星编校：《吴芳吉全集》，第 992 页。
② 吴芳吉著，傅宏星编校：《吴芳吉全集》，第 993—994 页。
③ 吴芳吉著，傅宏星编校：《吴芳吉全集》，第 1023 页。
④ 吴芳吉著，贺远明等编：《吴芳吉集》，第 1221 页。

1919 年 7 月，正当新文化运动如火如荼之时，吴芳吉再次来到上海，担任《新群》杂志社编辑。吴芳吉这次前来，与上次单纯谋职不同，更多地想了解新文化运动并寻找参与其中的机会。蛰居川中近三年，吴芳吉读书写作不辍，且受吴宓指导，接触西洋文学，他自信对中西文化及文学已经有相当的体悟，这次前来上海，终于可以一试身手了。

《新群》杂志是具有强烈文化抱负和一定政治倾向的同人杂志，为中国公学编译社所办。它的主要宗旨是：（1）作为言论机关，鼓吹地方自治，最后达到"无治"；（2）组织工农；（3）不加入"风头主义的文化运动""油腔滑调的爱国运动"。① 这份杂志在当时被视为提倡新文化的新锐杂志，遭到保守的地方势力的查禁，如武汉警察厅禁止邮寄《新群》杂志。对此，吴芳吉不以为意，认为此种查禁只会加速新文化的传播，他乐观地评论道："近来之官厅，对于新文化之书报，到处查禁。而查禁逾严者，则观之者逾众，所欲禁之，而实所以纵之。《新群》在武汉一隅，方苦无人传播，今不费传播之力，而官厅为吾广之，其愚可怜，其功确不可没也。"② 可见，此时吴芳吉以新文化的传播者自居，对新文化充满了热望与期许，自言新文化运动有其自身价值，"无论如何，永远不会磨灭"③ "以根本论，我对于今之新文化运动，是极端赞成的"④ "要打破此恶劣之社会，不能不向它表示同情，因为除此以外，没有办法的。"⑤

吴芳吉积极参与新文化运动的另一表现是，他主动进行诗歌改良实验，创造了颇有影响的"白屋诗"，诗人也以诗歌的革新者自任，

---

① 吴芳吉著，贺远明等编：《吴芳吉集》，第 394 页。
② 吴芳吉著，贺远明等编：《吴芳吉集》，第 1318 页。
③ 吴芳吉著，贺远明等编：《吴芳吉集》，第 377 页。
④ 吴芳吉著，傅宏星编校：《吴芳吉全集》，第 602 页。
⑤ 吴芳吉著，贺远明等编：《吴芳吉集》，第 1324 页。与五四时期的启蒙先驱一样，吴芳吉对当时的中国社会和民众精神痛心疾首，认为"举国皆病、无一健全之人以为之医治，犹之集三四万病夫于一听"，其病症又有不同，表现在文化观点上，"彼一意迷信西洋者，如相疯病；托言保存国粹者，如枯痨病"，立场不同、观念各异，无对话的可能性和共同点，因此，"政治有南北之争、教育有新旧之祸"，无法心平气和、心态健全地从事文化建设。见吴芳吉著，贺远昕等编：《吴芳吉集》，第 669—670 页。

对规行矩步恪守古典诗制的旧派诗人表示不满。

然而，吴芳吉身上的儒家情怀和古典情趣所带来的保守性又让他不愿看到新文化运动动摇和粉碎传统文化的根基。随着新文化运动的发展，吴芳吉失望地觉察到，这股浩浩荡荡的文化潮流，乃非本心所期，甚至走向了自己初衷的反面。他看到新文化的目标不是革除弊病，而要彻底推倒固有文化，另起炉灶。令他尤为不满的是，有些新文化的参与者人品欠佳，只是以新文化运动作为投机的事业以获取名利。

他在《昨年之一般舆论界》一文中如此评价新文化运动的得失：文化运动之发生，得益于自东周以来两千余年所仅有的宽松自由的舆论环境，应大有所为，但它自限于杂志报章一途，且以白话作为划分新旧的标准，堕入"文白之争"数年，只有破坏而无创造，故其深度、广度远不能与欧洲文艺复兴运动相比。吴芳吉坚称，新文化运动要取得成功，其参与者需要有良好的人格，"否则根本一坏，其影响所及，无有不坏"，坏到一定程度，无论提出何种主张，"皆为坏人多传染，为坏人所利用"。① 吴芳吉发现，一些人以"新文化运动"为招牌和挡箭牌，以不言自明的真理掌握者自居，已然形成了舆论霸权，不容异见，对异己者加诸种种恶名，如"谬种""妖孽""逆朝""顽固"，如此实非理性之举。在他看来，最为可怕的是，新文化运动已经成了"造反"的正当理由，它提倡的"自由"也走向了极端："教父母之不应专制，而让其子女专制；教丈夫之不应专制，而让其妇人专制；教师长之不应专制，而让其学生专制；教主人之不应专制，而让其佣工专制。总而言之，昔日以少数专制多数，今日以多数专制少数"。有鉴于此，当务之急乃在于唤醒新文化运动参与者的良知，勉力向善，"极力实行悔过自新的工夫"，以求立稳脚跟、"真正的文化运动，马上就做得到了"。② 如若不然，新文化运动不仅不是中国人的福音，甚至还会带来祸害和动乱。

---

① 吴芳吉著，傅宏星编校：《吴芳吉全集》，第602页。
② 吴芳吉著，傅宏星编校：《吴芳吉全集》，第603页。

　　吴芳吉批评的焦点在于从事新文化运动的人鱼龙混杂，某些人夹杂追名逐利之心、哗众取宠之意，浮躁、趋时、无真正学识，唯以操纵报章、蛊惑民众为能事。吴芳吉将这些借新文化运动谋取个人私利的人比为兵匪一类的人，说兵匪不过是争抢地盘，以新文化做个人名利投机的人则争名夺利。出于对新文化运动的爱护，虽然明知其中的负面影响，但为了保护新生力量，吴芳吉自言不忍宣布新文化运动的"罪恶"，忧心造成知识界互相陷害、谗毁的风气，以免世人未得文化运动之福，反先受文化运动之祸。吴芳吉认为，罪恶出于偶然，而非出于必然，对新文化运动中出现的偏差之处多存宽宥之心。他曾作《一个新文化运动家》一诗，描写一新文化运动人士打着文化招牌，勾引女子、骗取金钱的丑闻，本拟发表，而后转思："军阀的罪恶，岂不更大的很？军阀之祸甚急，而学阀之祸甚缓，此可不必发表。二则纵然发表，对于他们，决不能使其改悔，因为宣布人的罪状，不是救人的根本问题。"一念及此，乃将此稿焚去。①

　　吴芳吉虽未在报章上批评新文化运动的种种弊端，但在日记里写下了他对新文化运动中人与事的痛斥之辞："陈独秀为毫无知识之流氓，胡适比较稍高，然亦技止此耳。"②"北京大学学生除了'好出风头'以外，一无所事。……北大学生自所谓'五四运动'大出风头以后，其矜恃虚骄之气，真觉天下无敌。吾在此所会见三四十人，半为北大生徒有名之士。然其知识之卑小，固无异于'茶房车夫'。……近日杂志林立，许多学生专以攻读杂志为事。因杂志上之论调，多时新的话头，记取一二，便可自命为文化运动之健将。康白情辈之所谓学问，即自此产生者也。"③

　　随着时间的推移，吴芳吉对当时鼓吹新文化的知识界由期待转为失望，在给学生、追随者周光午的信中如是说："吉在宁沪，所遇博士名流甚多。此辈只趁热闹，无足能救济人心世道者也。幸各摄心读书，期于远大，而于至德要道，尤当实践。处处为人类楷模。此中效

---

①　吴芳吉著，贺远明等编：《吴芳吉集》，第 658 页。
②　吴芳吉著，傅宏星编校：《吴芳吉全集》，第 1259 页。
③　吴芳吉著，傅宏星编校：《吴芳吉全集》，第 1261—1262 页。

用，胜彼趁热闹者多矣。"① 尤其值得注意的是，一向注重道德操守的吴芳吉对某些自命为新文化人士的品行产生了怀疑和憎恶之心。在他任教过的长沙明德中学，职员位置多为接受新文化的武昌高师毕业生所把持，吴芳吉素不愿与其为伍，在致父母的信中如此描述："男寝室对门，为今年新聘之国文教员，亦彼等一流出身。其人兼在稻田上课，不上两月，遂与该校女生发生恋爱，谈笑来往，无有虚日，因欲出其前妻。又识字无多，只有教授白话，以欺骗低年学生。同事之人如此，男可常与此辈周旋乎？"② 这些话自然不免有因意气之争而产生的嫌恶之情，他后来也检讨自己此一时期心气粗浮，但对某些新文化人士深恶痛绝的态度仍跃然纸上。

吴芳吉的有些主张与新文化人士龃龉，招致后者严厉而尖刻的批评，亲历了笔战给他心理带来的创伤，这更加深了他与新文化人士的疏离之感。他在给吴宓的信中，提及《民国日报》邵力子"骂及吉之父母妻子"。面对如此不堪忍受的攻讦，吴芳吉选择了以德报怨，以儒者的宽阔之心胸对待："吾人惟当任之，断不可与争辩。曲直事小，而有妨于潜移默化之功实大。邓牧《名说》：'叔孙武叔毁仲尼，仲尼未尝毁叔孙武叔。嬖人臧仓毁孟子，孟子未尝毁臧仓。'吾人固不当存心以重毁者之恶，然与之争辩，则犹与之便宜也。吾人惟不与计，即此一点，感人已深，亦即风骨之所在矣。"③ 这固然显示了吴芳吉"犯而不校"的修养工夫，也表明吴芳吉不愿文化建设者们陷入意气之争而空耗心力。

尽管吴芳吉对新文化运动的偏失大为不满，但它的威力却如排山倒海，无所不及，整个社会鲜有不受影响者。在破旧立新的时代气氛里，崇新尊西的风气大行，各种西方的理论、方法如雨后春笋纷纷涌现于神州大地，并用来解释现实改造社会。吴芳吉对之骇笑，嘲讽道："若今之科学方法及唯物史观，以评断吾家事者，必以为今年之

---

① 吴芳吉著，傅宏星编校：《吴芳吉全集》，第646页。
② 吴芳吉著，傅宏星编校：《吴芳吉全集》，第735—736页。
③ 吴芳吉著，贺远明等编：《吴芳吉集》，第682—683页。

象，定属经济压迫，或吉身有别种原因所致。实则毫不关此。以是例人，每足发笑。因知世乱多出庸人自扰，不必自论理学中之方式来也。"① 接受西学的同时，"疑古"风气大兴，"读古文者便是与鬼为邻""凡读古人书即为古人奴，亦即后退开倒车之怪象"等论点不绝于耳，吴芳吉却反其道而行之，劝勉友人邓绍勤："此后宜按摄心神，以专心读古人书，勿再随波逐流、盲从附和""立自悔悟，抛去一切平民文学、贵族文学、白话文学、文言文学种种浅见滥言，而一返于昔日和平中正之思想，与优美高尚之格调，方为有当"②。从中可见吴芳吉对新文化运动提倡的思想与新文学所影响的作品都有了极大的怀疑和不满。

吴芳吉对新文化运动采取视而不见的"鸵鸟政策"显然无法奏效。他长期在中学任教，而中学正是接受新文化最快的地方，也是新文化人士集中的大本营之一。新文化人士将文化理想寄托在这些以后会改变中国的新一代的年轻人身上，言传身教，大开风气，不遗余力地传播新文化的火种。随着新文化逐渐深入人心，吴芳吉对当时的中学生有这样的观察："近观国中少年男女，盖无不轻理智而重情感，弃中庸而尚诡辩也……此等不计利害，不揣事实之人，真不少矣。"③ "中学生徒，具聪明的人多，有志气的人少；富血性的人多，有见识的人少；行忠厚的人多，有礼法的人少；当首领的人多，有小节的人少。"④ 吴芳吉认为，之所以出现这些状况，是因为师范教育的根本出了偏差，抛弃经典教育的新文化已让教育失去了文化灵魂："数载以来，师范教育大兴、文化运动勃起。实则师范兴而教育亡，运动起而文化灭。"⑤ 在致吴宓的信中，他以无可奈何的语气谈及国文教育的缺陷以及新文学对人性巧妙的迎合："中等学校国文标准太低，又惑于实用主义，以文学为机械、金钱一类之物，必致人心不可挽救。今日

① 吴芳吉著，傅宏星编校：《吴芳吉全集》，第 641 页。
② 吴芳吉著，傅宏星编校：《吴芳吉全集》，第 613 页。
③ 吴芳吉著，傅宏星编校：《吴芳吉全集》，第 615 页。
④ 吴芳吉著，傅宏星编校：《吴芳吉全集》，第 620 页。
⑤ 吴芳吉著，傅宏星编校：《吴芳吉全集》，第 716 页。

之中学生，尽有作短篇英文一二百字，能清顺无讹，而作短篇国文一二百字，乃不通气者。考其症结，则英文为风气所向，虽经历万难，而不辞其劳；国文乃冷背货，虽俯拾即得，而不肯为也。白话文学、平民文学之盛行而嚣然者，正由基于人类之情根性。故观于今人之好惰而讳勤，益知此种文学建基之稳，固非吾人之力所能廓清之矣。"①在吴芳吉看来，新文化的胜利，一是顺应了平民文学、通俗文学的潮流，二是对人性喜新厌旧、喜易畏难心理的准确把握，有这两点，新文化所向披靡也就不足为怪了。作为新文化运动早前的参与者和后来的旁观者，吴芳吉看到新文化运动越来越偏离昔日的期待，内心充满苦涩之感，他的隐忧在于新文化运动会最终扫荡传统文化优雅与美好的部分，而这正是他苦心孤诣想要保存和发扬的，为此他只能黯然离开新文化运动的现场而重回传统之思与古典之途。

1923 年，远离了新文化运动中心的上海，身在内地长沙的吴芳吉检视四五年来参加新文化运动的往事，不觉身心俱疲，以幻梦破灭的心情反省了自己参加新文化建设的历程，颇有前尘若梦、今是昨非之叹："闻有文化运动之说倡于京沪，其人皆号觉悟纯洁之士，以为从此可得其所。于是慨然赴之，惟恐其迟。至沪，友人周君约以创办《新群》杂志为文化运动响应，既置身其中，颇阅历当世博士名流之辈。乃知学会以相标榜，报馆以相抵制，名义可以相假，异己则必不能容。而益可怜者妇女，益可惜者劳工，益可伤者少年，益可欺者我辈乡下人耳！愈看愈真，愈真愈假，愈假而心愈烦恼，一如昔在家时，则又弃之惟恐不速。至于今日，乃遭新人唾骂为疯癫，为顽固，至江湖之上，无所容身。而平日凡以道德文章志气励己以勉人者，至今皆成罪戾。此又当年所能预料者耶？嗟乎！吾自弱冠以来，才数年耳。国家之丧乱如彼，吾身之颠倒如此。吾且朝夕变易，俨若数人。何怪世人变易之速而非吾所料也！然吾身世虽变而有不可变者，吾心是也。昔年之心，此心也。今日之心仍此心也。惑于新文化之甘言而

---

① 吴芳吉著，傅宏星编校：《吴芳吉全集》，第 626—627 页。

坦然信之者，此心也。习于新文化之芜秽而憬然弃之者，亦此心也。"① 这段自道之词充满幽怨之气，写出了在新文化运动的浪潮中浮沉、进退的微妙心态。经历了对新文化的向往、怀疑以至失望，吴芳吉对传统文化有了更深的体认与理解，这让他以更加自由的心态去审视时代风潮与文化创造的关系，也让他失去了与新文化思潮继续对话进而向上一跃的可能。

三　文化危机与文化重建

自晚清以迄民国，这是中国历史上变动最为激烈的一个时期，这一巨变是因为与西方的接触而引起的。由于西方文化的强力传播，欧风东渐，中国被动地走向现代社会，随之"现代性"也成为近代以降中国人梦寐追求的理想，并将之视为先验性、不证自明的真理。这一理想的背后，有列强压竟的焦灼，更有国族不振的哀痛，二者合力奏出"救亡图存"的时代强音，国族延续、民族复兴被高擎为最高价值和终极目标。在中国，"现代性"被宽泛地定义为一种直线发展的时间和历史意识模式，它以延绵不息的"潮流"形态，从过去向现在运动不止，与此同时，它还规定了对现在的理解，认为现在与以往的时代截然不同并对未来有着美好的预期。②

在"现代性"超迈理想的引导下，遂有了新文化运动的勃兴，这一文化剧变堪比结束西方中世纪的文艺复兴运动。新文化运动撕破了数千年来历史幽暗的面孔，企图从古老传统的链锁中挣脱出来，建立符合"现代性"要求的理想国与文化模型。由于中国文化近代以来颓靡不振，"新文化运动"天然地具有历史的合法性，它建立在"进化论"坚固的磐石之上，表现出了重建一切的气概，以摧枯拉朽的雷霆之势瓦解了盘踞中国人数千年之久的文化观念：工具层面，以白话代替文言；思想层面，以民主、科学、自由代替理学的意识形态，不数年而有大成，蔚然成为中国社会的主流价值形态。

从长时段的历史眼光来看，新文化运动本质上是中国文化重建的

---

① 吴芳吉著，贺远明等编：《吴芳吉集》，第 16—17 页。
② 李欧梵：《李欧梵论中国现代文学》，上海三联书店 2009 年版，第 19—20 页。

开始，直至今天，这个过程仍未结束，尚在进行之中。既然是文化重建，说明了以往的文化出了问题或不再适用，这是中国进入现代社会所遭遇的文化困境。就现代文明的特质而言，它是西方社会发展数百年而逐渐定型的一种文明，从某种意义而言，"现代化"与"现代性"本身就是以西方文明的标准进行定义的。由于欧美国家的国力强盛，西方文明在道义上也体现出天然的先进性，成为后发国家仰望莫及而急欲实现的理想文明形态。因此，怎么对待西方文明这一带有普遍价值的现代文明，是所有关心中国文化重建的人士所必须思考的课题。

吴芳吉自然不是文化复古主义者，他不否认借鉴外来文明的必要性，但反对简单地将西方文化移植到中国文化的土壤，否则只能造成南橘北枳的尴尬与困境。吴芳吉认为，中西文化的交流融会首要建立在对中西文化的深切体认之上："发扬国光，非闳中肆外之士，未足与言。归宗要义，当在扫除魔障，抑末探源，斯文化精灵，得以毕显。……欧美今日之漠视吾人，与吾人当初之鄙夷彼辈，正同其失：在观其表，而未尝察其里，亦徒取其伪，而未能知其真也，实则皆属愚诞。"① 实现中国文化的革新与复兴，固然要以他邦文明培植本国文化，更重要则是彻解、宏通中国文化本有之义，从而避免出现旧学已倒、新学未立的文化真空。他还不忘提醒葆有文化主体性的重要性，面对西方文化，要善于择取而不为其所虏获，拿出卓然独立的气概进行文化的更新与创造。

出于对传统的维护，吴芳吉反对文化"进化"的观点，坚持文化只能在已有的基础上自然演进，从来没有凭空出现无根无源的"新文化"。吴芳吉将中国文化的存续视作国族存在的最高价值，爱国即是爱护、同情和理解本民族之文化，否则终是流于表面："既言爱国，则必探求吾国可爱之物为何，欲探求此可爱之物，则基本之事、群经大义不可不知，历史消息不可不知，文学价值不可不知。"② 这也可以

---

① 吴芳吉著，贺远明等编：《吴芳吉集》，第 584 页。
② 吴芳吉著，贺远明等编：《吴芳吉集》，第 688 页。

说是吴芳吉的"文化救国主义"，只是他选择了与一般新文化人士相反的路径，在保守中国传统文化内质的基础上建设新文化。

出于矫枉过正的需要，不少新文化人士呼吁推倒既有文化来建设新文化。吴芳吉则认为，这种做法不是正常文化交流的应有之义，不利于新文化的建设和本国文化的良性发展。他发现在中国主张外国文化至上的多是留洋归国的留学生，他们习染异国文化而鄙薄本国文化，不善择取他国文化而为其所虏获、失却特立独行、卓然独立的文化创新气魄："留学某国，即受某国之熏染。其国之好处，固能学些。其坏处、短处、偏处、狭处，亦不知不觉，也沾染甚深。故留学美国者，盛称美国；留学英法者，盛称英法；留学日本者，盛称日本。实则留学生辈，动辄援引异邦某家某氏之言，以欺我乡下人耳。此固与鄙士腐儒之流动辄援引先圣先王之法以压服时论者，同其可鄙。"① 这种文化交流上的不自信实与当时中国颓废的国势和近代以来遭受的挫折有关，这也正是吴芳吉所深为忧虑的。新文化运动的深层动机是改造已显惫怠之态的中国文化，当时激进的思想文化界所凭借的批判武器只有作为参照物的西学资源，于是西学就以种种新思想的名义在中国传播开来。在这种情形之下，中国传统文化的处境非常狼狈，不仅难以与西方文化对垒，甚至连防守的能力都失去了。

吴芳吉哀叹，打倒传统文化的思潮所向披靡，以至于对传统文化抱有好感和深刻认识的人士也找不到为其辩护的下手之处。即使偶有对传统文化较为稳健和持中的看法，也会淹没在无所不在的反传统的喧嚣浪潮之中。

在此文化的危机时刻，吴芳吉眼看新文化的潮流冲决一切，中国文化势必沦为一片荒原。在生命晚期作有《献骂我者》一诗，表达了中国文化本根即将不存的隐忧："浩劫空千古，狂澜动九垓。汉学成枯髓，清吏半奴才。新邦多丧乱，礼乐犹尘埃。本根摧已尽，欧风乘我衰。政俗交加变，人禽杂沓来。兰芷为萧艾，谁云有好怀？何以答君毁，忠恕与矜哀。"在这首诗中，吴芳吉将中国文化不振的近因追

---

① 吴芳吉著，贺远明等编：《吴芳吉集》，第589页。

溯到清代：中国文化因为文字狱和君主专制失去了鲜活的生命力，值此之时，西洋文化趁势而入，重重冲击了本已摇摇欲坠的中国文化。吴芳吉以历史的视角观察到，文化和政治、风俗相始终，文化的崩解将直接导致制度、文教乃至道德、风俗的溃败。

在吴芳吉看来，中国文化价值的颓隳已经造成人心无所归宿、道德无处安放，当此之世，实为真正的乱世。兵荒马乱的乱世尚可有为，而人心失堕的乱世则无可收拾。对此，吴芳吉的内心充满"先知者"般的苦痛和愤懑，作为敏感的时代诗人，他如此谈诗人的取舍与时代的遭际："自古诗人生天下将乱未乱之际者，其心最苦，而其意最悲。盖不忍见宗社家国之覆亡，欲尽人事以挽救之。此屈原当楚运犹兴而赋《离骚》，阮籍当魏室鼎盛而独咏怀，杜甫当开元天宝之后而有茅屋独破冻死之叹矣。至于天下已乱，大道沦亡，诗人生其间者，未尝不欲救世。然实不能有救，则惟慨然舍去，但求保其一身为己足，转忧为喜，破涕为笑，特立独行，以游乎物外。彼陶渊明之所以去彭泽，灵运之所以念永嘉，六朝五代之衰，而其诗人多乐天自得之象，正为此矣。"① 吴芳吉看到了一个大时代即将来临的迹象，而他身处新旧转换的夹缝之中，眼见传统文化崩解离散，心境最为沉痛苦闷，这是近代中国人文知识分子特有的"黍离"之悲。

和所有"以道自任"的淑世者一样，吴芳吉深感世变之亟与救世之难："夫世变之最著者，至于战国极矣，至于南北朝极矣，至于五代宋元极矣。然其病根皆甚单简，从未有聚古今中外人类所有之病而溃烂于吾侪今日之甚者。以是，吾侪责任之艰巨，驾乎孔子、释迦、耶稣、苏格拉底而数倍之矣！力既不胜，而又强欲任之，则其悲痛应为何如！"② 在吴芳吉看来，新文化运动开启的时代变局是中国历史上最深刻的一次变革，它是种种错综复杂的矛盾激化的产物。知识分子纯粹以个人的力量或传道的形式已经不足以有所作为。吴芳吉敏感地意识到，新文化运动正由个人思想的解放朝着政治、社会变革的方向

① 吴芳吉著，贺远明等编：《吴芳吉集》，第 809 页。
② 吴芳吉著，贺远明等编：《吴芳吉集》，第 677 页。

进行演变。他的担忧在于：这种演变不知是前途似锦的光明之路还是万劫不复的黑暗深渊？

他对中国文化未来的命运颇为悲观，担忧世道人心日趋躁进，国人的文化主体和文化灵魂在剧烈的变革中会逐渐变得模糊不清。这不是文化变革的吉兆，而是失去民族文化特质的开始。吴芳吉自言，察见不祥而又深感无能为力，内心极为苦痛："嗟乎！孽芽如此，行见蔓延各地，不可遏止。夫以褴褛之中国，上有倒逆如彼之政府，下有迷乱如此之社会，欲不颠覆，固无是理。然感受痛苦最深，甚至一言一行有临渊之虑者，莫过于吉等今日已也。"① 他在《还黑石山作》组诗中表达了对中华文教倾颓的沉痛与忧心："早岁患国亡，今则教已倾。国亡譬身死，教亡使心薨。"文化和思想上的混乱是一个国家即将发生大乱的前兆，吴芳吉对此洞若观火，他认为当今最大的祸患在于社会上所提倡的西学或新学完全泯灭了中国人的信仰维度和道德诉求，整个民族的道德和心智失之于狂荡无归，这终将导致中国文化价值的毁灭与沉沦。

察见这一文化危机的自然不止吴芳吉一人。1927 年 6 月 2 日，中国近代的学术巨擘王国维自沉于北京颐和园昆明湖。王国维自杀有诸多原因。吴芳吉倾向于相信王国维自杀是因为王氏对中国文化继续存在的希望完全破灭了。王国维的自杀是带有文化意味的某种抗争，让此后护持中国文化的一切行为散发出绵绵不绝的悲剧气息。

在中国文化的存续上，吴芳吉难免有悲情主义的感伤，但他又始终对这一古老的文明抱有坚定的信心。他表示，无论中国文化如何艰困，仁人志士也不能再效仿王国维的自杀之举："吾人万勿再效王静安先生之自杀。身世出处，彼此不同，未容趋步假借。落花可伤，新萌又始。况古代文化并未消沉，无须吾人与之共尽。"② 中国文化在漫长的历史中始终颠扑不破，在经历了数次危机之后反而焕发出旺盛的生命力。吴芳吉由衷地相信中国文化拥有生生不息的力量，在艰困中

---

① 吴芳吉著，傅宏星编校：《吴芳吉全集》，第 632 页。
② 吴芳吉著，傅宏星编校：《吴芳吉全集》，第 905 页。

孕育着新的复兴之机。他认为，有志于复兴中国文化的志士所要做的是效仿清初的顾炎武、王夫之、李颙等大儒，苦心孤诣地整理和研究中国学问，在艰难苦厄中坚守中国文化的价值，为后世留下一脉精神的芬芳。

可以说，对中国文化的坚守已成为吴芳吉的精神支柱和内在信仰，理学家所念兹在兹的"圣贤之道"须臾不可离，他更加清楚地意识到所肩负的文化使命，表示要以宗教的感情从事文化淑世的工作："凡事不带宗教性质，则罕有成功之望。宗教之有益于人者，在能养人专一的信仰，牺牲的精神，而使外物得超脱，身心得安顿。又人生之苦乐，率视宗教性质之有无丰啬为差。孔子栖栖皇皇，不知老之将至，曲肱饮水，乐在其中，要为宗教感情至富之表现。"① 正是此种信念的支撑，吴芳吉将一己之生命融入民族文化的长河之中，坚守民族文化意味着精神的超越与人生的升华。可以说，中国文化是吴芳吉的"道"、生命和存在的意义，他也以传道人自命，从而产生了以身殉道的崇高感。在曲阜拜谒孔林时，吴芳吉"稽首先师墓前，几于泣不能起"②，又感"古柏参天，乃生嫩有少年气象，光明蓬勃，若兆汉族文化之复兴者"③。这种对民族文化复兴的执着引领吴芳吉进入理学家所言的"道统"之中，他深切地感受到"道不远人""斯文在兹"的文化使命。近代以来，中国颇多政治意义上的民族主义者，而吴芳吉则表现出强烈的文化民族主义者的姿态，这是在西方强势文化冲击下自保的本能反应，也是对中国文化充满信心和希望的历史情怀。

吴芳吉对中国文化的坚守，并不意味着他对新文化的建设无所用心。相反，他在保守的维度上呼唤中国文化的更新与再造。为创造心目中理想的"新文化"，吴芳吉聚集同道创办了一本名为《湘君》的文学杂志，提倡自己的主张。他在发刊词中明确把提倡道德当作杂志的首要宗旨，"国家之贫弱及生计之困苦，虽属可忧，究不如人心风

---

① 吴芳吉著，傅宏星编校：《吴芳吉全集》，第 849 页。
② 吴芳吉著，贺远明等编：《吴芳吉集》，第 996 页。
③ 吴芳吉著，贺远明等编：《吴芳吉集》，第 997 页。

俗之偷薄，更为急切可虑"①，如欲人心风俗归于纯厚，舍提倡道德别无他途。他所谓的道德自然不是新文化运动所提倡的"新道德"，而是凝聚了儒家理念的本土价值，它是中国数千年来立国之本，也是国家政治、家庭伦理、社会风俗得以维持的人文基础。在精神的层面，吴芳吉所谓的"道德"是指节制人欲，以归于合理、中正、平和的人生状态，亦即儒家之所谓"中庸""中和"的美德。面对文化断裂所引发的狂荡世风，吴芳吉尖锐地批评那些尽弃旧学而未通新学之人无所不为，无道德樊篱可守，无伦理道德可言，以致良风美俗不再："以人类之道德，尽属虚伪；以一己之情感，尊为圣神，讲学辨理，无不以此为准；不信人间有孝弟、忠信、礼仪、廉耻之行。"② 吴芳吉认为这种道德崩堕的倾向较之政治上的失序更为可怕，一旦人心失去文化和道德的约束，则再无理性可言，只能任由狂躁而多变的情绪引导心灵而陷入非理想的迷狂与混乱。新文化当兴，旧文化当灭，二元对立的思维主导了知识界和精英人士的理性思考，这是吴芳吉最为痛心而又无可奈何的文化沉思。

吴芳吉的文化观不同于"文化复古主义者"，他一方面希望中国文化的系统本身能够保持稳定性和连续性，另一方面也需要进行革新以获得活力和生长的空间。就此点而论，吴芳吉与他所批评的"新派"（五四新文化派）不存在根本的差异，所不同者在于二者对传统文化继承的方式和保留的多少等问题上。对于中国新文化的建设，吴芳吉更希望先树立文化主体的意识，坚持认为在文化上如果只有破坏没有建设，会导致国民精神丧失，令人心中无主，从而出现新说未立、旧俗已破，道德信仰陷入真空的局面。为此，他批评那些对中国文化体察不深而唯西方文化、西方学术马首是瞻的学者："一则只知西洋之长，不觉西洋之短。一则但羞中国之短，不识中国之长。于是所造学问，全不相干。误己误人，至死不悟。"③

---

① 吴芳吉著，傅宏星编校：《吴芳吉全集》，第 353 页。
② 吴芳吉著，贺远明等编：《吴芳吉集》，第 868 页。
③ 吴芳吉著，贺远明等编：《吴芳吉集》，第 568—569 页。

在吴芳吉看来，文化发展的最终方向是中西文化的交流和融合，中国人应该首先扫除文化自卑的"魔障"，以"良知良能"完整系统地研究自身文化，"抑末探源，斯文化精灵，得以毕显"，对西洋文化应该从表入里，克服"观其表，而未尝察其里，亦徒取其伪，而未能知其真"的弊病，拨乱反正，宏通中西，这样才能达到中西文化交流的最佳境界：其一，轮转他邦文明，培植本国。其二，传播本国文明，诱启他邦。① 吴芳吉认为，舍此道而行，以依附和依傍的膜拜心态单方面地膜拜西方文化，只能沦为此一文化的奴隶而不能做文化创造的主人，不仅达不到会通的目的，而且连原来的文化根基也会在扫荡一切的文化革命中丧失殆尽。如果放宽历史的眼光，中国文化现前虽有危机，但日月长新花长生，对此吴芳吉作有《巴人歌》长诗咏怀，表达了对文化更新和文化再造的热望与信心："君听取，君莫怪，我今正言宣世界：千年故国植根深，假寐一时岂足害？好似血轮我身周，滴滴饶有生机在。活泼自流行，光辉复澎湃。不因岁月衰，只有新陈代。一回觉醒一少年，独创文明开草芥。"②

---

① 吴芳吉著，贺远明等编：《吴芳吉集》，第 584 页。
② 吴芳吉著，贺远明等编：《吴芳吉集》，第 341 页。

第四章　文学之辨与诗学思想

　　文学是文化精神的表现和"文化的总相"，因文化特性各异而有不同的表现。① 中国文学的变革是中国现代化自身演变的必然。自与西方文化接触以来，在坚船利炮的威力之下，中国文化不免相形见绌，学习西方的路径由器物、制度而卒至文学、美术，"吾国文明之不振如故，而思想上国人早已超越改革物质文明之时代"②。新文化运动的重要成果之一是白话文学占据了文学的主导地位，新文化人士借以建立和巩固了其在文学场域的绝对影响力。根据布尔迪厄的理论，文学场作为一个力量场，对所有进入其中的人发挥作用，而且依据他们在场中占据的位置以不同的方式发挥作用。文学场也是充满竞争的斗争场，这些斗争倾向于保存或改变这个力量的场。③

　　吴芳吉曾是新文学这个"场"的参与者，在他短暂的一生中，留下数量可观的诗歌、散文、信札、诗话、日记、传记作品。吴芳吉的文学观建立在他对"文学"观念的辨析之上，也是其文化观的具体展现。在他看来，文字关乎心性修养，也是救世利器，务求所写文字"致于平治之用""求树人救国大计"，而不能"徒拘拘于雕虫小技"。④ 由此可见，吴芳吉文学创作的表达方式尽管与白话文学存在差异，但在"文以载道"的理念层面又与五四时期"感时忧国"的基调异曲同工。

---

① 刘永济：《文学论·默识录》，中华书局 2010 年版，第 97 页。
② 中华梅氏研究会编：《梅光迪文存》，第 64 页。
③ ［法］布尔迪厄：《艺术的法则：文学场的生成与结构》，刘晖译，中央编译出版社 2011 年版，第 208 页。
④ 吴芳吉著，贺远明等编：《吴芳吉集》，第 623 页。

一 "文学"之辨

作为艺术门类的"文学"始于西方学科的分类。在中国文化的语境里，一般从"文"—"道"的观念与实践来理解文学，不特别强调抒情特征。在中国文论的视野之中，文学是文明的表现，同时显示文明的程度，文为天地之德和尽善之美，"这是中国文化的高层位生命意识的自觉追求"①。因此，吴芳吉反对现代意义上的文学分类，而代之以贵在适用自得的传统"文学"观念，从而使"文学"与道义并行不悖，学问与人生为一。

（一）文学的界定

承接古典文论的传统，吴芳吉主张"大文学观"，将文学的产生置于历史、文化、地理沿革、人才升降、典籍存亡等宏阔的背景之中，在此基础上分析文学的体制、艺术、性质和发展。他认为，如果孤立地就文学而谈文学，则为汲汲于功利的"俗学"，而非超越表象而有永恒价值的"正学"。

吴芳吉非常关心辨正"文学"一词的概念。首先，他认为须从"道"的角度审视"文学"的观念，认为格物致知的"道"与九流六艺的"文"浑然一体，不可分开，"故文载道也，道在文也，非惟词韵而已。不知文道之合，徒议文道之分，是不知轻重之失也。轻重本末，今且未知，何足言乎革命?"② 其次，极言文学范围之大，"文学所包者大，其道非一""文学之外，更无所谓学矣"，他袭仿章学诚"六经皆史"之说，认为经史子集皆不出"文学"之属："经也者，文学之准绳也，所以折衷文学者矣。史也者，文学之事迹，所以证明文学者矣。子也者，文学之思想也，所以繁衍文学者也。集也者，文学之感情也，所以润色文学者矣。"③ 以现代学科的分类而言，吴芳吉对"文学"的界定不啻"文学取消论"，他所说的"文学"在本质上是一种表达，因此才得出上面的论述：经学是其价值标准，史学是其

---

① 邓国光：《〈文心雕龙〉文理研究：以孔子屈原为枢纽轴心的要义》，上海古籍出版社 2012 年版，第 4、18 页。

② 吴芳吉著，贺远明等编：《吴芳吉集》，第 563—564 页。

③ 吴芳吉著，傅宏星编校：《吴芳吉全集》，第 1291 页。

取材范围，诸子是其思想来源，一般意义上的文学是其表达工具。

吴芳吉还从文学的角度把历史人物和文化人物分门别类地纳入文学中来，举凡历史上的圣贤之徒、诸子百家、文学之士乃至近代的事功之人、革命先驱，者目为文学之徒，他洋洋洒洒地论述道："孔、孟，文学之宗师也；老、庄，文学之大匠也；苏、张，文学之辩者也；申、韩，文学之饬者也；管宁、王衰，文学之笃者也；曹植、陶潜，文学之和者也；韩愈、欧阳修，文学之卓者也；朱熹、陆九渊，文学之智者也；关汉卿、马致远，文学之表演者也；施耐庵、曹雪芹，文学之讥弹者也；李后主、宋徽宗，文学之忏悔者也；刘勰、陆机，文学之批评者也；司马迁、班固，文学之纵述者也；杜佑、马端临，文学之横览者也；玄奘、法显，文学之运输者也；严复、林纾，文学之翻译者也；顾恺、李咸，则藻缋文学者也；王羲之、褚遂良，书篆文学者也；扬雄、许慎，训释文学者也；顾炎武、段若膺，音传文学者也；王念孙、俞樾，订正文学者也；汉武帝、唐太宗，表章文学者也；诸葛亮、王安石，运用文学者也；文天祥、史可法，激励文学者也；曾国藩、罗泽南，收拾文学者也；乃至克强、松坡乃至中山之伦，革命复仇明耻教识，所以救人心，定国是，立民族之精神，辨千秋之邪正者，莫非源本文学之教然矣！"①

吴芳吉的"大文学观"宏大无外，囊括万象，将"文学"一词的外延扩展至思想文化和民族精神（甚至将书法也包括在内），将其等同于一切精神世界的创造，凡能治国安民、启悟精神、端正人心、愉悦身心的有字之文都在"文学"之列。吴芳吉的这种以文化之思和文脉传承界定"文学"，在近现代的学术谱系里确是较为罕见的观点。究其思想脉络而言，吴芳吉对"文学"的定义，乃是追溯到《易传》《文心雕龙》"天地皆文"的传统，凡是承载或表现"道"的表达方式都可以"文学"笼统称之。按照他的这种说法，"文学"之外已无他学了。在五四新文学的语境之下，吴芳吉这种奇特运思的目的何在呢？如果考虑到他的文化观，他的这种主张是针对西学学术分科的反

---

① 吴芳吉著，傅宏星编校：《吴芳吉全集》，第 1292 页。

拨和回返，将西学视野里的文学学科又回转到中国传统的文史哲圆融合一，希图借此超越文言和白话之别、新文学和传统文学之别。在他看来，新文学如果只是单纯模仿西方文学的分科而不复回归中国文化传统，则必然成为只重雕虫小技的专业之徒，最下者甚至导人淫僻，诱人倾险，对人道纲维、社会风气、学统承续都会造成极大的威胁甚至毁灭。

在扩大文学之"文"的文化属性的同时，吴芳吉还强调"文学"之"学"的教化功能，认为文学对道德的养成、社会的进步乃至人类的上进都有着不可忽视的作用。也就是说，文学的最高取向不仅在于文学本身，而且关乎性情的陶冶，气质的转变，借此达到安身立命、化民成俗的教化目的。在吴芳吉看来，文学不特为文章之学，更为修道、进德之学，是人性的、道德的、伦理的，这种看法与学衡派对文学本质和功用的认识是一脉相承的。

除了受到《易传》《文心雕龙》的影响，吴芳吉的"大文学观"还明显受到章太炎的影响，在他所编撰的《国立西北大学专修科文学史讲稿》中大量引用章太炎的著作作为论证的材料。吴芳吉早年由吴宓介绍加入右文社，主要负责校勘章太炎《章氏丛书》，潜移默化之中受到章太炎学术思想的影响。章太炎在阐释六经时常将其加以历史文献化，扫除了六经的神秘主义色彩。① 在具体到"文学"的界定时，章太炎也说："文学者，以有文字著于竹帛，故谓之文；论其法式，谓之文学。凡文理、文字、文辞皆称文。"② 章太炎的这一学术思路启发吴芳吉将文学的范畴扩展到文化乃至政治领域，而不甘局限于近代以来西方意义上作为艺术专门学科的"文学"概念。

吴芳吉的"大文学观"超越了文学本身，将文学的范畴提升至文化甚至文明的高度，其目的是在新文学大行于世的背景之下为古典文学争取存在的空间和合法性。他一方面承认旧文学中存在诸多恶习，另一方面又认为其大本未失，价值仍在，不能弃之不顾而完全推倒。

---

① 王汎森：《章太炎的思想——兼论其对儒学传统的冲击》，上海人民出版社 2012 年版，第 226 页。

② 章太炎：《国故论衡》，岳麓书社 2013 年版，第 79 页。

为此，他不承认新文学是与旧文学截然对立、横空出世的另一种文学，而是将其视为历史气运和时代风潮的产物。

为明了新旧文学的历史渊源，吴芳吉分析了新文学发端的肇因和发展的道路："中国文学革新之动机，两种影响有以成之，辛亥之革命、欧洲之大战是也。因有辛亥革命，而民治精神勃发，数千年来之思想一变。因有欧洲大战，吾人始多留心世事而西洋文学愈以接近。此二役者，欧战固已终了，辛亥革命之精神，则犹继续猛进尚无已时，护国护法之起，及今西南之自治，要是此种精神贯彻而来也。欧战，是为横的影响。辛亥革命，是为纵的影响。纵横激荡，其结果遂惹起文学上之大骚动。而民国新文学亦将以是产生。此实气运之自然，非人力所能助长或抑止之者也。"① 也就是说，新文学的诞生是中国人思想演变和西洋思想输入的结果，它的产生更多是由于时运和气运等外力的推动，而非自根本上自然演变而成。吴芳吉认为，没有根基的新文学如果不能善加继承旧文学的理念和已有成果，就必然会走上脱离政教、有别经史的道路，成为照搬西方科学分类方法的一门学科，从而造成支离破碎、自限范围的弊病，最终自成一物，盲然于功利之用，其发展前途险仄而前景堪忧。

（二）文学的功用

关于文学的功用，吴芳吉从其笃信的性命之学出发，认为文学是导人进入光明之境的教化手段，要以表现"性善"为终极目标。在人性论上，吴芳吉主张"性善说"，这是对阳明心学的发挥和演绎，认为"天性"无善恶。生命本体是至善圆满的存在，如王阳明所阐明的"无善无恶，是谓至善""无善无恶是心之体，有善有恶是意之动，知善知恶是良知，为善去恶是格物"②。

吴芳吉所理解的"性善"之说建基于宇宙论和生命本体论之上，肯定了人性本善的光明属性和至真至善，"苟尔心但浑然一片善念，不存恶念，实则正气满盈，邪气万不能入"③。由此可见，吴芳吉所秉

---

①　吴芳吉著，贺远明等编：《吴芳吉集》，第 342 页。

②　王阳明撰，邓艾民注：《传习录注疏》，上海古籍出版社 2012 年版，第 66、257 页

③　吴芳吉著，贺远明等编：《吴芳吉集》，第 565—566 页。

持的"性善"之说并非道德意义上的判断，而是从宇宙本源和生命本源的关系上演绎而来。这种"至善"的思想可远溯到《易经》与《大学》中所表述的观念，它们都认为"至善"是宇宙的第一原则，遍及包括人性及物性的整个宇宙之中。[①] 从吴芳吉对宗教功用和教育目的的见解上，"性善"之说是他标举的人文精神的最高价值和最终归宿，亦即"良善乃人生目的的极致"[②]。吴芳吉认为，"性善"之说是贯通各种宗教法门的不二教诲，各种宗教虽有名称派别之异，但究其实质则"名异实同"，其宗皆无一不是教人从良知良能上入手，"千言万语，总由良心上演绎而来。而归其根，亦从良心上说法。故世界宗教，无不相同。所异者，教之名也，显之时也，产之地也"。[③] 在教育观点上，吴芳吉主张教师应本孟子性善之旨，引导人之天性，铸成人格教育，不以法绳人强行压制，而应"弃刑毁法，一任无为，不恃外力，但酌情理"[④]，这清楚地表明他相信受教育者的天性中自然蕴有可被激发的向善的良知。概言之，吴芳吉的"性善"之说指向内心律令与终极信仰，如《大学》所言的"明德"与"止于至善"。

具体到文学领域，吴芳吉从儒家文化的立场出发，将"性善"之说作为衡量文学创作的标尺。1915 年，吴芳吉在上海任右文社任职期间，对其所校对的"鸳鸯蝴蝶派"文艺作品颇为不满，斥其"谫陋粗野，无一篇足观，而其所赋所歌者，无非淫荡狂奔艳丽苟合之事，几无一语不述男女之爱情"。吴芳吉认为，此类作品只会助长社会之恶，"社会民德之被其祸害者不少"，为文者不应迎合世人之喜好，"文章千古事，一字一句，足败名丧身而有余，吾安得不郑重之，徒从世人之好哉?"[⑤] 由此可见，吴芳吉的文学观直承"文以载道"的传统，强调文艺有益世道人心的教化功能，而教化民众正是儒家性善之说的内在逻辑和必然产物，如《毛诗序》所言："故正得失，动天

---

① 张君劢：《新儒家思想史》，第 548 页。
② 张君劢：《新儒家思想史》，第 544 页。
③ 吴芳吉著，傅宏星编校：《吴芳吉全集》，第 1016 页。
④ 周光午：《教育家的白屋诗人》，《重庆清华》1947 年第 5 期。
⑤ 吴芳吉著，贺远明等编：《吴芳吉集》，第 1095—1096 页。

地，感鬼神，莫近于诗。先王以是经夫妇，成孝敬，厚人伦，美教化，移风俗。"① 儒家文学观一向主张"诗教"，以诗作为影响和提升人们道德的手段，基于此，吴芳吉的诗学观念反对诗歌狂荡无归的极端非理性倾向，指出先有诗人的内在修养之美（性善之美），后有诗歌的艺术之美（温柔敦厚之美），这要求诗人"必其学道既深，识超于众，行笃于内，真知灼见，以泽于后世"。诗人以诗言志，"使人之读其诗者，瞻望发愤，以励其志焉"，所做诗皆竭平生心力赴之，有益于世道人心，"虽有数语足以垂世，而温柔渊博之思，蔚然昭见。其寄托风月，叹嗟黍离者，犹冀拳拳忠爱之心，感人丧乱之余也"。即如杜甫、陆游等，虽境遇艰厄，然立身高洁，其人不朽，其诗亦不朽。反之，若诗人德之不修，学之不讲，不仅不能创作出优美的作品，反而会滋生诸多流弊："学不足以明心，行不足以风世，袭人唾余，嚣嚣自得；或步前人之滥习，颠倒无伦；或俯视一切，而不自反；或沉酣于雕虫之技，恬不知耻。"②

　　在"性善"哲学的影响下，吴芳吉关于文学功用的论述在《〈白屋吴生诗稿〉自叙》这篇经典的诗论文稿中得以充分阐发，他将儒学和诗学毫无痕迹地糅合在一起，将"性善"之旨推崇到前所未有的高度。在这篇自述身世和诗观的感慨深沉的文献中，吴芳吉明确地将诗歌作为圆满"性善"的工具，在陈诉了社会对人心的残毒之后，表示仍要怀有光明向善之心，对性善之说笃信不移："古圣哲之用心，无不在扶善制恶，以存人之本性。"他坚定地认为，性善乃历世不变之则，若性能至于至善，"故无不可以有为之时，无不可以行道之地，无不可以修明之政，无不可以教化之人"。社会时流"昧弱浮嚣，终身陷于罪戾"，此非性之所赋，乃为习气所致，"善性不胜恶习"，故为恶习所征服而不能解脱。面对人心失范的社会现状，有志之士不应简单地斥责，"惟有以觉之助之，以转败为胜"。推而言之，个人之贤愚、国家之治乱乃至民族、世界、文化之兴废，皆有待于性善战胜性

---

① （梁）萧统：《文选》，上海古籍出版社 1986 年版，第 2029 页。
② 吴芳吉著，贺远明等编：《吴芳吉集》，第 619—620 页。

恶，必与之决战，方能恢复性善、臻于大同之境。若能达成此事，远胜政治军事之为。若人之善性不能恢复，人类痛苦亦无法解除，纵然"谈学言政，亦必终无是处"。有志者应"以人力挽回天运，以天运启悟众生，使已泯之性，失而复归"。为此，作为圆满性善之具的文学，应该发挥应有的作用，"充类至尽，以求完其为我者之一端耳"。①

基于此种信念，吴芳吉对于倡导阶级对立和阶级斗争的文学观不以为然，他认为旨在消灭阶级和阶级对立的文学观最后将会沦为以利攻利、忿争不已的"煽动艺术"，转而主张提倡超越阶级的"仁的文学"，以仁者之心（至善之心）自能感知贫弱者的哀苦无告，如杜甫、白居易等人"常是贫者弱者的好朋友，常是贫者弱者的安慰者，常是无可告诉的弱者的代办者"，其诗虽不以泯灭阶级对立为主旨，但却流露出"以天地之心为心"的博爱胸怀，写下了大量对天下苍生疾苦充满系念与同情的不朽诗篇。②

吴芳吉将"性善"之说加诸文学之上，看似是道德至上主义者因袭的陈词，实际上是对"文学革命"冲决一切道德观念的迂回反拨与婉曲劝诫。不过，吴芳吉用性善的观念来诠释所处时代文学的处境已经大不合时宜，因为新文学思潮已本能地排斥以道德保守主义面孔出现的诗学观念，但从中我们可以看到文化保守主义者将"性善"哲学注入文学领域的良苦用心。在文学与社会关系的论述上，吴芳吉和新文化人士都极为强调文学的功用，二者都是在感时忧国的前提下将文学作为改造社会和影响人心的工具，所不同的是吴芳吉更为强调存续儒家伦理观念，而新文学思潮则希望冲决传统观念的束缚而达到造就新民的目的。

二　诗学之思

新诗是新文化运动的时代产物。汉语新诗勃然而兴，卒至颠覆了古典诗的绝对主导地位，并以独特的文化逻辑建构着存在的价值。新

---

① 吴芳吉著，贺远明等编：《吴芳吉集》，第553—559页。
② 吴芳吉著，贺远明等编：《吴芳吉集》，第994—995页。

诗从诗体解放入手，净脱旧诗格律，以白话自由地抒发情感，在新文化运动中"为王先驱"，领风骚于一时，并开始创立属于自身的传统。随着新诗的日渐深入人心，讲究格律和追求意境的传统诗歌反倒被冠以他者意味浓厚的"旧诗"之名。

作为学衡派中唯一有创作实绩并有较大影响的诗人，吴芳吉鉴于自身的创作经历，对新诗有同情之了解，亦有尖锐之批评。面对新诗派激烈的反传统主义，吴芳吉提倡"诗的自然文学"，诗只是诗，不必强分白话、文言，"纵有文话白话之分，亦不妨各行其是……须知诗的佳处，不在文字与文体之分别，乃在其内容的精彩"①。吴芳吉出于文化积累的考虑，将受西洋影响的白话诗只看作中国诗体裁之一种，不赞成白话诗独大甚至驱逐古典诗的倾向，疾呼多元的、个人主义而非千篇一律的新文学的诞生。

传统的活力来自当代人的再解释，以时代的眼光重新打量、拂拭并擦亮传统，这才能使疏离的传统与当代重新发生关联。② 当胡适以"八不主义"点燃了"文学革命"的烈火之际，吴芳吉却反其道而行之，对古典传统加以重释与发挥，连作《吾人眼中之新旧文学观》《再论吾人眼中之新旧文学观》《三论吾人眼中之新旧文学观》《四论吾人眼中之新旧文学观》四文，立足中国传统诗学，对新诗的本体论、语言观、艺术原理进行了多方面的探讨，形成了貌似古典而实则充满时代气息的诗学思想，对于新诗诗论的建构也具有别具一格的贡献与启发。

（一）"道"与"情"

"道"与"理"是理解中国学术思想的关键概念，"道"与"理"是灵动活跃和无所偏蔽的精神世界，与之相对的则是随生随灭、应物而生的"情"。"情"须止于"礼"之理，这样才能达到情用、文理的平衡与中和。③ 在《论语·八佾》中，孔子称赞《诗·周南·关雎》"乐而不淫，哀而不伤"，这成为后世评论文学作品的最高原则，

---

① 吴芳吉：《提倡诗的自然文学》，《新群》1920 年第一卷第四号。
② 江弱水：《古典诗的现代性》，生活·读书·新知三联书店 2010 年版，第 2 页。
③ 邓国光：《经学义理》，上海古籍出版社 2011 年版，第 21、23—24 页。

也体现了儒家诗学言情的动机是培养人的情感态度和养成君子人格。①
"道"与"情"的关系，在新人文主义思想的谱系之中表现为"一"
（unity）与"多"（diversity）的关系。白璧德认为，协调"一"与
"多"的关系是异常艰难的，因为"实用主义者往往会超越核心准则
的管束，把个人及其思想与感觉作为衡量一切事物的尺度"。然而，
要想保持心智的健全，就必须在统一与多样之间保持最佳的平衡。②

新文学运动反传统的重要成果就是打破了"乐而不淫，哀而不
伤"的审美取向，注重卢梭式个体情感的表现和发泄，自我表现及其
存在的意义成为书写的主题。关于这一点，已有评论家指出欧洲的浪
漫主义传统席卷了中国这块古老的大地，浪漫主义伴随而来的个人主
义、悲剧色彩和厌世情绪紧紧抓住了中国人特别是年轻人的心灵：
"主观主义、个人主义、悲观主义、生命的悲剧感以及叛逆心理，甚
至是自我毁灭的倾向，无疑是一九一九年五四运动至一九三七年抗日
战争爆发这段时期中国文学最显著的特点。"③

1926 年，深受白璧德"新人文主义"影响的梁实秋撰文《现代
中国文学之浪漫的趋势》批评中国现代文学"到处弥漫着抒情主
义"，表现即是情诗创作泛滥，处处要求扩张自由和人性解放，"情感
就如同铁笼里的猛虎一般，不但把礼教的桎梏重重的打破，把监视情
感的理性也扑倒了"。梁实秋略带揶揄地指出，根据统计新诗中约每
四首诗要"接吻"一次，这种过度的"抒情主义"显示新文学运动
过于推崇和夸大情感的作用。梁实秋不无担心地指出，情感若一味放
纵而不加以理性的制约和选择，会导致颓废主义和假理想主义的盛
行。所谓颓废主义的文学即"耽于声色肉欲的文学，把文学拘锁到色
相的区域以内，以激发自己和别人的冲动为能事"，假理想主义则是
"在浓烈的情感紧张之下，精神错乱，一方面顾不得现世的事实，另
一方面又体会不到超物质的实在界，发为文学乃如疯人的狂语，乃如

---

① 李思屈：《中国诗学话语》，四川人民出版社 1999 年版，第 179 页。
② ［美］欧文·白璧德：《文学与美国的大学》，张沛等译，第 18—19 页。
③ ［捷克］亚罗斯拉夫·普实克：《抒情与史诗：现代中国文学论集》，上海三联书店
2010 年版，第 3 页。

梦呓，如空中楼阁"。梁实秋又援引"新人文主义"的思想阐释说，
文学的可贵不在不加限制地抒发感情，而在于节制感情，不加节制的
抒发感情是不守纪律的情感主义。① 同样受白璧德思想影响的吴宓更
将过度的感情抒发视为罪孽，对治的方法仍是以道德节制之。吴宓认
为，道德是人之内心与外在和谐、完美的统一，只有靠节制才能达到
这种状态，"是故道德并非外在之枷锁，乃精神之卫生；为本人之利
益，亦为人人所必需者也"②。

吴芳吉笃守儒家之道，自约甚严，自策甚勇，体现在文学观上便
是以道统情、道情合一，亦即文学的本质和功用不能超脱于道德之
外。他认为，上乘的文学表现应该是节制欲望，而不是放纵欲望。吴
芳吉的理学信念使其确信，文学的目的不是陷溺和扰乱人心，而是清
明和纯净人心。文学之用，不在暴露，而在唤醒，于文字而起觉悟，
照见生命之境的辽阔。吴芳吉视作文为修道，最上乘者能够明心见
性，"光大文章慧识，如胎儿赤体条条，一丝不挂"③，而非一味迎合
世人种种欲望。人之所以不能悟得"文章慧识"，是因为种种"客
气"的障碍，这里的"客气"不是世俗所说的谦辞，而是指侵入人
体之内的外邪之气，外现于人则表现为"纵情亡性、流德不学"。于
此观之，吴芳吉对专写情欲的鸳鸯蝴蝶派小说严词斥之，也就在情理
之中了。

一般而言，道德感往往和情感相悖，故儒家有"发乎情，止乎
礼"之言。作为诗人的吴芳吉，背负着沉重的道德包袱并以之为救世
的不二法门，下笔行文却汪洋肆虐，不拘一格，不仅在诗的体制上不
拘成法，且笔端常带感情，读者每每为之感染、动容。这就出现了一
个令人费解的情形：一个强调道德感、几乎被视为"卫道士"的人缘
何会成为开一代诗风的前卫诗人？前文已有陈述，吴芳吉之道德感更
多的是体现为对固有文化价值的执守，他认为，中国文化自有价值，

---

① 段怀清编：《新人文主义思潮：白璧德在中国》，江西高校出版社 2009 年版，第
137—139 页。

② 吴宓：《文学与人生》，王岷源译，清华大学出版社 1993 年版，第 130 页。

③ 吴芳吉著，贺远明等编：《吴芳吉集》，第 633—634 页。

并对之一往而情深，这是文化上的眷恋之感。至于写作上的率情，他更多地继承了中国诗歌的抒情传统，在作品中，展现了处在传统文化暮景之下的个体的悲欢境遇。秉承传统的"言志"之说，吴芳吉同样强调诗歌发之于性情，尽情尽性，乃为完人至文，"无热烈之感情，不足以动凉薄"①"至情而为至人，至人而为至文，足以挽流俗、匡末运，日月经天，江河行地之作也"②。

在理学的思想体系之中，对人欲的节制是体悟道体的前提。吴芳吉认为，对人欲的节制，并非意味着对"情"的忽视乃至压抑，"情"与诗教之义并不相悖："诗曰：好色而无至于淫，怨父兄而无至于乱。怨父兄而圣人不禁，……此即诗教之所由兴也。使人人皆能有情，人人之情皆能上达，岂非尧舜之至治哉！"③ 在吴芳吉的文学观里，将"情"置于极为重要的位置，认为"情"字万不可弃，文学不可寡情："王孟诗非不欲为，只不欲于壮年为之耳。近于诗恒怀四旨：无忠厚之气象，不足以矫偏欹；无热烈之感情，不足以动凉薄；无美艳之辞章，不足以滋枯朽；无自由之格调，不足以言创作。"④

针对宋明理学以"理"制"情"的倾向，吴芳吉也一反他所宗守的理学家严正的道学立场，主张作诗与用情并不冲突，甚至说："多情人，故喜为诗，而欲寡情不得。吾则以'情'之一字，万不可弃。……吾之诗稿，即吾之情史。吾方以多情自豪，奈何欲寡之欤？吾人不必问情之是欲是理，但求其情之必正必大。情正而大，是即天理；情不正大，是即人欲。所贵善养其情，善用其情而已，非情之所足害人也。"⑤ 他不再纠结于理学的天理与人情之分，而着重指出要善用其"情"，抒发之正恰是"天理"，抒发不正就是"人欲"。由此可见，吴芳吉虽受理学影响甚深，但在诗歌写作上，却能宕开一切，以自身之胸臆开拓诗国新境界，呈现出民国初年的朝气与勃发之姿。他

---

① 吴芳吉著，贺远明等编：《吴芳吉集》，第 696 页。
② 吴芳吉著，贺远明等编：《吴芳吉集》，第 620—621 页。
③ 吴芳吉著，贺远明等编：《吴芳吉集》，第 693 页。
④ 吴芳吉著，贺远明等编：《吴芳吉集》，第 696 页。
⑤ 吴芳吉著，贺远明等编：《吴芳吉集》，第 589—590 页。

的诗作所流露出的青春气息和赤子情怀，绝非传统的理学家所能想望，也有那些奉命写作的文艺家所不敢想象的自由空间。

吴芳吉之多情，不仅表现在文学，他本身的性情也是明证。为打抱不平，他抛弃出洋的机会，冲在"学潮"前阵，即使被校方开除也不悔惜；在上海困顿之时，仍买酒狂歌，颇有李白"千金散尽还复来"之气概；他讲情义，为报恩踟蹰不进，屡屡丧失发展的良机，讲情分，即使病妻言行乖张而不离不弃……在吴芳吉的身上，道德和深情并行不悖，完整贯穿了他一生的行止，形成了颇为有趣的张力。道德的本质，实为"节制"，深情的本质，实为"自由"，吴芳吉试图寻找"节制"和"自由"的平衡点，在那里不仅可以安身立命之处，也可以借诗歌这一文学的体制获得自我的表达。

新文学勃发之时，很多人视宋明理学为压抑文学创作的教条，对其充满恶感并加以猛烈的攻击，针对此种现象，吴芳吉从"立诚"与"修辞"的关系出发，澄清了理学尤其是心学与文学并非对立的关系："诚固当立，而辞亦必修。立诚所发，正是修辞，亦吾人主张文学道德合而为一之意。又如义利之辨，阳明解为存天理，去人欲，亦即趋重人类全体之生活，而轻一己之感情，以至公而化至私，无用叹老嗟卑之意。又如论理性与气质兼重，在以理智救感情之偏，感情周理性之用。虽论道德，亦即文学原理。大约研习理学，乃知文章何以不苟作也。"[1] 在历史上，许多思想家和文论家对修辞、立诚之关系亦多有论述，如南朝刘勰在《文心雕龙·祝盟》中说："凡群言发华，而降神务实，修辞立诚，于于无愧。"明代王阳明也在《传习录·卷下》论之："凡作文字，要随我分限所及，若说得太过了，亦非修辞立诚矣。"吴芳吉之论不是"思想或政治决定文学"的翻版，而是从心性圆融的层面论述精神世界的宏阔，以此作为观照，可以超越一己之私的喜怒哀乐，若过于看重一己之私情，则容易遮蔽内在的本在光明，反而陷入了卑琐、曲拘、狭隘的境地。他批评当时诗坛上过于重视感情之说，认为此乃作诗的一大误区："诗以感情之隆重为美，不知感

---

① 吴芳吉著，傅宏星编校：《吴芳吉全集》，第 901 页。

情之恬淡者为尤美也。诗以感情之放荡为可贵，不知感情之节制者为
尤可贵也。夫感情有是有非，有正有邪，有暂有久，有公有私。马牛
鸡犬，莫不知有男女饮食之事，亦莫不具有感情。今谓马牛鸡犬之鸣
为足称耶？徒以感情为诗，又何异于马牛鸡犬之鸣也！"①

　　那么，感情如何抒发呢？吴芳吉认为，感情之抒发有其节制，不
是狂荡无归的宣泄，而是出乎人情的自然感兴，"大抵天伦之情，山
川之胜，家国之思，吊古之意，圣贤豪杰之崇拜，时节景物之推移，
最足引高尚之念"。感兴之发，非触之于感官，而是对虚无状态的领
悟和了然："凡有血气，有性情者，要必较他人为多感。事变之未来
也，他人之所易忽，而文人所觉察也，则必有以隐示之者。事变之既
去也，他人之所易忘，而文人所记忆也，则必有以追念之者。隐示追
念之未足，又假借比兴以曲道之。所谓温柔敦厚之旨是也。"②"温柔
敦厚"的文学特质是人文精神的具象化，个体的"情"止乎文学的
"礼"，亦即借由艺术的形式节制和升华内在的感兴。吴芳吉的这一观
点来自传统诗学的影响，也有白璧德"新人文主义"文学观的影子。
"新人文主义"对人的意志和欲望保持警惕，尽量使之符合尺度法则，
将"节制"看作人类的最高美德。"新人文主义"之所以认为人具有
节制的能力，是因为他们相信人的身上存在一种更高的意志，人类过
去和现在的一切经验事实证明人在自身内部和同类之间所能实现的统
一首先建立在更高意志的实践之上而非感情之上。③

　　吴芳吉从文学传统中寻找理论的根据，竭力肯定古代经典诗作抒
发感情之正，批评以启蒙者自居的作家和文化人在攻讦社会黑暗和民
众愚昧之时反而丧失了理性的清明。他认为凡古今号称佳诗的作品，
无不坦然自得，而无怨天尤人之意，如李白、杜甫、陶渊明这些际遇
并非通达的诗人，但其诗作的感情抒发并未显示出由于失意而导致的
狭隘与卑琐。即使像屈原这样深受排挤的落魄诗人，在《九章》之中
斥骂楚人为南夷，影射政敌为群犬，此种论调难免有偏激之嫌，但屈

① 吴芳吉著，贺远明等编：《吴芳吉集》，第 448 页。
② 吴芳吉著，贺远明等编：《吴芳吉集》，第 460 页。
③ ［美］欧文·白璧德：《性格与文化：论东方与西方》，孙宜学译，第 159、161 页。

原的抒情的根底仍是狐死首丘鸟飞返乡的情愫和对故国日夜不忘徘徊瞻顾的深沉眷恋。尤怨之心不是不可以表现在诗文中，其前提是要以理性的平正作为底子。吴芳吉又以诗经中的《凯风》《小弁》为例，这两首虽然表达子女对父母的幽怨之情，但都以婉转、温煦的抒情方式表达，而没有将父母送上道德的审判席大加鞭挞和谴责。吴芳吉承认诗歌的表达形式是多元的，也不存在整齐划一的抒情模式，委婉含蓄或直抒胸臆都不失为表达深情的方式，但不可落于咬牙切齿的仇恨而仍要以温柔敦厚为格调与归依。当然，《诗经》中也有不那么"温柔敦厚"的诗歌，如《硕鼠》《伐檀》就充满了对统治者愤怒的指责和辛辣的控诉，吴芳吉认为这两首诗里普通百姓对统治者的不满和指责，要归咎于统治者的无道与暴虐，是民众正常情绪的宣泄，不属于一般意义上诗歌中的"尤怨"。诗中的尤怨如果是为了一己之私的，"如怨人之不己知""人不己知而怨"，为一己之得失而牢骚满腹，这与上述《硕鼠》《伐檀》的公共义愤则是大不相同的。这样，吴芳吉区分了公共表达和个体表达抒情模式的不同："夫叹老嗟卑，达人所忌；乞怜叫苦，贤者不为。然使为国为民为政为教而发者，固不足病。以公私殊途，则是非异趣也。故为诗者，言民生之可悯，此义所当。恚身家之未显，于情不顺。述贪吏骄兵之状，不得为非。作露才扬己之词，便觉伤雅。此诗厚重乎己，薄责于人，宁有忠恕之心令人为之感慰？字句虽较纯一，岂得为佳诗哉！"吴芳吉又批评思想界、文化界暴戾的风气和居高临下的启蒙者姿态："今一启口，便曰举国吾敌，一结论，便曰四万万群盲。咬牙切齿之状，怫然若不可近。名为热情，实则燥气。夫惟哲理以不明待阐，民权以不伸待张，用舍行藏，讵足介意，安用与人挑战为耶？"[1] 与吴芳吉的看法类似，白璧德也主张作家要警惕过度的同情以及过度同情所带来的不理智的愤慨，因此作家需要有某种内在的限制原则，需要借重更为普遍的人类法则克服个人的秉性与天资所带来的缺陷，并能"协调各种极端，并栖居于这种极端的中间状态"，否则就会流入无政府的个人主义或乌托邦

---

① 吴芳吉著，贺远明等编：《吴芳吉集》，第520—521页。

式的集体主义。①

标举诗歌的"温柔敦厚"之旨是吴芳吉为文学设定的最高标准：要从一己的悲欢中升华，而不应陷溺于情感的宣泄，文学者应有担当宇宙的心胸。此点与王国维之论相似，王氏在评论后主之词时有言："俨有释迦、基督担荷人类罪恶之意，其大小固不同矣。"② 吴芳吉批评某些诗过分突出个人经验和个人身份，好在诗中"自我表现"，反致诗味大减："盛唐以前之人作诗，不现身分，今人则惟恐不能表现。惟其不现身分，所以诗中之言，非作诗者一家之言，乃古今天下人类之公言。惟其必现身分，则有身分便有气习。豪爽者多屠沽气，悲壮者多江湖气，恬淡者多村夫气，典雅者多台阁气，训诫者多冬烘气，香艳者多脂粉气，活泼者多新文化气。总之，有一于此，诗必减色。夫作诗而使身分表现，未尝不可。然表现身分，则易染气习，此今人之所忽也。"③ 对作品中的个人习气之弊有同样认识的顾随也说，中国后世之所以难以产生伟大的作品，原因即在"只知有己，不知有人"，应从小我、小己升华出来，由自我中心至自我扩大至自我消灭，"一个诗人，特别是一个伟大的诗人，应有圣佛不度众生誓不成佛、我不入地狱谁入地狱之精神"。④

吴芳吉主张文学应"趋重人类全体之生活，而轻一己之感情，以至公而化至私，无用叹老嗟卑"，又言"吾于'情'之一字，觉得入世逾久而与世逾公"⑤，其意在于从事文学创作的人应该自觉置身于普遍、完整的世界景象之中，观照并超越一己之爱憎悲欢和肉欲情缘，从而"将天地间事，看得更清楚透辟，终于空空洞洞，了无罣碍"⑥，如此才能荡开此心令之至虚，以无我之境写出天地、人情之气象万千。如杜甫之诗，诗中有我，然而不是小我，而是自我的扩大，谓之

---

① ［美］欧文·白璧德：《文学与美国的大学》，张沛等译，第 40、41、49 页。
② 王国维著，周锡山编校：《人间词话汇编汇校汇评》，北岳文艺出版社 2004 年版，第 101 页。
③ 吴芳吉著，贺远明等编：《吴芳吉集》，第 750 页。
④ 顾随：《顾随诗词讲记》，中国人民大学出版社 2010 年版，第 3、5 页。
⑤ 吴芳吉著，贺远明等编：《吴芳吉集》，第 1301 页。
⑥ 吴芳吉著，傅宏星编校：《吴芳吉全集》，第 590 页。

"大我"，因此千年以来才能感动历代无数的读者。①

正如上述所论，吴芳吉对于宣泄情绪的文学作品素无好感，他曾直言不讳地批评挚友邓绍勤的诗歌"不由正道、叫嚣褴褛、偏激堕落"，偏离了以中和为美的诗歌正道，认为其诗风遽变如此是受到了新派诗人的不良影响。② 此外，吴芳吉也不满创造社诸君子强烈表现自我的文学风气，力戒其子切勿阅读创造社的书籍："创造社中，多人父皆相识或知之。徒等因受社会刺激甚深，多属病态，浪漫疯狂，好为过激之论。吾儿乃纯洁健全之身，不沾今世一点污垢，岂可代人害病以自害乎？此不狸创造社诸人为然，他家所出书报，十之八九皆属疯人梦话，万不可听，听之则受害不浅。"③吴芳吉认为创造社"迷误"的文学作风是受社会刺激所致，身心变化，失其常态，遂成"病夫"。为此，吴芳吉劝告邓绍勤"此后宜按摄心神，以专心读古人书，勿再随波逐流、盲从附和""返于昔日和平中正之思想，与优美高尚之格调"，唯有如此，才能虽受刺激而不为黏滞，阅世事如观小说，读时同悲欢，读后"宜各执其事，而反躬明白"，不为其所支配压服。人内心笃定，神清气爽，所做诗文亦可生趣蓬勃、光彩焕发。④

吴芳吉又推崇文学的大境界，认为这是为强者专属的文学。强者的文学格局掀天揭地，即使写哀歌，也能优雅地处理人生的困境，了无自怨自艾之气。凡世在我心胸之内，我之心胸又超出凡世之外。吴芳吉颇为不屑诗人自述身世之苦的诗歌，批评道："今人于患难之来，辄呻吟辗转，若不能堪。其发为诗歌，往往好为衰白之词。此其流弊，则必度量狭隘，而格调卑卑。夫艰难困苦，谁人无有？一己而不能自慰，更何以博施群众？"吴芳吉以曹植为例，其人遭遇可谓困苦，而其诗则雍容华贵，不失从容："吾人境虽艰苦，而诗则不可稍有寒俭之气。陈思之作，极人间哀怨之情。其君臣则相猜，父子则责善，

---

① 顾随：《顾随诗词讲记》，第 5 页。
② 吴芳吉著，贺远明等编：《吴芳吉集》，第 668—670 页。
③ 吴芳吉著，贺远明等编：《吴芳吉集》，第 987 页。
④ 吴芳吉著，贺远明等编：《吴芳吉集》，第 668—670 页。

兄弟则相仇，朋友则无永好。然其发而为诗，华贵雍容，要不失正。"①

　　不同于一般的文学理论，吴芳吉毋宁是从求道者的角度来看文学与心性的关系。职是之故，可如此概述吴芳吉的文学观：文学是心性之发，此为文学之缘起；文学又可以净化心性，此为文学之功用。正是在此意义上，吴芳吉重提古典诗学的"文以载道"。一般的理解是，"文以载道"要为"道"甚至是为某一意识形态、现实需要服务。实际上，在中国古典文论的语境里，这一论题要远为丰广开阔。

　　吴芳吉将"道"诠释为道德（文化意义上的"道德"，而非一般道德规范层面）的价值，而非政治的价值，扩大了"道"的内涵，使其等同于万物的本源和世界的普遍真理，从而提升和转换了狭隘的"道"之所指，将其从一般的道德训诫和政治教条中解放出来。同时，为了避免"道"的空疏无物，吴芳吉特别提到儒家之道的普遍价值："夫吾国文学，以受孔孟影响为最深厚，后世文人之所谓道，固亦孔孟之所为道。孔孟所为道者，曰忠恕之道；曰仁义之道；曰孝弟之道；曰中庸之道；曰富贵不以其道不处，贫贱不以其道不去之道；曰'仁者不忧，智者不惑，勇者不惧'之道；曰'得志，与民由之；不得志，独行其道'之道；曰'人人亲其亲，长其长，而天下平'之道；曰喜怒哀乐，发而中节之道。凡此种种，皆文以载道之所为道也。"② 吴芳吉以儒家义理来说明"道"之所在，以此为基础展开了对"文以载道"这一传统文艺理论的时代阐释。

　　其一，文学应在人世之内，不应自成一物，要能给人精神的抚慰与升华。换句话说，文学不能超脱它的世间性，要在人世里展开风景，不应成为与人世隔阂的艺术品。他打破了"艺术神圣"的信条，不承认艺术高居于人生人世之上。吴芳吉认为，文学之情不在于尽量发挥，而在于予人中正可由之道，如若过度宣泄感情，不仅影响文学的内在平衡，也无法给人以中正平和的美感享受。艺术的最高境界是

---

① 吴芳吉著，贺远明等编：《吴芳吉集》，第 874 页。
② 吴芳吉著，贺远明等编：《吴芳吉集》，第 452 页。

天然，但此天然并非是说随口说来、随手写来，而是要一番淬炼，渣滓去尽，精华乃现。他批评某些作品"惟尚感情，不计道理，只图我能尽情说出，而不顾说了之后便生罪恶"，不仅没有艺术之价值，而且"其所抒写感情者，不是起人烦闷，便是激人暴戾，不是诱人自杀，便是勉人发狂。求其能示人以节制之情者几何？求其能养人忠厚之情者几何？"①

其二，"文以载道"的落实在于如何理解"道"与"文"的关系。吴芳吉认为，溯之于古，文化与文学密不可分，"道"与"文"本一体，无"文""道"之分："惟道有文，惟文载道。诸子百家之理，皆道也；诸子百家之言，皆文也。故有道者，莫不能文；能文者，莫不有道。道丧于秦，文伪于汉。二京、两都之赋，果于何有？魏晋以降，文道亦分。于是知道者未必能文，能文者未必是道。"据此，吴芳吉认为"道"在"文"先，"道"是"文"的价值形态，"文"是道的艺术表达："情感思想，并非神圣不易之物，不以道德维系其间，则其所表现于文学中者，皆无意识。……文学作品譬如园中之花，道德譬如花下之土，彼游园者固意在赏花而非赏土，然使无膏土，则不足以滋养名花。土虽不足供赏，而花所托根，在于土也。道德之在于文学，虽不必昭示于外，而作品所寄，仍道德也。"他又从理学的角度，将"道"置换为"理"，有"至理"，必有"至文"以表达呈现，"理文兼至，才能言无尽而意有余"。一般而言，"道"与"文"是本末的关系，但在文理兼备的情形下，吴芳吉也肯定"文"的价值不容忽视："惟文至者，灿如花冠；惟理至者，淡如蔗尾。"② 在此意义上，有"至理"者不一定有"至文"，"至理"若不能以"至文"承载表现之，则会淡而无味，不能行之久远，这也是古人所说的"言而无文，行而不远"。

其三，提倡"文以载道"并非单纯强调文学的工具性，也非提倡写实主义。吴芳吉认为，诗歌不是专为表述某种哲理、道理的工具：

---

① 吴芳吉著，贺远明等编：《吴芳吉集》，第 429—437 页。亦见《东北大学周刊》1927 年第 4 期，第 3—9 页。

② 吴芳吉著，贺远明等编：《吴芳吉集》，第 556—557 页。

"既以诗为哲理之用，何须别有哲学？哲学之书，固非诗矣。古诗之中，亦有包含哲理者也。此乃偶然相近似之，不关发明否也。求哲学于诗，犹之求文学于数理，道不同矣。"① 为了反驳文学即是写实主义的观点，吴芳吉肯定"幻想"对于文学的价值："文学境界，初不必真。屈子、庄生之为幻，固矣。《水浒》，《红楼》，何莫非幻！然终不嫌其为幻者，以世事本属至幻，惟有识者能见幻中之真。何以辨真？曰：天理人情。合于天理人情者，虽幻而不害其真。不合于天理人情者，虽真而实为幻。"这番论述自然是理学家言，但也触及文学创作之中"真"与"幻"这一重要的命题。文学之"真"并非简单机械地反映现实，这样的"真"不过是粗浅的写实主义，所谓"暴露文学""控诉文学"皆是此类。文学之"真"背后应有一宏阔之境，通过"有无相生"的艺术创造，产生艺术的美感和魅力。吴芳吉所说的"幻中之真"，显是受到吴宓关于"幻境""真境"之说的影响："天下有真幻二境。俗人所见眼前之形形色色，纷拏扰攘，谓之真境，而不知此等物象，毫无固着，转变不息，一刹那间，尽已消灭散逝，踪影无存，故其实乃幻境 Illusion 也。至天理人情中事，一时代一地方之精神，不附丽于外体，而能自存，物象虽消，而此等真理至美，依旧存住，内观反省，无论何时皆可见之，此等陶熔锻炼而成之境界，随生人之灵机而长在，虽依幻境，其实乃惟一之真境 Disillusion 也。凡文学巨制，均须显示此二种境界，及其相互之关系。"② 一切无不从"真境"中来，一切无不是"真境"的映射，文学如能以"真境"为依归，则境界自如海阔天空，有非同寻常的质地。如果目光仅仅局限于"幻境"（一己的遭遇），则其作品就会沦为"暴露文学""伤痕小说"诉苦式的报告文学，难有高妙、超拔的志趣与境界（"真境"）。

吴芳吉的"道情合一"之说是受中国传统"文以载道"说与西方"新人文主义"共同影响的产物，其要旨在于提倡"自我节制"

① 吴芳吉著，贺远明等编：《吴芳吉集》，第 446—448 页。
② 吴芳吉著，贺远明等编：《吴芳吉集》，第 97—98 页。

和"理性节制"，以理性驾驭情感，以情感滋养理性。这种主张的实质是在伦理学的范畴之内来衡定文学的价值，表现在吴芳吉的文学观点里，即是以"中庸"的标准处理道德与情感、理性与感性的关系，以使文学的各种构成成分得到均衡的发展，这样才能产生兼具道德价值与艺术美感的文学作品。

为了避免道德主义对文学创作的压制，吴芳吉又以中庸的思维来处理文学和"天理"的关系："文学本属天理人情中事。而天理人情，又为一体。离开人情，没有天理。不是天理，必失人情。凡属至情之人，必有至理存焉；凡属至理之文，必有至情存焉。惟既号曰'文'，必加以文学之艺术，与夫文学之道德。故虽有道理而无艺术，非文学之范围也；虽有感情而无道德，非文学之正路也。文学不可无理，但寓理而不枯；文学不可无情，但言情而不过。"

这段理学气颇为浓厚的论述体现了吴芳吉的折中主义，既不同于道学先生要求文学服务"天理"的保守主义，也不同于新文学人士要求文学完全表现自我、表现人生的自由主义。吴芳吉的"折中主义"其背后所隐含的仍是强调文学提升伦理价值的功用，只不过这种诉求兼顾了文学的艺术性，以更好地实现他一向提倡的文学的"进德"之用。这与同受"新人文主义"影响的梁实秋的文学观有异曲同工之处，他说文学作品是否伟大，要看它所表现的人性是否深刻真实，文学的任务即在于表现人性，使读者能更深刻地了解人生的意义，"健全的文学能陶冶健全的性格，使人养成正视生活之态度，使人对人之间，得同情谅解之联系"。① 吴芳吉和梁实秋的共通之处在于他们将理性价值作为文学的归宿，侧重于伦理的选择，这让人联想到桐城派代表人物姚鼐所提出的"义理、考据、辞章"的说法。无疑地，在古典主义者的视野里，义理远胜于其他的因素，艺术性并非不重要，但应置于义理之下，"美"应统合于"真"与"善"之内，而非单纯地追求文章诗歌的形式与辞藻。

在吴芳吉看来，生命本体对"义理"的体悟直接决定了为文品质

---

① 梁实秋著，徐静波编：《梁实秋批评文集》，珠海出版社 1998 年版，第 162 页。

的高下："为文不难，难乎为人。自古文家其节莫不坚劲，其气莫不浩然，其心莫不以道自任，其行莫不温柔敦厚，故其言葛如自得也。苟欲为文，尤当砥砺于此。盖自古文人，多属圣哲之士，凡圣哲必文行相符，徒言，特报馆记者而已。"① 于是，吴芳吉将"道与情"这一命题最终落脚于儒家伦理意义中的"文如其人"，即以深厚道德与人生修为作为基础的文学之美才是和谐的、中正、高尚的艺术之美，这也体现了理学思想对其文学思想的深刻塑造与制约。

（二）"文心"说

近代以来，在列强相侵、国贫民弱的情势下，"进化论"之说大行，人们普遍相信，人类社会是直线的发展，不仅社会发展如此，文化发展亦当如此。在文学革新上，胡适根据进化之理，指出文学变革的必要性："文学者，随时代而变迁者也。一时代有一时代之文学，周秦有周秦之文学，汉魏有汉魏之文学，唐宋元明有唐宋元明之文学。此非吾一人之私言，乃进化之公理也。"② 在此逻辑之下，胡适认为白话诗也要从古典诗体中解放出来，无规则可讲，"有什么材料做什么诗，有什么话，说什么话，把从前一切束缚诗神的自由的枷锁镣铐拢统推翻"③。这种主张作为助推新文学发展的策略，自然有助于新文学从古典文学的桎梏中解放出来大胆进行创新和实验，但也容易造成新旧文学之间的断裂而不利于中国文学整体性的创造。

关于新旧文学的关系，吴芳吉首先承认文无定法，文学有其历史演进的趋向，但更自有其独立的艺术规律，"有一定之美"，为此他提出了"文心"说："古今之作者千万人，其文章之价值各异，所以衡优劣、定高下者，以有文心故也"。吴芳吉将"文心"定义为文学之鹄的，融"内美"（主旨、内容）和外美（形式、技巧）于一体，"作品虽多，文心则一，时代虽迁，文心不改。欲定作品之生灭，惟在文心之得丧，不以时代论也"。他继而发挥其旨，凡伟大的作品均能超拔时代，万世不易，不为时代所拘囿，不为风气所席卷，一旦抵

---

① 吴芳吉著，贺远明等编：《吴芳吉集》，第 681 页。
② 胡适：《文学改良刍议》，《新青年》1917 年第二卷第五号。
③ 胡适等：《新文学问题之讨论》，《新青年》1918 年第五卷第二号。

达"文心"的高度，则会散发出独特的艺术气息，具有超越时间的生命力："韩文杜诗，屈骚马史，陶情庄寓，苏赋辛词，凡在文学史上有所贡献者，皆到此程度，夺得锦标之徒也。他人拟之不肖，撼之不倒，追至不及，僭之不容，矫然独立，亘古常在。"① 吴芳吉将"文心"视为诗的灵魂和"一定之美"，"文心之作用，如轮有轴，轮行则与俱远。然轴之所在，终不易也"。按照吴芳吉的说法，"文心"是超越时代的文学真谛之所在，其意在反驳文学"进化论"的观点，以此证明经典作品自有其精华，并未随着时代的发展而黯然失色，"后世文章虽繁，而于古典佳作，不稍减其价值，岂如物质进化之程，后者文明，则前者为野蛮耶？"②

吴芳吉的"文心说"，直探诗歌的"诗性"所在，是对诗歌创作形而上的体悟，也切中了白话诗初创时期艺术粗糙之弊。为了扩大新文化的影响，胡适等文学先锋首倡新文学时屡加强调的要义就是"我手写吾口"③，具体的操作是"有什么话，说什么话；话怎么说，就怎么写"④。这自然是受欧洲浪漫主义的影响，追求个性和表现自我，其弊端则在于"对感情的宣泄，有如千尺瀑布，一泄无余"⑤，缺少对艺术的苦心经营和含蓄之美。在此文学观的影响下，《新青年》等报刊所载新诗大多粗粝浅白，仅能达意，无法表情，更无法以艺术方式表情达意，吴芳吉称之为"以作散文之法作诗"⑥，等而下之者近

---

① 吴芳吉：《三论吾人眼中之新旧文学观》，《学衡》1924 年第 31 期。

② 吴芳吉：《三论吾人眼中之新旧文学观》。

③ 语出黄遵宪《杂感》诗："左陈端溪砚，右列薛涛笺，我手写吾口，古岂能拘牵？即今流俗语，我若登简编，五千年后人，惊为古斓斑。""我手写吾口"的本意是要求诗歌表现自己的时代，反对尊古卑今。见（清）黄遵宪《人境庐诗草》，朝华出版社 2018 年版，第 54 页。

④ 胡适：《建设的文学革命论》，《新青年》1918 年第四卷第四号。

⑤ 黄维樑：《从〈文心雕龙〉到〈人间词话〉中国古典文论新探》，北京大学出版社 2013 年版，第 149 页。

⑥ 吴芳吉：《吾人眼中之新旧文学观》，《湘君》1923 年第一号。对此问题，俞平伯亦曾投书《新青年》说："（白话诗）用字要精当，造句要浑洁，安章要完密。这是凡白话文都应该注意的，而用白话入诗尤甚。因为如没有这种限制，随着各人说话的口气，做起诗来，一天尽可以有几十首，还有什么价值呢？自己先没有美感，怎样能动人呢？用白话做诗，发挥人生的美，虽用不着雕琢，终与开口直说不同。这个是用通俗的话做美术的诗之第一条件。"见俞平伯《白话诗的三大条件》，《新青年》1918 年第六卷第三号。

乎民间打油诗，与古典诗的差距不可以道里计，他根据"文心"的标准，批评某些新文学作品存在"粗恶不由正道"的艺术缺陷。

"文心说"是吴芳吉诗论和文学思想的点睛之处，但他并未对"文心说"进行深入的论说，因之隐晦不彰，综合吴芳吉现存的诗话、诗论，可试对其进行轮廓式的概括与描述。"文心"之说，出自吴芳吉一生用力甚多的《文心雕龙》。刘勰以"文心"作为书名，乃因此词含义甚深，包罗甚广："盖《文心》之作也，本乎道，师乎圣，体乎经，酌乎纬，变乎骚；文之枢纽，亦云极矣。"① 在《文心雕龙》中，"文心"一词指作文之"用心"，"夫文心者，言为文之用心也"②，有"作者旨意"之意。吴芳吉所言之"文心"直承刘勰而来，除指作者之"用心"（为文之心），还指涉文学作品的内在属性（文之心）。

为文之心，即传统诗学所言的"志"。吴芳吉在《倚松楼诗钞序》一文中，曾辨"诗人"之义，发挥古人的"诗言志"之说："夫诗人者，能自言其志者耳。人不能无志，则不能无诗。见诸事业为志士，发于文章为诗人。……三百篇中多闾里匹夫之言，而无所谓诗人者，以人人能言其志，人人皆诗人也。是以下情上达，风俗敦厚，今人耻言其志，是以风俗凉薄，国事至不可为。"③ 所谓"志"，即是艺术作品中的作者的生命与精神，"古人创作时将生命精神注入，盖作品即作者之表现"④。吴芳吉认为，先有诗人之"志"，后有诗歌之产生。诗人之"志"有其内美和外缘，内美是诗人心性的修养，"必其学道既深，识超于众，行笃于内，真知灼见，以泽于后世"，外缘则是内美对外部世界的应对，虽经饥寒困苦而不堕，"遭际不辰，不得于上，不谅于下，虽竭忠尽智而不违，忍辱含痛而不怨"。无"志"则无诗，证之史册，诗人蒙谤受侮，九死不复，为抒发其抑郁穷愁之感，不得已发而为诗。故诗非有意为之，乃功业之余，诗人功业未

① （南朝梁）刘勰：《文心雕龙》，上海古籍出版社 2015 年版，第 287 页。
② （南朝梁）刘勰：《文心雕龙》，第 286 页
③ 吴芳吉：《倚松楼诗钞序》，《明德旬刊》1935 年第 11 卷第 1 期。
④ 顾随：《顾随诗词讲记》，第 3 页。

竟，以诗言志，"使人之读其诗者，瞻望发愤，以励其志焉"。① 内美
与外缘统一融合才有诗歌虚实相生的艺术境界。

　　诗人之"志"须于平日涵养，即吴芳吉所言"酝酿""凝思"，
以此"寻诗"。诗兴一起，继以布局、造词、度情、直书，顷刻成就。
以此而言，作诗不难，难在寻找并抓住转瞬即逝的"诗兴"，在冥然
神会之中以象显意，此乃作诗关键。诗的成就取决于平日"养志"的
工夫："诗之好坏高低，不定于临时之推敲，乃视乎平常之酝酿。酝
酿不厚，则其趣味自薄。近人之诗，日做若干，以涂抹新闻纸上，未
见有杰出者，即以日日做作，全无酝酿故也。昔人谓诗必穷而后工。
诗之所贵乎穷者，非以穷能助人诗兴也。乃以穷则事闲，事闲则酝酿
有余地。有余以酝酿，虽欲不工，不可得也。"②

　　吴芳吉的"养志"之说，实际上是诗人平素的人格锤炼和心性修
养。他认为，一个有志于作诗的人应从如下数点入手：其一，诗人应
兼具想象与智识。智识"并非世人所谓玄之又玄的学问"，其获得在
于有余暇观察与研究自然、世态；其二，诗人应有女性气质，"凡属
诗人，一半要有男儿性，一半要有女儿性"。诗歌之诞生极类妇女产
子："诗人之有诗兴，犹如女子之有爱情的结婚。其次要有'诗料'。
诗人之有诗料，犹如女子之已有身。再其次要有'诗的酝酿'。诗人
之为诗的酝酿，犹如孕妇之重胎教。再其次为诗的'贡献'。诗人之
到诗的贡献，就如母氏之分娩了。"此外，诗人之德要温柔敦厚，亦
取法乎女性，诗歌之韵律如均齐、和谐皆是女性之特色；其三，诗人
应有透彻的人生观与宇宙观，"世界虽是昏乱，他的心中却是光明澄
澈，了无一物"。诗人有一拟想之境界，千万年的时间可缩于一点，
"有许多幸福为千万年后始达到的，但在他的眼前也就可以实现出来。
所以照诗人的眼光看来，那般浮云富贵、走狗功名、兽性的战争、傀

---

　　① 吴芳吉著，贺远明等编：《吴芳吉集》，第 619—620 页。关于诗人与诗歌之关系，吴
芳吉在《还黑石山》组诗中亦有提及："一等襟怀一等识，最难为恃天生姿。诗也志所寄，志
以礼为持。诗人即志士，志有义利诗淳漓。足言足容德之藻，折衷微礼何所期？君看《礼经》
三千例，孰非温柔敦厚诗教之释词？"见吴芳吉著，贺远明等编：《吴芳吉集》，第 303 页。

　　② 吴芳吉著，贺远明等编：《吴芳吉集》，第 1329—1330 页。

偏的法度，都是不值他一看。他所看出来的，只有光明澄澈的景象，而在在足以自慰的"；其四，诗人应笃信"诗穷而后工"之理。古今诗人，以穷苦居多，考其原因，乃在"惟其贫苦，于是外界的应酬少，而时间的享受多"，诗人与世无争，远离名利、富贵、奢华、权势种种，最后获得的是时间，足以与自然接近，写出不朽的诗篇；其五，诗人不应以诗为谋生之具，"做诗是专为他的天才"。诗人对社会、自然有观察、批评之责，"而不可借诗以谋衣食、求知遇、出风头、讨便宜的"。诗人生活应能自谋生活，如此才能有独立之人格，"若是不求自谋生活，只是吃人的饭，穿人的衣，这种人既失了生活上的资格，当然不配为生活上的批评。这种人做出来的诗，只算无责任的诗，而雕虫小技之所以由起"。① 概言之，诗人应有的精神是：高尚的境界（理想要高尚）、淡泊的生活（除去一切恶习）、实践的工夫（言行合一）、中庸的工夫（不可偏激），总结起来，诗是这一种生活的表示。②

　　吴芳吉认为，要臻至清明的"为文之心"，须去除各种各样的习气。习气是心胸未开而囿于一己的匠气，能否摆脱自身的局限而从更高处用力至关重要。吴芳吉批评时人爱在诗中"自我表现"，甚至故意展示自己的身份，这反而削弱了诗的通透和纯粹，致使诗味大减。文心是"天地之心"和"圣人之德"的体现和运动③，如若作者耽溺于一己之习气，则无法捕捉到诗的空灵气息，而只能陈陈相因，难以宕开天然的诗心。

　　上述所论是"为文之心"，至于"文之心"，吴芳吉则从诗的艺术规律和美学属性来论述。吴芳吉早年将作诗的秘诀概括为"新、真、仁、神"四字④，可以视作"文心"说的前身。"新"指摆脱旧诗习气，而有材料、意境、语言之新，"真"指发自情性，纯为赤子之心；"仁"指民胞物与，视我与天地万物为一体的博爱情怀；"神"

① 吴芳吉著，贺远明等编：《吴芳吉集》，第406—422页。
② 吴芳吉著，贺远明等编：《吴芳吉集》，第544—549页。
③ 邓国光：《〈文心雕龙〉文理研究：以孔子屈原为枢纽轴心的要义》，第27页。
④ 吴芳吉著，贺远明等编：《吴芳吉集》，第1263页。

则是指诗的超脱的神韵与脱俗的风采。吴芳吉尤为重视"神"，认为诗歌本身乃有一段真精神，这就是诗歌内在的形而上的气象神韵，他说："吾所重者，要在神韵气象之为形而上者矣。诗之艺莫备于唐，诗之辨莫晰于宋。宋人之论，吾最服膺者沧浪。沧浪以禅喻诗，深得之矣。所指兴趣气象之说，千古莫能易之。然后人侧重兴趣，故兴趣之作较多。至渔洋而新之曰神韵。吾兹不曰兴趣亦曰神韵者，从近人之称耳。"① 吴芳吉接着又对神韵、气象进行了较为模糊的界定："神韵者，言外之言而不言之言也；神韵者，音外之音而无音之音也。气象者，一诗中精神艺术之总和也。"他进一步对二者加以解释："神韵之美，在空灵淡远；气象之美，在真实浑成。神韵如羚羊挂角；气象如凤凰来仪。尚神韵者，多返自然；尚气象者，多富工力。尚神韵者，多得于天；尚气象者，多尚于人。尚神韵者，宜处江湖；尚气象者，好入廊庙。尚神韵者，皎如美人；尚气象者，庄如君子。尚神韵者，常生乱世；尚气象者，每际盛朝。是以晋当南渡，神韵之俊逸可风；汉斥百家，气象之峥嵘无比。然而神韵与气象之分，直老子与孔子之分矣。何以明之？龙乘风云而上天，不知其所止者，神韵之至也。高山仰止，景行行止，瞻之在前，忽焉在后者，气象之至也。"② 从吴芳吉的论述来看，"文之心"不是独立存在的要素，亦非某一字句之美，而是各要素通本如一、神而化之之后的精神艺术总和，包括"情趣、美感、识度、气魄、音节、艺术"③ 等诸多方面，各种艺术手段凝聚在一起产生了言有尽而意无穷的永恒艺术之美。这种永恒的艺术之美超越了字句、体裁乃至韵律，而以神韵、气象、境界、韵味的精神性的存在而直入人心、打动人心。

在吴芳吉看来，"文之心"是衡量诗歌优劣的形而上的标准，超脱于文字文体所能传载的轮廓之上，是物形之外的物象和物意，"其真正妙味，除由各人心领神会之外，无法形容得出。所以古今许多佳

① 吴芳吉著，贺远明等编：《吴芳吉集》，第 524 页。
② 吴芳吉著，贺远明等编：《吴芳吉集》，第 525 页。
③ 吴芳吉著，贺远明等编：《吴芳吉集》，第 616。

诗，不在其文字文体之美，还要离开文字文体乃能真见其美"①。他在《四论吾人眼中之新旧文学观》中说："故有兴、有材，有字、有句，有体、有格者，而后可以为诗。"接着又解释了何谓体、格："一篇之中有适意，有适韵，有适字，有适句者，体也；无俗意，无俗韵，无俗字，无俗句者，格也……故体以形言，格以品著。"从他上述对诗的界定可以大致看出"文之心"的指向，即有发之于内的情兴，有脱俗清丽的语言，有含蓄蕴藉的风格。由此也可看出，"文之心"是各艺术元素的凝结之美，是"为文之心"发之于外的显现，也是衡量一首诗表达方式高低的圭臬所在。吴芳吉以"文之心"作为衡量"真诗"和"伪诗"的最重要的标准，他说："诗之最难辨者，真伪之间而已。有真伪然后有是非，有是非然后有优劣，欲明优劣是非之辨，在求真伪之本。……夫诗与非诗之辨，实关诗之本体。真伪所分，而存亡所系。一人能辨乎此，而后有一人之诗；一国能辨乎此，而后有一国之诗；一时代能辨乎此，而后有一时代之诗。不于此务，若于其他是求，皆歧路也。"真诗必有"文之心"，倘无"文之心"，必是伪诗无疑。②

"文心"是"为文之心"和"文之心"的统一体，文从心出，心由文显，但其着眼点仍在"心"，"文"是"心"种种变化的印痕与结晶，"心"之气象万千，笔下自然旖旎多姿，人的审美本能与艺术形式打成一片，"越来越去掉自我自私的目的，而增加自我与外物关系间更清醒有条理的意识"③。

以"文心说"为标准，吴芳吉认为当时文坛的文言、白话之争只是枝节问题，不值得耗费太多的精力讨论。若衡量以"文心"，好诗劣诗昭然可见，非文言、白话所能框囿，"须知诗的佳处，不在文字与文体之分别，乃在其内容的精彩。若严格而论，凡文字文体所能传能载的，无非事物之轮廓，其真正妙味，除由各人心领神会之外，无

① 吴芳吉：《提倡诗的自然文学》，《新群》1920 年第一卷第四号。
② 吴芳吉：《四论吾人眼中之新旧文学观》，《学衡》1925 年第 42 期。
③ 陈世骧：《陈世骧文存》，辽宁教育出版社 1998 年版，第 76 页。

法形容得出。所以古今许多佳诗，不在其文字文体之美，还要离开文字文体乃能真见其美"。也就说，文言、白话尽管文体不同，但可以在艺术规律的层面（"文心"）上进行对比、衡量，一决高下。

吴芳吉的"文心"说，意在打破文白之争的执念，他一再声称，文学无文言与白话之别，只要能达到文学美质的标准（"文心"）[1]，则二者之美为一，不必强分文言白话之别。他在致友人胡怀琛的一封信中，以"文心"观照文学本体，阐述了对文言、白话文学功用的看法："我对文学最不主张新旧，及文言白话之分。要讲文学，首当认识文学之本体。我想能够将文学本体认识得清楚，自知文学只有一起文学。所谓新旧，不远客观之批评。所谓文言白话，不过工具上之同异，而毫无关于文学之自身也。文学好比一条长路。古今文人皆在此长路上走；走了终生，不过各占其间之一步二步。吾人以此一步二步以立异于人，在吾人一面看来，固有一二步之经历，未尝不可立异；但若自文学进化之长途看来，则尽可不必。"[2]

当然，在文言、白话已泾渭分明且白话势不可挡之时，吴芳吉的"文心"之说也可以看作一种话语策略，借以缓和与平复白话对文言巨大的冲击，保存古典文脉的一线生机。

（三）"摹仿"说

近代以来，来自西方的"线性历史观"一直笼罩着中国知识界，成为近代思想史极为重要的一环。根据王汎森的定义，"线性历史观"是相对循环式或退化式的历史观而言的概念，它认为历史发展是线性的、有意志的、导向某一个目标的，或是向上的、不会重复的、前进而不逆转的。[3] "线性历史观"是"进化论"在中国史学、文学、文化学等领域的翻版，打破了中国人的"尚古"观念，让中国人直接面对和接受呈线性发展的新的时间意识。值得注意的是，"线性历史观"

---

① 吴芳吉提出了文学语言的六条标准（美质）："一必要明净，二必要畅达，三必要正确，四必要适当，五必要经济，六必要普通。"见吴芳吉《吾人眼中之新旧文学观》，《湘君》1923 年第一号。

② 吴芳吉著，贺远明等编：《吴芳吉集》，第 750—751 页。

③ 王汎森：《近代中国的史家与史学》，复旦大学出版社 2010 年版，第 30 页。

以西方历史的进程作为参照物，将其视为放之四海而皆准的具有普遍意义的"公理""公例"。

新文学的出现也是"线性历史观"的一种表现。新文学之确立，首先建立在对古典文学的批判之上，它相信文学的发展也是符合"进化论"的。以此故，新文学的提倡者如胡适等人大力推广"八不主义"和四条规文①，在这些刻意反叛的规范中，"不模仿古人"一条最能显示文学革命者打破传统另起炉灶的雄心壮志。所谓"不模仿古人"意在建立与古典文学截然不同的范式，以新旧对立的方式揭开新文学登场的大幕，表现在诗歌上即是用白话作诗，废除格律旧韵，以自然的音节自由地表达。新文学人士之所以能够如此自信，乃因他们将西方文学作为参照的标准和普遍规律，认为中国文学的发展也必将遵循着这一发展的途径。

与新文学的提倡者相反，学衡派奉古典主义为正宗，反对文学的进化之说，也不相信后来一定居上、晚出必定胜前的论调。他们自然清楚文学的时代风气和演化趋势，但出于对传统的爱护而将经典作品视为圭臬和标准来衡量和规范新文学作品，因此难免有求全责备之嫌。学衡派推崇的是西方古典诗学的"摹仿"说，主张摹仿是一切艺术的基础和起点。"摹仿"之说，起源甚早，毕达哥拉斯派认为音乐是摹仿"诸天的和谐"，德谟克利特认为艺术的起源是人摹仿动物，柏拉图则赋予"摹仿"形而上的意味，认为物质世界本身也是对唯一真实的理念世界的粗糙摹仿。亚里士多德发展了美学意义上的摹仿理论，认为从事艺术的人应该摹仿三种对象：过去有的或现在有的事、传说中的或人们相信的事、应当有的事。亚里士多德将"摹仿"视为诗艺的产生的原因："首先，从孩提时候起人就有摹仿的本能。人和动物的一个区别就在于人最善摹仿，并通过摹仿获得了最初的知识。

①　胡适认为，八不主义乃从消极的、破坏的方面言之，后将其总结为积极的、肯定的四条：（1）要有话说，方才说话；（2）有什么话，说什么话；话怎么说，就怎么写；（3）要说我自己的话，别说别人的话；（4）是什么时代的人，说什么时代的话。见胡适《建设的文学革命论》，《新青年》1918 年第四卷第四号。

其次，每个人都能从摹仿的成果中得到快感。"①

与哲学家的思辨不同，吴芳吉并不关心"摹仿"的形而上的层面，在他看来，诗学上的"摹仿"其关键是如何看待传统诗学和传统诗歌。吴芳吉对传统的态度可以归纳为保守和发展两个层面。他一方面主张诗歌因时而变，一方面又主张中国文学本质未有弊病，新诗应根植于传统之中，新旧不可断然分开："吾国文学本无弊病，乃利用文学者之有弊病。今欲矫枉归正，谓古今文人作者有不是处，可也。谓文学本质有不是处，则不可也。不求于是，徒诬文学之当革命，是不知本末之失也。"②

吴芳吉批评当时热于新旧文学、白话文言之别的风气，认为应该在更为宽广的历史文化语境看待传统和创新的关系。对于新文学打破传统的激烈做法，吴芳吉异常警觉地提醒，创造是对传统的尊重和超越，而绝非蔑视和摒弃传统，"凡文学之能成立于天地间者，必有数千百年之经过，其经过之中途，皆其先民之心血脑力堆累而成。后人之从事文学者，自必循此孔道以进，进而至于此道之尽处，吾又为之补筑延长，再以遗之后人。如是步步相续，是为文学进化之途程。故不依循古人之道，则吾必致迷途；不为后人延长新道，则吾先自裹足"③。故此，文学不可陷于新旧门户之争，就文学本身而言，文学实不分新旧，又新又旧："夫文学之发生由于历史，无历史则无文学。历史之事皆属过去，过去即旧，文学既必根据于历史，自不可不旧之成分明矣。文学之变迁又必由于时势，无时势则无文学，时势之事皆属现在，现在即新，文学既必影响乎时势，自不可不有新之成分明矣。文学既不可离乎新旧，是新旧两者断不致有所争执。"若文学沦于新旧之争，"则其离乎文学之本体，失乎文学之真谛亦已远矣"。吴芳吉认为，对于新旧文学之弊病应思补救，对新旧之美善应予发扬，不以党派之争，遮蔽文学之真，如此方能"化除门户党派之见，建设

①　［古希腊］亚里士多德：《诗学》，陈中梅译注，商务印书馆1996年版，第47页。
②　吴芳吉著，贺远玥等编：《吴芳吉集》，第563—564页。
③　吴芳吉：《吾人眼中之新旧文学观》，《湘君》1923年第一号。

中华民国伟大之文学"。

秉承在继承中创造的美学原则，吴芳吉展开了对新文学人士"不摹仿古人""摹仿乃奴性"等规条的批驳，对"摹仿"说做出了新解。他首先指出"摹仿"不是简单的因袭，更不是对古人无原则的屈从，而是形式多样的借鉴和化用："或师承其意，或引用其言，或同化其文笔，或变异其结构，或追随其风俗，或揣摩其风尚以为文者，无论其形迹之显晦，皆摹仿也。"吴芳吉接着阐释了由"摹仿"到"创造"以至"成一家言"的次第顺序："夫由摹仿而创造，由创造而树立，其致力也固未可以躐等。人生既至不齐，故有仅至第一步之摹仿而止焉者，亦有进至第二步之创造而止焉者，亦有初能摹仿，继能创造，卒能树立为一家者。"那么，"摹仿"和"创造"的关系究竟如何呢？对这个问题的回答是吴芳吉立论的落脚点，也是对新文学派割裂传统的有力抗议："大凡摹仿范围愈狭，则其成器愈小，而流弊愈大。反之，摹仿之范围愈广，则其成器愈大，而流弊愈小。故从事文学原不可以一家一书自足，其必取法百家，包罗万卷，则积之也多，出之也厚，虽处处为摹仿，而人终不自觉。古今鸿篇巨制，号为创造之文者，谁非由摹仿最广者得来耶？然吾人之意尚不止此。吾人以为摹仿不可不有，又不可不去。不摹仿，则无以资练习；不去摹仿，则无以自表现。"① 吴芳吉紧扣论敌观点，层层剖解，破中有立，以文化保守主义者的立场，重新表述了新旧文学的关系，为狂飙突进的新文学运动浇了一头冷水。

吴芳吉的"摹仿"说，建立在对古典文学的体认和肯定之上，并将古典文学视为建设新文学可汲取的宝贵资源，正如顾随所论："所谓受影响是引起人的自觉，感到与古人某点相似，喜欢某处。自觉是喜欢的先兆，开发之先声。假如不受古人影响，引不起自觉来，始终不知自己有什么天才。我们读古人的作品，并非要摹仿，是要从此引起我们的感觉。"② 吴芳吉之"摹仿"说与"化古化欧"之说一脉相

---

① 吴芳吉：《再论吾人眼中之新旧文学观》，《湘君》1923 年第二号。
② 顾随：《顾随诗词讲记》，第 65 页。

承，乃是虚心面对古典文学、平视西洋文学，一切皆我之资，为我所用，而不是自设界限，自固门墙。吴芳吉虽没有明确提出"化古化欧"的说法，但其论述与"化古化欧"相去不远。他认为，新诗并非偏口语的"宋词、元曲、或汉唐乐府脱胎来的"，若仅袭取上述体裁的几句套话，算不上真正的新诗，而应着眼于整个文学传统，尽量扩大"摹仿"的范围。同时，他也主张新诗的建设离不开对西洋诗的"摹仿"与借鉴，因为新诗受西洋诗尤其是英国诗的影响而产生，如对西洋诗不加诵读、揣摩、讨论、比较，是没有发展前途的。新诗应该是开放的、多元的，丰富的系统，只有融会古今、中外，才可独铸新词。①

古典诗学为新文学人士诟病的是颇有形式主义意味的"对仗"和"用典"，即使对古典诗抱有理解和同情态度的人也认为此二者应在革除之列，新诗的革新者和提倡者更将此二者视为创造新诗体的最大障碍。而按照吴芳吉的"摹仿"说，"对仗"和"用典"正是古典诗的特色，不仅不能加以摒弃，反要加以继承和发扬，以增加新诗的美感和容量。吴芳吉认为"对仗"乃是汉语的特性之一："中国文字，本属孤立，惟其孤立，故长短取舍，至能整齐。言乎对仗之用，可谓与文字而俱来者也。"考之诗歌、文章，其佳作名句无不以对仗出之，"苟无对仗，不但文之不美，亦且意有未达"。吴芳吉还为"用典"正名，认为"用典"属修辞之一种，不能不用，亦不可滥用。吴芳吉认为，揆诸传统诗文，用典是重要的表现手法，以借古喻今、借事喻理，若一味追求新诗的纯粹性而将用典弃之不用，则所做诗歌易沦于肤浅无味。就本质而言，典故是修辞的手段，从事文学之人"见今之事有合于古之事者'，引用历史事实或前人语言，"或欲援以讽喻，或以增益美趣，或使人兴乎此而悟乎彼，执其端而知其类"。故此，用典与否不成其问题，而在于如何用典，吴芳吉批评六朝文学用典过繁，片言只字，用典数起，这就导致了文气的薄弱，沦为辞藻的堆砌。至于怎么用典，吴芳吉提出五条建议：一要适当；二要显豁，不

---

① 吴芳吉著，贺远明等编：《吴芳吉集》，第406—422页。

晦涩破碎；三要自然，不着痕迹；四要普遍，不冷僻；五要有所寄托，不能徒然逞才。①

在对外国诗的"摹仿"上，吴芳吉主张，应用善巧的方式和方法汲引西方诗学资源，同时注意保持中国文化的精神和气质。具体而言，对于外国诗的影响，不可使之喧宾夺主，亦不可深闭固绝，应主动嫁接，达到"同化"熔铸之境界："与其畏而避之，不如狎而玩之。与其怪而异之，不如汲引而同化之。文字，中西全异者也；文艺，中西半同者也。文理，中西全同者也。舍其全异，取其全同，酌其或同或异，吾知其生气蓬勃，光辉焕射，必有异于前矣。……夫文学公理，其同化于人之愈多者，其内容愈充足，其表现愈优美。无中西皆然。新会梁君有言，自古吾民族之与他民族相接，其影响于文学，辄生异彩。证之五胡南下，佛教东来，历试不爽。今吾民族与他民族之相关密切，又倍于前。要其生机所在，无过同化之方。"汲引西方诗学资源，目的是使诗歌之树"斐于华实"，而非"忘乎本根"，若失却本来面目和文化精神，将会误入丧失主体的歧途。

从吴芳吉的文学阅读和文学实践来看，西洋文学的影响不可忽视，也是他重要的文学参考坐标。离开清华归蜀途中，船行三峡水道，吴芳吉卧于舟中，夜读法文诗咏月诗四首，赞其"音韵格律，颇极雅丽。可知西国文学，亦不让我独先也"。又读原文的莎士比亚十四行诗，感其寄托与己意相通，"其情缠绵，其格高古，可与李白《秦楼月》词相媲美"。② 吴芳吉作有《玉姜曲》一诗，自言此诗受丁尼生（Tennyson）诗启发而成。他十分喜爱丁尼生短篇诸诗，颇爱咏其《夏乐德夫人》（The Lady Shalott）一篇，"久欲效其高调而苦无佳才"。在西安时，从友人杨劢三处闻知玉姜故事，又参以华岳潼关之所经、《列仙传》之所记载，而成《玉姜曲》一诗，此诗可谓会通中西、取舍雅俗而成。他特别强调，此诗虽效仿丁尼生，但内容无一相

---

① 吴芳吉著，贺远明等编：《吴芳吉集》，第 451—479 页。
② 吴芳吉著，傅宏星编校：《吴芳吉全集》，第 1019—1020 页。

似，"盖取其神而遗其迹也"①，对外国诗歌的借鉴与化用，一直延续到吴芳吉诗歌创作的后期，如《师梅寄我红叶》《浣花曲》二首即分别效仿奥斯汀·道布森（Austin Dobson）的《一枚吻》（A Kiss）、济慈《冷酷仙女》（LaBelle Dame Sans Merci）的体裁而成。

此外，吴芳吉对英国诗人罗伯特·彭斯（Robert Burns，1759—1796）的诗歌熟读精求，译有彭斯诗百余首，这些诗都发表于《学衡》杂志，可以从中看出文化保守主义者对西方诗歌的审美趣味。由于经历的某些类似之处，吴芳吉以彭斯为知己，模仿其诗风，作《冻雀诗》，并专做《彭斯列传》一文颂扬其人其诗："吾读彭士之诗，爱其质朴真诚，格近风雅，缠绵悱恻，神似《离骚》。而叹彭士天才兼吾《诗经》《楚辞》中人有之矣。蓬勃豪爽，富有生气，从无悲愤自绝之词。……结构谨严，无一字出之平易。而吾尤爱其诗端在现实之人生，不尚空虚之道理。在继承前人正轨，而不鲁莽狂妄，以为天才创作。在宣其情之所不能已，而不知所谓主义学派。嗟乎！安得彭士其人生于中土，益以言行合一之道，使文章与道德并进，继往开来，不蔽于俗所尚，以救此沉闷无条理之现代诗耶！"②

在吴芳吉看来，对古典资源的化用也好，对西方诗歌的摄取也好，都在"摹仿"之列，目的不是简单的模仿，而是为了酝酿新的文学风气："取于外人，亦犹取之古人。读古人之诗，非欲返作古人，乃借鉴古人之诗以启发吾诗。读外人之诗，断非谄事外人，乃利用外人之诗以改良吾诗也。"③

可以说，吴芳吉的"摹仿"说打通了古今、中外诗歌的边界和隔阂，无一物不可摄受，元一物不可接纳。"摹仿"说是对整齐划一的反拨，是对狭隘的门户之见的破除，也是对文学偏执主义的质疑。"摹仿"说不仅是诗学上的主张，更是创造新文学的方法论。他认为，真正的"文学革命"不在于"破"，而在于摄取融会而集大成的

---

① 吴芳吉著，贺远明等编：《吴芳吉集》，第 248—249 页。
② 吴芳吉著，贺远明等编：《吴芳吉集》，第 438、441—442 页。
③ 吴芳吉著，贺远明等编：《吴芳吉集》，第 553—559 页。

"立"，对此他有如下论述："化中外之异端，集古今之流派，建中立极，为天下式，则不革而自革焉。"① 又说："居今而欲新文学之实现也，舍自剖辨本国文学，与挹收西洋文学，别无他道。"② 他以确信的口吻预言新文学建设的方向："此后欲为文学谋所以建设者，必在不雅不俗、不新不旧、不中不西、不激不随之间。苟不解得此义，则万难为最后之战胜。"③

吴芳吉生前曾欲创作一长篇史诗，在写作方法上也体现了他所主张的"摹仿"说，举凡古今、中外一切体裁，无不在可资借鉴之列，融会贯通，以成一体。仅就形式而言，这首长篇史诗之体制句法仿《神曲》体例④，"绎之于唐宋，溯之于魏晋，参之于风骚，叩之于乐府，卒之古人已往，无与于今"，并拟参以中外诗歌，叙身世、历史、民族之变迁。⑤ 此诗虽因吴芳吉的英年早逝而化为泡影，但根据该诗的创作计划，我们仍可看出吴芳吉的"摹仿"说所表现出的兼收并容，在文言、白话之争的时代激流中仍不失为气魄宏大的诗学主张。

对于文学来说，"摹仿"说也存在一个致命的问题，即对于高度成熟或者已达到顶峰的诗体或作品来说，后人如果只是一味模仿而不加以改变，则其作品只能沦为二三流。罗根泽先生解释说，初期的模仿者一般较易成功，在形式、内容上都有可观之处，其原因在于初期的模仿者尚有加以改善和补充的余地，其成功的作品能与原作抗衡甚至超过原作。随着创作空间的大为窄缩，后期的模仿者不容易开拓新的诗境，在内容、形式上都难有大的突破，其作品往往令人生厌。⑥这也是吴芳吉"白屋体"诗歌的写作在其生命后期未能实现根本突破的重要原因。

三　新诗的语言问题与文化意味

布罗茨基曾说过，语言使人类区别于动物王国，诗歌作为语言的

---

① 吴芳吉著，贺远明等编：《吴芳吉集》，第 563—564 页。
② 吴芳吉著，贺远明等编：《吴芳吉集》，第 342 页。
③ 吴芳吉著，贺远明等编：《吴芳吉集》，第 1299—1300 页。
④ 吴芳吉著，贺远明等编：《吴芳吉集》，第 1030—1031 页。
⑤ 吴芳吉著，贺远明等编：《吴芳吉集》，第 776 页。
⑥ 罗根泽：《乐府文学史》，东方出版社 2012 年版，第 230 页。

最高形式是人类整个物种的目标。文学的存在不仅仅表现在道德意义上，也表现在词汇意义上。就诗歌而言，语言不是诗人的工具，而诗人倒是语言延续其存在的手段。① 语言问题关乎生命之思，也是文学转型之时最为敏感的现象。在中国文化转型的时代，古老的汉语如何获得得心应手的表达成为值得深思的问题。与西欧各国的民族语言取代古典的拉丁语和希腊语一样，中国的白话诗最终打破了古典语言的垄断地位和衡量标准，在此意义上，白话诗既是"文学革命"的先声，也是中国走向现代重要的文化标志。

新诗跳出古典诗的窠臼中横空出世，除民谣外，别无依傍，只能竭力欧化，参照西洋的自由诗和格律诗，苦心雕琢分行、分段以及安置韵脚的技艺，不惜试探和延展汉语的文体弹性，出现了时人褒贬不一的"欧化诗"。废名甚至说，新诗唯一的形式就是分行，又因为是散文的文字，同西洋诗一样要合乎文法，所以只能借助西洋诗来写。② 仅从形式上看，"欧化诗"以跨行最为触目：汉语格律诗重音顿，行末顿歇尤大，诗意须在煞尾处完足，无须"跨行"的技法，但对西洋诗膜拜不已的新诗诗人却大量试练跨行法，沈尹默的《鸽子》甚至将"人家"一词拆开，分置上下两行。新诗将对域外诗歌的仿拟视作新文学的创世纪。胡适将自己翻译的美国诗人 Sara Teasdale 的《关不住了》（Over the Roof）作为新诗成立的纪元，这首译诗展示了新诗的基本美学形态：跨行法的应用；标点符号的断句方式取代了传统的句读断句方式；语法虚词被凸现在诗歌语句的表达形式中以及参差不齐的语句排列方式等。③

这种语言转换的背后，远非简单的文体之变或诗学之变，背后乃有深沉的潜思和寄托。新文化运动真正影响人心，掀起风潮端赖其力倡的"文学改良"和"文学革命"，为之冲锋陷阵的却是"新诗"，乃因诗歌是中国文学的正宗，诗体一变，文学为之改观，白话文则通

---

① ［美］布罗茨基：《悲伤与理智》，刘文飞译，上海译文出版社 2015 年版，第 51 页。

② 废名，陈子善编订：《论新诗及其他》，辽宁教育出版社 1993 年版，第 154 页。

③ 陈爱中：《中国现代新诗语言研究》，中国社会科学出版社 2007 年版，第 147—148 页。

行于天下，以此为利器，可开启民智、学习西方、改造国民、再造文明。这是新文化人士所设计的文化逻辑，罗家伦在《新潮》答复读者投书时的回复可以清楚地看出这一心态："老实说，文学革命不过是我们的工具，思想革命乃是我们的目的。而且思想革命同文学革命是一刻儿离不了的。不然白话文已经有许久了——《三国演义》、《今古奇观》何尝不是白话做的，上海许多滑头流氓的小说何尝没有白话做的？为什么到今天才有'文学革命'呢！我们的宗旨，国人当然可以想见。"① 罗家伦一语道破新文学运动的实质，由此可知，早期的白话诗人所关注的不是诗艺，而是诗歌如何承载社会现实和思想内容。② 从这层意义上来说，以陈独秀、胡适为代表的五四启蒙先驱，其语言观和文学观是与现代性背道而驰的，他们提倡新文学的初衷是要启蒙大众，在本质上属于功利性的教化主义文学观。③《新青年》上的诗作除少数具有文艺气味，大多自觉"以诗载道"讴歌新思想或反抗现实对人的吞噬，如胡适的《孔丘》直抒对孔子和儒学的厌恨，刘半农的《相隔一层纸》、陈独秀的《丁巳除夕歌》、沈尹默的《耕牛》都有浓郁的社会关怀色彩，为受压迫的底层人们抱不平，周作人的《东京炮兵工厂同盟罢工》更以工人罢工入诗，揭示出资本家所操纵的国家机器对工人隐性控制的现实。可以说，早期的新诗是无可讳言的"泛政治诗"，它的话语指向非常明确，那就是打破儒家为核心的传统文化，代之以能够富国强兵、振兴国族的新文化。为更好发挥新诗作为文学工具的功用，新文化人士有感于欧陆言文一致之便，在现代性焦虑的驱使之下，遂以白话为底本，充满热情地模仿西方诗的自由体和格律体，开风气之先，掀潮流于后，使得诗体解放与思想解放相伴携行，互相配合，表现出极为高超的文化运作能力。

---

① 罗家伦：《罗家伦答复张继的通信》，《新潮》1919 年第 2 卷第 2 期。

② 据王晓生考证，胡适初期只用白话而不用文言作诗，即考虑到改革的初期，存留的旧污（文言）太多，对新诗革命方面很有阻碍，因此可见反对文言入诗，只是出于战术的需要。至于后来的新诗人彻底与文言诗歌传统划清界限，流于"白话"之浅俗，这是胡适所不能预料、控制的了。见王晓生《语言之维：1917—1923 年新诗问题研究》，生活·读书·新知三联书店 2010 年版，第 80 页。

③ 江弱水：《古典诗的现代性》，生活·读书·新知三联书店 2010 年版，第 261 页。

事实上，新文化运动所争取的文体解放和语言革命取得了重大的胜利。1922 年，北洋政府教育部下令废止一切文言文教科书，实现了口头语言与书面语言的一致，使国语在全国各地得到更大范围的推广，从而达到语音、语言和文法的统一。

作为新文学、新文化长期的异议者，学衡派对新旧语言的转变也异常敏锐，他们很清楚新文学人士主张白话、建立平民文学，其目的是为推倒中国文化、迎接外来文化做准备。对此，学衡派的一位成员易峻就直言不讳地批评新文学是迎合平民的倒退行为："标榜所谓平民文学，欲使文学普及于平民，是则非使文学艺术愈'开倒车'愈趋下达，以迎合普通一般人之低级趣味……夫文章大业，本存乎文人相与之间，非可以期于人人者。故阐扬学术，业赖专精，非可通习。羽翼风雅，责在才俊，不与平民。"①

出身平民的吴芳吉对白话诗"一则以喜，一则以惧"，表现出十分复杂的心态。他对时流所作旧诗陈腐不堪的弊病知之甚详，渴望中国诗歌能够开辟出新的天地，具有文、言合一之便的白话诗无疑是值得尝试的诗体实验。他后来所开创的"白屋诗"的特色正是在古典诗的体制中引入了白话的元素和西洋诗的表达方法，以致他被时人称为"新派诗人"，连文化保守主义阵营的诗人如陈寅恪、胡先骕等人对"白屋诗"也有所指摘，甚至引发挚友兼长期的赞助者吴宓与之一度绝交。1922 年，吴芳吉在长沙创办的《湘君》文学杂志兼采白话并使用新式标点，这与《学衡》杂志坚持使用文言并拒绝使用新式标点大相迥异，表明吴芳吉对白话并非持完全排斥的态度。

然而，求索于新旧、古今交替之际的吴芳吉对白话诗也不肯给予完全的肯定和支持，屡屡批评白话诗艺术的粗恶和情感的贫乏。他对白话诗最大的隐忧即是语言问题，即白话诗人完全摒弃了文言优美的质素，而仅仅追求诗歌的通俗易懂和朗朗上口，这种语言上的突变使得白话诗缺乏深厚的语言底蕴与应有的艺术魅力。

---

① 孙尚扬等编：《国故新知论：学衡派文化论著辑要》，中国广播电视出版社 1995 年版，第 191 页。

吴芳吉认为，白话诗不是横空出世的怪物，而是历史发展的必然一环。他的这一论断其实与新文学人士的看法相去不远，胡适等人也热衷从古典文学中寻找白话的成分，只是新文学人士更强调创新和批判传统的一面。在吴芳吉看来，新文化运动不是胡适等新文化派的发明，其发轫可追溯至康有为的维新主张、梁启超的通俗文字、章太炎的革命鼓吹、严复的西书翻译。清末的文化变革是新文化运动的先导，应在这个历史的大背景下循序渐进地发展而非与传统一刀两断。①吴芳吉是中庸思想的信奉者，他的诗歌变革思想是以清末以来的文学、思想变动作为基础的，主张延续历史的文脉，在继承中创造，在延续中发展。

针对将文言比附为拉丁文的观点，吴芳吉反驳说，拉丁文对于欧洲各国来说是外国文字，其弃之不用拉丁文而使用自己的民族文字自是应有之义，"若我国之文字，则吾先民之所创造，非自他邦侵入者也，有四千余年之生命，将自今而益发展，非所语于陈死者也"②。他从历史的脉络指出文言与白话实是一种语言，二者的差异远远小于拉丁文与西欧诸国的民族文字的差异。也就是说，文言和白话只是使用范围和表情达意的差别，而不存在本质上的冲突与对立。

他以自身创作经验为例，认为文言、白话各有优劣，应并存不悖各自发展："白话长于写情，文言长于写景。因白话写情，有亲切细腻之美。文言写景，有神韵和谐之致。各有所长，莫能左右。若用文言写情，不流于□则流于腐。若用白话写景，不失之蔓，则失之俗。此为百试而不爽者。婉容诗有情有景，故白话文言错杂用之耳。"③ 文言是高度凝缩的语言，其长处在凝练、简洁之美，白话则体现了语言的弹性与舒展，能表现微妙的气息和细腻的感受，古典文学中多以之创作小说，正是白话此一特点的应用。作为特殊的文学体裁，诗以意象取胜，具有高度的凝练之美，力避拖沓、冗长、稀释的词句。文言是字与字的组合，而汉字本身的意向性造就了文言的诗性，这也是吴

---

① 吴芳吉著，贺远明等编：《吴芳吉集》，第 1334 页。
② 吴芳吉著，贺远明等编：《吴芳吉集》，第 476 页。
③ 吴芳吉著，贺远明等编：《吴芳吉集》，第 1298 页。□为原文所缺字。

芳吉所说的文言之长为"神韵和谐"，能够毫不费力地营造出诗的意境和境界。

白话的便利在于其通俗达意，这是促进国家变革和唤醒社会大众所必需的手段。白话脱胎于日常口语和浅近文言，它的生命力之所以强大，正是因为它植根于民众之中。这也是新文学运动一呼百应的原因所在。上述优势并不代表白话就天然地具有先进性，它固然有表达的便利，但若其表达的内容和表达的方式不能与时俱进，则会形成新的"八股文"，这与以文言写成的"八股文"又有什么区别呢？吴芳吉认为，语言的新旧只是形式，不足以成为判断其先进与否的绝对标准，如文言文运用得当或推陈出新照样可以表现时代、创造新的文学。也就是说，文学的现代性与艺术性与否不在于其使用的是文言还是白话，而在于它的表现内容是否具有艺术性，"文患乎不能为优美之文，不患乎不为现代之文也"[1]。可见，吴芳吉的语言观不是复古派的陈词滥调，也不想迎合白话文学的时代风气，他的视角兼顾了语言的功能和审美，希望保存古典文学的优美特质而不致随着白话文学的发展而丧失殆尽。

在白话诗写作的风潮里，吴芳吉仍不放弃将文言融入新文体的努力，他的理由是文言、白话只有形式之别而无美的程度的差异，因此"纵使举世的人崇尚时新，而我独好高古，不妨就作高古的诗；只要高古的诗好，自然可以成立。纵使举世的人都用白话，而我偏用文言，不妨就作文言的诗；只要文言的真好，自然也可成立"[2]。简言之，文言、白话乃不同的表达方式，并无高低、优劣之分，好诗之标准不在文言和白话之分，乃在"达意、顺口、悦目、赏心"，意思和境界是否有新意。

吴芳吉并不排斥白话，他主持的《湘君》杂志在用稿时也注意选入"明净无时流习气"的白话作品。吴芳吉只是反对过度推重白话，担忧白话占据了所有的语言空间而不给文言留出一席之地。不过，吴

---

① 吴芳吉著，贺远明等编：《吴芳吉集》，第 487 页。
② 吴芳吉著，贺远明等编：《吴芳吉集》，第 421 页。

芳吉很快意识到了语言社会功用的重要性终究要超越文学功用，这是近代社会走向平民社会的必然趋势。

吴芳吉最为担心的是，借着推行白话之机，某些激进的反传统人士会把中国固有的文化一并视作古董而摒弃之。他编撰的《国立西北大学专修科文学史讲稿》批评当今文学失其本源，规模狭隘，所谓白话文学推翻传统，实乃意在废弃典籍，趋步欧风，已经开启破坏中国文化的祸端。他在致友人的信中颇为忧愤地分析和预言，那些提倡白话的新文学人士不过是借提倡白话故作高明以惑众窃位，或是因国学造境不深而昌言改革以饰其非，他们借文白之争排斥异己，将会造成思想专制，"国失其政，是非无准，行见思想界从此蛮烟瘴气，有不容吾辈之置喙者矣"①。作为文化保守主义者，吴芳吉对他所属的这一文化群体所面临的危机是有深刻预感和洞察的。

新诗发展的路径证实了吴芳吉的上述预感和判断。新诗发展的基础是白话，而白话又天然地具有现代性和世界性，以至于新诗后来的发展出现了如美国汉学家宇文所安所言的"世界诗歌"的倾向。宇文所安发现，在英语的文化霸权之外，很多其他国家的诗人梦想着自己的诗歌经由翻译被阅读、被欣赏，以"世界诗歌"的身份超越有限的地区性的影响。随后，他从可译性和地方性两个角度界定了"世界诗歌"的内涵和特征："世界诗歌是这样的诗：它们的作者可以是任何人，它们能在翻译成另一种语言以后，还具有诗的形态。世界诗歌的形成相应地要求我们对"地方性"重新定义。换句话说，在'世界诗歌'的范畴中，诗人必须找到一种可以被接受的方式代表自己的国家。和真正的国家诗歌不同，世界诗歌讲究民族风味。诗人常常诉诸于那些可以增强地方荣誉感、也可以满足国际读者对'地方色彩'的渴求的名字、意象和传统。与此同时，写作和阅读传统诗歌所必备的精深知识不可能出现在世界诗歌里。一首诗里的地方色彩成为文字的国旗；正像一次旅行社精心安排的旅行，地方色彩让国际读者快速、

---

① 吴芳吉著，贺远明等编：《吴芳吉集》，第563—564页。

安全地体验到另一种文化。"① 如此看来，世界诗歌天生具有双重面孔：首先，它追求可译性，势必选取普遍性的意象，这保证了它能将诗意顺畅无碍地传达给国际读者。如果它太注重本身诗歌传统（即地方性），就意味着诗人必须付出艰苦的努力，因为"传统是具有广泛得多的意义的东西。它不是继承得到的，你如果得到它，你必须用很大的劳力"②，问题是，这样会把国际读者吓倒，他们欣赏另一种文化中的传统诗歌同样需要艰苦的努力③，需要具备相应的阅读知识的储备和训练；其次，世界诗歌又必须呈现一定程度的"地方色彩"，迎合国际读者猎奇的文化心理，他们不想看没有一点国家或民族痕迹的诗，而是希望诗歌能有些许异域的风情，能代表其他的国家和文化，符合或满足国际读者对他们的想象。这一点对第三世界国家的诗人来说，尤其重要，他们于是小心翼翼精挑细选能够显示差异的意象，"地方色彩太浓的词语和具有太多本土文化意义的事物被有意避免"④，这样做的好处是国际读者能够舒适地欣赏到来自他者的民族风味。

从宇文所安的定义，我们可以推断出，第三世界国家诗人所致力的"世界诗歌"在本质上是反传统的，它不是内向地继承传统和锻炼诗艺，而是预设了世界上存在某种评判诗歌高下的标准，不幸的是，在它看来，这个标准就是掌握了文化话语权的欧美诗歌，"一个在本质上是地方性（英—欧）的传统，被理所当然地当成了有普遍性的传统"。在此理念的驱动下，"世界诗歌"的写作者试图无限逼近他们视为偶像的文学，并不惧或根本没有意识到，他们的作品在某种意义上已蜕变为欧美诗歌在不同地区的翻版，它们只是丰富了欧美诗的喧哗声音，却失去了真正表达自我的机会。

宇文所安提出"世界诗歌"的背景是 20 世纪 90 年代，针对的是

---

① ［美］宇文所安：《什么是世界诗歌？》，《新诗评论》2006 年第 1 辑。
② ［英］艾略特：《艾略特文集·论文》，卞之琳、李赋宁等译，上海译文出版社 2012 年版，第 2 页。
③ ［美］宇文所安：《什么是世界诗歌？》，《新诗评论》2006 年第 1 辑。
④ ［美］宇文所安：《什么是世界诗歌？》。

中国当代诗人渴望获得国际承认的倾向。这与新诗诞生之初的文化背景和社会背景显然是大相径庭的：世纪初的新诗所追求是用新式的白话（欧化汉语）唤醒大众，完成社会启蒙的使命；世纪末的新诗则身处全球化和普世价值大行其道的历史进程之中，有抱负的当代诗人更多地追求普遍的诗歌意象而有技巧地偶尔显露异域的风情，他们在意的是自己的诗艺能否得到国际读者（尤其是翻译中国现代诗歌的汉学家）的青睐。但是，二者也是惊人的一致，那就是在语言形式上如出一辙（当然不否认当代新诗在诗歌技巧上的完善和成熟）。这种语言形式的雷同指向背后的诗学逻辑：在新诗诗人心中，新诗写法是以西洋诗作为参照标准的。换言之，新诗的诗人尚不能脱离西方语言的语法去创造新诗，而是自我限定在西洋诗的写作模式里去施展创造的才能。然而，按照这一诗学逻辑，无论新诗的技巧发展到多么成熟的阶段，它依然是西洋诗的衍生物和附属物。这也是很多新诗诗人最后重新回到古典诗的潜在诱因，他们感到了重复他者的厌倦以及难以走出西洋诗阴影的挫败感。相反，古典诗之所以是独立的诗体，就在于它的意象性和跳跃性，在某种意义上，古典诗和现代汉语的语法是格格不入的，其"反语法"的地方正是诗意和想象容身的空间。新诗所有的尴尬都来自它诞生于"汉语欧化"的时代转型期，因此早期的新诗和被宇文所安批评为"世界诗歌"的世纪末新诗之间不存在实质性的差异。

面对这个问题，人们不禁蓦然生出几分诧异，仿佛新诗始终走不出最初的原点。八十多年前，吴芳吉对新诗的慨叹今日看来尚未失去时效："新派之诗，在何以同化于西洋文学，使其声音笑貌，宛然西洋人之所为。……故新派多数之诗，俨若初用西文作成、然后译为本国读者。"[①] 同样的观感和论点，宇文所安的说法则是"本土诗人通过阅读西方诗歌的翻译，有时候是很差的翻译，创造了他们的'新诗'——无论是中国新诗、印度新诗还是日本新诗。这也就是说，身为国际读者中的英美或欧洲成员，我们阅读的是从我们自己的诗歌遗

---

① 吴芳吉著，贺远明等编：《吴芳吉集》，第558—559页。

产之译本所衍生出来的诗歌之译本"①。

以历史的眼光来看，从"欧化诗"到"世界诗歌"，中国新诗到底走了多远？吴芳吉和宇文所安在不同的时空对新诗所做出的结论和判断极为相似。在此意义上，新诗从"欧化诗"到"世界诗歌"始终没有发生质变，只是"诡变"，诡变者，名变而实不变，所变者是时代背景和文化语境。当中国新诗的写作进入宇文所安提出"世界诗歌"的 20 世纪末期，这一次它更加自觉地进入全球文学生产的场域之中，以更加精致的普世形象和更加巧妙的地域特色来谋取中国新诗在世界文学版图的一席之地。于是，新诗一如既往的尴尬出现了：对本国人（如吴芳吉）来说，它是模仿得惟妙惟肖的却背离了诗歌传统的"欧化诗"，对外国人（如汉学家）来说，它是缺乏地方色彩的可以自行翻译的"国际诗歌"。这种尴尬其来有自，从诗歌内部讲，新诗从未真正解决好其内蕴的固有矛盾——语言编码和文化编码的背反，换言之，新诗的语言结构（白话体）使其在借鉴西方诗歌技巧方面获得空前的便利，但在文化审美的深层结构上却无视或忽视了中国诗歌的悠久传统。就语言而言，20 世纪初的新诗急于承担思想启蒙的道义，与文言一刀两断，追求浅白的大众化，世界末的新诗又有宇文所安所叹惋的"世界诗歌"之嫌，追求文化权力的分配，以得到文化权力中心的承认为最高追求，在这个过程中，汉诗的文化性也随之消解了。须知，语言不仅仅是交际的工具，而是一个根本的、最终的文化现实，在那里，我们确知自身的存在。中国古典诗歌依然为我们所阅读，本身就意味着传统的连续性，"我们现代的境况依附于过去，只有带着现代主义的盲目才会以创新与传统断裂这样的方式来定义目前的境况"②，文学遗产作为文化的一部分，通过对它的浸润，我们才能够成为我们自己。中国新诗如果不进入语言的历史网络，不摄取民族文化的审美积淀，就会如宇文所安所言："中国当代诗歌的命运可

---

① ［美］宇文所安：《什么是世界诗歌？》，《新诗评论》2006 年第 1 辑。
② ［法］德·拉孔布、［法］海因茨·维斯曼：《语言的未来》，梁爽译，译林出版社 2012 年版，第 12—13 页。

以很容易被看做是对一种更深刻的文化失落/退化意识的象征，人们觉得从宇宙中心滑落到一个对自己在哪里活着是谁都很不确定的位置上，而且在这个世界里，不再有中心，也没有清晰的边界，可以用来定位自己。"①

新诗的诞生更多是新文化运动推动的产物，带有明显的"工具性"的特点。新诗的提倡者出于社会改造和文化革新的目的，无暇考虑新诗的民族形式和文化意味，这也是它之所以被讥为"欧化诗"的最主要的原因。吴芳吉当然深知新文学的剑锋所指，也敏感地意识到，语言和文体的转换与更新已危及中国文化主体的存在和走向。早在"文学革命"发轫之时，吴芳吉预料到"文学革命"必将引起世变，表达过对"文学革命"将会导致中国文化崩解的忧心："文学革命之说，今日仅是发端。其引起吾国学术人心之崩溃者，将无底止。操纵之者，全为留学生辈。文敝之极，至使易实甫辈猖狂，当然有此乱象，不足怪也。兴办学校，已为今日司教育者第一问题。今中等以上学生，毕业后无生路者极多。苟长此幽废，其害使社会多游民，使教育失效用，使学生迫于饥寒而混入军宦二途。其始欲利用宵小，以保其身家，继则转为宵小利用，而身家卒亦不保。作奸犯科，因以日出。人心风俗，因以日坏。又狡黠少年，必蜂起侈言革命，以图侥幸于万一。中国前途，在在可深忧也。"②

还原到中西文化激荡的现场，新诗的"欧化"象征着中国文化的失落，吴芳吉自然对其悚动难安，他从文化身份的角度提出了对新诗的质疑，斥责新诗派不屑摹仿古人，却趋新摹仿洋人，美其名曰"欧化"，实质不过是变相的奴性而已。③ 他对用外国文学理论衡量中国文学的做法也表示不满："尤可厌者，既言中国文学，当就中国文学之习惯、之沿革、之理论、之方法立言，乃有合处。今人一言文学，辄乞灵于外国。文学原理，固中外皆然，而习惯方法，本随地有异。今关于此类之证明，亦无在不以外国为例，岂非牛头马颈，牵强附会之

---

① ［美］宇文所安：《什么是世界诗歌？》，《新诗评论》2006 年第 1 辑。
② 吴芳吉著，贺远明等编：《吴芳吉集》，第 568 页。
③ 吴芳吉：《再论吾人眼中之新旧文学观》，《湘君》1923 年第二号。

甚耶!"① 吴芳吉对新诗的失望缘于新诗文化身份的缺席,他颇为失望地评论道:"新派之诗,在何以同化于西洋文学,使其声音笑貌,宛然西洋人之所为。……故新派多数之诗,俨若初用西文作成、然后译为本国读者。"② 吴芳吉认为,新诗欲回归古典诗歌的传统,不仅关乎语言、诗艺,还要克服根深蒂固的文化心障。

汉语诗歌何以如此轻易放弃了自己的民族性,背后隐含着深刻的文化自卑的心理,这也是直至今天新诗仍然存在的问题之一。这一点,作为局外人的宇文所安看得尤为透彻,在和西方遭遇的过程中,中国诗人深刻地感受到传统的负担及其孱弱,伴随着西方强大的军事、技术实力,西方诗歌作为先进的文化符号,轻易地进入包括中国在内的亚洲国家的文化传统。③ 持民族主义文化观的胡兰成说得更清楚:"因慑于西洋的富国强兵,则并其思想、文艺、政治经济制度,而亦莫敢撄其锋。……对于西洋的文艺,仍未有人敢平等视之"④,受政治搏斗挫败感的影响,近代以来的中国人将一切落后和耻辱都归罪于文化甚至汉字,他们对文化传统是敌视的、愤怒的,对文化现实则充满了感伤与焦虑。由于现实处境的刺激,在有志救国的中国人看来,唯有西方才是典范,我们自己则是落后的、迟到的,只能奋起直追,甚至不惜"全盘西化",如此才能补偿"现代性"的急切和渴望。

这种心态也投射到了文学上,乃有如下带有自我贬低意味的断语:《西厢记》《牡丹亭》没有意味,因为无高尚的思想、真挚的感情;《西游记》等皆属神怪不经之谈;《聊斋志异》诸书可谓全篇不通……⑤新诗初兴之时,在文化自卑感的支配下,诗人们亦步亦趋地模仿西洋诗,其认知前提就是承认西方文化的先进性和崇高地位。在

---

① 吴芳吉著,贺远明等编:《吴芳吉集》,第 429—437 页。
② 吴芳吉著,贺远明等编:《吴芳吉集》,第 558—559 页。
③ [美]宇文所安:《什么是世界诗歌?》,《新诗评论》2006 年第 1 辑。
④ 薛仁明编:《天下事,犹未晚(胡兰成致唐君毅书八十七封)》,尔雅出版社 2011 年版,第 215 页。
⑤ 钱玄同、独秀:《文学改良与用典问题》,《新青年》1917 年第三卷第二号。

西方诗歌的神圣祭坛前，中国诗人不敢放胆或毫无负担地进入传统去锻炼自己的诗艺，相反，他们时时处处奉西方诗学为圭臬，久而久之，传统诗歌淡化为朦胧的风景，只以无足轻重的意象点缀出现在现代汉诗中，这种缺乏厚重之感的诗歌"像漂浮在空中的云：在瞬间之内变幻莫测，至为繁复优美，然后渐渐稀释，仅仅成为淡漠的云气"①。新诗的文化自主性消失了，它因为过度模仿和过度无视传统而导致与欧美诗的高度同质化，在某种程度上已经失去了文化自我。

语言的演变是长期的变化过程，源于交流中的竞争和选择，以及为了满足新的交流需求而进行的适应和调整。② 作为应对时代变化的文本，新诗的演化是急遽的，它所体现出的"欧化诗"的倾向染上了"社会梦游症"，被模仿者的思想、信念以及文化等隐蔽力量或吸引力所控制，"模仿律"理论形象地描述了这种麻木而敏感的状态：他模仿新环境中的一切风俗、语言、口音，仿佛进入了昏迷的梦境，注意力完全脱离了过去的一切见闻，甚至脱离了过去的一切所思所为。他们的记忆处于绝对瘫痪的状态，自发的记忆荡然无存，在这种极端强化的注意力中，在被动而生动的幻觉中，他们沦为昏迷而狂热的生灵，必然屈从新环境的魔力。③ 由于新诗诞生于传统断裂的时代，它的文化天性生来薄弱，应对之灌注民族文化的气息与生机。

讨论新诗的文化性，不是追求民族主义意义上的所谓的中华性和中华文化认同，或要将诗歌与国粹、文化认同、政治事业联系起来④，而是通过对文化意味的重新发现，灵动地呈现汉语之美。汉语之美，或称"汉风之美"，勾连着中华传统的背景，平和、恬淡、富丽、安乐，即便有悲哀但也文雅而不抱怨，更不会紧张，更无深仇大恨，而且完全取消攻击性。当代诗人柏桦痛惜汉语在 20 世纪的受到冲击和污染的遭遇，为正常的本来的汉语之美招魂，主张诗人应从各自的命

---

① ［美］宇文所安：《什么是世界诗歌？》《新诗评论》2006 年第 1 辑。

② ［美］萨利科科·S. 穆夫温：《语言演化生态学》，郭嘉等译，商务印书馆 2012 年版，第 20 页。

③ ［法］加布里埃尔·塔尔德：《模仿律》，何道宽译，中国人民大学出版社 2008 年版，第 63—65 页。

④ 柯雷：《是何种现代性，又发生在谁的边缘》，《新诗评论》2006 年第 1 辑。

运出发，以各自的人生经验发展汉语之美：这种美可以是"道德良心与责任担当之美"，也可以是"流连光景、缠绵风月之美"。①

要理解汉语之美，须从中国文化精神的视角去找寻去领悟。中国文化强调"有无相生"的阴阳变化，一方面"无"是根本，另一方面"有"本身呈现着"无"，"无"化现万物，创造出鸢飞鱼跃的生机和活泼之境，在对"有"的欣赏把玩中体会到"无"的存在。② 一种语言压缩了一种文化视觉并在实际上创造了概念范畴，在它的句子结构里凝固和积淀着文化观念，表现在汉语上，它直观地图解了中国文化高度概念化、精神化、自省化、重视个人感悟的特征。③ 汉语言深具象形意味，贯通自然，主客合一，圆融通达，构造出多向度的空间，它所诱导出的文学表现为情景交融、情理兼容④，并以虚实相生的方式"试图在主体和客观世界之间创造一种开放的交互关系，并将经历的时间转化为灵动的空间的欲望"⑤。汉语的精神气质影响和造就了古典诗的面貌：字句自由颠倒伸缩，简疏而有弹性，以意象并置、情景交融、虚实相生等铸刻在精神内部的语法形式⑥，对诗歌的意蕴进行虚化、写意处理，通过体认、直觉的方式由迹化的语言表象去把握它所内藏的世界本质。汉语在语义和功能上的弹性上为文化意味留足了诗性空间，它的不确定性、暗示性、多维开放性为主体意识的驰骋、意象的组合提供充分的可能和余地。⑦ 现代汉诗应珍视汉语本身的诗性之美，及早走出学徒期，从自己的语言中寻找到可能性⑧，这种努力绝非仅仅是将古典语汇、古人诗句直接纳入新诗之中，更多的是袭取来自传统的、难言的文化意味，与传统真诚地对话，激活自身

---

① 柏桦：《从胡兰成到杨键：汉语之美的两极》，《新诗评论》2005 年第 2 辑。

② 张法：《中西美学与文化精神》，中国人民大学出版社 2010 年版，第 290—292 页。

③ 钱冠连：《语言全息论》，商务印书馆 2002 年版，第 270—271 页。

④ 辜正坤：《互构语言文化学原理》，清华大学出版社 2004 年版，第 191 页。

⑤ ［法］程抱一：《中国诗画语言研究》，涂卫群译，江苏人民出版社 2006 年版，第 322 页。

⑥ 张杰：《中国诗学及汉语诗性研究散论》，中国社会科学出版社 2012 年版，第 371 页。

⑦ 申小龙：《汉语与中国文化》，复旦大学出版社 2008 年版，第 325 页。

⑧ 西川：《大河拐大弯》，北京大学出版社 2012 年版，第 157 页。

的创造力，以一个民族独有的方式完成对世界和存在的把握。

强调文化意味，并不是说要刻意追求文化主体意识，也不是格外关注国籍意义上的民族性，它是萦绕在诗歌里的一种氛围、一种韵致、一种境界，它自动辨识身份，自动指示方向，自动呈现民族的心灵状态。文化意味与语言形式同构，也在"语言之内"（中文之内），须有相对于其他语言的独特性，它是"使中文之所以是中文的内在因素"。文化意味的存在，使现代汉诗打通了过去、现在、未来，重现发现了中文的表现方式，以当代经验的距离感，刺激我们领悟那早已蕴含于中文之内，却迄今尚未充分发掘的美感。① 这似乎遥遥地契合了吴芳吉对中国诗的期待："余既生于中国，凡与余之关系，以中国为最亲也。余之经验，悉中国所赋予也。余之于诗，欲以中国文章优美工具，传述中国文化固有之精神。"②

---

① 杨炼：《中文之内》，《天涯》1999 年第 2 期。
② 吴芳吉著，贺远明等编：《吴芳吉集》，第 558、559 页。

第五章　"白屋诗"：独铸新词的尝试

自"诗界革命"以来，诗歌改良蔚成风气，梁启超、夏增佑、谭嗣同提倡于前，黄遵宪等诗人创作于后，促进了古典诗体的进一步解放和革新。黄遵宪逝世后，"诗界革命"随之偃旗息鼓。新文化运动爆发后，白话文大兴，诗歌的体制和写法都发生了剧烈的变化。吴芳吉所创制的"白屋诗"正是承接此一诗歌之变而来，其代表作《婉容词》《两父女》《笼山曲》名动一时，传颂海内。

"白屋诗"诞生以来，誉毁纷驰，褒贬不一，誉之者称其开诗界之新天地，毁之者贬其"非新非旧""非驴非马"①。无论如何，"白屋诗"作为新创的诗体，在新诗的创制上开风气之先，也是新诗实验所产生的某种样式。由于历史的原因，"白屋诗"多年来隐匿不彰，本章结合吴芳吉的文学观、诗学观，对"白屋诗体"做一综合性的钩沉、描述及析解。

一　"白屋诗"之酝酿

中国诗体一直在变迁，由《诗经》的四言变为乐府的杂言，由诗变为词，词变为曲，可谓一时代有一时代之文学。尽管吴芳吉的诗学评论经常反驳文学"进化论"，但就诗歌创作而言，吴芳吉其实对古典诗变革的必要性和急迫性有着较为清醒的认识。吴芳吉意识到，古典诗无论从意象还是从写法都已经陈腐烂熟，若不加以革新和变化，古典诗很难跟得上时代的精神与步伐，他后来在回顾自己为何进行诗体创新时说："国家当此旷古未有之大变，思想生活既以时代精神咸与维新，则自时代所产之诗，要亦不能自外。……故处今日之势，欲

---

① 吴芳吉著，贺远明等编：《吴芳吉集》，第532—536页。

变亦变，不变亦变，虽欲故步自封而势有不许。"① 他虽反对文学上的
"进化论"，但却认为文学的演变是无穷尽的，在这种心态下，吴芳吉
开始了对传统诗歌的改造和革新实验。1919 年，吴芳吉赴上海就任
《新群》杂志社编辑，主持诗歌专栏。身处新文化运动的现场，吴芳
吉满耳所闻皆是破古立新之声，不自觉地卷入到诗歌革新的潮流中
来，带有实验性质的"白屋诗"就是在这一时期诞生并得到发展的。

在文学素养上，吴芳吉已为诗歌革新进行了充分的准备。吴芳吉
早年对乐府诗歌关注最多，曾大量阅读乐府体诗歌。纵观乐府诗发展
历史，可分为两个阶段：一是两汉时期的乐府，多杂言及长篇五言，
内容偏于社会问题；一是南北朝时期的乐府，多五言四句，内容偏于
男女情恋。② 乐府诗多为采自各地的民间歌谣，语言素朴真率，极具
朗朗上口的音乐性。从句式上看，乐府自由多样，没有固定的章法，
三言、四言、五言、七言乃至多言，长短随意，齐散不拘。从表现内
容上看，乐府以世俗生活为表现对象，体现了世俗生活的淳朴生动与
美感价值，同时凭借其娱乐艺术和俗文学的体制，能够完全而自然地
表现生活和作者的伦理价值。③ 东汉以来，文人感于乐府表现力的强
大也开始仿写乐府诗，从创作手法和表现方法上都继承了汉乐府的特
点，或用古题，或创新题，为诗歌史增添了乐府诗这一新的体裁。乐
府诗的出现本身就是诗体的变革，它变化自由的句式对吴芳吉的诗歌
创新无疑具有启发作用，他的名作《婉容词》从女主人公的形象刻画
和故事性的叙事技巧都能明显地看出乐府诗的影响。

地域文化对吴芳吉的诗歌创新也有很大影响。吴芳吉所在的巴渝
地区盛行竹枝词等民歌，这为他吸收民歌的养分提供了难得的条件。
古代巴人善歌，民歌是他们劳动中不可缺少的音符，所谓"下里巴
人"就与古代巴人有关，足证巴渝地区民歌创作之盛。吴芳吉在《巴
人歌》中自述："巴人自古擅歌词，我亦巴人爱《竹枝》。巴俞④虽俚

---

① 吴芳吉著，贺远明等编：《吴芳吉集》，第 555 页。
② 罗根泽：《乐府文学史》，第 228 页。
③ 钱志熙：《汉魏乐府的音乐与诗》，大象出版社 2000 年版，第 86 页。
④ 巴俞是古乐舞名。

有深意，巴水东流无尽时。"竹枝词带有浓郁的地域特色，自古以来传唱于巴渝民间。唐玄宗时，竹枝词采入教坊，崔令钦《教坊记·曲名》中载有"竹枝子"，中唐前期顾况也有《竹枝词》之作。刘禹锡任夔州（今重庆奉节县）刺史、白居易任忠州（今重庆忠县）刺史时，都注意吸取当地民歌的表达方式，写作过具有文人特色的竹枝词，吟咏风土人情，抒发个人际遇。刘禹锡所写的竹枝词语言通俗、音调轻快，每首七言四句，形同七绝，歌咏巴渝自然风光、风土习俗、男女恋情，既保存了民歌语言的通俗，又兼有文人诗歌的优美，节奏明快，情思婉转，较之一般文人作品更有清新自然之美。

　　竹枝词所洋溢着的乡土气息和民间格调对吴芳吉进行新体诗歌的实验提供了某种参考和启发。民歌最重要的特点是模仿音乐，"民歌首先是音乐的世界镜子，是原始的旋律"[1]。相对于文人的语言，民歌的语言一反僵化和拘谨的倾向，"总是表现出一种对于变动不拘、夸张变形、新颖独创和表达的生动性的喜爱"[2]。吴芳吉注意到这一点，在诗体变革的过程中始终注意对民歌元素的运用。在吴芳吉的诗作中，直接以"歌""曲"为名的有十数首之多，这说明吴芳吉有意借鉴包括乐府诗、竹枝词在内的技法和表现形式，以扩大叙述的容量和广度。他还写过带有浓郁"竹枝词"风味的诗作，如："成都富庶小巴黎，花会年年二月期。艇子打从竹里过，茶亭常傍柳荫低。夕阳处处闻歌管，方径人人赛锦衣。城阙连宵都不禁，骑驴更醉草堂西。"（《蜀军援湘东下讨伐曹吴已复归州》之四）这首诗描写人情风土，语言通俗清新，颇有灵歌风味。可见，在学习和运用民歌艺术技巧上，吴芳吉与他所不满的新诗诗人实际上并无二致。新诗初创之际，也有意向民歌学习，正如鲁迅所说："旧文学衰颓时，因为摄取民间文学或外国文学而起一个新的转变，这例子是常见于文学史上的。不识字的作家虽然不及文人的细腻，但他却刚健，清新。"[3] 在古典诗的

---

　　① ［德］弗里德里希·尼采：《悲剧的诞生》，周国平译，译林出版社 2011 年版，第 26 页。

　　② ［捷克］亚罗斯拉夫·普实克：《抒情与史诗：现代中国文学论集》，第 95 页。

　　③ 鲁迅：《鲁迅全集》（第 8 卷　1934），人民文学出版社 2014 年版，第 211 页。

体制里，有时为了表达的需要也不避俗语和口语的运用，明代评论家陈霆以杜牧的"蜡烛有心还惜别，替人垂泪到天明"为例说明俗语乃是点石成金的诗学手段，可以达到语意高妙的效果。①

除能自觉地吸取民歌的精华外，吴芳吉早在创立"白屋诗体"之前已有意识地变革诗歌表达的方式，以适应诗歌创新的潮流。他对完全的白话诗抱持审慎的态度，而是伸张古典诗的弹性，在旧形式里寻找新的表达方式的可能性。新文学首先是文化的社会化，其次才是文学语言的变革。所谓文学的社会化是指强调文学作为变革社会的工具和手段，而不仅仅是属于士大夫阶层的消遣方式，这一点是新文学的提倡者和参与者的共识。吴芳吉是社会变革热切的关注者，他对社会的黑暗混乱同样不满，因此对新文学的兴起抱有同情和支持，这也是他进行诗歌变革的动力所在。

新文学兴起之后，吴芳吉试着打破古典诗诗句字数整饬的限制，有意识地将词、曲乃至民歌的元素引入诗中，同时小心翼翼地将古典诗变得尽量通俗一些。新文学运动发生的 1915 年，远在川东一隅家居的吴芳吉一改此前严格的律诗写作，写了一首通俗易懂的《白屋吟》，这首诗打破律诗严谨的结构，三言、五言、七言错杂相间，明显带有诗歌实验的性质，这说明吴芳吉受到了新文学运动的影响而尝试变革古典诗的体制。作于 1919 年的《明月楼》一诗较之吴芳吉此前的齐言体写作更是有了明显的突破，这首诗以朝鲜爱国志士孙秉熙和日本殖民总督谷川的对话为中心，尤以短句的对话最为精彩："青年团，谁唆使？""国民之心天之志。""宣言书，谁主拟？""由我署名由我始。""你真大胆妄为无法纪！""我不知甚么法与纪。去强权，伸公理。""汝党徒，人有几？何处藏，何处徙？""有精诚，与上帝，远在天，近在思。""尔曹独立乌可恃？奈何不将成败计？""天所兴，谁能蔽？天所施，谁能替？昔已独立千年，今当独立万世！不管成不成，但求磨与砺！"这首诗对故事情节、人物动作着墨较少，而用大

---

① 陈广宏、侯荣川编校：《稀见明人诗话十六种》，上海古籍出版社 2014 年版，第7页。

量篇幅以对话传神地显示出人物性格和心理，口吻逼肖，意态欲生，相对于古典诗的不善写对话无疑是一个难得的尝试，这说明吴芳吉已开始自觉地借鉴散曲和外国叙事诗的对话描写。同年，他还先后创作了《卖花女》《非不为谣》《摩托车谣》《小车词》等数首接近社会底层大众、形式通俗易懂、齐言杂言相参差的诗歌。《卖花女》类于竹枝词，写一贫女为养老母弱弟沿街卖花，体现了小知识分子阶层物伤其类的同情与哀感，这首诗虽是七言，但词句多为白话。《非不为谣》一诗带有强烈的鼓动性和战斗性，辛辣戳穿了军阀、政客、博士营私为己的丑态，发出了追求平等和社会大同的呐喊与呼声："急起直追，急起直追，莫怕他，暴如雷，只怕我，先自馁，有的是，袖裹大铁椎。要的是，贼头作酒杯。弄他个，落花流水，海涸山摧。有饭大家饱，有衣大家披，万千广厦大家会，永世无盈亏。争还我，良心中，太平滋味。"《摩托车谣》以摩托车的兴衰为引，写出民国初年以来国内政治、军事、外交的沧桑变幻，抨击了军阀官僚的骄奢淫逸扰国乱民。吴芳吉在诗前的序中自述这首诗的语言特色："问是文话白话，我也分不清楚；说是一种非驴非马的混用语，我也不管。总之，随其自然，任我高兴。"这说明吴芳吉已有意打破文言、白话的边界而试图创造一种新的文体面向时代发言。在《摩托车谣》这首诗里，语言的突破尚不甚大，只是多处用了三言而显得通俗易懂，所咏之物也有现代性，对比中规中矩的古典诗自然是突破之举。《小车词》更进一步，内容上写上海缫丝厂女工的辛劳生活，文体上近乎民谣，抒情格调明朗轻快，被研究者称为"中国最早的现代格律诗"[1]。

据研究者统计，在写作《婉容词》之前，吴芳吉的诗歌重心就转移到杂言体上。杂言诗分为杂言乐府诗和杂言古体诗两类，其句式以五言、七言为主，也夹杂少数楚辞体或类似楚辞体的五言、七言，其他句式则从三言至十一言不等。这些诗的特色是篇无定章、章无定句，句不定字数。一般而言，句式的长短和齐整的程度与语体直接相

---

① 李坤栋：《论吴芳吉的现代格律诗》，《重庆工商大学学报》（社会科学版）2003 年第 2 期。

关，齐整让语体正式庄重，长短不一则使语体偏口语化。① 为了扩展诗歌的形式空间，吴芳吉的杂言诗写作在字数上也奋力开拓。其中，《江上行》143 字，《短歌行》165 字，《赫赫将军行》166 字，《白屋吟》205 字，《海上行》218 字，《吴碧柳歌》245 字，《巫山巫峡行》353 字，《北望行》358 字，《秧歌乐》375 字，《明月楼词》651 字，《非不为谣》657 字，《红颜黄土行》659 字，《思古国行》751 字，《痛定思痛行》830 字，《护国岩词》891 字，《摩托车谣》多达 1414 字。较之其他诗歌体裁，这些杂言诗在反映错综繁复的社会现实、风起云涌的历史事件的力度上无疑更有优势。上古歌谣、《诗经》、楚辞、汉乐府固已有杂言，吴芳吉的杂言体另有创新，写民间疾苦、写军阀混战、写日常生活，如此大篇幅的杂言体写作在历史上极为罕见。在杂言诗的写作中，吴芳吉运用多种表现形式和手法，这就为他后来在表现方法、章段、词句的选择、组合上进行创新与探索提供了积累和准备②正如论者所言，吴芳吉此一时期的诗歌与后起的典型的现代新诗有异，但可看出吴芳吉"立意对中国诗歌展开全新的改革，努力为我们探索建立起一种新的诗歌形态"，有意识突破格律严苛的近体律诗的限制。③

二 "白屋诗"之特色

经过大量杂言体的实验，吴芳吉酝酿着新的诗歌体裁。如果《摩托车谣》《小车词》等诗的白话性尚不明显，还不足以完全体现"白屋诗"的特色，待到《婉容词》以鸿篇巨制的形式出现在世人面前，才真正展示了"白屋诗"的殊姿和魅力。在这一节里，我们以"白屋诗"的三首代表《婉容词》《两父女》《笼山曲》为例来说明这一新诗体的特质所在。

《婉容词》是"白屋诗"正式诞生的标志。这首诗是吴芳吉长期构思、一气呵成的作品，全诗千余字，分十七段，采用分章节的体

---

① 冯胜利：《汉语韵律诗体学论稿》，商务印书馆 2015 年版，第 6 页。

② 张诚毅：《吴芳吉的诗歌改革足迹》，《重庆工商大学学报》（社会科学版）2003 年第 2 期。

③ 李怡：《中国早期新诗探索的四川氛围与地方路径》，《文艺争鸣》2020 年第 11 期。

式，层层演进，重重联结。这首诗文言、白话夹杂，诗词曲融为一体，齐言、杂言参差其中，极大扩充了古典诗的形式空间。《婉容词》的出现标志着"白屋诗"的诞生，也较为全面地体现了"白屋诗"的特质。《婉容词》一出，流传广泛，有人甚至比之以新时代的《孔雀东南飞》。此诗之所以有如此大的影响，要归功于题材的切近现实、语言的文白杂糅、叙事的灵动流畅、抒情的哀婉凄刃。

从题材上看，《婉容词》关注社会生活剧烈变革时期的新旧婚姻问题，体现了西方个人主义思潮与中国传统伦理道德的冲突。新文化运动以来，高张人性自由，由此衍生出恋爱自由、婚姻自由，反对包办婚姻和性别压迫。《婉容词》前有小序直接点题："婉容，某生之妻也。生以元年赴欧洲，五年渡美，与美国一女子善，女因嫁之。而生出婉容，婉容遂投江死。"从序中可知，《婉容词》处理的题材是与《孔雀东南飞》一样的婚姻悲剧，不过这次悲剧之因不再是专制家长的从中作梗，而是丈夫留洋变心而一意与原配离婚。诗中交代，某生"在欧洲进了两个大学，在美洲得了一重博士"，可见其人深受欧风美雨的浸润，对故国习俗、传统乃至道德不以为然："中国土人但可怜，感觉哪知乐与苦？"某生接着猛烈抨击中国"父母之命，媒妁之言"的传统制度对人性的摧残："我们从前是梦境。我何尝识你的面，你何尝知我的心？但凭一个老媒人，作合共衾枕。这都是，野蛮滥具文，你我人格为扫尽。"某生推崇欧美的自由离婚制度，"离婚本自由，此是美欧良法制"，认为这种做法最符合人性和潮流："不如此，黑暗永沉沉，光明何日醒。"某生也不掩饰他所奉行的"人性自由"的思想："我非负你你无愁，最好人生贵自由。世间女子任我爱，世间男子随你求。"这位深通欧美离婚惯例的某生还愿意对女方的牺牲做出一定程度的补偿："给你美金一千圆，赔你的，典当路费旧钗钿。你拿去，买套时新好嫁奁。不枉你，空房顽固守六年。"在新旧转型的时代，某生的言行固然冷酷，但却符合彼时的时尚与通行做法，甚至体现了"新道德"对于"旧道德"的胜利。吴芳吉作《婉容词》所同情的不仅仅是婉容这个被损害被侮辱的弱女子，更重要的是，借此提出一个社会命题：在新旧转换的时代，如果追求个人自由是以牺牲他人为代价，这样的追求其意义究竟何在？某生抛弃原配的理由，究其实质是人性喜新厌旧的表现，但他却用西方的"离婚自由"理论来作挡箭牌，以让其言行合理化，这也是吴芳吉一直批评的文化现象：某些新文化人士之所以推崇西方文化，不是出于救国救民的公心而是意在摆脱传统文化的束缚以满足自己的私欲。

在新旧之交的转型时代，恋爱、婚姻等涉及人性和本能的社会话题最为引人注目，这些话题背后所隐含的正是"两性关系"这一古老的人文话题。中国的人文精神素以家庭为本位，以婚姻规范两性行为，《中庸》即言"君子之道，造端乎夫妇"，认为两性结合和家庭价值构成了人伦关系的基础。自西方启蒙运动兴起后，冲破中世纪神学束缚的人性解放运动大行其道，这种潮流波及中国，推动了新文化运动的发生。由于礼教思想异化所带来的负面效应，中国家庭文化成了新文化运动急欲摧毁的重要堡垒，而西方文化正可用来作为攻击的炮弹。吴芳吉以留洋博士某生抛弃原配作为题材，不仅有社会热点的考虑，还有对中西文化此消彼长的思考。某生之抛弃婉容，犹如当时的士人对中国文化的疏离与背弃。在新文化语境里，中国传统文化示人的形象是压抑人性、充满罪恶，但实际上它无力为自己辩护，正如婉容也无法理解自己的命运和遭遇。当婉容被留洋的丈夫以言之凿凿的理由休掉，吴芳吉也借此暗喻了中国文化在反传统的声浪里失去了合法性和存在的价值。婉容之投江自尽，也意味着中国文化在西方文化的强势震撼和时人的激烈反对中慢慢走向落幕。正如《桃花扇》借写男女之情而抒发历史兴亡之感，《婉容词》通过中国人传统婚姻观念的解体，折射了中西、古今碰撞而产生的迷惘与哀伤。

从语言上看，《婉容词》兼有文言、白话之长，这也是"白屋诗体"的显著特征。此诗有三种不同类型的语言：纯粹的白话、纯粹的文言、介于白话和文言之间的语言。在具体的运用上，全诗文中有白，白中有文，文白夹杂相融。在新诗的语言问题上，如全用白话，殊难继承古诗词的风雅、凝练的格调，如全用文言，则难尽近代语言包括外来语的繁复、情趣和细腻。① 吴芳吉认为，此诗成功，即是注意语言之故，文言、白话错落有致且搭配合理。吴芳吉对白话、文言各自的优长有着清醒的认识："白话长于写情，文言长于写景。因白话写情，有亲切细腻之美。文言写景，有神韵和谐之致。各有所长，莫能左右。若用文言写情，不流于□则流于腐。若用白话写景，不失之蔓，则失之俗。此六百试而不爽者。婉容诗有情有景，故白话文言错杂用之耳。"② 在《婉容词》一诗中，吴芳吉特别注意白话抒情"亲切细腻"的语言功能，诗中凡是表达人物对话或强烈感情的地方多用白话来写，如"我们从前是梦境。我何尝识你的面，你何尝知我的心？""给你美金一千圆，赔你的，典当路费旧钗钿。你拿去，买套时新好嫁奁，不枉你，空房顽固守六年""再对镜一瞧瞧，可怜的婉容啊，你消瘦多了"。诗中这样纯粹的白话并不多，更多则是经过提炼的白话，因而带有戏曲和民歌的风味，这样的白话介于生活口语和浅易文言之间，如"天愁地暗，美洲在哪边""残阳又晚，夫心不回转""自从他去国，几经了刀兵劫""不敢劳怨说酸辛，恐怕亏残大体成琐屑""一帆送去，谁知泪满天涯"等。吴芳吉也注意发挥文言的精炼和优美之长。诗中的文言词语并不古奥晦涩，即使略有生僻之感的"瀼瀼零露"也是出自《诗经·郑风·野有蔓草》一诗，熟悉古典诗的读者自然会心易读。吴芳吉善用文言进行对仗，达到了语言工整韵律和谐的艺术效果。诗中对仗以五言为主，如"我语他，无限意。她答我，无限字。""喔喔鸡声叫，喤喤狗声咬""这簪环齐抛，这书札焚掉"，甚至出现了工整的律诗句子如"野阔秋风紧，江昏落月斜"。吴芳吉对此解释道："写诗如行文，至此有如长江大河，波涛汹涌，一泻而下，非有很工稳的句子，不能顿住。"③ 另外，诗中也大量使用四言、五言、七言等具有传统诗歌形式的语言结构，有意识地

① 陈祚璜：《论白屋寺歌在诗改革中之成功尝试》，载江津市政协文史资料委员会编《吴芳吉先生诞辰一百周年纪念专辑》，1996年，第172页。

② 吴芳吉著，贺远明等编：《吴芳吉集》，第1298页。□为原文所缺字。

③ 张采芹：《回忆白屋诗人吴芳吉先生》，载重庆市江津县文化局编《吴芳吉逝世五十周年纪念集》，1982年，第22—27页。

运用古典诗的体制进行谋篇布局，同时不避二、三、六、七、八、九、十、十一等杂言，将汉乐府与歌行体句式长短不定的优势淋漓尽致地发挥出来。《婉容词》以"天愁地暗"四言开启全诗，奠定了诗歌的整体骨架和叙述语气，使其表现出浓郁的古典气质。吴芳吉也不避口语的使用，《婉容词》遍布轻快、通俗的三字句，更大胆采用了戏曲唱词的表达方式（"顾灿灿灯儿也非昔日清，那皎皎镜儿不比从前亮"），使得整首诗清新流畅而不失优美典雅。此外，文白的错杂使用也是该诗的一大特色，如上文所提及的"野阔秋风紧，江昏落月斜"之后紧跟着的则是一句白话"只玉兔双脚泥上抓，一声声哀叫他"，文言写景，白话抒情，二者融为一体，相得益彰。可以说，《婉容词》在一定程度上摆脱了古典诗的篇章形态，文言和白话的交错搭配，句式灵活多变，结构同化中西，这让《婉容词》既有古典诗的委婉蕴蓄，又有白话诗的活泼生机。

《婉容词》体现了诗歌的音乐性，重视节奏和音韵。诗歌的形式本质是音乐性，韵律和节奏一直是古典诗学"诗辨"的应有之义。新诗初创之时，最大的特色是摆脱了押韵的束缚，这与"吟唱"式的诗学传统无疑发生了对撞。吴芳吉在创造《婉容词》时注意打破旧体诗严格的格律限制，又注意避开了新诗"文字化""视觉化"等无韵的倾向，因此这首诗既不像古诗那样整饬划一，也不像现代新诗那样完全自由化，而是在传统诗歌节奏的基础上，参照新诗节奏，探索出一种"古今合璧"的诗歌节奏。这首诗以四、五、七言为主，间以排偶句，注意顿的排列，以三顿四顿使用频率为最高，两顿次之，五六顿是个别，较为符合一般人的阅读习惯。在韵律上，吴芳吉破除了平仄声韵而代之以方言韵（按照诗人的家乡的江津韵来押韵），四声通押，相近的韵通押，既有在偶句中押韵，又有句句押韵，甚至平仄声互押。正是由于不拘于格律又注意格律，《婉容词》整首诗圆熟流畅，节奏感强，"既突破了旧体诗字句和声韵的严格束缚，更有利于表达现代人的思想感情；又防止了丢掉诗歌特性，把诗歌写成散文的倾向"①。《婉容词》适应了社会变化、语言变化的需要，将锤炼过的新语、新言入诗，又不袭传统诗词的语汇，突破了诗歌严格格律的限制而舒卷行藏，又保留和继承了中国诗词优美、凝练的特点及其基本的美学规律，它受到当时读者的欢迎和热爱也在情理之中了。②

《婉容词》在叙事上也有其特色。这首长诗以小说笔法入诗，注重心理描写，善用独白对话，体现出难得的戏剧化效果，令人如见其人，如听其声。中国古典诗长于抒情，短于叙事，吴芳吉有感于此，以小说笔法铺陈情节，促进叙事主题的推进。在不拘裁剪上，全诗分十七段，以数字依次标明，这显然是借鉴了西洋诗歌的体例。《婉容词》所写的时间段只有一个晚上，却采用倒叙、插叙的叙述手段将六七年来婉容和某生的感情变迁完整地呈现出来了，这种写法在小说的写作中是较为常见的。全诗以婉容的口吻独白，带有"意识流"的痕迹，颇多细腻的心理描写和细节描写，这在新诗史上是较为罕见的，可以称为微型的"诗体小说"。诗前小序是引子，略略交代了故事发生的背景、梗概、结局，从而使读者生出一睹为快的好奇心。第一段写出婉容的情感困境和郁愤无告之情，第二段至第八段插叙婉容之守贞、贤惠与某生之薄情凉德，其后五段详写婉容遭弃后所受的刺激，最后四段着墨于婉容的无望与悲情，反复渲染苍凉感伤的意象，最后以婉容投江自尽的结尾戛然而止，余音不绝，哀音袅袅。这种写作方式明显地受到古乐府诗和西洋叙事诗的影响，为叙事体裁匮乏的中国诗歌注入了强烈的戏剧化的因素。值得注意的是，《婉容词》还使用了一些"意识流"的手法，如内心独白、内心分析、自由联想等技法。婉容在自杀前，思绪万千，种种场景、情感一一涌现心头，父母、兄弟、姐妹、玩伴、闺中密友等人物的言笑举止，亲情、友情、爱情的纷杂错落，以前事、眼前事、未来事交织难辨，可谓关系错综

---

① 金国永：《白屋诗人的诗及其创作道路》，载谷生滋等编《吴芳吉研究论文集》，成都吴芳吉研究会，1999 年，第 95 页。

② 马乐庸：《〈婉容词〉赏析》，载谷生滋等编《吴芳吉研究论文集》，成都吴芳吉研究会，1999 年，第 391—392 页。

复杂，缠绵纠葛，诸种情绪纷纷扰扰、令人难安。"意识流"手法强调思维的不间断性和意识的"流动"，这使得《婉容词》不受时间和空间的束缚，能在一夕之间、一隅之地的有限时空内展示人的内心世界，将婉容的体察、追忆、联想的人生场景与她的思绪、情感、绝望交织叠合，为"白屋诗"注入了现代性的元素。

在抒情风格上，《婉容词》且泣且诉，哀婉感人。《婉容词》在抒情风格上最突出的特质是带有汉乐府女性悲剧命运的痛感。在汉乐府女性题材的作品中，对女性悲剧命运的描述，往往先呈现女性接近"神性"的一面，而后又让其遭遇悲剧式的命运。①《婉容词》多以婉容种种之淑雅贤德来衬托某生的薄情冷漠，愈加突出了诗歌的悲情色彩，也让婉容这个人物形象哀感动人。萧涤非先生评论乐府诗《有所思》时说，此篇所表现的女性性格"爽直激烈，所谓北方之强"②，相较而言，作为南方女子的婉容则要幽怨得多，但也因这种性格更增添了读者对这个弱女子的同情。在这首抒情长诗里，吴芳吉大胆突破了传统诗学"哀而不伤"的美学特征，将哀感的情绪推向极致，婉容一出场，就发出无望的哀诉，"天愁地暗，美洲在哪边？剩一身颠连，不如你守门的玉兔儿犬。残阳又晚，夫心不回转"，犹如古典戏曲中人物上场的念词，那种对爱情的凄凉无望令人哀痛心惊，哪怕心肠再硬的读者都要为她生出怜惜之情。在得知丈夫另寻新欢之后，婉容抚今追昔，千回百转，肝肠寸断，不胜哀怨："一心里，生既同衾死同穴。那知江浦送行地，竟成望夫石；江船一夜雨，竟成断肠诀。离婚复离婚，一回书到一煎迫。"《婉容词》的抒情性在描写婉容投江时表现得尤为明显。这位弱女子先是发出了"死虽是一身冤，生也是一门怨"这样对"薄情世界"无可留恋的绝望感叹，继而又爱恨交织地焚掉了书札、抛却了簪环，与这无情无义的世界一刀两断。尤为触目惊心的地方在于，已决意自杀的婉容在死前对自身姿容的哀感一瞥："再对镜一瞧瞧：可怜的婉容，你消瘦多了！"她有些自嘲地回忆

① 田思阳：《汉乐府女性题材审美论》，中国社会科学出版社 2009 年版，第 119 页。
② 萧涤非：《汉魏六朝乐府文学史》，人民文学出版社 2011 年版，第 56 页。

起，七年前的新婚之夜，那位曾经对他海誓山盟的男子坐在自己身旁，二人犹如一对璧人，温煦的灯光里，相依相偎，牵手嬉笑，而如今，一切化作泡影，"转瞬今朝，与你空知道"，抚今追昔的失落更增加了婉容的伤痛。带着对母亲的歉意和眷恋，唯有玉兔犬相伴的婉容失魂落魄地步出家门，诗人用极为灰暗而冷寂的意象烘托即将来临的死亡之旅，"闪闪晨星，瀼瀼零露""一瓣残月，冷挂篱边墓"，那死去多年的父亲的影子忽然出现在眼前，"讶，那不是阿父，那不是我的阿父！看他鬌发蓬蓬，杖履冉冉，正遥遥等住。前去前去，去去牵衣诉。却是株，江边白杨树"。在此万籁俱寂之时，那忠实的玉兔犬尾随而至，婉容郁积于心内的悲凉与悲痛终于喷薄而出，控诉了这个她所不能理解的无情无义的世界以及那个她同样不能理解的负心之人："竟来了啊，亲爱的犬儿玉兔！你偏知恩义不忘故，你偏知恩义不忘故。"借玉兔儿犬的忠心反衬了人的忘恩负义，表达了对命运、人世的激愤哀郁之感，读后令人神伤。全诗的第十七节，亦即全诗的最后一段，全然没有《孔雀东南飞》虽有哀感但主要是戒喻后人的用心，而是让婉容这位被侮辱损害的弱女子尽情抒发心底的怨情，"正是当年离别地，一帆送去，谁知泪满天涯！玉兔啊，我喉中梗满是话，欲语只罢。你好自还家，你好自看家"。至此，全诗抒情的气氛达到顶点，诗人深知余音绕梁之妙，结尾的语气极轻极淡，却更见压抑的哀感，"息息索寞，泡影浮沙""只玉兔双脚泥上抓，一声声，哀叫他"。哀意绵绵无绝期，婉容纵身一跳，化为泡影，消失在新旧交替的大时代的波澜里，消失在价值观更迭变迁的历史巨浪里。

抒情有客体，终极却指向内心。在婉容身上，吴芳吉寄寓了自身的情感，也抒发了一个古典型的飘零诗人对他身处的外在世界深入骨髓的悲感与寒意。在上海这个巨型的都市里，各种政治的、资本的力量裹挟人心，"顺之者昌逆之者亡"，凡不遵从它们逻辑的人或事，都将被社会现实无情地加以粉碎，吴芳吉感到了自身的无力感，这一点与婉容的无助感何其相似乃尔！婉容的被遗弃，也是吴芳吉早年被清华学校开除的迂回折射，愈写婉容的落魄与失魂，愈能看见吴芳吉内心郁积的创伤。可以说，《婉容词》哀怨而悲感的抒情，是从吴芳吉心底自然流出的，他把对中国文化行将没落的失望、对一身飘零的自怜自叹不动声色地融入了诗歌之中。"文以情变"，吴芳吉的家国身世之感重重累积，丰沛莫可抵御，于是发之于诗，感之于诗，这才有了《婉容词》不拘一格的句式、节奏和独特的抒情格调。

　　《婉容词》是吴芳吉确立诗坛地位的开始，也是"白屋诗"的肇始之作。此诗成后，吴芳吉在中国公学课上为学生讲授，盛况空前，听者为之感染。据吴芳吉日记记载，"听者盈坐，甚至壁窗门隙，都为学生塞满。讲至诗中十五段后，诸生多半泪下。有沈生海鸣者，平素号称顽皮，至是乃襟然悲咽，不复仰视。有张生显铭，听至婉容决死之际，忽挥拳欲击，大叫曰：'太不平了！'及十七段讲完，至'一声声……哀叫他'，则满堂之人，齐声拍案曰：'好呀！难过的很！'"①《婉容词》发表后，各方好评颇多，引起很多人的共鸣："得介民一书……得读吾《婉容词》，使其怆痛欲绝，可以风矣"②，"得鹤琴一书，评吾之《婉容词》曰：缠绵悱恻，不加褒贬，而某生之寡情，婉容之惨怛自见。令人不忍卒读"③，"有孙啸声、江片云，自南通县来函，批评我所为诗，以为能以旧格式运新精神，以新格式运旧精神的"④，"胡老先生子靖……谓在津浦车中，读吾之《婉容词》，使其怅然终日，不知车行千里也"⑤，"富顺陈铨君评曰：'不矜才，不使气，一任白描，为其他诗所不及'"⑥。郭沫若读《婉容词》后，称"另受一番感伤，寻出一种 sentimental 之眼泪"⑦。民国时期的不少学校也将《婉容词》选入国文教材，将之视为旧体诗向新诗转型的代表作，这首诗因此成为 20 世纪二三十年代传颂甚广的名作，甚

---

① 吴芳吉著，贺远明等编：《吴芳吉集》，第 1304 页。
② 吴芳吉著，贺远明等编：《吴芳吉集》，第 1305 页。
③ 吴芳吉著，贺远明等编：《吴芳吉集》，第 1316 页。
④ 吴芳吉著，贺远明等编：《吴芳吉集》，第 1310 页。
⑤ 吴芳吉著，贺远明等编：《吴芳吉集》，第 1324 页。
⑥ 吴芳吉著，贺远明等编：《吴芳吉集》，第 91 页。
⑦ 吴芳吉著，贺远明等编：《吴芳吉集》，第 1355 页。

至成为一代人的文学记忆。① 《婉容词》之所以受到广泛的关注，主要在于它有一种似曾相识而有富有新意的审美特性，古典诗的韵律之美与白话诗的平白如话巧妙地融合在一起，二者发生了奇妙的化学反应，加上抒情的哀感动人与内容的切中时弊，其受到诗坛和社会大众的广泛关注也就在情理之中了。

《婉容词》是"白屋诗"的肇始之作，但尚未定型，吴芳吉在诗体、语言、题材等方面不断求新、求变。继《婉容词》之后，吴芳吉又陆续写出《两父女》《笼山词》两首有着典型"白屋诗"风格的长篇诗作。这两首长诗所展现的社会生活的广度和深度，都不是《婉容词》所能比拟的，至此，吴芳吉乃是有意识地拓展"白屋诗"反映社会生活的力度，同时使得旧体诗的体制能够与时代的需求相适应。

《两父女》仍是反映社会现实生活的诗篇，以一个小女孩天真幼稚的目光打量这个冷酷的世界，写出了军阀混战之下民众悲惨的命运和苦难的遭遇。这首诗同样写女性无助与悲凉的命运：小女孩在被迫卖入富家的前夕，辗转难眠，皎洁的月光透过简陋的屋棚，此时，她"忽想到，我妈妈夏天死时，那月光也是这般好"，此句反复出现，令人想起老舍同样写少女之悲的名作《月牙儿》。

这首诗的艺术成就比不上《婉容词》，其原因正如吴芳吉所言："吾此篇《两父女》诗，比前之《婉容词》尤难作。（1）婉容乃大家气度，容易敷衍成章。此乃赤贫之家，说来每犯枯槁。（2）婉容是读书且成人的女子，其思想与吾人所差不远，易于揣度。此则乡间打柴的女孩，其思想与成人全不同也。（3）《婉容词》是婉容一人自述，乃单调的。此父女两人之对谈，乃双调的也。"② 除了上述原因外，这首诗的艺术感染力也较为逊色，这是作者对社会题材刻意经营之时所

---

① 原中国人民大学副校长谢韬回忆说："吴芳吉先生是我青年时期最崇敬的爱国诗人。我是在一九三八年读到《白屋吴生诗稿》，读后印象深刻。他的诗具有很大感染力，他的名篇《婉容词》，我们当时很多人都能背诵。"中国大百科全书审符家钦回忆说："三十年代我上中学时读他的《婉容词》，至今还能背诵全篇，说明他的诗明白如话。"见谷生潆等编《吴芳吉研究论文集》，成都吴芳吉研究会，1999 年，第 19、39 页。

② 吴芳吉著，贺远明等编：《吴芳吉集》，第 1324—1325 页。

始料不及的。《婉容词》固然因戳中了社会的痛处而引发了读者的共鸣，但其赢得读者依然是凭借其独特的艺术表现手法，在新旧语言的搭配和运用上别具匠心，在叙事技巧和心理刻画上都令人耳目一新。反观《两父女》，这首诗在语言上偏重口语的自然状态，因之显得不够凝练精致而有拖沓散漫之嫌，全诗无"诗眼"，无警句，倒像是一篇纪实的社会散文。这就陷入了为表现而表现的误区。真正的现实主义是对现实本身的超越而非单纯的描写，《两父女》极状贫苦人家的惨状，一味铺陈穷人卖儿鬻女的无奈和悲苦，使其有报道文学的现实感，而缺少诗歌的美感，也没有体现诗歌对现实的超越性。因受题材的限制，《两父女》的民歌风味颇重，其中最明显的就是全诗一韵到底，没有换韵，这使得诗歌在情致和韵律上显得呆板而无舒展之态，而情致的无拘舒展和韵律的自如切换正是《婉容词》大获成功的原因所在。

相较于《婉容词》，《两父女》的艺术性虽然明显减弱，但在口语的运用和诗歌的现代性上无疑往前推动了一大步，也为吴芳吉独创的"白屋诗"诗体注入了更多的时代元素。可以说，《两父女》是吸收当时新诗创作经验的尝试之作，遵循了新诗创作的基本范式，语言上追求明白如话的民歌色彩，题材上表现感时忧国的沉痛之感，与当时流行的白话诗完全合拍。《两父女》发表后，主流诗坛并无异议，这和《婉容词》发表后毁誉参半的情形大相径庭。这说明了吴芳吉有意在其独创的"白屋诗"中注入口语的元素，在保持古典诗格律之美的同时尽量适应新诗的诗风和特色。自《两父女》开始，"白屋诗"作为一种独特的诗体开始定型：它所表现的是社会的现实，其风格偏近于民歌，同时保留了相当成分的古典格律与体制。

"白屋诗"的巅峰之作是长达 1031 句、5739 字的长诗《笼山曲》，这也是中国文学史上最长的一首叙事诗。这首诗以"二次革命"为背景，叙述了民间义士李笑沧反袁护国的作战历程和期待天下大同的美好憧憬。《笼山曲》是山水诗和战争史诗的综合体，状四川山水壮美清幽，颂反袁义士慷慨成仁，斥不义之战荒谬残忍，笔墨酣畅淋漓，气魄掀天揭地，格局宏伟壮阔，既如汉代赋体之铺陈排比，又类西洋史诗之浪漫庄严。郭沫若称《笼山曲》为"有力之作"①，确为精准之论。在描绘出一个远离战争、和平幽美的世外桃源之后，诗人笔锋宕然一转，从世外桃源一变而为混乱世界，各方人马纷纷登场，战争气氛徒然紧张。其后，诗人调动各种艺术手段，使其磅礴大气的诗才挥洒自如，全诗一气呵成，语言畅达，节奏铿锵，句式之多变，叙事之曲折，在现代诗史上也是罕见的。在这首诗里，吴芳吉摆脱了古典诗歌形式的束缚，放手改造和发扬诸种表现手法，同时吸取白话诗善写细腻之情善状具体之物的优点，使古雅文言与通俗白话有机混溶，呈现出别样的诗体风格。这首诗规模宏大，韵散夹杂，文白相间，在语言、叙事、主旨上颇有特色，试一一剖析之。

《笼山曲》突破了古典诗的一般格式。全诗句式奇崛，姿态万千，一言、二言乃至十三言，长短徐疾，配合巧妙，如写登上笼山的所见所闻，从二字句到十一字句并陈，写人、写景、写情交织混溶："我来正是八月天，水光如镜山含烟。丛桂飘岩上，野菊拥路边。新柿累，嫩橙灿灿。俯视苍然，人世隔断。绕过峰前，又到桥畔。石泻百重泉，泉下带秋田。田中甘蔗夹红棉。履声喧喧人两三，农父渔夫集市还。过了东村西村，又度南岭北岭。满天飞鹈鸰，栖我草帽顶。满地发芝兰，接我草鞋吻。群儿迎，手牵手，右佩旗，左携酒。把酒拼醉倚树荫，仰视苍天俯视人。天也不是天，人也不是人，只是天人合会清明之真神。也不知是花香、草香、天香、人香，只细腻嫩甜，清温快爽，感我心房。也不知是松声、鸟声、泉声、蛩声，只柔媚鲜明，悠扬谐韵，荡我神经。我醉群儿歌，我醒群儿笑。"诗中尤以三言的使用最为出彩。三言之用，起源甚早，至汉乐府时大量使用，但在白话诗中使用频率偏低。吴芳吉取法乐府诗之制，在《笼山曲》中大量使用三言，整首诗的节奏如环佩锵鸣，明净畅达，极富韵律感，时而语气迫促激烈，表现战争惊险令人心悸，时而音节简静和婉，摹写山水胜境而有余韵。如：写景色幽丽清美自得其乐的桃源生活，"落日红，鲤鱼跃。晚山寒，翡翠叫""荒雾彻，晓日临，红彤彤，

---

① 吴芳吉著，贺远明等编：《吴芳吉集》，第 1355 页。

照柴门。仆烹泉，自负薪，炊饭罢，重行行。前跨马，后羊群。山头照料矿工人""餐玉黍，著芒鞋，与尘世，不往来。日光中，讨生味，月明中，开门睡。二千人，五百家，各樵牧，各桑麻。家自由，人和煦，任笑谈，无男女。女儿有，梦中亲，男儿有，意中人。二月二，佳期日，笼山寺，花如织。万花中，开广场，花为壁，又为廊。一枝花，一民族，花缤飞，看不足。苗家杏，蛮家橙，番木笔，汉山樱。男儿花，襟上插，女儿花，裙边扎。白雪襟，碧桃裙，洁于玉，皱成云。小小笙，团团鼓，缓缓吹，飘飘舞。谢天地，拜爷娘，祝尔和，愿尔昌。无嫁奁，无文字，两心欢，一诺是。郎跨马，妇骑牛，马雄健，牛和柔。再拜还，歌一曲，并蹄归，婆家屋。婆家屋里安乐窝，千呼不厌妹与哥。烹酒饭，上山坡"，写战况的扣人心弦，"伏道开，哨棚坏。溜霰弹，密密筛""一关倒，两关塌，兵相踏，马相踏，喊如麻，乱如麻，惹起云霆四山发"，讽刺世态的紊乱失常，"有滑头，当参谋；有讼棍，当顾问；有痞子，当知事；有小旦，当会办。拆白党，司与长；龙阳料，州与道。中书斋，哭声哀"。吴芳吉大胆使用三言，激活了长诗的内在节奏，虽然篇幅偏长而不显滞涩生硬。

《笼山曲》以《史记》笔法作诗，游刃有余地描写战争场面和英雄壮举。有论者将《笼山曲》比之于《史记·项羽本纪》，"用《史记》的传记为模式铸诗，所用笔法也酷似《史记》，直叙、插叙、倒叙、旁叙、夹叙、边叙边议无不具备"①。写人物命运波澜起伏，先写山水清丽秀逸作为烘托，百转千回，笔锋所到，时而腾跃炽热，时而柔情似水，将主人公出场、起兵、建设、抗敌、失败的英雄历程尽收笔底，穿插以社会之光怪陆离、政局之波诡云谲、军阀之凶恶残暴，全景式地展现了中国 20 世纪初期的史诗画卷。

《笼山曲》还选用了现代诗歌中难得的拟古题材。研究者指出，《笼山曲》的主旨是"桃源想象"，延续了自陶渊明以来的中国诗歌

---

① 张祥麟：《崇高的理想，有韵的〈史记〉——〈笼山曲〉浅论》，载成都市文学艺术界联合会、成都吴芳吉研究会《吴芳吉研究》，中国文联出版社 2010 年版，第 430—434 页。

传统。诗中挑明所写笼山山水乃"旧日古桃源"，具有"桃花源"的许多特征：与世无争、自由快乐、好客朴实。吴芳吉的"桃源情结"和"无政府主义"倾向在这首诗里表现得较为明显，也可看出儒家传统的"大同"思想对他的深刻影响。[①] 这说明吴芳吉所进行的诗歌创新与传统诗学有着千丝万缕的关系。《笼山曲》是吴芳吉以诗歌深入批判社会弊病的典型之作，虽然不是纯粹白话诗的形式，却自觉地践行了改造社会的新文学理念。

以上三首诗作是"白屋诗"的典范之作，较为明显地体现了这种新诗体的语言特质：在杂言诗的体制里，加入白话诗的成分。其后，吴芳吉又陆续写出《浴普陀海岸千步沙作》《别上海》《树成吾弟弟》《自湘江望岳麓》《绣市》《五里堤》等较为典型的"白屋诗"。这批诗集中创作 1920 年前后，延续了《婉容词》的特色，抒情色彩浓郁，叙事风格明快，句式工整对仗，语言上偏向白话诗，不避"的""了""也"等现代虚词以及人称代词的使用，这些质素构成了白屋诗的基本内核——句式杂糅、文白兼用、语气温婉、节奏明畅。在白话的成分上，上述诗作诗更为明显，可以视作"白屋诗"这一诗体的进一步发展。这些"类白话"的诗，根据白话成分的多少，大致可以分为两类。第一类是文言白话较为均衡，属于带有旧体诗风味的新诗，如《自湘江望岳麓》一诗："打桨渡湘江，湘江何汪汪。毡毹一幅碧玉镶，自然界上铺张。……不语我将问他，携我去去仙家。他仍无声响，脉脉望长沙。"这种类型的"白屋诗"有乐府诗的清新，也有新诗的活泼，体现了两种诗体的融合。另一类以白话为主，可以视作较为激进的"白屋诗"，与新诗的体制相别不大，如："母的笑容，是儿的诗境。母的和声，是儿的诗韵。母的精神，是儿的诗兴。母的一身，是儿诗的结晶。母或者半是诗人，母或者半是诗神"（《浴普陀海岸千步沙作》），"累我别泪盈盈，一回人更长，一回情更深。我之在上海，似孤岛栖身。人言你繁华，我觉你清净。你偏舍得下我，使我使人群中的奇零""在那虹口的桥头，在那日晖的港滨。在

---

① 廖城平：《儒家诗学在现代的接续》，硕士学位论文，华东师范大学，2007 年。

那龙华的塔影，在那松社的茅亭。我日日散步长吟。可不是你精神的表示，温柔绚烂，纯洁真诚"（《别上海》）。这些诗再向前跨一步就是完全的、纯粹的白话诗，可以看出吴芳吉在有意进行纯白话诗体的尝试。

在新诗发展的早期，"白屋诗"的艺术魅力在于文、白搭配的合理，以文言为主，白话次之。换句话说，"白屋诗"的价值和可读性实际上来自旧诗的支撑，白话只起到衬托时代背景和活泼语言气息的作用。以《婉容词》为发端，《两父女》继之，以《笼山曲》为集大成者，吴芳吉独创的"白屋诗"以殊异的风姿走向时代和人心，它是得新文学风气之先所诞生的具有独特面貌的新诗体。"白屋诗"游刃于白话和文言之间，切换于古典与现代之际，它不追求过度的雕琢，也无嘲风弄月的雅兴，而是直面时代问题，表达了诗人的社会关怀和人文精神。"白屋诗"一扫衰落期的古典诗陈腐的暮气，它的诞生和存在，是古典诗仍具有生命力的象征，也体现了古典诗在应对时代变化和"文学革命"时所表现出的韧性与弹性。

吴芳吉"白屋诗"的贡献在于熔铸各种诗体，"古近诗体，无有不试者，律诗而外，举凡词、曲、歌、谣、行、引、以及现代新诗，均有所作"①。对于当时的读者来说，这些诗情感真挚、自然天成而又灵活顺畅，既有传统诗歌的意境，又有新诗所体现的时代精神，堪称风韵独特的新诗体。因此，有研究者说，吴芳吉用创作的实绩反驳了否定传统的"突变论"，全盘西化的"另植论"，僵化保守的"保守论"，在尊重传统的基础上，贯通古今，结合中西，走出了诗歌创作的一条新路。②

三　诗史与史诗的变奏

吴芳吉在致友人的一封信中，透露了创作"诗史"和"史诗"的雄心："今后二十年间，吉所欲做之事惟二。其一史诗，其次诗史。

---

① 单正平：《困败人生新旧诗——白屋诗人吴芳吉简论》，《文学与文化》2011 年第 1 期。

② 彭超：《吴芳吉与中国现代新诗的发生》，《重庆师范大学学报》（哲学社会科学版）2011 年第 2 期。

前者感于吾国古今诗集，但长抒情，不擅叙事。香山、梅村，究属短小。又前人观念，咸以诗为事业之余。韩退之句'多情惟酒醉，余事做诗人。'邵尧夫句'望我实多全为道，知余浅处却因诗。'无如西洋史诗之研究人怹者。今则非史诗不足牢笼今世之变，与表现儒学之真，短章小品，全不济事，惟此可以得总解决也。后者则以欲作史诗，必多读诗。欲多读诗，必多教诗。教读与作之结果，当然有此副产品也。"①"白屋诗"的大部分篇章直面社会现实，具有直观的新闻性和纪实性，反映了民国初年的重大历史事件，远接杜甫所开创的"诗史"传统，有研究者称吴芳吉"既是一个面对现实为民生多艰而哀吟的爱国主义诗人，也是一个具有鲜明的创作个性和创新的艺术特色的时代歌手"②。

吴芳吉之所以创制"白屋诗"，其原因之一在于，面对日渐纷繁的世事和世情，单纯的古典诗缺乏反映社会内容的深度和广度，其过度典雅、强调暗示的语言也难以担负起影响和鼓舞民众的重任。同样地，白话诗初兴之时，固然响应了时代的呼唤和需要，但它因成熟度和表现力的限制，无法传唱和传播，还难以完全发挥出新文化影响人心改造社会的功用。吴芳吉看到了古典诗和白话诗社会功用的不足，率然独创"白屋诗"，使其便于更深广地发挥诗教作用，以正人心、美风俗、刺暴虐、存正史。

"白屋诗"打破了古典诗单纯咏怀历史陈迹和人物的传统，而更多地关注当代史甚至对国事时弊和社会热点直接发声。在诗歌生涯的早期，吴芳吉所写的古典诗中不时涉及社会事件和时事关怀，《年假别嘉州东归席上留赠诸子》《望嘉州》《三自海上归蜀，九月至于夔门》《与树成话时事有感，诗以送别》《白屋六首》《弱岁诗》《枇杷会》《秋日从家君渡江登玉峰护国寺作》《埧歌》《甘薯曲》等诗不同程度地表现了作者对时局的忧心与叹惜，叙写史事跨度之长足以当作民国初年的编年史来读。在创制"白屋诗"之后，吴芳吉的"诗史"

---

① 吴芳吉著，贺远明等编：《吴芳吉集》，第991—992页。

② 贺远明：《吴芳吉研究刍议》，载谷生溁等编《吴芳吉研究论文集》，成都吴芳吉研究会，1999年，第101—111页。

书写有增无减，有为湖南施行"省宪"而感奋不已的《两墓表词》，有声援工人、市民和学生抗议华盛顿会议的《万岁之声》，有反对曹锟贿选的《题贿选支票摄影》《酒楼逢臧壮男歌》。在西安围城期间，感于百姓如待宰羔羊，吴芳吉作宣传诗三首，鼓励市民自救，反抗军阀的肆意荼毒与虐杀。

"九一八事变"之后，日本侵华之心昭然若揭，吴芳吉感于亡国之势迫在眉睫，连写数首与抗日相关的诗歌，以唤醒民众的抗日热情，同时抨击政府抗战不力的绥靖政策。他所写的《日军占我沈阳》《仇货买不得》《民国二十年，大总统孙公诞日，在江津县中学水陆游行会作》《巴人歌》等诗表达了对时事的关注，呼吁血勇抗战，众志御敌，一时广为传颂，并在抗战时期持续发挥鼓动作用。其中，《巴人歌》篇幅浩大，结构精巧，气势磅礴，抒情热烈，讴歌了十九路军浴血奋战抗敌御侮的不屈精神，呼唤民族醒来，号召长期抗战，也痛斥了军队松弛怯战、政府寡廉鲜耻的现象，诗中充满了中华民族的浩然正气和抗战必胜的坚定信念："长期抵抗不因今日休，民族醒来要从此时起。便把歇浦楼台全烧剩劫灰，便把西湖山水踏平无余滓；便把姑苏苑囿抛荒委麋鹿，便把金陵关塞椎碎沈海底。丝毫不惧也不忧！我今获得无上慰安世难比，何妨再战复三战，周旋半纪还一纪。战出诸生知气节，战出百工有生理；战出军人严纪律，战出官方首廉耻。觉悟精神开创力！那怕国仇不刷洗！"这些诗最大程度地发挥了"白屋诗"凝练通俗的优势，可以说是最早的抗日诗歌。这些诗之于吴芳吉，不是单纯的艺术品，而是救亡的先声与呐喊，集中体现了"白屋诗"的家国情怀与民族自尊，它所体现出的悲天悯人的情怀、廉顽立懦的志气仍让人感到中国诗歌内蕴的蓬勃不息的雄健伟力。正因如此，当国民政府迁都重庆之后，吴芳吉的道德气节和抗日诗作再次受到重视，冯玉祥等政要对吴芳吉不吝赞扬之语，称吴芳吉"志士仁人心，既是英雄又好汉"①。

---

① 冯玉祥：《谒墓诗》，载谷生淼等编《吴芳吉研究论文集》，成都吴芳吉研究会，1999 年，第 3 页。

"白屋诗"的即时性、新闻性相当强烈，有的诗一反"温柔敦厚""贵含蓄"之旨，对于祸害社会的权贵毫不客气地直斥其名，语气激烈，词锋尖锐，批评的力度比之新闻报道有过之而无不及。如吴芳吉在《笼山曲》一诗中，就点评斥责四川督军陈宦的罪行："陈宦谁？旧督师。督师谁？掳人妻。"在义军英勇的反击下，各路军阀如曹锟、张敬尧等或踌躇无策或无处而逃，诗中以快意的笔调嘲讽他们的狼狈之状："是时曹锟在重庆，空城抱守只残命。退也不能退，进也不能进，后援断绝钱粮罄。李长泰、张敬尧，釜底鱼虾安可逃？"《北门行》一诗写长沙北门浣衣妇对军阀虐杀其夫的痛诉，作者借浣衣妇之口直接点出了杀害民众的刽子手是当时权势熏天的谭延闿和赵恒惕："他杀尔夫，他杀尔夫！茶陵谭公子，衡阳赵把都。"联系到当时军阀势力的横行无忌和对舆论的钳制，诗人指斥其名揭露其祸国殃民之行是需要极大的勇气的。

吴芳吉以杜甫为榜样，自觉地担荷时代苦痛，不愿保其一身，游乎物外，慨然以笔墨书写时代的遭际，咏怀、叹惜、讽谏、抨击处于乱世的政局、世情和人心："自古诗人生天下将乱未乱之际者，其心最苦，而其意最悲。盖不忍见宗社家国之覆亡，欲尽人事以挽救之。"[①] 因此，"白屋诗"具有强烈的入世性和社会关怀，对民间的疾苦、社会的苦难寄予了深切的同情。

吴芳吉在《戊午元旦试笔》一诗中自言："三日不书民疾苦，文章辜负苍生多。"他自觉践行"文以载道"的传统，以屈原、杜甫和白居易的传人自居，体现出儒家救世的情怀和担当。这一点李劼人对吴芳吉的评价尤为准确："（吴芳吉）不是通常那吟风弄月，抛撒点闲恨闲愁的诗匠，而是具有杜甫悲天悯人的思想，白香山平易近人的社会观念，逐处要想救国救民，逐处要想在民众悠悠的冤枉路上开一条直径，要想在森严黑暗中放一道明光，要想解除人民的烦恼，要想促进人类的幸福。这些惨淡经营的苦心，都一一表现在他的作品

---

① 吴芳吉著，贺元明等编：《吴芳吉集》，第809页。

里……"① 吴芳吉殁后，时人感其对国族之忠贞、对民瘼之关怀，对传统文化之护持，而对其赞叹缅怀不已。民国文学学者王先献撰文称赞吴芳吉的诗歌，将之比为忧国忧民的"诗圣"杜甫："汪洋恣肆，一空依傍，而慷慨淋漓之致，眷怀家国之忧，一一活跃纸上，令人可歌可泣，不知足之蹈之，手之舞之也。《爱国歌》一章，尤足发扬吾民族之精神，可许为必传之作。……前人谓杜老一语不忘国家，吴先生有焉。"② 李劼人和王先献对吴芳吉"民本"思想的评价是符合事实的，"白屋诗"对深陷战乱流离之苦的弱者、穷苦者、底层人民寄予深厚的同情，这与杜甫"三吏""三别"的"诗史"传统是分不开的。

正是由于"白屋诗"切入时代、以史入诗所体现的历史关怀和士人情怀，自 20 世纪 80 年代以来，吴芳吉的历史形象才被定位为"爱国诗人"。就此点言之，吴芳吉的"白屋诗"所体现的感时忧国的情怀与新文学的主流并无二致。尽管吴芳吉后来受以吴宓为代表的文化保守主义阵营的强烈影响，但其诗歌感时忧国的倾向一直未有减弱，反而随着国难的日益迫近而表现得更为明显。王德威指出，现代文学延续了"文以载道"的传统，"感时忧国"的叙述模式压抑了现代性的表达，五四时期的"文学革命"发展为其后的"革命文学"，文学成为呼唤和践行社会正义的工具，文学家也自觉担负起恢复诗学正义和社会正义的崇高使命。③ 这一说法也完全适用于吴芳吉诗歌创作的历程。

"白屋诗"所继承的杜甫以来的"诗史"传统如果说还是"文以载道"为主旨的古典诗学的体现，那么它所表现的"史诗性"则明显受到了西洋英雄史诗的影响。吴芳吉一直对创制长篇史诗念兹在兹，饶有兴趣："长篇巨作，譬如深山大海，草木生之，禽兽居之，江河汇之，舟楫通之，其浩然之气不可方物。短篇之作，譬如一花一

---

① 李劼人：《李劼人选集（第五卷）》，四川文艺出版社 1986 年版，第 38 页。

② 王先献：《咏琴轩随笔》，《国专月刊》1935 年第 2 卷第 2 期。

③ 王德威：《被压抑的现代性——晚清小说新论》，北京大学出版社 2005 年版，第 10、37、372 页。

叶一丘一壑，仅得一隅耳。故长篇宜涵浑，短篇宜精致。"① 有研究者指出，吴芳吉长篇叙事诗为数不少，五百言以上的长诗就有十多首，如《护国岩词》《非不为谣》《摩托车谣》《小车词》《婉容词》《两父女》《笼山曲》《南岳词》《壮岁诗》《秦晋间纪行》《赴成都纪行》《还黑石山作》《巴人歌》等。② 这些篇幅浩大的诗篇如《护国岩词》《笼山曲》《巴人歌》等都带有英雄史诗的特征。

　　"白屋体"史诗另一显著的特点是对当代英雄的礼赞和歌颂，这在白话诗里是相当少见的。早在 1914 年，吴芳吉即作《咏史》诗四首，分别写郑成功、安重根、林肯、贞德，所咏人物皆是反抗外敌或维护统一的英雄志士。这四首诗虽然是遵循古制的严格的五律，但可以看出吴芳吉书写古今英雄人物及其事迹的特别情愫。民国初年，列强横行，军阀混战，中国陷入空前的混乱，吴芳吉特别渴望有一位英雄人物来弥平大乱、再造太平。在古今中外的英雄人物里，吴芳吉对蔡锷将军情有独钟，关于蔡锷英雄形象的描绘近乎完美：他既沉稳坚毅，足智多谋，又英俊潇洒，风流倜傥，堪称民国时代的"军神"。在创立"白屋诗"之前，吴芳吉就用古典诗多次赞颂过蔡锷，如《有喜》将蔡锷比作能文的陈琳和多谋的张良，《思故国行》盛赞蔡锷护国的功勋，"犹见高勋业，永与天地终。长望一挥泪，振衣唱《大风》"，《赫赫将军行》极写蔡锷军威之壮。作为"白屋体"前身的《护国岩词》一诗更是以沛然莫之能御的崇敬和缅怀之情记述了蔡锷在川南泸州的一次大战，再现了蔡锷从容镇定、以寡敌众的儒将风采和爱民如子解民倒悬的仁者之风，昭示了"得民心者得天下"的儒家政治原则。这首诗在篇幅上可谓长诗，但构思巧妙、语言精练、意境优美，长短句式变化自如，齐言杂言交错出现，战争场面随时切换，虽然尚未大量使用白话，但在句式、叙事等方面已经具备了"白屋诗"的基本质素，可以说是准"白屋诗"。这首长诗是当代英雄的

---

① 吴芳吉著，贺元明等编：《吴芳吉集》，第 368 页。
② 单正平：《困败人生新旧诗：白屋诗人吴芳吉简论》，《文学与文化》2011 年第 1 期。

赞歌，蔡锷的形象儒雅从容而又洋溢着浩然之气，其皎皎人格与潇洒风度让吴芳吉再三感叹。诗歌开头，诗人以"伊人"指代蔡锷，既表达了对护国将军的仰慕之情，又引而不发，给读者留下悬念："护国岩，护国军，伊人当日此长征。五月血战大功成，一朝永诀痛东瀛。伊人不幸斯岩幸，斯岩长享护国名。"接着，诗人从不同侧面写将军的德行之美：首写将军察看民情、军纪严明，"忆当日，几纷争，闾阎无扰，鸡犬不惊。问民病，察舆情，多种桑麻与。……雪山关，永宁城，旌旗千里无人闻。沙场天外闹哄哄，儿童路上笑盈盈"。再写将军爱护士卒，"视屯营，抚伤兵，瓦壶汤药为调羹"。又写将军儒雅风流，从容潇洒，"芳草绿侵岩畔马，夕阳红透水中云。双手归鹤逐桡行，银袍葵扇映波明"。最后点出将军身份："伊何人，伊何人，牧童伴，渔父邻。滇南故都督，护国总司令，七千健儿新首领，蔡将军。"有研究者认为，"蔡将军"三字之前的二十三字是画全龙，"蔡将军"三字是点龙睛，"这二十三字的陪衬，烘托出掌龙韬、坐虎帐、全副军装的神圣风云人物来。这二十三字如卿云附日，使蔡将军三字十分生色，笔力千钧"。这种写作技法乃是借鉴了京剧中主帅出场的次序：执旗的士兵先出场，绕场一周，分立左右，次为战斗兵出场打筋斗，再次为副将出场，分立两侧，以雄伟的场面、严肃的气氛来烘托最后出场的主帅，以凸显主帅的威风凛凛、不可一世。[①] 吴芳吉在湖南任教期间，所做的《南岳诗》《两墓表词》等诗也不时流露出对蔡锷的崇仰之情。

除蔡锷外，吴芳吉心目中的英雄豪杰还包括孙中山、宋教仁、吴禄贞等民主革命的先驱，如《民国二十年大总统孙公诞日，在江津县中学水陆游行会作》中写道："天降伟人亚洲东，今日何日祝孙公。提携世界进大同，奈何海上生夷风。思公公往矣，祝公还奋起。仗公在天灵，国仇终刷洗。"对于军阀中有操守气节的吴佩孚、在地方治理有所贡献的阎锡山，吴芳吉也分别作诗加以赞颂和肯定。中国诗歌

---

① 李燕石：《白屋诗人对传统诗词的贡献》，载江津市政协文史资料委员会《吴芳吉先生诞辰一百周年纪念专辑》，1996 年，第 179—180 页。

中对英雄的描写极少，这一点深受孟子"仲尼之徒无道桓文之事"的影响，也与君权社会对"侠以武犯禁"的警惕之心有关。身处新文化运动的时代，吴芳吉自然没有上述的顾虑，放胆开怀书写英雄的战功和史事，这是民国的朝气和自由，也是诗人渴望中华再出英雄以拯救民族危亡的委婉心曲。

吴芳吉曾有过以中华民族为中心创造史诗的计划，从他致吴宓的信中可看出其欲创作的史诗规模之大和处理题材之广：这首构想中的史诗约十万八千字，分为三部分，分别代表三千年前的过去、民国以来的现在、三百年后的将来，"第一部分之主眼，为神禹之肇造，其背景为四川。第二部分主眼，为中山之继续，其背景为广东。第三部分主眼，为孔子之复生，其背景为齐鲁"。第一部分着意表现华夏文明的精神，"示中国文明，情理交至，各得心之所安，远非四夷徒尚知识专走直路，而计较利害价值者所及……将吾民族根性，如博大、和平、廉洁、勇敢种种美德，一一表现"，第二部分表现上述美德暂时丧失，第三部分再现中华文明的复兴，最后以"助白俄之复国，建印度之新邦，普及孔教于四海苍生，出弟入孝，不求大同而自大同"为全诗结尾。[①] 按照这一计划，吴芳吉是要写出一部宏大的民族史诗，以与西方维吉尔等媲美。这一计划虽然因吴芳吉的英年早逝而落空，但足以说明吴芳吉对长篇史诗这一诗歌体裁的热衷，也表明吴芳吉与西方文艺思潮之间的隐秘关联。

顾随批评中国诗"缺少生的色彩，或因中国太温柔敦厚、太保险、太中庸，缺少活的表现、力的表现"，其原因很大程度是因为英雄史诗的匮乏和缺席。吴芳吉推崇"尚武"精神，认为"尚武"不仅仅是血气之勇，"文弱"更多的是精神上的颓靡："今人好言吾民文弱，宜讲究体育以补其敝。其实'文弱'二字，含义至广。吾国官吏军人，政客流氓之辈，日惟锦衣玉食、纵淫聚赌之求，衣食淫赌以外，一无所事，此真文弱之极，可以文弱罪之。吾人勤耕苦读，无尤

---

① 吴芳吉著，贺远明等编：《吴芳吉集》，第 1030—1031 页。

无怨，不尚浮嚣，能尽己任，何得谓为文弱?"① 吴芳吉如是解释"尚武精神"："不必善射荡舟，抚剑疾视，要得有担当，有毅力，耐劳苦，经锻炼，习俭习勤，养成雄厚直朴之气，则无论处家治国，皆为良才，社会之中坚以立。"② 吴芳吉"白屋诗"多有英雄史诗之作，体现了精神的自立和振拔，这与儒家的浩然之气和自强不息是全然贯通的。吴芳吉的史诗尤其是英雄史诗篇幅浩大，文气沛然，表现出中国诗歌中难得一见的力与美，颇异于他在早期诗论中所提倡的"温柔敦厚"的诗风。吴芳吉早年的刚烈和豪勇之气在其后来有意识的心性修养中隐藏起来了，但在他的诗歌中却找到了表现的出口，通过对英雄的讴歌与礼赞，诗人的隐匿不彰的壮烈情怀和内在的生命力终于得到了放射和抒发。

四 "白屋诗"的文学史意义

南朝诗人、文论家沈约在《宋书·谢灵运传论》中系统论述了文学的起源与发展以及历代文学的主要特点。沈约认为，文学创作因时代各异而有形式、文体乃至内质之变，"自汉至魏，四百余年，辞人才子，文体三变。相如巧为形似之言，班固长于情理之说，子建、仲宣以气质为体，并标能擅美，独映当时"③。自汉至魏的四百年间，文学先后经历了三个不同的发展阶段，沈约据此提出了"文以情变"的命题。"文以情变"承认作家禀赋千差万别，不同的时代有不同的风格体性，正因如此，文学才能在求新嬗变之中不断焕发出勃勃生机。

新诗的诞生体现了"文以情变"的精神，也是因应时代求变创新的必然趋势。在新诗发生的初始阶段，有两派理论最为鲜明，一是坚持传统诗论的一派，一是主张全盘西化的一派，结果"西风"压倒了"东风"。在"西化"的路径上，先是草莽初创的白话诗阶段，后短时间出现中西调和、纯诗取向，再后有大众化方向、现代主义方向，以后有民歌方向。新中国成立以来，有"古典加民歌"的倾向，后来

---

① 吴芳吉著，贺远明等编：《吴芳吉集》，第 636 页。
② 吴芳吉著，贺远明等编：《吴芳吉集》，第 1235 页。
③ 穆克宏主编：《魏晋南北朝文论全编》，上海远东出版社 2012 年版，第 201 页。

又涌现出自由诗、现代格律诗、现代派诗歌、口语诗歌、传统旧诗……①可以说，新诗到底怎么写，这一问题始终困惑着中国的诗人，直至现在也没有达成共识。新诗仍处在未完成的状态，也说明了现代汉诗的写作方式和未来发展充满无限的可能性。

尽管古今中外对诗歌的理解不同，但一般都承认，诗歌是语言的艺术。可以说，语言的形式决定了诗歌的特质。对于诗歌来说，形式在某种意义上就是内容。延续数千年之久的文言形式的古典诗已经不能适应时代的发展和需要，而时代又呼唤与之相吻合的文学形式，于是白话诗应运而生。白话诗是中国文学的重要收获，自此中国诗获得了新的表达。白话诗的出现是中国诗的一大革命，也为汉语诗歌书写中国现代性提供了语言基础。没有这种语言基础，中国诗就只能在古典诗的窠臼里辗转徘徊而无法生发出新的姿意，更无法介入中国社会已经发生巨大变化的生活场景和大众心理。可以说，白话诗的诞生其意义不亚于唐诗宋词等诗歌典范的确立，它提供了空前自由的语言实验的田地，各种诗歌的元素犹如各种作物竞相生长，呈现出一派生机勃勃的文学景象。

白话诗获得了语言表达的空前便利，但有一利必有一弊，初兴之际的白话诗在韵律、诗意和美感上都极为欠缺。换言之，诞生不久的白话诗更多的是"文学革命"的利器，是唤醒社会大众的呐喊，它的诗意和美学价值尚未进入人们的视野。当此之时，不满足于早期白话诗艺术粗糙的人们在思考一个问题：如何才能让这种初兴的诗歌种类散发出应有的诗意？对于有着数千年古典诗传统的中国诗人来说，这个问题是迫切地需要回答的，他们深知，如果不能在意境、蕴藉、神思等层面发展白话诗，那么它便只能沦为政治的宣传标语和民众追逐时尚的流行读物。

与完全鄙薄白话诗的旧体诗人不同，吴芳吉对于新诗的实验充满了兴趣和热情。在反传统的文学声浪里，吴芳吉选择的是一条以嵌入传统的方式来参与革新的诗歌创作道路。这似乎构成了悖论：革新不

---

① 谢应光：《吴芳吉的诗学观与新诗发生路径再思考》，《蜀学》2009 年。

是推倒传统吗？为何对传统的召唤也是革新的一种方式？对上述两个问题的回答，也是理解吴芳吉创制"白屋诗"的一大关键所在。

一般认为，革新就是反传统，推倒传统才能彻底实现革新的目的。但实际上，没有任何的"新"是完全剥离了"旧"能够凭空诞生的。即使是以推翻传统为标榜的中国新文学仍在情感、趣味、语言形态等方面与中国古典文学保持着千丝万缕的关系，以白话诗为例，也可以从中找出中国古典诗歌以宋诗为典型的"反传统"模式的潜在影响。① 当白话诗从古典诗数千年的历史沉淀中脱颖而出之时，那无所不在的传统的文艺思想和文化心理随之也投下了自己的影子。新诗是对旧诗的革命，也是旧诗的再生。这种再生虽然丢弃了显而易见的外壳，却保留了无所不在的精魂，它会在适当的时候重新寻找失去的诸种情感、价值，甚至是被人们遗忘的陈旧的"外壳"。

在这种"剪不断、理还乱"的新旧交织的文化背景之下，吴芳吉开始了他的诗歌实验。与早期的白话诗作者不同，吴芳吉在认同白话诗价值的同时（尽管他表现出对白话诗的种种不满），刻意强调新诗与古典诗歌的联系。这在白话文初兴的时代是不多见的。吴芳吉诗学上的"化古"自觉又来自于他强烈的文化信念——对理学道统的认同以及他早年娴熟掌握的古典诗艺，这二者的合力在因缘际会的新文化运动的主场——上海发生了化学作用，催生出了"白屋诗"这一形制独特、归属模糊、语言杂糅的新型白话诗。

在新诗的发展演变中，"白屋诗"可以说有其必然之处，它是新旧诗过渡时代的产儿，类似于语言学理论的"中介语"。中介语（Interlanguage）亦称"过渡语"或"语际语"，是指在第二语言习得过程中所形成的一种既不同于其母语也不同于目的语，随着学习的进展向目的语逐渐过渡的动态的语言系统。中介语是在学习外语的过程中受到母语干扰的一种语言状态，它最大的特点就是受到母语系统的影响乃至渗透。用中介语的理论来看新旧诗的转换，我们就会看到诗歌传统对白话诗的潜在影响。"白屋诗"的情形又有其自身的特点：一

---

① 李怡等：《被召唤的传统》，中国社会科学出版社 2009 年版，第 4 页。

方面，吴芳吉不自觉地受到诗歌传统的影响，另一方面，他又自觉地借鉴古典诗歌的某些写作技巧和表达方式。置身白话诗已成潮流的时代，吴芳吉的"白屋诗"在某种程度上是诗歌传统在现代语境下的最后一搏，以其自身本有的方式努力探索汉语诗歌演化的方向。现代新诗"象征派"的执牛耳者李金发在其怪癖冷郁的诗作中喜用文言语词和句式，这与吴芳吉在古典诗中注入白话元素的做法恰成对照，"以旧入旧"和"以新入旧"代表了两种不同的语言观和文化观，也说明现代新诗所具有的广阔的语言空间。这是现代新诗这一新诗体的特异之处，它的开敞性使其天然具有容纳异质性的能力，这是白话文学与思想解放能够并行的重要原因。与之对应的文言写作由于与经典的紧密关系而只能成为精英阶层的表达工具，这也是它与现代社会格格不入的原因所在。

　　吴芳吉身处新诗发生的时代空间，却又沉浸于古典文学的历史时间，这种空间、时间交叠的混乱和矛盾正是"白屋诗"能引动时人瞩目的一大原因。创造意味着混乱，如果一切就绪，创造的余地也就大大压缩了。在新旧诗的过渡时期，吴芳吉以自立法度的姿态开创了"白屋诗"，在某种程度上超越了新诗的单一性面貌。

　　就文化层面而言，"白屋诗"是中西文化碰撞之际、新旧诗歌转换之时最能体现中国人中庸哲学思维的文体形式，它的不激不随、不中不西，预示了中国新诗发展的某种方向和某种可能性。吴芳吉自述"白屋诗"的创作动机："苟非我之所短，不舍己以从人，自非我之所长，不媚人以病己。故余之取于外人，亦犹取于古人。读古人之诗，非欲返做古人，乃借鉴古人之诗以启发吾诗。读外人之诗，断非谄事外人，乃利用外人之诗以改良吾诗也。"[1] 在本质上，吴芳吉自视为"新诗人"，他自动与纯粹旧派的诗人区分开来，认为自己的诗歌创作是现代新诗的一部分，且看他的作诗准则"以旧文明的种子，入新时代的园地，不背国情，尽量欧化"[2]，当然他走得不够远，未能将

---

[1]　吴芳吉著，贺远明等编：《吴芳吉集》，第 543 页。
[2]　吴芳吉著，贺远明等编：《吴芳吉集》，第 557 页。

诗体的实验进行下去，饶是如此，当他文学风气保守的成都任教之时，竟被目为"新派诗人"，这种身份上的驳杂与混沌大概是吴芳吉所始料未及的。

文体之变，关乎世运。"白屋诗"之创制，也有其文化心理的基础。自不待言，吴芳吉的理学背景一直对他的诗歌创造发挥着潜移默化的影响。作为更新的儒学，理学不同于原始的孔孟儒学，它在宇宙论方面的严密和宏大远远超越原始儒学，原因在于理学吸收了佛学的诸多元素而使得儒学的体系趋向完整和思辨化。这是理学的开放性，大胆地吸收和融合异质的文化资源。同时，理学又具有强烈的保守性，它是以儒学作为主体来吸纳佛学的某些资源，而非以佛学消解儒学的主体性。当理学的更新接近尾声，理学家对理学受到的佛学影响闭口不谈，甚至对佛学大加排斥。理学所兼有的开放性和保守性，为我们分析吴芳吉诗体改革提供了思想结构上的参照。我们可以看到，吴芳吉不排斥学习和吸收西洋诗，但更强调中国诗的主体性，这与理学的文化心理是同构的。正如理学对古典儒学的高扬，吴芳吉也充分肯定古典诗的精华之处，它犹如一棵大树，根须深深扎在中华文化的沃土里，虽然暂时花果飘零，但冬尽春来一定会再次枝繁叶茂。吴芳吉列举了古典诗的基本质素，并认为这些质素万万不可轻而易举地抛失："无邪之教，逆志之说，辞达之诚，行远之箴，千古所共由者，不当以一时新解而违弃之。诗中艺术，如遣韵必谐，设辞必丽，起调必工，各家所并用者，不得以一人癖嗜而破坏之。"这是吴芳吉诗歌创作和诗体改革的底线和基本原则，"白屋诗"之所以不愿或不能彻底打破古典诗的藩篱，这是很重要的原因所在。

理学思想与文学创作的内在紧张导致"白屋诗"处在"不新不旧"的尴尬状态。在吴芳吉的时代，"白屋诗"的尝试赢得了欢迎，也饱受了批评，可谓毁誉参半。除了《两父女》外，新文学人士对吴芳吉的"白屋体"诗歌多持异议。康白情从自由体新诗的角度批评吴芳吉的诗作不合于真正白话文学，须要进一步改良。他以吴芳吉所写《婉容词》为例，认为白话诗中夹杂很工整的律诗句子，如"野阔秋风紧，江昏落月斜"，实为不当。《星期评论》主笔戴季陶也托人转告吴芳吉，其诗"用韵为不顺潮流"①。

值得注意的是，同属文化保守主义立场的诗人对吴芳吉之诗也颇有微词。吴芳吉在私人信件中提及胡先骕、陈寅恪对"白屋诗"的不以为然："胡君步曾嗤吾诗歌，亦应有之事，不足为异。毁誉原在一体。吾诗非以求悦世人，毁岂能病我哉！"②"胡步曾君、陈寅恪君之不悦吉诗。"③ 胡先骕、陈寅恪的诗歌趣味都受"江西诗派"影响，"江西诗派"的风格以雄奇冷峻晦涩艰深著称，大量使典用事，喜制拗律，造拗句，其美学影响一直延及清代同光体诗人。由于审美风格的歧异，胡先骕、陈寅恪不欣赏掺杂了白话俚语的"白屋诗"也在情理之中。这从另一个侧面证明了"白屋诗"反倒与新诗较为接近。

由于"白屋诗"文白混用的独特性，新诗阵营和旧体诗阵营对之都持怀疑甚至质疑的态度。"白屋诗"受到新旧诗人的冷遇，却受到当时社会人士的欢迎和肯定，这一现象颇为耐人寻味。一位名为游鸿如的评论者盛赞吴芳吉的"白屋诗"是"融异为同"的难得的成功尝试，"摹仿西洋诗格调，运用中国句法，以独创新体，既能完全脱离旧诗篇章之形态，而又不蹈欧化过深之讥"④。民国贤达黄炎培称《婉容词》是"东西文化合流之证"并作《吊吴芳吉》一诗表达敬仰之情："碧柳诗人我最怜，善翻格调出天然。平生志行惟忠爱，浩荡灵修不假年。"在审美格调和思想内容上，黄炎培都对吴芳吉做了充分的肯定，这颇能看出民国时代一般读者的心理。喜欢"白屋诗"的读者，对于新诗，他们没有欣赏的热情，对于旧诗也感到了陈陈相因的无聊，正当此时，吴芳吉独创了亦新亦旧的"混合诗体"，既有审美上的熟悉又有推陈出新的陌生化效应，这种心理在当时是有代表性的。

无论如何评说"白屋体"的利弊得失，但毫无疑问的是，吴芳吉开创了一种的新的诗体。这种诗体之诞生，有其历史的机缘和时代的

① 吴芳吉著，贺远明等编：《吴芳吉集》，第 1344 页。
② 吴芳吉著，贺远明等编：《吴芳吉集》，第 860 页。
③ 吴芳吉著，贺远明等编：《吴芳吉集》，第 942 页。
④ 游鸿如：《白屋诗述评》《明德旬刊》1932 年第 7 卷第 4—5 期。

需要。新诗初兴，当其艺术手法还很幼稚的时候，"白屋诗"延续了古典诗的优点，以其似曾相识的阅读感受适时地满足了读者的口味和需求。这有赖于吴芳吉对新旧艺术规律的探索和对时代文学脉搏的把握。与吴芳吉有过交往的历史学家柳诒徵对"白屋诗"的容纳古今、中外、雅俗的多元取向评价较高："碧柳之气夺万夫，碧柳之才涌百川。诗心所苗月语而花笑，诗魄所孕海走而天旋。直合《九歌》《七发》《五噫》、'四愁'、'八哀'之笔为一手，更与摆伦、哥德、莎士比亚相后先。'十九首'、'三百篇'、《北征》、《南山》、《新乐府》，熔锤陶冶内贯穿。下及方言俚语眼前事，写生妙入秋毫颠。呜呼此天才，乃为蜀所专。吾疑渊、云来，地气有独偏。"①

在吴芳吉逝世 27 年后的 1959 年，吴宓友人郑思虞②对"白屋诗"有过一番总评："碧柳之生活与其诗之创作，皆完全自由、独立，毫无依傍与束缚。其诗之内容，纯属现实，即描写中国人民之真实生活，而寄与以极广大之人道主义之同情。其诗之格律形式，则由碧柳自造，任意采择新旧古今中外，而创为白屋之诗体，下开今后一代之诗型，且又多变化，每篇之形式恰与其内容相符合、相适应，此为碧柳独特之造诣。总之碧柳之精神与气魄，如天马行空，自行其所是，毫无顾忌，毫无惧怯，其勇毅实此时代之诗人文人所远莫能及者也。而其人及诗之伟大处亦正由于此。"③ 考虑到时代背景，郑思虞的评价特别强调了"白屋诗"的无依无傍和自由无羁，对"白屋诗"内容及形式的剖析较为允当，也指出了吴芳吉的诗歌实验"下开今后一代之诗型"的文学史意义。

当强调传统的"白屋诗"也成为新诗传统的一部分之时，新诗已不再纠结"继承"与"创造"的矛盾，这也是"白屋诗"这一特殊的诗体对新文学的独特贡献，它试着在丰富的文学积累与激烈的文学创新之间寻找某种平衡。新诗之"新"，并非简单地从文言形式转换

---

① 吴芳吉著，贺远明等编：《吴芳吉集》，第 1399 页。

② 郑思虞（1907—2007），江西泰和人。1929 年毕业于四川大学英语系。先后任四川教育学院、国立女子师范学院、重庆大学、西南师范学院教授。

③ 吴宓著，吴学昭整理：《吴宓日记续编》（第 4 册 1959—1960），第 147—148 页。

为白话形式，而是寓意着文学的异质性和多元性，这是与定于一统的古典诗最大的不同。从这个角度来看，"白屋诗"是新文学运动的产物而不是复古的产物，它的产生和存在也证明了新诗的活力和开放性。也只有从新诗多元探索的视角出发，我们才能准确地找到"白屋诗"在文学史上的坐标所在。吴芳吉在保留传统审美形态和审美意味的同时，打破了旧体诗的固有形式，以错综参伍的诗歌面貌完成了对古典诗的扬弃与再造。以继承传统的形式参与到"反传统"的新文学运动中来，这也暗合了"苟日新，日日新，又日新"这一古老铭词激励人们生生不息地进行创造的要义。

第六章　回归古典传统

在"白屋诗人"的盛名之下，吴芳吉却没有继续光大这一诗体，甚至仅将其视为应用性的诗体而淡化了对"白屋诗"的热情。在生命后期，吴芳吉用力最多的仍是写作旧诗（在行文中笔者根据不同语境分别称为"旧体诗"或"古典诗"），"白屋诗"体裁的诗歌仅限于吟咏故乡风物、酬酢往来，当涉及严肃题材和深度话题时，吴芳吉仍然选择旧诗的形式抒展胸臆。吴芳吉在新诗、旧诗之间往复的选择体现了诗人文化情怀和诗学理念的变迁。本章追溯吴芳吉早年的诗歌历程，探讨吴芳吉诗歌古典转向的动因，同时对吴芳吉的旧诗诗艺及创作历程作一述评。

一　吴芳吉的早期诗歌

有论者从吴芳吉生平经历的角度将其诗歌创作划分为三个阶段。第一阶段（1915—1917）是吴芳吉诗歌创作的开启和大量写作歌行体的时期，第二阶段（1918—1920）是吴芳吉创制新体诗篇的时期，第三阶段（1921—1932）是吴芳吉放弃改革诗体努力、回归旧体诗的时期。①

上述对吴芳吉诗歌分期的看法是颇有根据的。若以 1919 年吴芳吉发表《婉容词》为分水岭，吴芳吉的诗歌创作呈现出古典诗—白屋诗—古典诗三个阶段的变化，其中，早期的诗歌创作不仅为吴芳吉创制新诗体奠定了基础，也隐含了吴芳吉在生命的余年回归古典诗的种种潜在因素，因此有必要回顾吴芳吉早期的古典诗歌创作。这段时期

---

① 金国永：《白屋诗人的诗及其创作道路》，载成都市文学艺术界联合会、成都吴芳吉研究会编《吴芳吉研究》，中国文联出版社 2010 年版，第 179—192 页。

起于吴芳吉开始诗歌创作的 1915 年，止于吴芳吉创制白屋诗的 1919年。据统计，这一时期，吴芳吉共作诗七十余首，其中五、七格律诗42 篇（包括七律 11 篇，七绝 5 篇，五律 21 篇，五绝 1 篇，五言短篇排律 3 篇），五言古诗 4 篇，七言古诗 1 篇，子夜吴歌体 1 篇，竹枝词味 1 篇，杂言 20 篇，四言古体 2 篇。①

　　吴芳吉早慧，与诗歌结缘甚早，三岁时就接触《诗经》，诵《周南》《召南》二诗。吴母刘素贤为小学教师，喜爱诗文，常于做针线之余，教读吴芳吉汉魏唐诗。稍长，又熟读陶潜、谢朓、李白、王维等诸家诗。吴芳吉少时就读的聚奎学校，以《诗经》为主要课程，借《诗经》的"兴观群怨"之义培养学生成为温柔敦厚、独立振拔的志士仁人。聚奎学堂位于黑石山，风景佳丽，冠于蜀中，诱启了吴芳吉的诗思，他后来回忆："其山水清丽，最足活泼儿童性情。男之诗文颇得当世虚名者，要由聚奎数年所培养也。"②求学时期，吴芳吉显示出诗歌方面的才华，他曾为同窗好友邓绍勤绘扇题七古八句，起首两句为："袁家溪畔一渔翁，得鱼数尾化为鹏。"这也是目前所见吴芳吉最早的诗句，显示了他不凡的诗歌才华与人生抱负。聚奎学校的文学空气浓厚，诸师之中，与吴芳吉关系亲密的国文教师萧湘擅诗，对其影响最大。萧湘之诗磊落自雄，有盛唐的刚劲敞阳之气，吴芳吉与之唱和颇多。1911 年，吴芳吉入读清华学堂后，与友人合办《观摩月报》，内设诗词专栏，并向吴宓等人出示自己及师友所作诗稿。可见，吴芳吉至少在入读清华之前就已开始作诗，并对诗歌产生了高昂的热情和强烈的兴趣。

　　吴芳吉大量写作古典诗歌始于被清华开除后独自从三峡水道返乡的这一时期。在结束了京津的流浪生活后，吴芳吉得同乡之助，由宜昌坐民船返回家乡江津。受清华学潮不公正处理的影响，吴芳吉的心绪一直波荡起伏，并不断反求诸己，查其《蜀道日记》，屡有反省自身性情缺陷、控诉社会污浊不堪的记录。三峡经历颇具传奇色彩，漫

---

　　① 张诚毅：《吴芳吉的诗歌改革足迹》，《重庆工商大学学报》（社会科学版）2003 年第 2 期。

　　② 吴芳吉著，贺远明等编：《吴芳吉集》，第 894 页。

长而艰困的旅途给吴芳吉留下了永难磨灭的印象：峡道风光的旖旎，世态人情的炎凉、风物民俗的奇特、舟子船夫的劳苦、军阀混战的残暴……他天性纯良，身处艰辛的行旅之中，诗思更加敏感，他以"真天子即是我"的超迈，"愿得天下病夫尽活之"的宏愿，发之于诗，吟之于句，成诗 70 首，为自觉"以诗言志"之始。吴芳吉后将三峡组诗寄与吴宓，后者阅后，赞其诗风类似陆游，勉其戮力为诗。三峡组诗未能流传于世，但据吴宓的评述，可以推断这组诗表达了对国家危亡的沉痛感触，也有对自然风光细致入微的描写。受到吴宓的鼓励，吴芳吉发愿以诗为职志所在，对诗之功用的认识也逐渐深化，"凡吾有志而弗逮者，一一纳之诗中"①，自此开始，诗歌成了他驰骋壮思追慕理想的精神载体。

　　1914 年，吴芳吉在嘉州嘉定中学担任英文教员，与师友频繁唱和，以诗为消遣生涯抒发怀抱之具。他与友人的唱和之作，显然不是出于艺术的追求，而是日常酬酢、互相惕厉的表达方式。吴芳吉一生以诗人名世，但不以"为艺术而艺术"的纯粹诗人自居。为反对将诗歌作为政治工具或"为艺术而艺术"的潮流，吴芳吉否认诗歌自成一物的神圣地位，故意消解对诗歌政治性和艺术性的极端追求，为此，他将诗歌视为一种应酬的闲兴："建安以来之号诗人者，无非工于应酬者也。或兴感于自然，或寄托于人事，皆应酬矣。惟有志乃有应酬，有应酬而后有诗。应酬以外无诗，诗以外无应酬。"②自然，这里的"应酬"不妨理解为心态放松之下诗性的感发与触动。

　　吴芳吉有意为诗并形成自己的诗观是在 1915 年任职上海右文社之时。此一时期，他研读顾炎武、龚自珍、黄遵宪、"南社"诸人的诗集，也通览了莎士比亚、丁尼生等人的诗歌。此年，他在《读雨僧诗稿答书》一文中，借由点评吴宓之诗，追溯了知诗、学诗的历程，提出了自己的诗学观，其中值得重视的论点兹列于下：（1）诗有长短，各有特点，"长篇巨作，譬如深山大海，草木生之，禽兽居之，

---

① 吴芳吉著，贺远明等编：《吴芳吉集》，第 540 页。
② 吴芳吉：《倚松楼诗钞序》，《明德旬刊》1935 年第 11 卷第 1 期。

江河汇之，舟楫逛之，其浩然之气不可方物。短篇之作，譬如一花一叶一丘一壑，仅传一隅耳。故长篇宜涵浑，短篇宜精致"；（2）诗贵有深厚之意，"凡极喜、极清静、极繁华之境，皆作诗之好时候"，反对过分追求格律，"诗之为道，发于性情，只求圆熟，便是上品。若过于拘拘乎声韵平仄之间，此工匠之事，反不足取"；（3）诗要注重炼句，"炼句之道，曰顺、曰熟、曰圆、曰化"，化境是最高境界。在语言技巧上，重叠手法宜慎用，本乎自然，否则易流于俗气；在诗句气势上，不能仅凭句尾感叹词提振，而当以句中自然饱满的气势体现，收尾之句当选取宏厚稳固之词，如此方可避免头大尾小之弊；（4）诗中意象不可过密，过密则如"傀儡登场，每多鄙俗习气"，索然无味；（5）作诗须力避习语，务去陈腐之言，"用之过多，反觉其俗"；（6）诗贵自然，"诗之为道，纯从天真发出"，用典并非越多越好，"宜含浑自如，不可牵强"；（7）小学乃为文学根基，作诗亦须通晓小学；（8）文学衰败已极，五千年文学传统面临存亡危机，"今少年每吐弃之"，有志于文学复兴者应负起责任。[1] 这篇论诗之作是吴芳吉对前一时期作诗经验的总结，也预示着他的诗歌创作即将进入喷薄而出的盛产时期。

1916 年，吴芳言写出《弱岁诗》组诗，原为 19 首，现存 12 首，多关心国运民瘼、自述身世之作，计有《儿莫啼行》《海上行》《江上行》《步出黄埔行》《巫山巫峡行》《曹锟烧丰都行》《思故国行》《赫赫将军行》《短歌行》《痛定思痛行》《红颜黄土行》《北望行》。这些诗在诗风上玥昱受到杜甫《悲陈陶》《哀江头》《兵车行》《丽人行》等作品的影响，诗人漂泊流离的身世、世态人情的变迁、军阀混战的动荡和苍生丧乱的苦楚一一浮现于笔下，如一副历史长卷展示了自辛亥革命以来的社会全景和时代的变幻风云，这也是对"以旧风格含新意境"的"诗界革命"的回应。

1917 年 1 月至 1919 年 6 月，吴芳吉居川不出，得以在家自修，默默涵养心性，不断锤炼诗艺。此一时期，受吴宓指点和启发，吴芳

---

[1] 吴芳吉著，贺远明等编：《吴芳吉集》，第 368—375 页。

吉留心西洋诗歌，研究古希腊、罗马史诗，熟读《英诗源》《彭士全集》《乐伯全集》，并尝试用古典诗体翻译彭斯的诗作，这为他日后学习借鉴英国的民歌民谣提供了机缘。吴芳吉居家之时，新文化运动已在京沪两地如火如荼进行，僻居川东一隅的吴芳吉一方面密切关注文化思想界的形势和走向，一方面大量阅读古代诗歌作品，包括《古诗源》《诗经》《楚辞》《八代诗选》、陶渊明诗、杜甫诗等先秦、汉魏、晋唐之诗。这一时期所作的《枇杷会》《与同乡少年聚饮竹溪口》明显带有《诗经》四言句式的风味，《短歌行》则是模仿楚辞风格的作品，这说明吴芳吉较早时候就注意从先秦诗歌中汲取养分和灵感。

吴芳吉对近代以来的诗人也颇为关注，如金和、丘逢甲、陈伯澜、于右任等诗人，都在他的学习与模仿之列。清末民初之际，古典诗在强大诗歌传统的影响下，形成"尊唐"和"宗宋"两大派别。自道光年间兴起的"宋诗运动"一直绵亘至晚清，产生了影响深远的"同光体"。晚清以来的诗人各尽瑰奇、各显风姿，形成了又一个古典诗的小高潮。在众多有成就的晚清诗人之中，金和、丘逢甲对吴芳吉早期的诗观和诗歌创作产生了较大的影响。

金和（1818—1885）是近代诗坛上颇有争议的诗人之一，梁启超、陈衍、胡适对其推崇赞赏，而持古典主义立场的胡先骕等人对其批评也甚为严厉。金和的诗歌之所以引起如此争议，究其缘由，与其诗歌中的革新精神有关。金和长期接触社会底层，亲历鸦片战争和太平天国起义的兵火，所写诗歌富于现实性和批判精神，其中写"英夷犯江之役"的《围城纪事六咏》，讽刺和抨击统治阶级屈膝投降，表现了反侵略的爱国精神；《印子钱》《苜蓿头》等则反映了清政府对民众的残酷压榨，表现了对民生疾苦的同情与关心。他对清军的腐败尤有深切的感受，所作《军前新乐府四首》《双拜冈纪战》《兰陵女儿行》《烈女行纪黄婉梨事》等诗，有力揭露了清军勒索蹂躏平民的残忍行径。从语言风格上来看，金和的诗不循唐宋，随心所欲，多用散文体、说话体、日记体，以此表现古人未到之境、未辟之意。又擅以古体叙事，不拘传统格调，语言平易，汩汩叙来，痛快淋漓。他的叙事诗中往往截取富有表现力的生活场景突出刻画人物的形象，以及运用夸张幽默的笔调，使诗含有深刻讽刺的意味，对古典叙事诗有所发展。金和诗歌的民本立场、语言风格以及大胆的革新，吴芳吉引以为同调，对其诗集《秋蟪吟馆诗钞》多有点逗批注。① 吴芳吉以诗成名之后，外界对"白屋诗"的评论亦呈水火两极，他在成都大学教书时，对金和长诗情有独钟，大概也是出于惺惺相惜物伤其类的情感。

晚清的另外一位重要诗人丘逢甲（1865—1912），吴芳吉接触较早，熟读其《岭云海日楼诗抄》，并对其推崇备至，认为是子美、放翁以来第一人，"其峥嵘豪放之气，前无古人，后无来者。至情而为至人，至人而为至文，足以挽流俗、匡末运，日月经天，江河行地之作也"②。丘逢甲所处的忧患时代和中国当时任人宰割的情势都容易让吴芳吉发生共鸣，他在追溯诗歌创作渊源时说："此为某于中国诗史上所取之数人。灵均、靖节、少陵，为人所论定，丘公逢甲似较三子为弱。然某渊源所从，其造就裨益于某诗者，自其视之，与三子同大矣。……至某所资取于四子者，不仅其文，尤在其人。若陶之超尘拔俗而无厌世之心，杜之穷迫饿驱而无绝望之语，屈则忠爱之忱不谅于世，而至死不去其国，丘则处积弱之势、衰敝之秋，而能发扬民族精神、祖国文化，以与时代俱进，此皆某所馨香祷祝，以为创造民国新诗最不可少之资也。"③

丘逢甲是台湾省籍的诗人、教育家，也是起而行之的爱国志士。甲午战争之后，清政府将台湾割让给日本，丘逢甲深感失地亡国之痛，以孤臣孽子之心组织义军抗日，事败后，含愤离台内渡。丘逢甲身历抗日护台之役，目睹了台湾沦陷的惨痛景象，写下了大量表达台湾沦亡之痛、渴望收复故土的诗篇，如"春愁难遣强看山，往事惊山泪欲潸。四百万人同一哭，去年今日割台湾"（《春愁》）。丘逢甲念念不忘故土，为之泪下神伤，发之于诗，以表达思念故园的愁怀和恢复失地的不息壮志，"平生陆沉感，独自发哀噫"（《香港书感》）、

---

① 杨钊：《文化视野下的重庆聚奎书院研究》，第240—241页。

② 吴芳吉著，贺远明等编：《吴芳吉集》，第620—621页。

③ 吴芳吉著，贺远明等编：《吴芳吉集》，第178—179页。

"战守无能地能让，百万冤魂海中葬"（《海军衙门歌》）、"慷慨出门思吊古，田横岛上更何人"（《闻胶州事书感》）、"我工我商皆可怜，强弱岂非随国势"（《汕头海关歌》）等诗作疾呼国家危在旦夕，谴责当局昏聩无能，控诉列强狼子野心，激昂壮烈，凌厉雄迈，悲痛沉郁，慷慨苍凉。丘逢甲一扫风格卑靡、崇尚拟古的晚清诗风，气壮志奋，情真意切，梁启超称他为"诗界革命之巨子"①，黄遵宪也说"此君诗真天下健者也"②。丘逢甲的诗风让同样身处国变乱局的吴芳吉心有戚戚，他的诗中始终充满了忧患和危机之感，如"国破已无人，违心况有亲"（《咏史四首》），"故国悲多难，亲朋哭远行"（《年假别嘉州东归席上留赠诸子》），"分阴还运甓，浩劫满沧瀛"（《望嘉州》），"呜呼我国如睡狮，何当睡醒一振之"（《红颜黄土行》），这些诗句痛定思痛，慷慨悲歌，表达了对国运的焦虑以及对时局的担忧。吴芳吉不仅在忧国情怀上受丘逢甲的影响，在诗歌艺术也多有借鉴，他评价丘逢甲的诗艺："以五言古风为最遒美有奇气。《罗浮》《说潮》《文信国公生日》三篇，尤所心服。盖情趣、美感、识度、气魄、音节、艺术，无论从何方面视之，皆有可取者也。"③ 丘逢甲善于运用歌行体叙事抒情，这类诗歌在他的诗集中占有较大比重，如《汕头海关歌》《海军衙门歌》《送谢四东归》《韩祠歌》《题兰史罗浮纪游图》等诗吸取了李白歌行体的精髓，气势豪放，跌宕自然。吴芳吉大量写作歌行体，并以之作为诗体改革的突破点，这与丘逢甲的影响是分不开的。

由于此一时期居家研究理学，吴芳吉早年的诗观即已把诗歌作为修身养性和经世致用的载道之具。他追慕陶渊明的安贫乐道、淡泊恬适，写了不少有田园诗色彩的诗作，如《白屋清明》《初夏赴丈人田舍看插秧》等，这些诗疏朗轻灵，悠闲从容，静观物理，俯仰自得。除了追慕陶渊明的恬淡悠闲，吴芳吉更为强调诗歌的"济世"功用，

---

① 徐博东、黄志平：《丘逢甲传》（增订本），九州出版社 2011 年版，第 175 页。
② 汤溢泽、廖广莉：《民国文学史研究 1912—1949》，吉林大学出版社 2011 年版，第 48 页。
③ 吴芳吉著，贺远明等编：《吴芳吉集》，第 616 页。

认为诗之极则在于"致于平治之用"，诗歌乃诗人济世之用，欲学古人之诗，必学古人之为人，"习杜诗，当知杜公忠爱，没饭不忘君国，其人品节操，高出千古，故其诗之雄冠千古，无以加之"①。不难看出，传统诗学的惯性一直在吴芳吉身上延续着，尽管他后来有过数年的"白屋诗"的诗体变革和实验，但在其内心深处，古典诗歌仍然是最能体现传统人文价值的文学形式。

二　诗学转向的内在逻辑

1917 年发生的新诗运动是五四"文学革命"的一环，它的意义在于打破了旧的范式，确立了一种新的诗歌语言，为中国诗的现代化开辟了崭新的道路。同时，新诗的诞生又与现代中国文化的转型密不可分，由于当时的文化气氛过于强调否定传统的一面，以至新诗把与旧体诗的完全决裂视为自身存在和发展的前提条件。在放弃了对传统的继承之后，新诗最早的创作者们不得不把目光投向异域的外国诗歌，与新文化运动提倡的"全盘欧化"保持统一步调。在狂飙突进的时代，传统诗歌的精华与特质被埋没了，在创新者的眼中，传统诗歌只是糟粕性的存在，这阻碍了他们从传统诗歌中汲取养分而使诞生之初的新诗显得异常孱弱。新诗横空出世，无所依傍，表面上看来新奇卓异的摩登之物，在艺术审美上却缺乏深度与内涵。对于习惯了古典诗阅读的人们来说，新诗有着诸多的先天不足，即使爱护新诗的新文化人士对此也毫不讳言。1934 年，鲁迅致信《新诗歌》的编辑窦隐夫，谈及他对新诗的看法："我只有一个私见，以为剧本虽有放在书桌上的和演在舞台上的两种，但究以后一种为好；歌虽有眼看的和嘴唱的两种，也究以后一种为好；可惜中国的新诗大概是前一种。没有节调，没有韵，它唱不来；唱不来，就记不住，记不住，就不能在人们的脑子里将旧诗挤出，占了它的地位。……新诗直到现在，还在交着倒楣运。"② 在鲁迅看来，新诗因其无韵、无节调的缺陷使其难以发挥应有的艺术价值和艺术功用，进而影响了它对民众的启蒙作用。作

---

① 吴芳吉著，贺远明等编：《吴芳吉集》，第 623 页。
② 鲁迅：《鲁迅全集》（第 8 卷　1934），人民文学出版社 2014 年版，第 625 页。

为新文化运动主将的鲁迅在新诗中没有找到与他气质和感受相合的东西，"却找到了旧体诗这种在旧文体或许是限制性最大的形式来考验自己的诗才"①，这种反差耐人寻味。

闻一多肯定了新诗的时代精神，但又对新诗缺乏中国文化意味提出了严厉的批评，他在《女神之地方色彩》一文中说："新思潮的波动便是我们需求时代精神的觉悟。于是一变而矫枉过正，到了如今，一味地时髦是骛，似乎又把'此地'两字忘得踪影不见了。现在的新诗中有的是'德谟克拉西'，有的是泰果尔、亚坡罗，有的是'心弦'、'洗礼'等洋名词。但是，我们的中国在哪里？我们四千年的华胄在哪里？哪里是我们的大江、黄河、昆仑、泰山、洞庭、西子？又哪里是我们的三百篇、楚骚、李、杜、苏、陆？"②鲁迅和闻一多对新诗的批评角度各异，但都指向新诗的创作过度"欧化"，缺乏本土性，它的形式和内容虽然体现了诗歌创新的理念，但不能打动人吸引人，因此无法产生如旧体诗数不胜数的经典之作。

一向对中国现代文学抱有欣赏和肯定态度的捷克汉学家也承认，对于新诗来说，克服旧传统的影响，创造新的形式和语言是极为困难的，很多尝试者的努力都不太成功。③ 诗是一种特殊的文体，其特殊性在于对语言的要求是最高的，语言的搭配与运用几乎构成了诗歌全部的内容。中国古典诗歌本身就是登峰造极的诗体，它高度成熟而又不断更新，以至于人们难以想象这种诗体还有推倒重来的必要。中国古典诗歌尽管在音韵、格律方面有着严格的规定而显得刻板，也正因如此，它的优长是以最凝练的笔法，寥寥几笔就可以表现环境、勾勒人物、创造意境，"在一个意象中蕴涵了丰富的细节，并将这种构思艺术发挥到了炉火纯青的地步"④。古典诗歌在形式和意象上是浓缩的、内敛的，它通过一系列的诗学规定而表现无穷尽的时空。就此点

---

① 李欧梵：《铁屋中的呐喊》，人民文学出版社 2010 年版，第 41 页。
② 闻一多：《唐诗杂论诗与批评》，生活·读书·新知三联书店 2014 年版，第 166—167 页。
③ ［捷克］亚罗斯拉夫·普实克：《抒情与史诗：现代中国文学论集》，第 45 页。
④ ［捷克］亚罗斯拉夫·普实克：《抒情与史诗：现代中国文学论集》，第 53—54 页。

而言，中国古典诗歌与汉语的特征是高度重叠的，汉语的优势在古典诗歌的吟哦中得到了最大程度的发挥，同时将中国文化虚实相生的特征表现得淋漓尽致。

由于古典诗歌对语言的限制性，新诗的反叛也从这里找到了突破口，它主张打破一切形式上的规定，以自由体的姿态对抗古典诗歌严格的诗体规范。当一切规范和要求被废除之后，新诗的"诗味"却空前淡薄，这让它在与古典诗歌的艺术比较中不免自惭形秽。新诗虽然在语言形式上得到了空前的自由，但也冲淡了汉语形式的文化意味，汉语的形式创造力和形式表现力远远没有发挥出来。

正是出于对新诗艺术水平的不满，吴芳吉选择了在旧体诗的范围内进行创新，他的"白屋诗"是与新诗理念对立的产物，既体现了诗歌革新的精神，又对新诗激烈反传统的倾向保持警惕。在上海期间，吴芳吉的思想日趋激进，对诗歌创新的热情与日俱增，写下了具有代表性的"白屋体"的诸多诗篇，希望折中新旧并在新文化的场域中能为古典诗歌保留一席之地。在折中新旧以失败告终以后，吴芳吉失望地离开上海，辗转于长沙、西安、成都、重庆，在此期间，他对"白屋诗"这一文体的热情逐渐消减，以至于仅将其作为某种通俗性的表达，前后的变化引人深思。

吴芳吉的"白屋诗"虽然在句式的创新和主题的现代性表达等方面取得了较大的进展，但整体上并未打破古典诗的体制和格律，其诗体的革新和改造是不彻底的，在某种程度上仍存在胡适等人所批评的"旧诗的变相""词曲的变相"①"旧韵文之变体"② 等问题。与吴芳吉同时代的学者常乃德认为，"白屋诗"立意、用词固有其佳处，但有不少歌行体显得有些散漫，古今文白，接木改良，混杂一体："白屋诗人能立意，意胜未觉词为累。但惜新旧互杂糅，有似西装蒙西子。"③ 为《吴芳吉集》题词的张秀熟先生也说吴芳吉"毕生致力于

---

① 胡适：《尝试集》，江苏文艺出版社 2013 年版，第 309 页。
② 赵家璧：《中国新文学大系》（第 10 集·史料索引），上海良友复兴图书印刷公司 1936 年版，第 213 页。
③ 胡迎建：《民国旧体诗史稿》，江西人民出版社 2005 年版，第 174 页。

诗歌创新"，但"始终徘徊于旧传统的藩篱"。实际上，吴芳吉也意识到了诗体实验遇到了瓶颈，无法再进一步地进行诗体的改造工作，因为再往前一步，"白屋诗"就成了纯粹的"白话诗"了，而这是他难以接受的。正如研究者所指出的，包括吴芳吉在内的学衡派的创作"没有从根本上走出传统文学的大格局，这并不是说遵从传统的创作路数就没有前途，而是说正因为中国古典文学已经取得了巨大的成就，并且在客观上成为屹立在后来者前进之途上的一座难以逾越的高峰。所以平心而论，传统的辉煌事实上大大降低了'学衡派'诸人的创作分量"①。

客观地说，"白屋诗"已经达到了在旧诗内部进行改造的极限了，无论是句式、结构、主题还是韵律，吴芳吉都对其进行了最大幅度的改造，但"白屋诗"所呈现出的面貌仍是旧诗模式的更新而非新诗形式的创造。

我们看到，吴芳吉在旧诗的范畴内小心翼翼地加入了白话的成分，使得古典诗出现了"似是故人来"的阅读感觉，但也正是"白屋诗"的成功（尤其是《婉容词》等名篇的成功）限制住了吴芳吉继续进行创造的可能性。随着白话诗的发展和成熟，其技法的多样性和表达主题的广度，让"白屋诗"面临着"非新非旧"的尴尬。吴芳吉没有加入创作纯粹白话诗的行列，相反，他的写作重心转入古典诗歌的领域。

转入古典诗歌的写作，对于吴芳吉而言，可谓驾轻就熟游刃有余。我们知道，吴芳吉对古典诗天生熟稔与倾爱，后学新诗和创造白屋诗体很大程度上是适应潮流不得已的文学策略和应时之举。在其生命最后的岁月，吴芳吉的生命意识逐渐潜入了传统文化的精神魂魄之中，审美心理也随之变化，诗风一转而归向古典之途。我们将从如下三方面分析吴芳吉诗学转变的原因。

首先，吴芳吉的生命体验发生了变化。关于诗人写作风格的变化，吴芳吉认为与年龄以及生命体验的变化有莫大的关系："少年极

---

① 李怡：《论"学衡派"与五四新文学运动》，《中国社会科学》1998 年第 6 期。

感情之变化，壮年极理智之扩充，迨至老年，其必转移方向，又无疑也。老杜之诗，皆自四十以后。高适之诗，亦在五十以后。放翁佳作，更在六十以后。"① 这段话耐人寻味，吴芳吉所言三位唐宋诗家，皆是愈老愈近大成，所谓"庾信文章老更成"，他们在中年之后才真正得味"诗家三昧"。经由多年的漂流与震荡，吴芳吉的生命体验转为阔大，对人情世事的体会当转为另一番感受。所谓"壮年极理智之扩充"，言外之意是，吴芳吉承认了早期诗歌创作多是青春的元气淋漓，或是在时代风潮的鼓动下个人热情的产物。吴芳吉大量创作"白屋诗"是在上海之时。这一时期，新文化运动铺天盖地，吴芳吉身处其中，自然深受影响，他对"无政府主义"的接受即是明证。在上海的这一段时间，吴芳吉的理学信仰发生过动摇，他对上海文化名流的评价以及对世态的看法大多偏激，自言"习染刻薄暴戾之气"②。

　　1920 年，吴芳吉离开上海，前往内陆城市长沙明德学校任教。湖南是儒风尤其是理学风气浓厚的区域，理学的创始人周敦颐就诞生于此，朱熹与岳麓书院的特殊渊源更是使得理学大兴于湖湘大地。在湖南期间，吴芳吉颇受当地人文历史感召，"访灵均、濂溪、湘绮之遗风，渐知温柔敦厚之所以立教"③。自晚清以来，湖南一地在全国的影响举足轻重，以曾国藩为首的湘军群体的事功是其荦荦大者。曾国藩、罗泽南等人都是素有修养的理学家，他们以书生之身而立不世之功，吴芳吉对之崇仰甚深。吴芳吉与曾国藩之孙曾广钧交往密切，还为罗泽南的诗集撰写了导言。在《〈罗山诗选〉导言》一文中，吴芳吉盛赞湖湘之地儒风浓郁，风俗醇厚，以此为底蕴，"乃有醇厚之人心，与醇厚之文学"，即以湘军言，不贵武功，而在文学。罗山之诗"古道照人"，即承此良风美俗而来，相比之下，湘地新派竞相膜拜新文学，"求之于白话、求之于异邦，舍己以从人，逐末而弃本"，无以滋养、培植真正文学。④ 湘中的文学风气、理学传统和稳定生活让吴

① 吴芳吉著，贺远明等编：《吴芳吉集》，第 1052 页。
② 吴芳吉著，贺远明等编：《吴芳吉集》，第 668 页。
③ 吴芳吉著，贺远明等编：《吴芳吉集》，第 668 页。
④ 吴芳吉著，贺远明等编：《吴芳吉集》，第 446—448 页。

芳吉慢慢沉静下来，他不复有上海时期的激越与狂放，名士之气一变而为儒者的笃定气象。当吴芳吉的生命状态趋向沉稳，他发现古典诗无论书写时代风云还是情感体验更能真切动人，也更加从容舒展。古典诗是中国文化的表现形式，形式关乎内容，对国族的忠爱之言、对中国文化的护持爱惜，只有古典诗才能更加得心应手地倾泻出心底最微妙的情愫和最难言的况味。吴芳吉的生命体验的变化促使他转向中国古典的文艺形式，借此寻找文化源头，扩充生命之境。

吴芳吉回转的倾向也说明，中国诗歌传统犹如一个巨大的"黑洞"，存在一个强大的引力场，像一个无底洞一样吸积着靠近它的一切物质。废名提到，初期写新诗的诗人很多不作新诗了，这是因为他们的"忠实"和"明智"，因为他们深切地懂得了旧诗的佳妙之处，从而失去了对新诗的热情甚至认为未必有一个东西可以叫作"新诗"。① 夏志清在论及 20 世纪 40 年代诗歌的时候也感叹，不少诗人如吴兴华、林以亮等诗人读古诗愈多，愈觉现代诗之不可为，后来干脆放弃了写诗。② 吴芳吉在诗歌上的古典转向也有类似的体验与感受。

其次，吴芳吉转向古典一途，也与他对白话诗从期待变为失望乃至绝望有关。新诗在抗衡传统与继承传统、民族化与西方化、艺术性与大众化的取舍上大大超出了吴芳吉的预想。在吴芳吉看来，新诗在创作范式上过分强调时代因素和西方因素，完全打破了古典诗歌的形式美学和文化美学，未能实现对传统诗歌的创造性转换。他在《四论吾人眼中之新旧文学观》文中，总结了新诗发展的五个阶段并加以评价："始以能用新名词者为新诗，如黄公度人境庐诗是也。次以能用白话者为新诗，如留美某博士之集是也。次以无韵律者为新诗，如留东某学士之集是也。次以谈哲理为新诗，如教会某女士之集是也。再次以欧化为新诗，如京沪诸名士之集是也。以能用新名词为新诗，是诗之本体徒为新名词蔽，不知诗之真伪，无关新旧名词者也。以能用白话者为新诗，是诗之本体又为白话所蔽，不知诗之真伪，无关白话

---

① 废名著，陈子善编订：《论新诗及其他》，第 207 页。
② 夏志清：《人的文学》，辽宁教育出版社 1998 年版，第 133 页。

文言者也。以废弃韵律高谈哲理者为新诗，是诗之本体又为哲理韵律所蔽，不知诗之真伪，仍无关于哲理韵律之有无者也。至以字句之欧化者为新诗，何不直用欧文为之？是诗之本体，又为欧化所蔽。不欧化者，转不以为诗。亦未知诗之真伪，尤无关于此也。新派所以有此误者，盖其用工不直向诗之本体是求，而于末技是竞，犹之看花雾里，以雾为花，扪盘扪烛，翻笑人眇，宜其无是处矣。"① 在几乎全盘否定了新诗之后，吴芳吉认为，旧诗的生命力依然存在，尽管备受时人鄙弃，但其风姿依然不减，只要于此绵绵用力，仍能创造出新的不朽的诗篇。

吴芳吉还在文学史的范畴里寻找到了诗风转向的依据。为了将自己与纯粹的旧派诗人区别开来，吴芳吉将当时的诗人分为新、旧、调和新旧等三派，并判断三派都无艺术可言，"新派文学之能战胜，不是他的神通广大，乃由旧派文学之自身堕落"，自丘逢甲之后，中国旧诗已走入穷途末路，旧派诗人所做的诗无聊至极，支离破碎，毫无时代气息，"这些旧派文学的诗人们，只可说他们辜负了中国的旧诗，不是中国的旧诗辜负他们。他们只算是中国诗的不孝男，罪孽深重，不自轸灭，而祸延祖考，眼见其寿终正寝去了"。当此之时，"适逢西洋文学传入，感其文言合一之便，于是白话文学投机而起"，一时大行天下，全国响应。白话文学的大获全胜，乃是由于西洋文学的影响和旧派文学的堕落而致，并非意味着它有杰出的文学成就可言。至于调和新旧一派，没有一定的权衡，并无实际的影响力。究其实质，白话诗是受西洋诗的影响产生的，在诗歌史上只是添了一个"西洋体"，乃诗体之变异，不能说西洋诗体之外没有诗。在此意义上，吴芳吉肯定了旧诗（古典诗）的价值，不是旧诗不好，乃是时人不会作旧诗。

时人对旧诗多有反感、反对乃至攻击，吴芳吉认为，这是他们难以进入传统的审美意境而产生的叛逆之心。他反对"诗歌是随便写出的"的说法，认为："无论如何随便，总不能胡乱下笔。若是胡乱下笔，不但诗做不成，连字也不能写。那么，既有几分的经营，与那镇

---

① 吴芳吉：《四论吾人眼中之新旧文学观》，《学衡》1925 年第 42 期。

日的推敲比较，不过五十步与百步之差。现在的新诗，大概是些猫儿
狗儿的话，或者可以随便写出。我想猫儿狗儿，究非新诗的极境，要
得新诗的进步，恐怕还是要做。作诗好比绘画，画出的精致总要随
便，乃合于自然的模样。但画时的工夫不可随便，因为随便就画不
好。作诗文又好比唱戏，唱戏的人总要随便，乃合于自然的口吻。但
唱时的工夫不可随便，因为随便就唱不好。诗的音韵格调，做出之
后，自然要令人觉其是随便做的。但作诗的工夫，确实随便不了的。"
他接着又说，古典诗的体制与韵律正是其葆有生命力的原因所在：
"若以体制之破除为生命，不用骈律而用散行，不殿韵脚而尚语气，
不作整句而任长短，不事典故而事白描，此又工具之异，益不可为生
命也。"①

吴芳吉对古典诗体制的重新体认，本质上是对古典诗所代表的文
化特质与美学意味的确认。在生命后期，吴芳吉表示，他已经放弃了
调和中西文化、中西诗歌的努力："近日国中孔墨合一之说，正如孟
荀合一。若以根本言，则万无合理；若以一枝一节言，则天下何物不
可合也？主此说者，亦如言东西文化调和者耳。年来此类最多，大抵
见现在路子不通，而又不敢直言回复于古，乃以新说传之，既可以取
容于时，又可以标新立异，实则皆铁风之所谓乡愿者耳。"② 又说以后
所应努力的方向是寻求中国文学的特质："以往我们治文学的目标，
是求中西之一致，近来我的意见不同了，我觉得发扬中国的文学，正
在求我们与西方文学的不同之处。从求同到求异，是我主张大改变
处。"③ 吴芳吉看到了古典诗背后所隐藏的民族性以及独特的审美特
质，他坚信这是汉语诗歌的宝贵之处，也是外国诗和白话诗所难以比
拟的。

吴芳吉诗风之变的最后一个因素，与来自文化保守主义阵营的影
响大有关系。作为吴芳吉的精神导师和长期的资助人，吴宓对吴芳吉

---

① 吴芳吉著，贺远明等编：《吴芳吉集》，第 446—448 页。
② 吴芳吉著，贺远明等编：《吴芳吉集》，第 1056 页。
③ 卢前著，卢佶选编：《旧时淮水东边月》，商务印书馆 2017 年版，第 80—81 页。

的影响甚大。① 吴宓认为吴芳吉创作《婉容词》等接近白话的新诗是
"趋附'新文学'""狂骚之情、郁激之感，颇与卢梭等相类"②，二
人一度横生龃龉，音书渐稀。吴芳吉赴湖南后，深感今是昨非，主动
写信修补与吴宓的关系，不惮屈已，不耻卑辞："吉前年与兄之争辩，
一以别久音疏，偶生误会；一以吉实不肖，反以长兄之言为非。迄兹
了悟，悔莫能及。长兄今以吉为可教，则朝闻道，夕可死。吉来日方
长，固犹可挽救及也。"③ 1922 年 1 月，吴芳吉在南京会晤吴宓，二
人关系恢复如初。吴芳吉归湘后，致书吴宓，自述前后心境的变化：
"数年来，浮夸滥习，垒积吾身，自见兄后，顿觉消失。兹回湘一月，
虽昼夜忙课，不安眠食；然每一念及鸡鸣寺里、玄武湖边，独吾二人
高话于冰天雪地之中，此情此景，殊令吉有回头是岸、已死复生之
乐也。"④

　　随着吴芳吉重回文化保守主义的阵营，他的诗歌写作也更自觉地
符合文化保守主义者的范式，甚至为此放弃了文学的个性，他在给吴
宓的信中以悔罪的口吻说："兄将吉《南岳诗》登入《学衡》，何必
告我。我身体精神，莫非父母友朋之赐，而不得谓我固有。而何有于
文字？吉惟深自欣慰。非慰此诗之登入报章得以示人也，盖慰吉年来
作诗，多不足邀兄之赏鉴，此诗为兄所取，必其有以悦吾兄者。吉但
能悦兄一分，则心中亦自慰一分。只不知何年何日，足以使兄至悦，
而令不肖之罪稍减轻耶？"吴芳吉继而检讨和反省以往所作诗歌，自
承"所作之诗，皆是平铺直叙，皆属一时一地之是非"⑤，并将这些
诗作焚烧葬于湘江之洲⑥。这些焚掉的诗稿当有相当部分属于"白屋

---

① 吴芳吉对吴宓多年的物质资助、职业提携以及精神引领多次表达感激与敬意，如
"自经此变，益仰吾兄天性之厚，非人所及，四海难知，三秦并无"。"盖吾虽爱兄，而又畏
兄。相隔千里，乃时时若在座右。一念吾兄，凡苟且之心顿除，数年来已然矣。"见《吴芳
吉集》，第 905、672 页。

② 吴宓著，吴学昭整理：《吴宓日记》（第二册），生活·读书·新知三联书店 1998
年版，第 13 页。

③ 吴芳吉著，贺远昕等编：《吴芳吉集》，第 667 页。

④ 吴芳吉著，贺远昕等编：《吴芳吉集》，第 668—670 页。

⑤ 吴芳吉著，贺远昕等编：《吴芳吉集》，第 616 页。

⑥ 吴芳吉著，贺远昕等编：《吴芳吉集》，第 677 页。

诗"，这也是吴宓所深为不满或不以为然的。

上述三方面的因素促使吴芳吉重新回到了古典诗的传统之中，从此在诗体形式上停止了实质性的创新。他热衷于向历史上伟大的古典诗歌作者致敬，以跟随屈原、陶渊明、杜甫、丘逢甲一脉的诗歌道统而感到自豪。四位先贤之中，吴芳吉尤为推重杜甫，自谓："幼读少陵诗，深识少陵志。一生爱此翁，发愿为翁继。"① 吴芳吉一生批读杜诗达七部之多，早年的律诗多有学杜的痕迹和影子，杜甫忠君爱国的心志和乐道固穷的精神鼓舞着吴芳吉，《夔州访古》《论诗答湘潭女儿》等诗都是向杜甫致敬的作品。巧合的是，杜甫留下踪迹的地方，吴芳吉也一一步武其后，从洛阳到长安，从三峡夔州到成都草堂，杜诗的精魂仿佛一直引领着他的诗歌创作，并给予他无限的诗学慰藉与人生的肯定。

一旦重新调正了创作的航向，吴芳吉乃将艺术的追求寄托于五言、七言律诗的写作上。他颇有些赌气地说："我以后还要多作律诗（我最要爱五律）。只作得好，谁人骂得倒？"② 在去世前三年写就的《〈白屋吴生诗稿〉自叙》一文中，吴芳吉再次肯定古典诗体制的优长之处："旧诗体制不能谓其非佳，今之新人以其规律过严，视若累梏重囚，余以为过。盖自不解诗者言之，虽无规律，未必竟能成诗。而伟大作家，每有游艺规律之中，焕彩常情之外，规律愈严，愈若不受其限制者。"③ 至此，他重新肯定了古典诗的格律之美，从容游嬉其中，再次回到那延续数千年的文学传统之中。

三 吴芳吉后期的旧体诗

自 1922 年到 1932 年，亦即吴芳吉生命的最后十年，他的诗歌写作实际上是以旧体诗为主。也就是说，在漫长的十年里，吴芳吉的诗作再未出现过像《婉容词》《两父女》《笼山曲》那样的"白屋诗"的鸿篇巨制。就吴芳吉现存的诗作来看，带有明显"白屋诗风"的诗大多偏重应用性和鼓动性，如《题本校理预科毕业同学录》庆祝学生

---

① 吴芳吉著，贺远明等编：《吴芳吉集》，第 291 页。
② 吴芳吉著，贺远明等编：《吴芳吉集》，第 750—751 页。
③ 吴芳吉著，贺远明等编：《吴芳吉集》，第 553—559 页。

毕业，《家书日歌》鼓励学生写家书，《江津县运动会歌》类似运动的发言稿，《仇货买不得》《巴人歌》都是宣传扰日的作品。这些诗不仅数量稀少，而且主题都限制在应酬、鼓动上，换言之，吴芳吉仅仅将"白屋诗"视作某种通俗性的诗体而不登大雅之堂。诗人对这种诗体的心态也发生了重大的变化，从充满激情到意兴阑珊，这种情绪在《冬来兼及稻田女校文课，每往，诸生识与不识，遇辄群起唱吾昔年之〈婉容词〉，若相笑者，意甚窘之，为诗乞止云》一诗中表现得最为清楚："稻田儿女最矜奇，买得小吴作讲师。苦我缊袍廊下过，嘲人争唱《婉容词》。""莫唱此词动我愁，南来遁隐几春秋。声华落尽无遮掩，人比寒梅更畏羞。"昔日的"白屋诗"已成了吴芳吉隐然的负担，甚至为之不安。

当"白屋诗"的声华落尽，吴芳吉几乎将所有的艺术追求都倾注在了旧体诗的写作上，写下了包括诗经体、骚体、柏梁体、乐府体、六言诗、古风、近体诗等诸种诗体在内的大量作品。为了论述的方便，我们将吴芳吉生命后期旧体诗的写作分为三个阶段：明德学校执教时期（1922—1925）、西北大学执教时期（1925—1927）、返川任教办学时期（1927—1932）。

在湖南长沙明德学校执教时期，吴芳吉有意识地回归古典诗歌的写作。这一时期创作的特点是不同程度地保留了"白屋诗"的某些特点，但基本上不再加入白话的成分。在句式上，吴芳吉侧重对六言句式和重叠手法的探索和运用。《送倩曼于归罗府》纯用六言，善用叠字，因之不显单调呆板，如此诗的第三章"南山有水浮浮，北山有水悠悠。相会相合安流，可以载桴覆舟"，因叠字的运用而使六言句式灵动起来。《涝湖泛舟》也多为六言，间杂七言："涝湖两岸平铺，湖水清清欲无。湖神使者双鸥雏，奉神命来招呼。欧雏天真烂漫，向我声声催唤。风作锦缆云作帆，渡彼铿锵湖岸。"全诗每段四行，每行为三个音顿，每段换韵，这种写法较为特别。《短歌寄蜀中友人》其一、其三："君从白沙还，应到白屋边，应到白屋边。满壁诗文频入梦，沿街父老旧相欢。燕子可曾迁，燕子可曾迁？""君从白沙还，应到黑石山，应到黑石山。看瀑最宜春雨后，听松常倚讲坛前。读书过几年，读书过几年。"《友归》两章都是以重叠结尾，"为君歌一回！为君歌一回！""与子誓无违！与子誓无违！"。这两首诗借鉴《诗经》体、西洋诗的重叠句法，抑扬顿挫，摇曳多姿，显得余音袅袅，婉转有味。上述六言、重叠技法的探索是"白屋诗"这一诗体的某种延续，之所以不能称为严格的"白屋诗"，是因为这些诗里已经没有了白话的成分，而白话成分的有无是判断是否为"白屋诗"的重要标准。

这一时期，吴芳吉主要在古典诗的体制里试探汉语句式伸缩的可能性，尝试了多种古典诗体，骚体主要有《两墓表词》《汉上别家》，柏梁体有《寄答陈鼎芬君南京慰其升学之失意也》，乐府体有七言八句的《志武死后招魂衡山绝顶》，六朝五言风格的《神鼎山森林中作》，五言七言古风有《谷山晚归》《神鼎山森林中作·第三首》《题沈女士维祯为树梅兄所画山水》《西园听查夷平君弹琴》等，近体诗则有《烟台杂事》《安源道上入农家小饮》等。在这些诗中，五言、七言的比重明显增加，这些诗或篇幅浩大，气势磅礴，声韵铿锵，《南岳诗》《示同学少年》等都是此种类型；或写景清新，富有生活情趣，如《安源道上入农家小饮》"安源农舍万山围，山涧春寒云雾霏。黄犊悬铃驼炭过，女郎赤足采茶归。呼门又觉乡音改，见客还惊道路稀。两碟盐姜三捧枣，莫辞粗野但交挥"；或质朴中有深情，写来平白如话而有家常之感，如"久客还家事事新，梦中也解是归人。一肩行李依榕树，满院衾裯晾暮春。稚子欢呼争握手，山妻惊见胜嘉宾。油灯夜话光圈好，恰照团圞两小身"（《梦归》）；或轻艳空灵，犹如晚唐之诗，"小睡复乍醒，床头日光满。虚斋漾空明，桂花香正暖。欲起无力持，残梦堆倦眼。翻身还相续，邈如隔世远"（《小睡》）；或以古典诗的体裁书写现代生活，如《以汽车驰昭山下赠车夫阿宝》写坐汽车游山的所见所闻所思，"阿宝行车如行文，倜傥纵横扫万军。满座名媛含浅笑，两旁官柳正斜曛。浪花闪闪冈陵过，山木萧萧风雨闻。只有诗人难惯耐，素心渊静为君纷"，既有现代的情味，又有古典的气息。五言诗是吴芳吉较为得心应手的诗体，代表作是《烟台杂诗》（共 20 首），浩气磅礴，境界宏奇，历史与现实一体，叙事与抒情兼备，颇多佳句，"水圆如绝望，云散又空虚""云浓搏大鸟，潮白鼓长鲸"，写壮阔景色如在眼前。这组诗的第 19 首写甲午风云："威海古雄镇，今沦异国军。丁公仰药处，野老无人闻。关塞旌旗改，营房花树曛。兴亡如可转，不用百愁纷。"战争风云虽已远去，民族伤痕至今犹在，将士的呐喊化作了今日的花木扶疏，令人生起对历史的感慨。这组诗是吴芳吉转向古典诗写作之后的佳品，飘逸秀丽，明畅圆润，有唐诗的风味，也显示了古典诗在写景、叙事、抒情方面仍有蓬勃不息的生命力。

　　1925 年入陕之后，吴芳吉的诗境日渐纯熟，写下一系列规模宏大、才情充溢而又风格特异的古典诗篇。这一时期，吴芳吉任教于西北大学，执教前期生活较为稳定优裕，多次出游，除探访大学附近的碑林石刻、昭陵四骏外，还遍游近郊：城东至临潼，浴于华清池，探秦始皇墓；城西至咸阳，遍谒文、武、成、康诸陵；城南至曲江、雁塔、访皇子陂、玄都观、长乐坡、芙蓉苑、乐游原，至韦曲谒杜少陵宅，绕樊川，憩终南山下；城北自大明宫，至中渭桥，望五陵……遍览关中江山胜迹，自云："此时如返故家，如入宝库，凭吊追思，仰观俯拾，俱觉不能穷矣。"① 在秦汉故地漫游，历史文化的厚重之感触发了吴芳吉的诗思，诗篇佳作不绝，他以诗纪行，以诗怀古，以诗抒情，写下大量诗篇，如：五古《乙丑初秋，入都省雨僧兄病，于清华研究院作》《丙寅元旦率题》《围城》《秦晋间纪行》等，五律有《长安寄内》《立秋》等，七古有《访未央宫故址作》《答西北大学讲师希士脱克夫》等，七律有《杜曲谒少陵先生祠》《过唐东内大明宫故址》，七绝有《百战》《湘居》，骚体有《咸阳毕原瞻拜周陵纪游》。其中，长短句兼骚体的《壮岁诗》堪称吴芳吉旧体写作的巅峰之作，以文为诗，颇得宋诗气韵。② 梁启超读此诗后，致信吴宓："《壮岁诗》瑜不掩瑕，《哭柳潜》三首纯乎其纯，将来必为诗坛辟新世界，请得介绍而友之也。"③

---

① 吴芳吉著，贺远明等编：《吴芳吉集》，第 86 页。
② 宫廷璋：《吴芳吉新体诗评》，《师大月刊》1935 年第 18 期。
③ 吴芳吉著，贺远明等编：《吴芳吉集》，第 274 页。

在西安后期，吴芳吉遭遇围城，困苦不堪，几次面临危绝之境。"国家不幸诗家幸，赋到沧桑句便工"，西安围城的困苦反而淬炼出吴芳吉生命后期杰出的旧诗诗艺，可与他前此论诗之言相呼应："人才之出，各有其境。自古文章杰出之士，莫不由饥寒困苦中得来者。以文章系于性情，欲使性情之深厚诚挚，惟饥寒困苦最足磨练而培养之也。……少陵所以称为诗史，雄视千载者，以此也。"① 围城之中，吴芳吉数次濒临死亡，在这段生死难测的围城经历中，他有意检验自己的心性修养工夫，借此磨去习气，以在精神之域笃行儒家先圣以及宋明理学家的道德教诲，这从他的自述中可窥见一二："吉围城中以秕糠度日者四十日，每得饮食，则恐人饥我饱，遭天之忌，但纳半量而已。亲友接吾谈者，辄谓吾为豪爽；读吾诗者，辄谓吾为浪漫；实则吾乃戒慎恐惧之人，视言听行，莫敢不敬。良以寒微而负虚誉，是即丛怨致祸之尤，不可一息忽也。又，吉在此，与一同乡学生共饮而食。其人年纪学识，无不较吾为小，而其癖气恶习，视吾则大。然吾依旧戒慎恐惧以服事之，犹被迁怒，则吾事之益谨。非有求于彼然也，盖欲借此磨练，求能与彼不明理者相处。夫能与彼不明理者相处，则处深明理者更无不可合矣。"② 生死关头仍能保持精神从容，吴芳吉将之归因为儒学信念支撑的作用，诗人的不动心，体现在诗中就有了从容、淡定、生死两忘的精神气象，如五言排律《围城》其一、其四："围城客来少，得闲欣自读。直忘穷可忧，但觉日不足。向晚出庭户，萧萧几竿竹。小鸟宿相呼，新篁萋以绿。数日不流赏，生理讶弥目。万物各竞进，竦然思自勖。""随遇不愁归，忘生不畏死。四海既销兵，三秦祸无止。战乱奈我何！安知非天使。使我察吾民，为民鸣疾瘏。有友尽侠肠，大节励廉耻。有妇谐同心，百岁随糠秕，即死应无忧，高堂足甘旨。"从这两首诗可以看出，面对生死劫难，诗人仍能感受到春日的盎然不息，不因战火纷飞而失去对人世的大信，仍能体察到物候和自然景象的变化，也体现出对以儒学为共同取向的

---

① 吴芳吉著，贺远明等编：《吴芳吉集》，第 683 页。
② 吴芳吉著，贺远明等编：《吴芳吉集》，第 899—890 页。

友人的高度信任。

当死亡真正到来的时候，诗人心境反而极为坦然，毫无恐惧地迎向前去，《民国十五年中秋后二日粮绝》一诗是其自白与心曲："生命何渺茫，此心日怡泰。知到弦歌辍，坦然归上界。"在生死关头，平素的心性修养让诗人从容不迫地面对一切，世界的纷乱在此得到了安息，"道"不远人，当弦歌中辍，诗人也走向那永恒的所在。吴芳吉写于战乱中的诗作没有一首带有"白屋诗"的风格，足以说明作为文化生命和文化记忆的旧体诗不仅仅是一种作为语言形式存在的诗体，它更能提供一种安顿身心性命和让人直面死亡而坦然不惧的力量。吴芳吉这一时期的诗颇有理学气息，然而不让人觉得有道学气，虽以"理语"入诗，而情感发之肺腑，义理寄之诗行，情感与义理为一而不生龃龉。义理本于天性，与情感非是两途，吴芳吉借自然景观体认天机义理，诗情自心性中流出，故能感人至深。类似的诗还有《赴成都纪行》的第一首："闲生三十载，从此作孤儿。儿今别父墓，墓中知不知？衣食灭情性，追念以日稀。追念且日稀，云胡孝养为？原草何离离，山木且萋萋。草木有根本，儿行独无依。儿身父所予，何以继父遗？"这首诗较《围城》第一首，诗的意象稍弱，但诗情出自父子天性的纯然无隔，故能感人，将追念先人的孝道义理与人世困窘无依的愁绪融为一体。

1927 年，吴芳吉返回四川，在成都大学任教，开启了人生最后一段的诗歌生涯。由于决意不再出川，吴芳吉可从容地构思创作计划，系统总结十年来的写诗历程，诗观进一步成熟、定型，《〈白屋吴生诗稿〉自叙》一文即是这一段时间回顾反省的沉淀之作。这篇长文省思平生所历，阐发诗歌与人性、社会、时势的关系：诗歌为表达人生境况、勉人向善之具；诗歌应应时而变，但固有传统不可一律摒弃，应加以创造性转化；中国诗要保持中国文化的精神和气质。在成都大学执教时，吴芳吉讲授《楚辞》和《唐宋诗选》课程，论诗以屈原、陶潜、杜甫、丘逢甲为宗，对清代以来的诗歌传统进行梳理，对金和①的长诗、王闿运的《独行谣》、樊樊山②的《彩云曲》等诗有较高的评价。吴芳吉在讲诗时，联系自身所历，"自述身世，愤惋欲绝"③，以此证明诗是深刻人生经验的结晶。

此一时期，吴芳吉所作诗歌的体制未变，仍以七古、五古为主，五古有《献骂我者》《岁暮示诸生》，七古有《浣花曲》《十一月二十五日自中校归家所见》，五古而加以变化者有《渝州歌》《几水歌》，七古而加以变化者有《固穷行》，乐府体的诗歌有《还黑石山作》《别白沙油溪少年》。《浣花曲》颇多佛教语言，借写浣花女的孝行和不起分别心，写出了佛法的清洁无碍以及浣花女对信仰的坚诚。《固穷行》答乡人刘有廷，《献骂我者》答攻击诗人的学生，说明儒家"君子固穷"和"仁恕"的义理，这两首诗说理透彻，而理气过剩，没有依托景物、借助比兴来表达义理，"有议论而无歌咏"④，此是其瑕疵之处。"理"与"诗"如何把握是作诗的一大关键，吴芳吉的《围城》等诗的"理语"消融在审美情趣和诗歌的意象里，二者打通，读之感受不到理学家的"道学气"。《固穷行》《献骂我者》等吴芳吉后期的"以理入诗"的诗作大多说理文字太多，诗之韵味不足，正如清人魏际瑞所说："昔人谓：僧诗无禅气，道诗无丹药气，儒者诗无道学头巾气，乃为杰作。夫气且不佳，况其字语庸庸而用之既厌者哉！程、朱语录可为圣为贤，而不可以为诗。程、朱之人亦为圣贤，而作诗则非所长也。"⑤ 诗人的天职是审美，即使要说明道理也要通过诗的形象性来说明，一旦追求诗的"理性"，则诗的"感性"和"审美"便消失无踪了。吴芳吉早期的诗论中屡言诗歌不应暴露个人

---

① 金和（1818—1885）：字弓叔，号亚匏。江苏上元人。其诗不循唐宋，随心所欲，多用散文体、说话体、日记体，以表现古人未到之境、未辟之意。五七古放纵恣肆，尤具独创性。有《秋蟪吟馆诗钞》。

② 樊樊山（1846—1931）：原名嘉，又名增祥，字嘉父，又字天琴，号云门、樊山，晚号樊山老人。湖北恩施人。著有《樊山文钞》《樊山诗钞》《樊山全集》等。

③ 赖高翔：《忆吴芳吉先生》，载江津文史资料委员会编《江津文史资料》第 17 辑，第 124—133 页。

④ 陈一琴选辑：《聚讼诗话词话》，上海三联书店 2012 年版，第 73 页。

⑤ 陈一琴选辑：《聚讼诗话词话》，第 73 页。

身份，上述两首诗的"道气"之盛正是他昔日所极力批评的诗学现象。

　　返川之后，吴芳吉更加凸显儒者身份，从事教育的目的也是期望培养"读书种子"，因此在作诗的时候不时流露出他的理学思想。类似的"理语入诗"还有《还黑石山作》组诗的数首诗作，其七："上堂拜先师，遗像庄严以曩时。何意荒山里，邹鲁遗风尚见之！闻道兖州犹血战，园陵舆服被兵欺。生前不睹西周盛，况是万邦千祀大家酝酿之乱离。六朝运剥极，元魏尊礼仪。清室兴索虏，文教统华夷。可悯江南乡愿二三子，乃效蚍蜉不自知。"其九："春灯高馆灿瑶池，满院花香侵我衣。师友行行坐，吴子夜谈诗。一等襟怀一等识，最难为恃天生姿。诗也志所寄，志以礼为持。诗人即志士，志有义利诗淳漓。足言足容德之藻，折衷微礼何所期？君看《礼经》三千例，孰非温柔敦厚诗教之释词？"其十："礼异则从宜，文章必变体。天行健不息，我诗胡能已。哀彼妄庸人，新旧拘强理。未识真面目，徒矜创与拟。新者疏不亲，旧者沉不起。安行须正途，首除积习靡。我爱英人言，旧坛盛新醴。"其十一："今人革命徒纷纷，不及诗人革命真。饥溺常思期禹稷，声华那屑道桓文。不存国与种，胡为党与军？何物伟人与名士，一齐勘破无余泽。但有众生平等之精神，以此觉民万类亲，以兹化世风谷淳。性能长自在，情与日为新。家家和乐明诗教，昵呢儿女尽诗人。"这些以理入诗的诗句，正是吴芳吉生命后期理学信念的自然表现。这些文字与其说是诗，不如说是理学家讲学论道的语录，只是文字更加凝练罢了。同时透露出，在吴芳吉的心目中，诗与非诗的界限已经打破了，而有"随心所欲不逾矩"的率性之举。这样的写法与他早年的诗观大相径庭，由此可见吴芳吉后期对自我的定位和对诗的定义都发生了极大的变化。当然，此一时期也不乏艺术上乘之作，《还黑石山作》《渝州歌》写景的文字精美细腻，文气绵长，状黑石山、重庆山水风景如在眼前，且以组诗的形式出现，规模宏大，结构巧妙，涌动着饱满的生命力，感慨人世变迁，寄托文化情怀，抒写情感记忆，兴之所至，挥洒自如，坦荡率真，才情毕现，堪为吴芳吉在生命余光里的绝唱。

在生命后期，吴芳吉对中外诗歌有一定论。他认为，诗学上确实分为东方与西方，各有特质，不可一味调和（一改早年关于中西诗歌调和的说法），其原因在于中西诗歌的内质和文化精神不同：西洋诗多事摹仿，诗人为哲士，重知识，摹写社会上的实际情形，以叙事诗为主，以言尽为有味；中国诗多事创造，诗人为君子，重道德、"言志"，多写高尚的理想，以"正人心、厚风俗"，以"抒情诗"为主，以言不尽为有味。吴芳吉认为，中国的古典诗代表了民族文学最高的标准，并非落伍的象征，是中国人文精神的象征。诗歌的将来必趋向"人文化"，人文化并不过时，达尔文的"进化论"只适合动物之类的东西，不能套用在文学等事物上。① 这也可以视作吴芳吉对中外诗歌审美特质的总评，也是其回归古典诗写作之后的"大彻大悟"。

吴芳吉有诗"江湖恣览历，美丽在初瞬"（《还黑石山作·其四》），此句正是他早年习旧诗后又转入新诗创造而复归古典的心路历程。计其一生，吴芳吉创作诗歌六百余首，"白屋诗"所占分量尚不到十之一二，其诗歌创作的主流仍是旧体诗歌。这些旧体诗歌的艺术水平稚拙古朴，明丽畅达，当代诗人徐晋如在《缀石轩诗话》如此评论："吴白屋诗如幽谷佳人，荆钗粗服，自不掩其国色天香。"② 古典诗是吴芳吉表达细腻人生体验和深刻生命哲学的载道之具，在古典诗的体制里，汉语的形式和中国文化的精神终于水乳交融，从而产生了妙不可言的诗性之美和文化意味。这也是古典诗之所以能够吸引诗人重返归路的最重要的原因。

也有论者对吴芳吉回归古典诗的转向表示了质疑。当代学者金国永指出，吴芳吉放弃了改革诗体的努力是诗人创作道路上的一次大倒退："此后他的诗作虽然仍旧独标一格，却没有继续创新；题材虽有所扩展，但描述稍显空泛；意境虽有所深化，但却流于概念；格调虽仍爽朗，但悲愤多于高昂，……一方面他对天可表的赤心、清澈见底的襟怀均未稍衰，但另方面他又力求与世无争，诗中藏我。这样，欲

---

① 吴芳吉：《谈诗四则》，《白日新闻副刊》1928 年第 47 期。
② 王翼奇等：《当代诗词丛话》，黄山书社 2009 年版，第 699—700 页。

以其诗恢弘民族道德、拯济民心，就必然要使诗增加说教成分，削弱典型形象。此时白屋诗人的成就再也超不过《婉容词》《两父女》的水准了。"这种看法应该说是很中肯的，尤其指出了吴芳吉后期作品的"理学气"较重。但如果从吴芳吉诗歌转向的内在逻辑来看，我们认为，吴芳吉回归古典诗歌之后的作品虽然在创新的意义上乏善可陈，但在古典诗的体制之内却写出了新意，最为重要的意义则是，吴芳吉向古典诗的致敬和回归是对五四新文学偏离传统的诗学异议，在个人的层面实现了对时代潮流的反拨。众所周知，新文学是顺着"现代性"的时间轴展开的，它只相信时代和潮流，如宣称"一时代有一时代之文学""文学必须反映时代"。吴芳吉彻底地回归古典传统，自觉地从时代的潮流中脱身而出，反而在诗歌的创作上实现了个体自由和不受干扰的艺术探索。他的回转固然颇多无奈的因素，但以清晰的方式划定了新诗创新的边界，他最终确信自己属于边界之内的古典传统。这种边界的出现使得吴芳吉"白屋诗"诗体实验戛然而止，但也让中国古典诗歌的特质更为显豁地展现出来。在吴芳吉看来，新诗和旧诗的差别比他预想的要大得多，在某种意义上，新诗和旧诗代表了两种不同的审美、两种截然相反的价值体系。

令人感慨的是，晚年吴宓却一再后悔因为一己之见而未能让吴芳吉在诗歌创造上自由发展。1949 年后，吴芳吉被目为"学衡派诗人"，其作品也因不符合时代主旋律而少有人问津。掌握吴芳吉遗作最多的吴宓一直为吴芳吉的作品难再问世而忧心忡忡，有意请已成为重庆文化战线领导人的邓均吾（也是吴芳吉的密友）出面解决吴芳吉诗作的出版问题。1959 年 2 月 12 日，吴宓拜访邓均吾时谈及吴芳吉，在当天的日记里如此写道："多谈碧柳之为人与其诗，宓自言对碧柳有不良之影响，即使碧柳以感宓私人恩谊之故，倾倒于宓之封建、顽固、保守思想，而未能自由发展，类郭沫若之道路，成为毛主席时代、社会主义中国之一主要文人、诗人，此宓殊愧负碧柳者也，云云。"[1] 吴宓的这番话有其历史语境，不能完全代表他内心深处的想

---

[1]　吴宓著，吴学昭整理：《吴宓日记续编》（第 4 册 1959—1960），第 36 页。

法，但可以从中看出诗歌与时代风气乃至政治倾向的关系。在吴宓的笔下，将彼时位高名显的郭沫若与英年早逝不合时宜的吴芳吉联系在一起，弥漫其中的是吴宓对吴芳吉时运不济的感叹和对郭沫若恰逢其时的歆羡。

结　语

限于笔者的学力和知识储备，第六章对吴芳吉旧体诗的探索尚有浅尝辄止之处，而吴芳吉生命后期的诗学转向又与旧体诗的艺术性和文化内涵紧密相关，与此相关的问题仍有深入研究的必要。吴芳吉的诗学转向隐含着两个重要的问题：其一，在吴芳吉诗学转向之后，"白屋诗"作为新诗体对新诗的探索还有何价值和参照作用？其二，吴芳吉诗学对新诗的构造质素和表现空间有什么启发？在本书的结语部分，笔者主要围绕这两个问题，从文化背景、时代因素和艺术规律三个方面，对吴芳吉的文化归宿和诗学观念对现代新诗的启示作一概述和总结。

一　儒学与诗学的互动

西学东来，乃华夏文明自诞生后所遇到的最大挑战。西学之所以摄人心魄，在于欧美文化、制度、技术的突兀崛起，遥遥不可及。自晚清以来，中国人的精神在专制的高压下呻吟、苦痛，无精神自由，无文化创造，"闭关锁国"又加剧了中华文明的内向和保守。辛亥革命推翻帝制，建立民国，而内乱未息，列强挟制，中国出现了前所未有的多方力量角逐的局面，这也为新文化运动的发生准备了条件。

世局的惶惑急遽、社会动荡不安反而让当时的中国知识界空前自由，犹如春秋、战国时代救世的思想家纷纷出现一样，新文化运动也恢复了自东周以来的思想自由传统，各种思想相与争锋，中国文化犹如冬尽春来之际解冻的大地，呈现出一片生机勃勃之象。对于中国文化的存废和走向，时人仁智互见，立论不一，甚至水火难容，但几乎所有的思想派别都强调中国文化的重建。至于重建的路径，以五四新文化派为代表的文化激进主义者和以学衡派为代表的文化保守主义者阵营都主张移植、借鉴和吸收异质文化的精华，使现代因素激活固有文化以完成文化的转型，其相异者在于，前者侧重文化上的"破旧"为新文化的进入扫平道路，后者侧重文化上的"回归"以整合新旧中西而改变文化的整体结构。总体而言，现代性意味着"求新""进化"的单一线性历史观占据了主导地位，由此带来的"物竞天择、适者生存"的焦虑感压迫着中国的知识群体，让他们产生了受威胁感和焦虑感，这构成了民族主义情绪的核心部分。① 在这种民族主义情绪的支配下，参与文化创造的人们失去了精神上的从容气度进而忽视了人类社会文化现代化及民族化的丰富性和复杂性，将现代化、民族化等问题简单化、片面化。② 于是，我们可以看到，无论是五四新文化派还是学衡派的文化实践都带有强烈的拯救国族的色彩，他们在文化革新的形式上尽管存在诸多差异，但都表现出"感时忧国"士人传统影响下的精神紧张和文化焦虑，这种心态是二者进行对话的前提和构成竞争关系的基础。

在新文化和新文学的场域之内，吴芳吉无疑是一个尴尬的存在，原因即在于他在新旧的冲突之中选择了"不雅不俗、不新不旧、不中不西、不激不随"的稳健的、中庸的文化生存方式。这种文化生存方式在激进的时代洪流中显得格格不入，因为彼时的主流倾向是通过对中国文化的彻底否定来输入新的文化的血液，"中国的现代革命首先是观念的革命，是个人和个人反抗传统教条的革命"③。在破旧立新的时代氛围里，吴芳吉实现了两次回转：一是向理学的回转，在心性的层面完成了对时代的超越；二是向古典诗歌的回转，在语言的层面再次融入传统。这两次回转的发生在表面上看是对新文化和新文学的失望，但如果细细考量，背后促使吴芳吉发生这一转变的正是新文化和新文学的促动和洗礼。

在外来思想传播空前活跃的时代，吴芳吉先后接触到形形色色的思想，如改良主义、达尔文的"进化论"、克鲁泡特金的"无政府主

---

① 李欧梵：《李欧梵论中国现代文学》，第 19 页。
② 刘方喜：《"汉语文化共享体"与中国新诗论争》，第 31 页。
③ ［捷克］亚罗斯拉夫·普实克：《抒情与史诗：现代中国文学论集》，第 2 页。

义"，圣西门的"空想社会主义"都或多或少地对吴芳吉产生过影响。在与吴宓接触的过程中，吴芳吉又受到"新人文主义"的影响，对接了欧美文化保守主义的传统。对于吴芳吉而言，这些外来思想毋宁更多是一面面的镜子，更加映照出了中国文化之美，唤起和坚固了吴芳吉早年所崇仰和皈依的儒家信仰。在经历了中西文化的冲突和交融之后，吴芳吉更多地强调中国文化的特异性，对文化调和的提法都深不以为然，这也是对学衡派"昌明国粹，融化新知"隐性的否定，他以自身的文化实践和诗学实践追问：中西文化真正能实现共融吗？在吴芳吉看来，五四新文化派对西方文化"移植"或"拿来主义"式的做法固然难以实现，相较之下，以吴宓为代表的学衡派所提倡的中西融合也只是画饼式的理论痴想。尤其是吴宓因为追求毛彦文而与原配陈心一离婚之后，吴芳吉对学衡派的文化期望几近破灭。在吴芳吉看来，以吴宓为代表的学衡派诸君子并未做到"知行合一"，其所信奉的"新人文主义"也大可存疑。吴芳吉从自身的理学践履中深感传统文化的力量真实不虚，完全有希望通过内在的转圜与创造再度实现文化更新，而不能完全依赖任何外来学说和思想的输入与推动。吴芳吉的孤独在于，他最后几乎否定了中国文化与西方文化简单或直接对接的可能性（认为二者的差异性过大），而试图以本土性的面貌和姿态实现文化突围与再度创造。

这种突围和创造实际上是吴芳吉超越或无视时代主流文化而得以完成的。他的理学信仰和儒学信念一直回响着道德内圣的声音，在踽踽独行而又众声喧哗的文化征途上，他选择了进入圣贤君子的道统之中。在距其离世仅有三年的 1929 年，吴芳吉专程谒拜曲阜孔林，"稽首先师墓前，几于泣不能起"①，生起了犹如朝圣者的崇高和升华之感，置身中国文化绵延不息的历史信念之中，吴芳吉坚信中国的前途定然会出现向上的转折，因为他在孔林之中看到了民族复兴的"异象"，"古柏参天，乃生嫩有少年气象，光明蓬勃，若兆汉族文化之复

① 吴芳吉著，贺远明等编：《吴芳吉集》，第 996 页。

兴者"①。对吴芳吉而言，传统并未消失，而是可以触摸和感应的真实
存在，这就是中国文化的精魂所在，这个文化精魂一旦进入人的生
命，人便能自觉担负起文化托命的重任来。

当好友沈懋德病殁重庆大学任上，吴芳吉为之作《为沈教授懋德
传赞》，其赞语也是夫子自道和自我抒怀："士当文化绝续，种族存亡
之际，己立立人，人存存我，任重而道远。岂并世列强之人，可同语
哉！既当修身，又须淑世；既当储学，又必致用。双手而回万众之
心，匹夫而树百年之计。欲不力竭以死，难矣。懋德不自揣力，竟欲
以身任之，坐言起行，死而无怨。身后萧条、惟有未竟之志以贻其亲
友。不亦大可哀耶！"② 当然，吴芳吉知道，他的文化回转在激烈变动
的时代注定是悲剧性的命运和结局，但他没有回避这一带有某种神圣
性的召唤，而是以近乎殉道的热情响应了这种召唤。此一点，现代新
儒家唐君毅言之甚详。1967 年，病中的唐君毅写下《病里乾坤》长
文，对吴芳吉一生的形迹、抱负和胸襟倾慕不已："吴先生读中西之
诗，而以杜甫为宗，思想则为纯儒。吴先生与先父交，吾少年时尝亲
见其为人，精诚恻怛，使人一见不忘……"③ 这一生命的气象是从心
性深处绽发出来的道德光芒，它不是书斋里的概念或理论所能涵括
的，而是将理学作为信仰"以天下心为心"的外在表现。这一点，曾
以吴芳吉导师自居的吴宓在其晚年也由衷赞叹："总之，通观静思，
知人论世，碧柳确是一伟大之道德家与伟大诗人，其伟大处在其一生
全体之完整与坚实。"④

顺着吴芳吉文化—生命形态的转变，顺理成章地发生了诗学的转
向，"白屋诗"的诗体实验也随之结束了。随着吴芳吉对中国文化的
自觉体认和强烈自信，他对新诗实验的兴趣大减，而是转回到古典诗
的传统之内，并将之视为与传统进行连接的一种象征。他在《还黑石
山作·之十》组诗中只承认了中国诗歌内部变革的必要性（最主要的

---

① 吴芳吉著，贺远明等编：《吴芳吉集》，第 997 页。
② 吴芳吉著，贺远明等编：《吴芳吉集》，第 1378 页。
③ 唐君毅：《病里乾坤》，《鹅湖月刊》1976 年第 11 期。
④ 吴宓著，吴学昭整理：《吴宓日记续编》（第 4 册 1959—1960），第 258 页。

是否定了白话诗的体制），对创新者和守旧者的道路都加以否定："礼异则从宜，文穷必变体。天行健不息，我诗胡能已？哀彼妄庸人，新旧拘疆理。未识真面目，徒矜创与拟。新者疏不亲，旧者沉不起。安行须正途，首除积习霾。我爱英人言，旧坛盛新醴。"诗中的"旧坛盛新醴"正是他晚年所致力的诗歌创造，在旧体诗的形式里传达古圣先贤的教导与颠扑不灭的义理。这实际上正是古人所说的"诗教"传统。在吴芳吉看来，纷纷攘攘、形形色色的革命和政治只是昙花一现的热闹，真正入心的言说则在于昌明"诗教"，使人人意识到"民胞物与""众生平等"的文化精神，恢复每个人本自具足的内在光明："今人革命徒纷纷，不及诗人革命真。饥溺常思期禹稷，声华那屑道桓文。不存国与和，咺为党与军？何物'伟人'与'名士'，一齐勘破无余滓。但有众生平等之精神，以此觉民万类亲，以兹化世风俗淳。性能常自在，情与日为新。家家和乐明诗教，昵昵儿女尽诗人。"（《还黑石山作·十一》）这种博爱式的诗观和"天下大同"的愿景让吴芳吉的"志"与"诗"成为不可分的整体，浑然相融，彼此辉映。至此，吴芳吉将诗歌与修身淑世贯通为一体，其儒者的身份开始遮蔽诗人的身份。这也是吴芳吉后期的诗歌常有"道气"的原因。不同于主要受西方"新人文主义"影响的吴宓等人，吴芳吉的文化身份更多的是理学余晖照耀下的儒者，他的志与情、人与诗只有置诸儒家文艺的脉络和背景，才能呈现出原初的面貌和意义。

随之而来的一个问题是，吴芳吉的理学气质或儒学情怀是否对其诗歌和诗论构成了某种障碍呢？或者说，当诗人以某种理念化的存在作为创作主体是否对文学创作造成了干扰？如果回顾中国诗史，我们会发现，历代大儒极少在诗歌领域有精深的造诣，这说明道德与情感、思想与诗歌各有自身的疆域。即使像屈原这样的伟大的"爱国主义诗人"，他的诗作之所以能够流传后世打动人心绝非仅仅凭靠爱国之思与拯世情怀，以《离骚》这首长诗为例，它更多的是表达了普遍意义上的人性的困境，借助花草禽鸟的比兴和瑰奇迷幻的"求女"神境作为象征展开了对人生意义的探寻，交织着情感的激荡和复沓纷至、倏生倏灭的幻境，恍惚迷离而不可方物。屈原这种普遍性的探寻与对楚国命运和民生多艰的关心并行不悖，并让这种政治理想与社会关怀置身于更加悠远的背景之中，而非仅仅执取眼前的世界而缩小了诗人的玄想与运思。也就是说，决定《离骚》成为不朽杰作的关键在于它的美学品质，而非它的爱国热情和民本思想，否则诗之为诗的美学前提就丧失了。布罗茨基认为，美学现实对伦理现实有着规定和明确的作用，美学上的"好"与"坏"优先于道德上的"善"与"恶"。美学甚至对道德有保证的作用，个体的美学经验愈丰富，他的道德选择就愈准确。① 吴芳吉过于强烈的理学信念与执着的古典情怀使其止步于"白屋诗"重归旧体诗，制约了他在诗学观念上的解放与美学创造上的求索，这再次印证了思想解放是文学创造的前提与动力。

二　传统与创造的矛盾

"乘风归去藏焉修，江山待我展新猷"（吴芳吉《民国二十年大总统孙公诞日，在江津县中学水陆游行会作》），吴芳吉所做的就是以时代之思叩问作为精神存在的诗歌传统。当诗人明确意识到他和传统的关联并向它靠拢，那么他为适应时代而创作的诗歌的价值又何在呢？吴芳吉的"白屋诗"也面临着这一问题的考验。

我们看到，吴芳吉诗体实验的特殊性在于，即使在没有回归古典传统之前，他就已经用各种方式将新诗的创造置于古典诗学的脉络之中，究其终始，审虑前后，比较异同，融会中西，以领悟传统的历史意识参与了现代诗学的建构。吴芳吉认为，古典诗有其自身陈新代谢规律，不存在根本性的问题而只是枝节的问题："大抵体制之始也清新，其末也陈腐。格调之始也空灵，其末也濡滞。意境之始也浑融，其末也纤巧。辞章之始也空灵，其末也繁饰。"那么，需要做的就是除去蒙覆中国诗歌之上的尘土，在艺术规律和创新求变的平衡中实现诗歌的演化无穷，开辟出适合表现"高尚优美之行"的崭新意境。②

本着这一思路，吴芳吉对古典诗的种种问题进行剖析研判，在旧

---

① ［美］布罗茨基：《悲伤与理智》，第 50 页。
② 吴芳吉著，贺远明等编：《吴芳吉集》，第 553—559 页。

体诗的句式、韵律、用典、语言方面进行了修补、调整和扩充。正如艾略特所言，传统是具有广泛意义的存在，需要花费巨大的力气才能进入它、得到它，传统作为历史意识"使一个作家最敏锐地意识到自己在时间中的地位，自己和当代的关系"①。作为学衡派阵营中唯一取得丰硕创实绩的诗人，吴芳吉是黄遵宪提倡"诗界革命"以来的集大成者。黄遵宪以后，"诗界革命"后继乏人，辛亥革命时期影响颇大的南社诗人所写皆为纯粹的旧体诗，形式上缺乏创新和建树。吴芳吉不满古典诗歌故步自封的复古倾向，也不希望外国诗歌喧宾夺主的过度欧化，主张"接木论"，以新材料入旧格律，旧风格而含新意境，创造了不中不西、不古不新的"白屋诗"诗体，延续和发扬了清末"诗界革命"以来古典诗变革的探索精神。

"白屋诗"突破了古典诗体制的极限，其诗多以歌、行、吟、曲、乐、词、谣、引、操名之，可见他对古典诗体裁极为广泛的运用，他也模仿西洋诗歌的写作体例，"旧瓶装新醴"，形成了个人鲜明的创作特色。他的代表作《婉容词》是中国现代文学史的第一首长篇叙事诗，长达六千字的《笼山曲》堪称现代文学第一长诗。吴芳吉还是探索新格律体的第一人，他的《小车词》是现代文学史上第一首新格律诗。"白屋诗"是新文学的重要收获，熔铸诗、词、曲、民歌、外国诗歌的创作技巧和表现手法，展示了中国诗歌创新的另一路径，以古典余晖的形式延续了"感时忧国"的文学传统。

吴芳吉"白屋诗"的成就是自觉进入传统而能加以改变的结果，但需要注意的是，这种"改变"是在古典诗的内部完成的。也就是说，吴芳吉并未从真正的意义上完成对旧体诗的再创新。没有传统的创新不是创新，同时不能突破传统的创新也不是创新。创新的悖论在于，一方面，必须从形式上突破传统的极限范围寻求新表达的可能性，并将这种可能性化为现实的直观形式，另一方面，又须在精神上吸收传统的一切创造和全部长处。就文学而言，没有横空出世的创新，也没有完全复制的创新。

---

① ［英］艾略特：《传统与个人才能》，上海译文出版社2014年版，第3页。

由于特殊时空环境的限制，中国新诗从一开始就打算与旧诗一刀
两断，忽视了从传统诗歌的历史脉络中发展自己的路径。出于对传统
诗歌的珍视，吴芳吉始终将古典诗的基本体制作为诗歌的理想秩序，
他的"白屋诗"的创造性体现在对古典诗歌句式的伸缩、文白的搭
配、雅俗的试探上。也就是说，吴芳吉的"白屋诗"在古典诗的弹性
上进行了最大程度的拉伸和延展，但并未触动到古典诗的整体格局。
这也是"白屋诗"未能实现根本超越的最重要的原因，因为历代的大
诗人都是要打破传统，在继承的同时还要打破。早期新诗的缺点是缺
乏继承，"白屋诗"则是继承得太多，打破得不够。

这从正反两方面提醒我们：在保证艺术性的前提下，中国的新诗
到底能在多大程度上辨认出它在历史意识中的地位。对于这个问题的
回答，关乎新诗的本体地位和各种比例的协调（如与古典诗、外国诗
的协调），否则它就不可能走出"古典诗""欧化诗"的阴影。本书
限于研究的范围，不能对这一问题进行展开性的讨论，但笔者相信随
着新诗历史意识的增强必定会带来新诗语言和文化意味的改变。

在本书的第六章，笔者讨论了吴芳吉彻底的古典诗的转向。从诗
歌传统和新诗的发展而言，尽管吴芳吉自称"不背国情，尽量欧
化"[1]，但他心目中的诗歌的巅峰之作不是兼容中西、新旧的"白屋
诗"，而是他为之呕心沥血并最为得心应手的律诗，这一古典的诗体
承载了他的文化理想与现实寄托，让他在文化存在的维度上与传统
融为一体。古典诗体是作为文化的记忆进入吴芳吉的诗学生命中来
的，他自动中断了"白屋诗"的创制和进一步的诗体变革，消灭了
自己的个性，"不断放弃当前的自己，归附更有价值的东西"[2]。在
吴芳吉的价值判断里，"这个更有价值的东西"比时代潮流的肯定要
重要得多。

对于新诗的参与者而言，新诗的出现无疑是中国诗歌进化的象
征，更是时代脚步前行的足音。吴芳吉则将之斥为"俗流"，他看到

---

[1] 吴芳吉著，贺远明等编：《吴芳吉集》，第543页。

[2] ［英］艾略特：《传统与个人才能》，第5—6页。

的新诗是一种模式化、简单化甚至是粗俗化的诗体，而古典诗数千年来所形成的细腻、精炼、含蓄的审美魅力让他意识到中国诗自身的独特性和艺术个性。正如布罗茨基所说的，文学最大的功绩之一就是帮助人确定存在的时间，从人群中辨认出自我，使之避免同义的反复和作为社会大众被历史淹没的命运。① 吴芳吉意识到他所一度为之得意的"白屋诗"速朽的可能性，这种诗体后来主要用于介入现实，而对艺术的追求则交给了时人所厌憎和疏离的旧体诗。

简言之，吴芳吉想在美学上跳出和克服他所在的时代，因此也不在意这个时代一时的评价："所谓潮流，所谓时代，皆属欺骗目光若豆而脚跟不稳之人。以言文学，凡文学之价值是非，必经久而后可定。而当代之评论，或以迁于感情，或则别有作用。其所评论，殊不足计。譬之打铁，愈打则渣滓愈消，而精钢之有无，始可发见无遗。一家文学之成立与否，亦必经后人累世累年，用打铁之法窥透之。苟无精钢，则一打便散，尽为渣滓；苟有精钢，则光彩焕发，因锻炼而益纯固。是以文学之价值是非，当代最不可靠，惟后世断之至公。其为时或数百年，乃可论定。"②

以白话诗为正宗的文学史也避而不提甚至有意忽视吴芳吉的存在。以白话文体作为唯一的标准，现代新诗史不承认任何在形式上与"现代性"背道而驰的诗歌，即使它在艺术上取得了杰出的成就。尽管吴芳吉有过新诗实验的尝试，但他最终被视为柳亚子、苏曼殊一类的旧体诗诗人，如姚雪垠在致茅盾的信中如是说："还有一种类型，例如柳亚子、苏曼殊等，人数不少，不写白话作品，却以旧体诗、词蜚声文苑，受到重视，也应该在现代文学史中有适当地位。其中思想感情陈腐，无真正特色者可作别论。在论述这一部分作品时，不仅须要打破文言白话的框框，还要打破另外一些框框。例如，学衡派有一位较有才华的诗人吴芳吉，号白屋诗人，不到三十岁就死了，在当时很引人重视。他死后，吴宓将他的诗编辑出版。既然在社会上发生过

---

① ［美］布罗茨基：《悲伤与理智》，第49页。
② 吴芳吉著，贺远明等编：《吴芳吉集》，第668—670页。

较大影响，要研究一下原因何在。"① 在姚雪垠的文学视野中，吴芳吉与柳亚子、苏曼殊是同一类型，即是用古典诗的形式书写时代的新姿，以此显示和延续了古典诗的生命力。实际上，吴芳吉的律诗在艺术成就上并不逊色于诗歌史上的杰作，并在体裁、主题、语言等方面大大开拓了旧体诗的境界。令人尴尬的是，吴芳吉的"白屋诗"（尤其是口语风格、民歌风格比例较重的诗作）却无法展现出完整的意义，因为形制的特殊性，人们无法将它与旧体诗、新诗进行比较和鉴赏。"白屋诗"混杂着旧体诗严整的语言风格和新诗活泼的口语气息，但二者的比例是极为不协调的，前者的成分远远大于后者，这使得此种诗体呈现出某种古怪的不协调，这种不协调源于中国社会言文一致的语言背景。

对于新诗而言，语言的"现代性"规定了某种理想的秩序，它只允许诗歌的作者在白话的范围之内进行探索，否则就得不到主流话语的承认。在生命后期，吴芳吉直接绕开新诗的理想秩序，回溯到了诗歌的古典传统，以当下的选择无声宣告了旧体诗对于中国诗人仍有不可回避的价值。隔开时空的距离，吴芳吉的诗学之思及其"白屋诗"的诗歌实验丰富了现代文化和文学的多元性，使我们从另一侧面窥见中国诗歌的创造性仍远远没有发挥出来，这种创造性有赖于我们对于传统的领悟和进入，或许，也可以用这种方式实现中国文化的转圜、重建和再创造。

---

① 上海图书馆中国文化名人手稿馆编：《尘封的记忆：茅盾友朋手札》，第 96—97 页。

参考文献

一 中文著作

白屋诗人吴芳吉研究课题组选编：《吴芳吉诗文选》，三秦出版社2009年版。

白屋诗人吴芳吉研究课题组选编：《吴芳吉研究论文选》，三秦出版社2010年版。

卞之琳：《卞之琳译文集》，安徽教育出版社2000年版。

卞之琳著，姜诗元编：《卞之琳文集》，华夏出版社2000年版。

蔡震：《郭沫若生平文献史料考辨》，社会科学文献出版社2014年版。

曹顺庆编著：《中西比较诗学》，中国人民大学出版社2010年版。

陈爱中：《中国现代新诗语言研究》，中国社会科学出版社2007年版。

陈本益：《汉语诗歌的节奏》，重庆大学出版社2013年版。

（明）陈第著，郭庭平点校：《一斋古音集》，中国文艺出版社2013年版。

陈广宏、侯荣川编校：《稀见明人诗话十六种》，上海古籍出版社2014年版。

陈来：《传统与现代：人文主义的视界》，生活·读书·新知三联书店2009年版。

陈世骧：《陈世骧文存》，辽宁教育出版社1998年版。

陈一琴选辑：《聚讼诗话词话》，上海三联书店2012年版。

成都吴芳吉研究会编：《吴芳吉研究》，中国文联出版社2010年版。

悼吴大会筹备会辑：《成都追悼吴碧柳先生纪念刊》，大中印务局 1924 年版。

邓国光：《经学义理》，上海古籍出版社 2011 年版。

邓国光：《〈文心雕龙〉文理研究》，上海古籍出版社 2012 年版。

邓均吾：《邓均吾早期诗选》，重庆出版社 1998 年版。

邓颖编：《邓均吾诗文选》，重庆出版社 2010 年版。

丁芒：《丁芒诗词曲选》，中州古籍出版社 1995 年版。

丁茂远编著：《〈郭沫若全集〉集外散佚诗词考释》，浙江大学出版社 2014 年版。

丁仕原编校：《章士钊辑》，民主与建设出版社 2014 年版。

段怀清编：《新人文主义思潮：白璧德在中国》，江西高校出版社 2009 年版。

房秀丽：《追寻生命的全体大用》，齐鲁书社 2010 年版。

废名著，陈子善编订：《论新诗及其他》，辽宁教育出版社 1998 年版。

冯胜利：《汉语韵律诗体学论稿》，商务印书馆 2015 年版。

冯玉祥：《我的抗战生活》，黑龙江人民出版社 1987 年版。

傅正：《古今之变：蜀学今文学与近代革命》，华东师范大学出版社 2018 年版。

高朴实等主编：《巴蜀述闻》，上海书店出版社 1992 年版。

葛懋春等编：《无政府主义思想资料选》，北京大学出版社 1984 年版。

辜正坤：《互构语言文化学原理》，清华大学出版社 2004 年版。

谷生溁等编：《吴芳吉研究论文集》，成都吴芳吉研究会，1999 年。

顾颉刚：《古史辨》，上海古籍出版社 1982 年版。

顾随：《顾随诗词讲记》，中国人民大学出版社 2010 年版。

顾随：《中国古典诗词感发》，北京大学出版社 2012 年版。

顾随：《中国古典文心》，北京大学出版社 2014 年版。

顾馨、徐明校点：《春秋公羊传》，辽宁教育出版社 2000 年版。

广东省社会科学院历史研究所等合编：《孙中山全集》，中华书局

1985 年版。

郭沫若：《刽逅十年》，现代书局 1932 年版。

郭沫若：《沫若文集》（第 10 册），人民文学出版社 1959 年版。

何其芳：《关于写诗和读诗》，作家出版社 1956 年版。

贺麟：《文化与人生》，商务印书馆 2005 年版。

胡安定：《多重文化空间中的鸳鸯蝴蝶派研究》，中华书局 2013 年版。

胡萝华、吴淑贞：《表现的鉴赏》，现代书局 1928 年版。

胡适：《尝试集》，江苏文艺出版社 2013 年版。

胡迎建：《民国旧体诗史稿》，江西人民出版社 2005 年版。

黄成垙：《西安围城记》，1927 年印。

黄淳浩编：《郭沫若书信集》，中国社会科学出版社 1992 年版。

黄开国、邓星盈：《巴山蜀水圣哲魂——巴蜀哲学史稿》，巴蜀书社 2001 年版。

黄维樑：《从〈文心雕龙〉到〈人间词话〉：中国古典文论新探》，北京大学出版社 2013 年版。

黄炎培：《黄炎培日记（第 6 卷：1938.8—1940.8）》，华文出版社 2008 年版。

（清）黄遵宪著，钱仲联笺注：《人境庐诗草笺注》，上海古籍出版社 1981 年版。

江弱水：《抽思织锦：诗学观念与文体论集》，北京大学出版社 2010 年版。

江弱水：《古典诗的现代性》，生活·读书·新知三联书店 2010 年版。

蒋寅：《清诗话考》，中华书局 2005 版。

焦润明：《中国现代文化论争》，社会科学文献出版社 2012 年版。

黎汉基：《社会失范与道德实践：吴宓与吴芳吉》，巴蜀书社 2006 年版。

（清）李墭：《李墭文集》，河北人民出版社 2011 年版。

李劼人：《李劼人全集（第 7 卷）》，四川文艺出版社 2011 年版。

李欧梵：《李欧梵论中国现代文学》，上海三联书店 2009 年版。

李欧梵：《铁屋中的呐喊》，人民文学出版社 2010 年版。

李欧梵：《现代性的追求》，人民文学出版社 2010 年版。

李思屈：《中国诗学话语》，四川人民出版社 1999 年版。

李肖崇：《星庐笔记》，岳麓书社 1983 年版。

李怡：《中国现代新诗与古典诗歌传统》，西南师范大学出版社 1994 年版。

李怡等：《被召唤的传统：百年中国文学新传统的形成》，中国社会科学出版社 2009 年版。

（清）李颙：《二曲集》，中华书局 1996 年版。

李泽厚：《中国现代思想史论》，东方出版社 1987 年版。

梁启超：《中国近三百年学术史》，崇文书局 2015 年版。

梁实秋著，徐静波编：《梁实秋批评文集》，珠海出版社 1998 年版。

林继平：《李二曲研究》，陕西师范大学出版社 2006 年版。

林损著，陈肖粟、陈镇波编校：《林损集》，黄山书社 2010 年版。

刘方喜：《“汉语文化共享体”与中国新诗论争》，山东教育出版社 2009 年版。

刘国铭：《吴碧柳评传》，光明日报出版社 2012 年版。

刘国铭选编：《吴芳吉论教育》，重庆大学出版社 2010 年版。

刘迈：《西安围城诗注》，陕西人民出版社 1992 年版。

刘梦溪主编：《中国现代学术经典·唐君毅卷》，河北教育出版社 1996 年版。

刘咸炘：《推十书》，成都古籍书店 1996 年版。

刘咸炘：《刘咸炘诗文集》，华东师范大学出版社 2010 年版。

刘咸炘：《刘咸炘学术论集》，广西师范大学出版社 2010 年版。

刘现强：《现代汉语节奏研究》，北京语言大学出版社 2007 年版。

（南朝梁）刘勰：《文心雕龙》，上海古籍出版社 2015 年版。

刘永济：《诵帚词集·云巢诗存》，中华书局 2010 年版。

刘永济：《文学论·默识录》，中华书局 2010 年版。

柳诒徵：《中国文化史》，商务印书馆 2018 年版。

卢前编：《饮虹乐府笺注》，广陵书社 2011 年版。

卢前：《酒边集》，会文堂新记书局 1934 年版。

卢前：《吴芳吉评传》，独立出版社 1941 年版。

卢前著，卢佶选编：《旧时淮水东边月》，商务印书馆 2017 年版。

鲁迅：《鲁迅全集》（第 8 卷　1934），人民文学出版社 2014 年版。

罗根泽：《乐府文学史》，东方出版社 2012 年版。

罗荣渠主编：《从"西化"到现代化》，黄山书社 2008 年版。

罗志田：《近代中国史学十论》，复旦大学出版社 2003 年版。

罗志田：《变动时代的文化履迹》，复旦大学出版社 2010 年版。

蒙文通等：《推十书导读》，上海科学技术文献出版社 2010 版。

穆克宏主编：《魏晋南北朝文论全编》，上海远东出版社 2012 年版。

钱冠连：《语言全息论》，商务印书馆 2002 年版。

钱志熙：《汉魏乐府的音乐与诗》，大象出版社 2000 年版。

（清）丘逢甲：《岭云海日楼诗钞》，上海古籍出版社 1982 年版。

上海图书馆中国文化名人手稿馆编：《尘封的记忆：茅盾友朋手札》，文汇出版社 2004 年版。

申小龙：《汉语与中国文化》，复旦大学出版社 2008 年版。

沈卫威：《"学衡派"谱系：历史与叙事》，江西教育出版社 2007 年版。

施幼贻：《吴芳吉评传》，重庆出版社 1988 年版。

双流县社会科学界联合会，双流传统文化研习会编：《槐轩概述》，上海科学技术文献出版社 2015 年版。

四川省政协文史资料研究委员会等编：《四川近现代文化人物续编》，四川人民出版社 1989 年版。

孙尚扬、郭兰芳编：《国故新知论：学衡派文化论著辑要》，中国广播电视出版社 1995 年版。

唐君毅：《唐君毅全集（卷 19）》，台湾学生书局 1984 年版。

唐君毅：《唐君毅日记》，吉林出版集团有限责任公司 2013 年版。

田思阳：《汉乐府女性题材审美论》，中国社会科学出版社 2009 年版。

王本朝：《中国现代文学制度研究》，西南师范大学出版社 2002 年版。

王承军：《蒙文通先生年谱长编》，中华书局 2012 年版。

王川：《李源澄先生年谱长编 1909—1958》，中华书局 2012 年版。

王存诚编：《韵藻清华：清华百年诗词辑录》，清华大学出版社 2011 年版。

王德威：《被压抑的现代性——晚清小说新论》，北京大学出版社 2005 年版。

王汎森：《晚明清初思想十论》，复旦大学出版社 2008 年版。

王汎森：《近代中国的史家与史学》，复旦大学出版社 2010 年版。

王汎森：《中国近代思想与学术的系谱》，吉林出版集团有限责任公司 2011 年版。

王汎森：《章太炎的思想：兼论其对儒学传统的冲击》，上海人民出版社 2012 年版。

王汎森：《权力的毛细管作用：清代的思想、学术与心态》，北京大学出版社 2015 年版。

王峰：《吴芳吉年谱》，中国社会科学出版社 2016 年版。

王国维著，周锡山编校：《人间词话汇编汇校汇评》，北岳文艺出版社 2004 年版。

王国维：《王国维手定观堂集林》，浙江教育出版社 2014 年版。

王继权：《郭沫若旧体诗词系年注释》，黑龙江人民出版社 1982 年版。

王利器：《王利器自传》，山西人民出版社 1982 年版。

王晓生《语言之维：1917—1923 年新诗问题研究》，生活·读书·新知三联书店 2010 年版。

（明）王阳明撰，邓艾民注：《传习录注疏》，上海古籍出版社

2012 年版。

王翼奇：《当代诗词丛话》，黄山书社 2009 年版。

王忠德、刘国铭主编：《吴芳吉全集笺注》，重庆出版社 2015 年版。

闻一多：《唐诗杂论诗与批评》，生活·读书·新知三联书店 2014 年版。

吴芳吉：《吴白屋文稿》，文听阁图书有限公司 2008 年版。

吴芳吉、吴汉骧：《尚友集·拙斋诗谈》，中国文化服务社江津支社 1943 年版。

吴芳吉，周光午编订：《白屋家书》，1943 年印。

吴芳吉，周光午编：《吴白屋先生遗书》，台湾成文出版社有限公司 1968 年版。

吴芳吉著，傅宏星编校：《吴芳吉全集》，华东师范大学出版社 2014 年版。

吴芳吉著，贺远明等编：《吴芳吉集》，巴蜀书社 1994 年版。

吴芳吉著，江津师专中文科选注：《白屋诗选》，四川人民出版社 1982 年版。

吴芳吉著，任中敏编辑：《白屋嘉言》，1935 年印。

吴芳吉著，吴宓编订，周光午参校：《吴白屋先生遗书》，长沙段文益堂 1934 年版。

吴芳吉著，周光午编：《吴白屋先生遗书补遗》，台湾成文出版社有限公司 1968 年版。

吴宓：《文学与人生》，王岷源译，清华大学出版社 1993 年版。

吴宓：《吴宓诗集》，商务印书馆 2004 年版。

吴宓：《吴宓诗话》，商务印书馆 2005 年版。

吴宓著，吕效祖主编：《吴宓诗及其诗话》，陕西人民出版社 1992 年版。

吴宓著，吴学昭整理：《吴宓自编年谱》，生活·读书·新知三联书店 1995 年版。

吴宓著，吴学昭整理：《吴宓日记》，生活·读书·新知三联书店

1998 年版。

吴宓著，吴学昭整理：《吴宓日记续编》，生活·读书·新知三联书店 2006 年版。

吴宓著，吴学昭编：《吴宓书信集》，生活·读书·新知三联书店 2011 年版。

吴民祥：《流动与求索：中国近代大学教师流动研究》，浙江教育出版社 2006 年版。

吴泰瑛：《白屋诗人吴芳吉》，巴蜀书社 2006 年版。

吴相湘：《民国人物列传》，中国大百科全书出版社 2009 年版。

西川：《大河拐大弯》，北京大学出版社 2012 年版。

夏志清：《人的文学》，福建教育出版社 2010 年版。

萧涤非：《汉魏六朝乐府文学史》，人民文学出版社 2011 年版。

（梁）萧统：《文选》，上海古籍出版社 1986 年版。

谢国桢：《孙夏峰李二曲学谱》，商务印书馆 1934 年版。

胥端甫：《芝山艺谈录》，台湾商务印书馆股份有限公司 1969 年版。

徐博东、黄志平：《丘逢甲传》（增订本），九州出版社 2011 年版。

徐梵澄：《陆王学述》，上海远东出版社 1994 年版。

（南朝）徐陵编：《玉台新咏笺注》，中华书局 1985 年版。

徐行言主编：《中西文化比较》，北京大学出版社 2004 年版。

许纪霖主编：《何谓现代，谁之中国?》，上海人民出版社 2014 年版。

许晚成编：《民族人格斗争文学集》，三星贸易公司 1932 年版。

杨念群：《儒学地域化的近代形态》，生活·读书·新知三联书店 2011 年版。

杨钊：《文化视野下的重庆聚奎书院研究》，四川大学出版社 2020 年版。

姚中秋：《儒家宪政主义传统》，中国政法大学出版社 2013 年版。

仪平策：《中国审美文化民族性的现代人类学研究》，中国社会科学出版社 2012 年版。

汤溢泽、廖广莉：《民国文学史研究 1912—1949》，吉林大学出版社 2011 年版。

于右任著，刘永平编：《于右任诗集》，团结出版社 1996 年版。

袁行霈：《中国诗歌艺术研究》，北京大学出版社 2009 年版。

张宝明、王中江主编：《回眸〈新青年〉》，河南文艺出版社 1998 年版。

张法：《中西美学与文化精神》，中国人民大学出版社 2010 年版。

张杰：《中国诗学及汉语诗性研究散论》，中国社会科学出版社 2012 年版。

张君劢：《新儒家思想史》，中国人民大学出版社 2006 年版。

张君劢等：《科学与人生观》，黄山书社 2008 年版。

张源：《从"人文主义"到"保守主义"：〈学衡〉中的白璧德》，生活·读书·新知三联书店 2009 年版。

章太炎：《国故论衡》，岳麓书社 2013 年版。

赵家璧：《中国新文学大系》（第 10 集·史料索引），上海良友复兴图书印刷公司 1936 年版。

赵园：《明清之际士大夫研究》，北京大学出版社 2014 年版。

甄隐：《儒家内圣修持辑要》，中国发展出版社 2015 年版。

支宇：《术语解码：比较美学与艺术批评》，光明日报出版社 2009 年版。

中国第二历史档案馆编：《冯玉祥日记》，江苏古籍出版社 1992 年版。

中国革命博物馆编：《吴虞日记》，四川人民出版社 1984 年版。

中华梅氏文化研究会编：《梅光迪文存》，华中师范大学出版社 2011 年版。

钟永毅主编：《江津县志》，四川科学技术出版社 1995 年版。

重庆大学校史编写组：《重庆大学校史》，重庆大学出版社 1984 年版。

重庆中国三峡博物馆，重庆博物馆编：《邓少琴遗文辑存》，西南师范大学出版社 2011 年版。

周光午编著：《吴芳吉〈婉容词〉笺证》，独立出版社1940年版。

周勇主编：《邹容集》，重庆出版社2011年版。

周仲器等编著：《中国新格律诗探索史略》，江苏大学出版社2013年版。

卓如等主编：《二十世纪中国文学编年》，河北教育出版社2013年版。

二　中译著作

［英］艾略特：《艾略特文集·论文》，卞之琳、李赋宁等译，上海译文出版社2012年版。

［英］艾略特：《传统与个人才能》，卞之琳等译，上海译文出版社2014年版。

［美］包弼德：《历史上的理学》，王昌伟译，浙江大学出版社2009年版。

［法］布尔迪厄：《艺术的法则：文学场的生成与结构》，刘晖译，中央编译出版社2011年版。

［美］布罗茨基：《悲伤与理智》，刘文飞译，上海译文出版社2015年版。

［美］蔡宗齐：《比较诗学的结构：中西文论研究的三种视角》，刘青海译，北京大学出版社2012年版。

［法］程抱一：《中国诗画语言研究》，涂卫群译，江苏人民出版社2006年版。

［美］狄百瑞：《儒家的困境》，黄水婴译，北京大学出版社2009年版。

［德］弗里德里希·尼采：《悲剧的诞生》，周国平译，译林出版社2011年版。

［德］弗里德里希·尼采：《权力意志与永恒轮回》，虞龙发译，上海译文出版社2016年版。

［法］加布里埃尔·塔尔德：《模仿律》，何道宽译，中国人民大学出版社2008年版。

［美］欧文·白璧德：《文学与美国的大学》，张沛、张源译，北

京大学出版社 2004 年版。

　　［美］欧文·白璧德：《性格与文化：论东方与西方》，孙宜学译，上海三联书店 2010 年版。

　　［美］欧文·白璧德：《民主与领袖》，张源、张沛译，北京大学出版社 2011 年版。

　　［法］皮埃尔·朱代·德·拉孔布、［法］海因茨·维斯曼：《语言的未来》，梁爽译，译林出版社 2012 年版。

　　［美］《人文》杂志社、三联书店编辑部编：《人文主义：全盘反思》，生活·读书·新知三联书店 2003 年版。

　　［美］萨利科科·S. 穆夫温：《语言演化生态学》，郭嘉等译，商务印书馆 2012 年版

　　［美］王德威：《被压抑的现代性：晚清小说新论》，宋伟杰译，北京大学出版社 2005 年版。

　　［古希腊］亚里士多德：《诗学》，陈中梅译注，商务印书馆 1996 年版。

　　［捷克］亚罗斯拉夫·普实克：《抒情与史诗：现代中国文学论集》，李欧梵编，上海三联书店 2010 年版。

三　中文论文

　　蔡方鹿：《朱子学在南宋巴蜀地区的流传》，载《人文与价值——朱子学国际学术研讨会暨朱子诞辰 880 周年纪念会论文集》，华东师范大学出版社 2010 年版。

　　蔡震：《郭沫若与吴芳吉：一首佚诗，几则史料》，《新文学史料》2014 年第 3 期。

　　陈均：《早期新诗中的"自然"论与新旧诗之争》，《中山大学学报》（社会科学版）2008 年第 4 期。

　　陈良运：《谈"文以情变"——从〈白屋吴生诗稿〉说起》，《中华诗词》2005 年第 11 期。

　　陈祚璜：《论白屋诗歌在诗改革中之成功尝试》，载江津市政协文史资料委员会编《吴芳吉先生诞辰一百周年纪念专辑》1996 年版。

　　单正平：《困败人生新旧诗：白屋诗人吴芳吉简论》，《文学与文

化》2011 年第 1 期。

邓少琴：《五四运动中以"六言叠韵"争鸣之爱国诗人吴芳吉》，载成都市文学艺术界联合会、成都吴芳吉研究会编《吴芳吉研究》，中国文联出版社 2010 年版。

丁芒：《论吴芳吉诗观及其实践的当代价值》，载成都市文学艺术界联合会、成都吴芳吉研究会编《吴芳吉研究》，中国文联出版社 2010 年版。

宫廷璋：《吴芳吉新体诗评》，《师大月刊》1935 年第 18 期。

龚明德：《郭沫若〈题吴碧柳手稿〉墨迹》，《郭沫若学刊》2012 年第 4 期。

谷声淼：《欧风美雨渐，白屋独殊姿》，载白屋诗人吴芳吉研究课题组选编《吴芳吉研究论文选》，三秦出版社 2010 年版。

郝明工：《现代巴蜀作家与二十世纪的中国区域文学》，《重庆社会科学》2007 年第 5 期。

贺远明：《吴芳吉研究刍议》，《重庆师专学报》1996 年第 4 期。

侯永慧：《〈蜀道日记〉中的三峡体验》，《中国图书评论》2012 年第 7 期。

胡适等：《新文学问题之讨论》，《新青年》1918 年第五卷第二号。

胡适：《文学改良刍议》，《新青年》1917 年第二卷第五号。

胡适：《建设的文学革命论》，《新青年》1918 年第四卷第四号。

胡迎建：《论现代旧体诗坛上有建树的六位名家》，《中国韵文学刊》2005 年第 4 期。

黄述远：《从黄遵宪到吴芳吉》，载白屋诗人吴芳吉研究课题组选编《吴芳吉研究论文选》，三秦出版社 2010 年版。

金国永：《白屋诗人的诗及其创作道路》，《社会科学研究》1983 年第 5 期。

昝健行：《纪念白屋——为吴白屋先生逝世八周年》，《民族诗坛》1941 年第 21 辑。

赖高翔：《忆吴芳吉先生》，载江津文史资料委员会编《江津文史资料》第 17 辑。

李坤栋、刘国铭：《吴芳吉与中国现代文学》，《四川大学学报》（哲学社会科学版）2007 年第 3 期。

李坤栋：《论吴芳吉的现代格律诗》，《重庆工商大学学报》（社会科学版）2003 年第 2 期。

李坤栋：《论吴芳吉的散文》，《山东文学》2007 年第 1 期。

李坤栋：《论吴芳吉的诗歌》，《西南民族大学学报》（人文社会科学版）2007 年第 4 期。

李坤栋：《中西融合、古今贯通——从吴芳吉的白屋体新诗理论与创作看中国新诗的发展途径》，载成都市文学艺术界联合会、成都吴芳吉研究会编《吴芳吉研究》，中国文联出版社 2010 年版。

李庆红：《一部了解"白屋诗人"的信史》，《中国教育报》2017 年 4 月 17 日第 12 版。

李泰俊：《〈学衡〉与〈新青年〉的文学论争》，《文艺理论研究》1998 年第 4 期。

李伟民：《论吴芳吉的文学观》，《川北教育学院学报》1997 年第 4 期。

李燕石：《白屋诗人对传统诗词的贡献》，载江津市政协文史资料委员会《吴芳吉先生诞辰一百周年纪念专辑》，1996 年。

李怡：《中国早期新诗探索的四川氛围与地方路径》，《文艺争鸣》2020 年第 11 期。

李正孝：《从〈两父女〉看吴芳吉作品的人民性》，载成都市文学艺术界联合会、成都吴芳吉研究会编《吴芳吉研究》，中国文联出版社 2010 年版。

廖城平：《儒家诗学在现代的接续》，硕士学位论文，华东师范大学，2007 年。

刘复生：《刘咸炘与学侣交往补述》，《蜀学》2011 年第 9 期。

刘国铭：《论吴芳吉的个人无政府主义主张》，《重庆文理学院学报》（社会科学版）2012 年第 5 期。

刘朴：《祭吴碧柳文》，《明德旬刊》1935 年第 12 卷第 1 期。

刘熠：《地方的维新：戊戌前后四川省的办学运作》，《社会科学研究》2016 年第 3 期。

陇菲：《新体新用论》，载杨子彬主编《国学论衡》第 1 辑，敦煌文艺出版社 1998 年。

卢前：《吴芳吉评传》，《民族诗坛》1940 年总第 18 期。

卢永和：《胡怀琛与吴芳吉：超越新旧诗之争的第三种声音》，《社会科学辑刊》2014 年第 5 期。

罗昌一：《白屋诗人的上下求索——谈吴芳吉的读书笔记》，载白屋诗人吴芳吉研究课题组选编《吴芳吉研究论文选》，三秦出版社 2010 年版。

罗家伦：《罗家伦答复张继的通信》，《新潮》1919 年第 2 卷第 2 期。

吕进：《重庆与 20 世纪中国新诗》，《巴蜀作家与 20 世纪中国文学研究论文集》，2006 年。

马乐庸：《〈婉容词〉赏析》，载谷生溁等编《吴芳吉研究论文集》，成都吴芳吉研究会，1999 年。

潘建伟：《五四前后关于诗的用典之争及其诗学意义》，《浙江学刊》2011 年第 3 期。

彭超：《吴芳吉与中国现代新诗的发生》，《重庆师范大学学报》（哲学社会科学版）2011 年第 2 期。

彭超：《中国现代文学发生期间的巴蜀诗人诗作》，《西南民族大学学报》（人文社会科学版）2010 年第 8 期。

彭敏：《写史即正学——吴芳吉的文学史路径》，《中国图书评论》2012 年第 7 期。

钱玄同、独秀：《文学改良与用典问题》，《新青年》1917 年第三卷第二号。

秦弓：《“五四”时期文坛上的新与旧》，《文艺争鸣》2007 年第 5 期。

任中敏：《白屋诗人吴芳吉论：白屋嘉言序》，《理想与文化》1943 年第 2 期。

石天河：《〈婉容词〉新论》，载成都市文学艺术界联合会、成都吴芳吉研究会编《吴芳吉研究》，中国文联出版社 2010 年版。

苏灿瑶：《吴芳吉白屋诗稿述评》，《国风》1935 年第 6 卷。

粟品孝：《周敦颐与北宋蜀地学者的交往——附周敦颐佚诗三首》，《西华大学学报》（哲学社会科版）2013 年第 5 期。

唐君毅：《病里乾坤》，《鹅湖月刊》1976 年第 11 期。

王先献：《咏琴轩随笔》，《国专月刊》1935 年第 2 卷第 2 期。

吴芳吉：《倚松楼诗钞序》，《明德旬刊》1935 年第 11 卷第 1 期。

吴洪成：《北宋理学家程颐在重庆的讲学活动》，《涪陵师范学院学报》2005 年第 1 期。

吴泰瑛：《长诗〈笼山曲〉的形式美》，载成都市文学艺术界联合会、成都吴芳吉研究会编《吴芳吉研究》，中国文联出版社 2010 年版。

谢应光：《吴芳吉的诗学观与新诗发生路径再思考》，《蜀学》2009 年。

徐志福：《标新立异，敢为人先：五四文学革命中的蜀籍作家团队述评》，《蜀学》2009 年。

杨德光：《怀念白屋诗人吴芳吉》，载江津文史资料委员会编《江津文史资料选辑》第 3 辑。

杨炼：《中文之内》，《天涯》1999 年第 2 期。

杨钊：《吴芳吉的文学批评思想——吴芳吉文学思想研究之二》，《山东文学》2006 年第 11 期。

杨钊：《吴芳吉文学发展观——吴芳吉文学思想研究之一》，《西南民族大学学报》（人文社会科学版）2007 年第 4 期。

杨钊：《论吴芳吉的戏剧创作》，《四川戏剧》2008 年第 5 期。

杨钊：《吴芳吉吴宓文学交游论》，《四川师范大学学报》（社会科学版）2008 年第 5 期。

游鸿如：《白屋诗述评》，《明德旬刊》1932 年第 7 卷第 4—5 期。

余蔷薇：《胡适诗学的接受历史考察——以新旧之争为中心》，《云南师范大学学报》（哲学社会科学版）2012 年第 3 期。

俞平伯：《白话诗的三大条件》，《新青年》1918 年第六卷第三号。

张采芹：《回忆白屋诗人吴芳吉先生》，载重庆市江津县文化局编《吴芳吉逝世五十周年纪念集》。

张诚毅：《吴芳吉的诗歌改革足迹》，载成都市文学艺术界联合会、成都吴芳吉研究会编《吴芳吉研究》，中国文联出版社 2010 年版。

张弛：《民族气骨与传统诗教——论吴芳吉湖南时期的文学活动》，《云梦学刊》2020 年第 6 期。

张放：《飘零的身世，奇崛的才情——吴芳吉先生的价值》，《现代中国文化与文学》2007 年第 1 期。

张贺敏：《"第一奇功休让人，开国文章我自始"：论吴芳吉的诗歌创新》，《中山大学研究生学刊》（社会科学版）2000 年第 4 期。

张贺敏：《学衡派与吴宓研究 70 年》，《西南师范大学学报》（人文社会科学版）2001 年第 3 期。

张建斌、黄政海：《试论"白屋诗风"的现代诗学意义》，载成都市文学艺术界联合会、成都吴芳吉研究会编《吴芳吉研究》，中国文联出版社 2010 年版。

张亮：《张之洞"创办尊经书院"遗文考释》，《西华师范大学学报》（哲学社会科学版）2017 年第 4 期。

张祥麟：《崇高的理想，有韵的〈史记〉——〈笼山曲〉浅论》，载成都市文学艺术界联合会、成都吴芳吉研究会编《吴芳吉研究》，中国文联出版社 2010 年版。

张昕若：《爱国诗人吴芳吉》，《成都大学学报》（社会科学版）1984 第 1 期。

张旭：《"天籁之音"：吴芳吉译诗的创格寻踪》，《外国语文》2009 年第 3 期。

张一璠：《吴芳吉文学观略论》，载白屋诗人吴芳吉研究课题组选编《吴芳吉研究论文选》，三秦出版社 2010 年版。

赵黎明：《"诗辨"传统与学衡派"新诗"概念的形成》，《浙江大学学报》（人文社会科学版）2012 年第 3 期。

郑大华：《论白璧德新人文主义对"学衡派"的影响》，《中国文化研究》2007 第 2 期。

周光午：《介绍白屋诗人吴芳吉先生》，《明德旬刊》1932 年第 7 卷第 4—5 期。

周光午：《教育家的白屋诗人》，《重庆清华》1947 年第 5 期。

朱利民：《重评胡适与"学衡派"关于语言的论争》，《浙江社会科学》2010 年第 4 期。

朱树群：《〈两父女〉欣赏》，载成都市文学艺术界联合会、成都吴芳吉研究会编《吴芳吉研究》，中国文联出版社 2010 年版。

朱自清：《论中国诗的出路》，《清华中国文学会月刊》1931 年第 1 卷第 4 期。

四 中译论文

［荷］柯雷：《是何种现代性，又发生在谁的边缘》，《新诗评论》2006 年第 1 辑。

［美］宇文所安：《什么是世界诗歌?》，《新诗评论》2006 年第 1 辑。

后　记

　　这本小书是在笔者博士论文的基础上几经修改而成，从开始动笔到现在成稿，前后约有八年的时间。它的主体部分完成于 2016 年，其后又数次增删，虽仍不尽如人意，限于学力，也只能以这样的模样准备面世了。

　　为了更好地研究吴芳吉，笔者先是花了几年的工夫做了一本《吴芳吉年谱》（中国社会科学出版社 2016 年版，以下简称《年谱》），初衷是人物专题的研究最好有史料作为坚实的基础与支撑。按说有《年谱》作为前期准备，本书的写作应该更加从容才对，实则不然，其间思路几经变动，一度充满矛盾而陷入自我怀疑。

　　关于写作的困惑，笔者在自序中已经有所提及，那就是如何进入与理解历史情境。逝去的历史并非全是理所当然。这种"理所当然"实际上也是建构的结果，我们借由某种叙述而去理解历史。文学是叙述，难道历史也是叙述？对这一问题的思考，让笔者不断从现实返回到"现场"，渐渐少了"裁判"和"论断"的心态，不断提醒自己要在历史的脉络之下展开论述，而非不自觉地按照既有认识或个人喜好去书写。

　　写作的过程也是一次难得的学术训练，让笔者近距离感受和触摸到鲜活的历史情境。关于吴芳吉的生平经历，可以用《年谱》去呈现，但他的情感与求索，思绪与观念，则需要在理解历史情境的前提之下加以整体的观照与细致的分析。在这一方面，文化史与思想史的方法帮了大忙，否则这本书的视野将会受到很大的限制。如果说笔者有什么收获，那就是更加理解了传统的复杂性与丰富性，这对于理解文化现实的种种处境也是大有裨益的。

　　这本小书能够顺利完成，同样离不开诸多师长友朋的关心与支持。业师柏桦教授一直关注笔者的研究，《年谱》出版后，他在第一时间予以介绍评论，以其诗人直觉和文化洞见揭示出吴芳吉其人其诗的价值所在，让笔者铭感之余也备受鼓励。

　　书稿完成前后还有幸得到了学界前辈的指点与教正，他们是西南交通大学徐行言教授、王长才教授、段从学教授、罗宁教授，四川大学李怡教授、支宇教授，四川师范大学刘敏教授、苏州大学程水龙教授、重庆大学刘扬教授、李永毅教授。此外，张宪军、周东升二兄以及高韬女史也以不同形式给予笔者种种帮助。在此一并谨致谢忱！

　　最后要感谢的是家人的理解与支持。内子王晓燕多年来全身心奉献于家庭，为我免除后顾之忧，使我可以专心从事学术研究。在写作的过程中，两个孩子衍嘉、泽嘉的欢声笑语为我的书斋生活增添了几分活力，也谢谢你们的陪伴！

2022 年秋于重庆